江苏省社会科学基金重大委托项目
“江苏文化精髓与精神标识研究”（24ZDW002）成果

江苏省社会科学基金重大委托项目
“江苏文脉工程精华编研究”（16WTD001）成果

江苏省“十四五”时期重点出版物出版专项规划项目

编　委　会

本卷编写人员

主　编：徐　涛

评　注：陈燕仪　程尚云　李江才
　　　　鲁宁心　向伦常

诗歌卷

主编　徐兴无　曾学文

分卷主编　徐　涛

广陵书社

图书在版编目（CIP）数据

江苏历代文选. 诗歌卷 / 徐兴无, 曾学文主编 ; 徐涛分卷主编 ; 陈燕仪等评注. -- 扬州 : 广陵书社, 2025. 6. -- ISBN 978-7-5554-2240-2

Ⅰ. I218.53

中国国家版本馆CIP数据核字第2025E026Y7号

书　　名　江苏历代文选：诗歌卷
主　　编　徐兴无　曾学文
分卷主编　徐　涛
评　　注　陈燕仪　程尚云　李江才　鲁宁心　向伦常
责任编辑　张艳红　苏亚丽
出 版 人　刘　栋

出版发行　广陵书社
扬州市四望亭路 2-4 号　　邮编　225001
（0514）85228081（总编办）　　85228088（发行部）
http://www.yzglpub.com　　E-mail:yzglss@163.com
印　　刷　江苏凤凰扬州鑫华印刷有限公司

开　　本　720 毫米 × 1020 毫米　1/16
印　　张　22.5
字　　数　400 千字
版　　次　2025 年 6 月第 1 版
印　　次　2025 年 6 月第 1 次印刷
标准书号　ISBN 978-7-5554-2240-2
定　　价　90.00 元

总 序

江苏有着悠久的历史和卓越的文化。江河湖海，皆是鱼米之乡；锦绣江南，誉为人间天堂。中国大运河发祥于此，沟通南北，连接中外，遂成华夏首出之地，递为东南都会中心。于是山川焕绮，性灵所钟。骚人咏歌，蔚为诗国。文章经世，俨然大邦。

江苏文脉开启于春秋时期。吴公子季札聘鲁观乐，叹为观止；言偃在孔子之侧，闻知大道。而江苏文学之兴则肇始于战国。《汉书·地理志》称吴、楚之地"文辞并发，故世传楚辞"。西汉吴、楚、淮南诸国，招纳词客；武、宣二帝，喜好文学，枚乘、枚皋、严忌、朱买臣、刘安、刘向等吴、楚之士皆长于辞赋，雅善议论。三国魏晋，吴有陆机、陆云兄弟，少有异才，文章冠世。东晋南朝，山水、玄言、声律之诗相继兴起;《文选》《诗品》《文心雕龙》等总集、论著并世而出;《抱朴子》《世说新语》《后汉书》等诸子、史传别开生面；文学与儒学、史学、玄学并列于国学，形成了江苏历史上第一个文学高峰时代。隋唐统一，扬州和江南成为诗家留连之地。孟浩然、李白、高适、杜甫、白居易、刘禹锡、杜牧、李商隐等大诗人于此或游或宦，留下千古佳句；而扬州诗人张若虚的《春江花月夜》，孤篇横绝，竟为大家。南唐君臣沉浸小令，吟风咏月，却感慨深沉。宋代文坛领袖欧阳修、王安石、苏轼、辛弃疾、陆游等在江苏皆有佳作，平山堂、半山园、放鹤亭、北固楼、瓜洲渡，风流宛在，脍炙人口。宋词境界开阔，范仲淹、秦观、叶梦得、范成大等江苏名家代不乏人，各领风骚。宋诗始开宗派，彭城陈师道被尊为江西诗派"三宗"之一；无锡尤袤、吴中范成大名列"中兴诗人"。明清两代，江苏经济发达，文教昌盛，城市文化与家族文化得到进一步发展，文学进入了第二个高峰时代。明代文坛如“前后七子”“唐宋派”，有徐祯卿、王世贞、唐顺之、归有光等江苏士人；明清易代，有顾炎武、归庄、吴嘉纪、吴伟业等抒发遗民情思；钱谦益、沈德潜、黄景仁、赵翼等诗作和诗论，均在清代诗坛独树一帜。阳羡词派、常州词派为清词大宗，或雄浑悲慨，或兴寄深闳。清代江苏骈文成就斐然，袁枚、汪中、洪亮吉等皆是大家；阳湖文派骈散结合，与安徽桐城古文分庭抗礼。江苏也是明清通俗小说、戏曲、说唱文学的沃土，冯梦龙《三言》、施耐庵《水浒传》、吴承恩《西游记》、梁辰鱼《浣纱记》、李玉《清忠谱》等，经典名著，层出不穷。江苏的女性作家众多，中国古代有著作可考的女作家中，江苏超过三分之一，尤以明清时期为盛，她们的创作为江苏古代文学增添了靓丽的风景。江苏的园林楼台，甲冠天下，吸引了历代名家争相书联题额，撰记作文，为江山增色，形成了情景交融的文学景观。

编纂地方文学文献，是江苏古代优秀学术传统。西汉目录学家、汉室宗亲、沛人刘向编纂的《楚辞》，上承《诗经》风雅篇什之意，下启中国地域文学编纂之绪。唐代丹阳人殷璠编选其当代诗集《荆扬挺秀集》和《丹阳集》，虽仅存书目或残篇，却是唐人编选唐代地方诗歌的开端。其中《丹阳集》选录开元天宝时代润州籍十八位诗人的作品，推崇建安风骨，展示了“时迁推变，俗异风革，信乎人文化成天下”的盛唐气象。宋代以后继有编纂，有北宋曾旼《润州类集》、马希孟《扬州集》，南宋郑虎臣《吴都文粹》等编。秦观曾经为《扬州集》作序，“推表废兴迁徙之迹”。明清两代是中国地方文学文献编纂的鼎盛时期，据《历代地方诗文总集汇编·前言》（国家图书馆出版社2016年版）统计，存世超过千种。在数量众多的江苏文学文献中，丹徒文士王豫编纂的《江苏诗征》一百八十三卷，收录清初至嘉庆间五千多位诗人的诗作，堪称中国古代部帙最大的以行政省命名的地方断代诗歌总集，表现出“江苏文教甲天下”的文化自信。这部巨帙的赞助者和审定者，清代大学者、仪征阮元又编有江苏扬州与南通州诗集《淮海英灵集》，又命阮亨与王豫编纂《续集》，皆是江苏地方文学文献的经典。

公元六世纪初，刘勰在南齐的都城建康完成了中国历史上第一部文学批评巨著《文心雕龙》。他在其中指出，文学的情思往往来自于自然和文化空间的启发，所谓“能洞监风骚之情者，抑亦江山之助乎”；而文学的变革兴衰往往受制于世道和时代的演进，所谓“文变染乎世情，兴废系乎时序”。唯有在更为广阔悠久的文化空间和历史长河之中，文学作品才能超越个人的情感与生命，突破具体的语境，并在后世不断的阐释之中，获得愈加丰赡的意义。古代学人对地方文学文献的编纂，正是这种文化意识的体现。他们通过收集整理乡邦文献，传承文化记忆，梳理文化脉络，考察历史变迁，为我们留下了宝贵的文化遗产。

正是本着对江苏古代文学成就及其学术传统的敬意，进而对江苏古代文学和文化做出我们的当代诠释，我们编纂了这套《江苏历代文选》。从经、史、子、集、方志以及名人信札、家族文献、文物碑刻等文献资料中遴选历代反映江苏历史、书写江苏社会、描绘江苏风光、刻画江苏人物、体现江苏智慧的韵文和散文，其中既有江苏人的作品，又有关涉江苏的篇章，按照文体或内容编为十五卷，每卷一册，包括诗歌、词曲、辞赋骈文、戏曲、楹联、论说文、书信、史传、碑志、序跋、杂记小品、楼台园记、家训嘉言、笔记小说、女性诗文等。当然，本书并不是江苏历代文学的文献总集，而是一部面向大众的普及读物，对所选作品略作解题，简明注释，点评作品的内容与价值，以期通过江苏历代文学的选本，为读者提供一条浏览江苏文脉、了解中华文化的方便途径。

2016 年，江苏省启动了“江苏文脉整理研究与传播工程”，编纂包括书目、文献、精华、方志、史料、研究六编的《江苏文库》，系统梳理江苏文脉，彰显江苏对中国文化的历史贡献，总结江苏文化的发展规律，为江苏的文化创新提供学术资源，是江苏历史上规模最大的典籍整理与文化研究工程。南京大学文学院的古代文学和古典文献专业承担着《江苏文库》"文献编"与"精华编"的整理与研究工作，也是与广陵书社合作编纂这套书的主要团队。编纂工作得到江苏省社会科学基金重大委托项目"江苏文脉工程精华编研究"和"江苏文化精髓与精神标识研究"的支持。这套书的编纂，尝试以"文选"响应"文库"，为传播江苏文化，讲好江苏故事，增强文化自信做一点文化普及工作。

由于江苏文学源远流长，名家辈出，佳作如林，典籍浩繁，且文体众多，地域不均，各卷的选编标准和文字表达难以整齐划一，尽管我们努力精选，但一定会有遗珠之憾，学术错误亦在所难免，希望读者们批评指正，帮助我们修订完善。

徐兴无　曾学文

2025 年 3 月

前　言

在中国古代诗歌发展史上，江苏诗人及与江苏有关的作品不仅数量众多，而且成就突出，各个历史时期皆有名人佳作，对中国古代诗歌的发展与繁荣产生了重要作用和深远影响。

楚歌是江苏地区早期重要的文学形式之一，在先秦时期就已形成传统，其句式参差不齐，常带有“兮”字，具有独特而鲜明的文体特征。秦汉之际，项羽、刘邦的《垓下歌》《大风歌》，唱出了楚歌在那个时代的最强音。随着汉王朝的建立，楚歌因刘邦等人的喜爱而成为朝堂文化的重要组成部分。

文学史上的“建安风骨”，是指以三曹父子及“建安七子”为中心的文学风格，具有慷慨悲凉、雄健深沉等特点。“建安七子”中的陈琳就是广陵射阳人，他的《饮马长城窟行》等诗作，充分体现了“建安风骨”的时代特征。

魏晋南北朝时期，江南地区成为中国的政治、经济、文化中心，尤其是南京（建康）作为六朝古都，孕育出众多杰出的诗人和文学作品。大批文学家在此地生息，有些诗人虽非江苏人，但长期在此任职，故不少名篇佳构都产于江苏。这些诗人包括陈琳、张翰、陆机、谢灵运、鲍照、谢朓、阴铿等，他们共同创造了诗坛的繁荣。可以说，当时的江苏是文学创作的渊薮。

这一时期，江苏地区的诗歌创作呈现出多样化的特点。陆机作诗追求辞采华美、诗风繁缛，是“太康文学”的代表，呈现出文学发展由质朴到华丽、由简单到繁复的必然规律。谢灵运、谢朓的山水诗，使山水成为独立的审美对象，不仅将诗歌从玄言诗中解放出来，为诗坛带来了清新明丽的气息，还使山水诗成为中国诗歌最常见的题材之一，影响了无数后世诗人。与谢灵运同列于“元嘉三大家”的鲍照，其诗歌以豪放俊逸的风格著称，对以李白、杜甫为代表的唐代诗人有着深远影响。南齐时期的“永明体”，在诗歌的声律、技巧方面也有助于中国古代诗歌尤其是格律诗的成熟与繁荣。此外，流行于江南一带的乐府民歌，质朴清新，明快活泼，呈现出与文人诗迥然不同的艺术风趣。

唐诗与宋诗，是我国诗歌史上两座并峙的高峰。唐宋时期，籍贯为江苏的诗人较知名者有张若虚、张旭、戴叔伦、张籍、李绅、许浑、陆龟蒙、范仲淹、王令、秦观、张耒、陈师道、范成大、尤袤等，其中不乏诗坛上的名家。如张若虚为唐诗洗却了宫体诗的浓艳，带来了开阔闳美的风韵，后人称誉他的《春江花月夜》为“孤篇盖全唐”。戴叔伦是“大历十才子”之一，在大历诗坛享有盛誉。李绅是中唐新乐府早期创作者之一，由他所作的《悯农》至今仍家喻户晓。在晚唐诗人中，许浑、陆龟蒙都是很有特色的诗人，许浑诗以艺术技巧的精密工切见称，陆龟蒙诗则多讥讽当世弊病，同情人民疾苦，具有很强的现实指向。宋代广陵诗人王令是一位少年天才，诗风雄奇豪放，想象大胆奇特，王安石对他极为称赏，可惜去世较早。秦观、张耒皆为“苏门文人”，围绕在苏轼身边的“苏门四学士”“六君子”，同气相求而又自由发展、风格各异，共同促进了元祐诗坛的繁荣与宋诗风格的成熟。徐州诗人陈师道亦属“苏门”，但他的诗歌却瓣香黄庭坚，被后人评为江西诗派“一祖三宗”的“三宗”之一。范成大、尤袤是南宋“中兴四大诗人”中的两位，尤袤作品亡佚的较多，范成大则以使金诗与田园诗最为著名。

这个时期，虽非江苏人却与江苏渊源甚深的诗坛巨擘亦不在少数，如李白、王昌龄、刘禹锡、王安石之于金陵（南京），孟浩然之于广陵（扬州），韦应物、白居易、苏舜钦之于苏州，苏轼之于徐州、扬州、常州，等等。这些诗坛大家、名家或仕宦于此，或游览于此，或寓居于此，用一首首脍炙人口的诗篇，充实拓展了江苏的文学风光与文化底蕴。如李白一生数次过访金陵，留下了《留别金陵诸公》《金陵酒肆留别》《登金陵凤凰台》《金陵城西楼月下吟》《长干行》等众多千载传诵的佳篇。再如王安石，自少年时即居家江宁，晚年罢相后更在此度过了十载退归林下的光阴，其晚年诗作雅丽精绝，精益求精，是其一生创作的精华，被称为“荆公体”，为南京这座文学之都增添了浓墨重彩的一笔。又如苏东坡，身处北宋党争漩涡之中，一生大起大落，在其往来奔走的仕宦及贬谪生涯中，曾数度途经淮安、扬州、镇江、南京等地，而且他还做过徐州、扬州的知州，又在常州买田置地，晚年由岭海北归后更是病殁于常州。正因如此，苏东坡在江苏留下的诗歌作品也极为丰富。

明清两代，中国经济文化中心迅速南移，江苏文学家数量猛增，甚至整个北方都不及江苏一省。当时在全国较有影响的文学流派，如明代的前后七子、公安派、竟陵派，清代的神韵派、格调派、性灵派、肌理派等，皆与江苏文学有着非常密切的关系。这些流派之中，有的派别主干人物是江苏人；有的派别主干虽非江苏人，却在此长期任职或居住；还有一些派别的得力传人在江苏。由此可见，江苏对推动中国文学、中国诗史的发展起到了非常重要的作用。

本书选取了从秦汉到晚清的诗人 132 人，共计 214 首诗歌。这些诗歌的选取，除了依据整套书的体例，即江苏籍作家的作品，以及作家籍贯非江苏但与江苏有关的作品，又在此基础上，综合考虑了作品艺术的高低、风格的多样、流派的多元、诗史地位和对诗史发展的贡献等因素，力求呈现在读者眼前的是一部较为完整而又简要的江苏古代诗歌发展小史。此外,亦希望通过对本书选取的诗人及作品的简要介绍、注释与评析,能够与读者们奇文共赏,走进中国古典诗歌的美学殿堂。

徐 涛

2025 年 3 月

目　录

刘　邦

刘邦(前256—前195),字季,沛县丰邑(今江苏丰县)人,汉朝开国皇帝。秦时任沛县泗水亭长,秦二世元年(前209)起兵于沛,三年进军灞上,接受秦王子婴投降,废秦苛法,约法三章。项羽分封诸王,刘邦受封为汉王,定都南郑。项羽东归,刘邦出兵定关中,出关击楚,终败其于垓下。公元前202年,刘邦称帝,建都长安,史称西汉。对内休养生息,建章立制,陆续消灭韩信、彭越、英布等异姓诸侯王;对外在"白登之围"后着手缓和汉匈关系。死后谥高皇帝,庙号太祖。事迹见《史记·高祖本纪》《汉书·高祖本纪》。

大风歌〔1〕

大风起兮云飞扬,威加海内兮归故乡〔2〕,安得猛士兮守四方!

【注释】

〔1〕选自《史记》卷八。

〔2〕海内:四海之内,即"天下"。古人认为天下是一片大陆,四周大海环绕。

【评析】

公元前195年,刘邦抱病亲征,击败最后一个叛乱的异姓诸侯王英布。回朝途中经过故乡沛县,把昔日的朋友、尊长、晚辈都召来,欢饮十数日。一日酒酣,便乘兴击筑而作此歌,并慷慨起舞,歌罢,伤怀泣下。这年夏天,他便去世了。故此诗可看作其绝笔之作。诗歌首句所展现的是风起云涌的壮阔场景,而其实别有喻指,不仅指秦末群雄逐鹿,更是指西汉开国后异姓诸侯王与中央的对抗。次句则展现了胜利者的志得意满与王霸之气。可诗人的情绪在达到巅峰后急转直下,最后以一问句表现出内心巨大的忧患,即使建立了宏图伟业,但个人的生命终究是有限的,以后这片江山又有谁能守护呢？两位争霸天下的猛士,项羽《垓下歌》表现的是失败者的悲哀,刘邦《大风歌》则表现的是胜利者的悲哀；而造成悲哀的主要原因,都是个人在面对命运时的无力感。《大风歌》全诗共三句,由过去而现在而将来,浑然一体,语言质朴,风格悲而能壮,体现了汉初的思想风貌与精神气质,与《垓下歌》足称双璧。

项 羽

项羽(前232—前202),泗水郡下相县(今江苏宿迁)人。楚国名将项燕之孙,姬姓,项氏,名籍,字羽。秦二世元年(前209)九月,随叔父项梁起兵响应陈胜、吴广起义。陈胜死后,项梁拥立楚怀王之孙熊心为王,也号称“楚怀王”。公元前207年,项羽在钜鹿大败秦军主力,进军关中,杀秦王子婴,烧掠关中而东还。次年,项羽分封诸侯,尊怀王为义帝,自立为西楚霸王,定都彭城(今江苏徐州)。旋杀义帝,诸侯响应刘邦而叛楚,楚汉之争爆发。最终被围垓下,夜闻四面楚歌,突围至乌江,自刎而死。事迹见《史记·项羽本纪》。

垓下歌〔1〕

力拔山兮气盖世,时不利兮骓不逝〔2〕。骓不逝兮可奈何,虞兮虞兮奈若何〔3〕。

【注释】

〔1〕选自《史记》卷七。垓(gāi)下:古地名,在今安徽省灵璧县南沱河北岸。

〔2〕骓(zhuī):项羽所骑战马乌骓。

〔3〕虞:项羽姬妾虞姬。奈若何:拿你怎么办。

【评析】

此歌是西楚霸王项羽在垓下突围前夕所作的绝命词。诗歌第一句,即以虚实结合的手法塑造了一位举世无匹的英雄形象。“力拔山”显示出诗人之英勇绝伦,“气盖世”则将这种具体的行为抽象升华为对自己叱咤风云之气概的描写。但这气势旋即便急转直下,自己空有冲天之志,却在天时面前无能为力，因而陷入失败的绝境。而乌骓马陪自己征战毕生、所向披靡，可以说早就和诗人融为一体，不能前进的乌骓马，正是在命运面前苍白无力的个人最好的写照。诗人知道自己的覆亡已无可避免，故忧虑他所挚爱的美人，在他死后，虞姬的命运将会十分悲惨；可是，命运悲惨的又何止虞姬，与他南征北战的将士谁又能幸免于难呢？因此，对此句的理解，不能仅仅局限于男女情爱，还蕴含着失败的英雄对命运的控诉。总体而言，诗人在短短四句之内，将无与伦比的豪情壮志、无可奈何的哀叹、个人在命运面前的无力、失败后面临耻辱的不甘、生命即将走到尽头的悲怆等复杂情感，表现得淋漓尽致，堪称佳作。

陈 琳

陈琳（？—217），字孔璋，广陵射阳（今江苏宝应）人。东汉末年文学家，“建安七子”之一。汉灵帝末年任大将军何进主簿，董卓之乱后入袁绍幕府，后为曹操军俘获。曹操爱其才，署为司空军师祭酒，管记室，故世称“陈记室”。建安二十二年(217)，与刘桢、应玚、徐干等人同染疫疾而亡。据《隋书·经籍志》，陈琳原有文集十卷，已佚。后世辑有《陈记室集》。事迹略见《三国志·魏书·陈琳传》。

饮马长城窟行〔1〕

饮马长城窟，水寒伤马骨。往谓长城吏：“慎莫稽留太原卒〔2〕。”“官作自有程〔3〕，举筑谐汝声〔4〕。”男儿宁当格斗死，何能怫郁筑长城〔5〕。长城何连连，连连三千里。边城多健少〔6〕，内舍多寡妇〔7〕。作书与内舍：“便嫁莫留住。善事新姑嫜〔8〕，时时念我故夫子〔9〕。”报书往边地：“君今出语一何鄙〔10〕。”“身在祸难中，何为稽留他家子〔11〕。生男慎莫举〔12〕，生女哺用脯〔13〕。君独不见长城下，死人骸骨相撑拄〔14〕。”“结发行事君〔15〕，慊慊心意关〔16〕。明知边地苦，贱妾何能久自全〔17〕。”

【注释】

〔1〕选自《汉魏六朝百三家集·陈记室集》。《饮马长城窟行》原为乐府旧题，原辞已不传，此为拟作。长城窟：长城边的泉眼。

〔2〕稽留：滞留、阻留，指延长服役期限。

〔3〕官作自有程：官府的劳役自有期限。

〔4〕筑：筑墙工具。谐汝声：喊齐你们的号子。

〔5〕怫(fú)郁：烦闷，憋着气。

〔6〕健少：健壮的年轻人。

〔7〕内舍：指戍卒的家中。

〔8〕姑嫜(zhāng)：婆婆和公公。

〔9〕故夫子：旧日的丈夫。

〔10〕鄙：浅薄，不通情理。

〔11〕他家子：别人家女子，此处指自己的妻子。

〔12〕举：抚养。

〔13〕脯：肉干。

〔14〕撑拄：互相支撑，极言死人之多。以上四句化用秦时民谣："生男慎勿举，生女哺用脯。不见长城下，尸骸相支拄。"

〔15〕结发：指成婚。古礼，成婚之夕，男左女右共髻束发。

〔16〕慊(qiàn)慊：空虚苦闷貌。关：牵连、思念。

〔17〕自全：保全自己，独活。

【评析】

全诗可分四节。第一节到"何能怫郁筑长城"，主要讲役卒与官吏的对话。首二句既点题，也渲染出边地的苦寒之状以及役卒的悲苦生活。从役卒的请求中也可看出，筑城者被"稽留"是当时极常见的景象，而小吏打着官腔、推诿嚣张的嘴脸亦跃然纸上。役卒应早已知悉，但仍试图请求，则其思家之切、服役之苦、无可奈何之情俱可想见，最终只好愤愤地抱怨。"长城"以下四句，是役卒的思想活动。绵延万里的长城，是役卒们遥遥无望的归期。官府为早日完工，便征发更多壮丁，而征发的壮丁越多，拆散的家庭自然也就越多，想到此处，役卒们不禁想到了自己的妻子。他们开门见山而又肝肠寸断地说"便嫁莫留住"，这种主动让妻子改嫁的行为，充分揭露了当时残酷的徭役对广大百姓造成的沉重戕害！"生男"以下四句，化用了秦时童谣：生下男孩子不要养活，女孩子不用服徭役还可以养大防老，而男孩子将来都会成为长城脚下的白骨。这是老百姓对暴政的愤怒控诉和诅咒！诗歌最后是妻子的回信，尽管她能够想到丈夫在长城下服役注定九死一生，但却并未同意他的提议，并表达了同甘共苦的忠贞。本诗点面结合、以点带面，将广阔的社会背景与具体细腻的描绘相结合，深刻揭露了东汉末年政治的腐败与底层百姓的苦难，也表达了诗人对人民悲惨命运的关注和同情。诗中人物的思想活动以对话展开，对话形式富于变化，内容符合人物身份和思想性格，“无问答之痕，而神理井然”（清沈德潜《古诗源》）。

曹　丕

曹丕(187—226),字子桓,沛国谯县(今安徽亳州)人,曹操次子。建安二十五年(220),汉献帝禅位于曹丕,曹魏立国,改元黄初。公元226年,曹丕病逝于洛阳,谥文皇帝。魏文帝曹丕长于诗文,与其父曹操、弟曹植并称“建安三曹”。后世辑有《魏文帝集》;所著子部论集《典论》,今仅存《论文》一篇,是中国文学批评史上最早的文学专论。事迹见《三国志·魏书·文帝纪》。

至广陵于马上作〔1〕

观兵临江水〔2〕,水流何汤汤〔3〕。戈矛成山林,玄甲耀日光〔4〕。猛将怀暴怒,胆气正纵横。谁云江水广,一苇可以航〔5〕。不战屈敌虏,戢兵称贤良〔6〕。古公宅岐邑,实始剪殷商〔7〕。孟献营虎牢,郑人惧稽颡〔8〕。充国务耕殖,先零自破亡〔9〕。兴农淮泗间,筑室都徐方〔10〕。量宜运权略,六军咸悦康。岂如《东山》诗〔11〕,悠悠多忧伤。

【注释】

〔1〕选自《魏文帝集》卷二。广陵:今江苏扬州。

〔2〕观兵:即阅兵。

〔3〕汤(shāng)汤:水流盛大貌。

〔4〕玄甲:铁甲。铁色玄黑,故称。

〔5〕一苇:一根芦苇,借指小船。《诗经·卫风·河广》:“谁谓河广,一苇杭之。”

〔6〕戢(jí)兵:收藏兵器,指停止用兵。《道德经》有“兵者不祥之器,非君子之器,不得已而用之”,故有此言。

〔7〕“古公”二句:谓周兴商亡不始于武王伐纣,而始于古公亶父以仁德怀民。

古公，周太王古公亶父，传说为后稷十二代孙，周文王的祖父。他在戎狄攻其所居之地时迁居于岐山之下，建立城郭家室，人们知其仁德而归附，周族得以兴旺发达。岐邑，在今陕西岐山一带。剪，同“翦”，削弱。殷商，商代屡次迁都，到盘庚迁殷地后乃定，故称殷商。

〔8〕孟献：孟献子，即春秋时鲁国大夫仲孙蔑。公元前571年，晋、宋、卫等国侵入郑国，后来鲁国也参加进来。孟献子曾先于晋国提出“请城虎牢以逼郑”的建议。稽颡（sǎng）：跪拜，意为臣服。

〔9〕充国：西汉名将赵充国，善骑射，通兵法。汉宣帝时，西羌起事，赵充国以七十余岁高龄驰马金城，后罢兵屯田，振旅而还。耕殖：垦种土地。先零：汉代羌族的一支。

〔10〕“兴农”二句：谓欲仿赵充国于边地屯田之意。淮泗，淮水和泗水。筑室，修筑城市。都，建立都城。徐方，即徐戎，古族名，分布于今淮河中下游，周初建立徐国，在东夷中最称强大。

〔11〕《东山》诗：《诗经·豳风》中的一篇，反映了一位普通士兵随周公东征管叔、蔡叔叛乱，最后胜利归来时又忧又喜的心理活动。

【评析】

曹丕称帝后曾两次大举伐吴，但均败北。黄初六年（225）八月，又“为舟师东征”，准备三伐东吴。是年冬十月，他行幸广陵故城，并在长江边举行了规模宏大的阅兵式，本诗即作于此时。前八句着意渲染魏军的雄壮声势。首二句先写阅兵环境，以长江阔大的场景激起将士的壮怀，为全诗奠定了基调。继而写军士们兵甲精良、虎跃龙骧的景象，而率领这支威武之师的将领也胆气纵横、叱咤风云。诗人化用《诗经》中的句子，认为在这支军队面前，长江天险也将视如等闲。诗歌前半部分的阅兵耀武意在恫吓对手，而后半部分则转向怀柔。诗人通过数个历史典故来展现魏国屯田兴农、人心攸归的政策，以此来彰显魏国天子的仁义，因此魏军无久役之苦而喜悦康乐，“岂如《东山》诗，悠悠多忧伤”，就是自诩超过了圣人周公的意思。魏文帝曹丕的诗歌长于写游子思妇之情，而此诗则展现出他雄壮阔大的一面，对戎马场景的刻画，纵擒抑扬，跌宕有致，已颇有乃父曹操“幽燕老将、气韵沉雄”的风调。

张　翰

张翰(生卒年不详),字季鹰,吴郡吴县(今江苏苏州)人。西晋文学家。有清才,博学能文,纵任不羁,时人比之为阮籍,号为“江东步兵”。齐王司马冏辟为大司马东曹掾。八王之乱时,见祸乱方兴,以莼鲈之思为由,辞官而归。年五十七卒。事迹见《晋书·张翰传》。

思吴江歌〔1〕

秋风起兮佳景时,吴江水兮鲈鱼肥。三千里兮家未归,恨难得兮仰天悲。

【注释】

〔1〕选自《先秦汉魏晋南北朝诗·晋诗》卷七。

【评析】

《世说新语·识鉴》载:“张季鹰辟齐王东曹掾,在洛,见秋风起,因思吴中菰菜羹、鲈鱼脍,曰:‘人生贵得适意尔,何能羁宦数千里,以要名爵!’遂命驾便归。”此诗即是对张翰此言的文学化表达。首句即交代时间季节,战国宋玉言“悲哉秋之为气也,萧瑟兮草木摇落而变衰”(《九辩》),诚然,秋风最容易触动人们的节序之感,因此作者在秋风起时而念远思乡。第二句就自然承接到对家乡风物的赞美,亦即点明“思”的内容。鲈鱼是作者家乡的特产,味道鲜美,秋天又正是鱼肥的季节,想到鲜美的食物,这如何能不让人心神摇荡呢?诗的后两句则直抒胸臆,故乡渺远难即,欲归而不得,不禁令人仰天长叹,思乡之情到此就被推向了顶点。当然,若联系时代背景看,张翰的思乡之情固然是真,但他预感到天下即将大乱而欲避祸远引,才是这首诗的更深层表达。

陆　机

陆机(261—303),字士衡,吴郡吴县(今江苏苏州)人。西晋著名文学家。吴丞相陆逊之孙、大司马陆抗第四子,与其弟陆云合称“二陆”。少仕孙吴,吴亡仕晋。太康十年(289),与弟并至洛阳,文才受太常张华赏识,名气大振,时有“二陆入洛,三张(张载、张协、张亢兄弟)减价”之说。因二陆与顾荣同时入洛,又有“洛阳三俊”之称。与潘岳、刘琨、左思等人并游于贾谧之门,人称“二十四友”。八王乱起,先后依附赵王司马伦、成都王司马颖,为平原内史。太安二年(303),率军讨伐长沙王司马乂,兵败受谗,被夷三族。陆机“文章冠世”,诗文俱佳,与潘岳同为西晋“太康诗风”的代表,世有“潘江陆海”之称。有《陆士衡集》。事迹见《晋书·陆机传》。

赴洛道中二首〔1〕

其二

远游越山川,山川修且广〔2〕。振策陟崇丘〔3〕,安辔遵平莽〔4〕。夕息抱影寐,朝徂衔思往〔5〕。顿辔倚高岩,侧听悲风响。清露坠素辉〔6〕,明月一何朗。抚枕不能寐,振衣独长想〔7〕。

【注释】

〔1〕选自《陆士衡集》卷五。

〔2〕修:长。

〔3〕振策:挥动马鞭。陟(zhì):登上。

〔4〕安辔:即按辔,谓扣紧马缰使马缓行或停止。平莽:平坦广阔的草地。

〔5〕徂(cú):去,往。衔思:心怀思绪。

〔6〕素辉:白色的亮光。

〔7〕振衣:抖衣去尘,此指披衣而起。

【评析】

太康十年(289),陆机与弟陆云离开家乡赴洛阳,途中作《赴洛道中二首》以纪此行,本诗为第二首。诗歌首二句紧扣诗题,概括一路行状。从第三句开始,诗人便具体描写远游时长途跋涉的艰辛,透露出一路风尘仆仆的悲苦情绪。这些复杂感情固然有思乡、怀友的成分,但也掺杂了对前途的忧虑,正如其在同题第一首诗中所言:“总辔登长路,鸣咽辞密亲。借问子何之,世网婴我身。”而“清露”二句则与前几句不同,写幽雅清远的月夜景色,几乎使人忘却了旅途的辛劳。但诗人的愁绪并没有被清朗的夜色完全化掉,此处所言清辉素露,不过是“作极紧要、极忙文字,偏向极不要紧、极闲处传神”(清杨伦《杜诗镜铨》),与诗人耿耿不寐、披衣长想形成强烈对比,可谓“以乐景写哀,哀景写乐,一倍增其哀乐”(清王夫之《古诗评选》)作为诗的结句,意绪含蓄,尽在不言中。

苦寒行[1]

北游幽朔城[2],凉野多险难[3]。俯入穷谷底[4],仰陟高山盘[5]。凝冰结重涧,积雪被长峦。阴云兴岩侧[6],悲风鸣树端。不睹白日景,但闻寒鸟喧。猛虎凭林啸,玄猿临岸叹。夕宿乔木下,惨怆恒鲜欢。渴饮坚冰浆,饥待零露餐[7]。离思固已久,寤寐莫与言[8]。剧哉行役人[9],慊慊恒苦寒。

【注释】

〔1〕选自《陆士衡集》卷六。

〔2〕幽朔城:幽州城和朔方城。

〔3〕凉野:荒寒的旷野。

〔4〕穷谷：深谷。

〔5〕仰陟：向上攀登。盘：同“磐”，大石。

〔6〕兴：兴起。

〔7〕零露餐：用落下的露水制成的餐食。

〔8〕寤寐：醒与睡，也指日夜。

〔9〕剧：繁忙、劳苦。

【评析】

此诗主要表现“行役人”在冰天雪地中忍饥受冻、风餐露宿的凄苦景况。首二句就紧扣诗题，交代诗歌发生的地点、时间以及沿途经历，此后就针对“苦寒”与“险难”展开铺陈排比。行役者穿行于北方的山谷中，或深入谷底，或仰攀高峰，道路则是崎岖不平、结满坚冰。在积雪覆盖、阴云笼罩下，只看到阴沉的天色，只听到北风中鸟兽的哀嚎。长夜漫漫更让人无法安顿，行人只能栖息在树下，饮坚冰、餐风露。常年在外又遭此苦寒，诗人如何能不思念故乡呢？诗歌最后，诗人自悼身世，再度喟叹凛冬行役之难，首尾照应。此诗大量运用对偶，尤其是中间部分，几乎全用对偶，显得格外工整；又大量运用排比铺陈的手法，从俯、仰、闻、见、食、宿等多方面对苦寒情景进行铺排描述；此外，诗歌用字用词也工于锻炼，大量使用书面语词和实词，带有鲜明的文人诗特点。此诗虽不似陆机其他诗歌那样典雅缛丽，但同样具备“太康体”的一些基本特征。

猛虎行〔1〕

渴不饮盗泉水〔2〕，热不息恶木阴〔3〕。恶木岂无枝，志士多苦心。整驾肃时命〔4〕，杖策将远寻。饥食猛虎窟，寒栖野雀林〔5〕。日归功未建〔6〕，时往岁载阴〔7〕。崇云临岸骇〔8〕，鸣条随风吟〔9〕。静言幽谷底〔10〕，长啸高山岑。急弦无懦响〔11〕，亮节难为音〔12〕。人生诚未易，曷云开此衿〔13〕。眷我耿介怀〔14〕，俯仰愧古今〔15〕。

【注释】

〔1〕选自《陆士衡集》卷六。

〔2〕盗泉：水名，在今山东省境内。相传孔子经过盗泉，虽然很渴，但恶其名，忍渴不饮此水。

〔3〕恶木：贱劣的树。《管子》曰："夫士怀耿介之心，不荫恶木之枝。"

〔4〕肃：恭敬。时命：朝廷的命令。

〔5〕"饥食"二句：《猛虎行》乐府古辞："饥不从猛虎食，暮不从野雀栖。"此二句是反其意而用之，言为时势所迫。

〔6〕日归：日子消逝。

〔7〕岁载阴：即岁暮。载，年。

〔8〕骇：惊起。

〔9〕鸣条：风吹发出声响的树枝条。

〔10〕静言：沉思。《诗经·邶风·柏舟》："静言思之。"

〔11〕懦响：缓弱的声音。

〔12〕亮节难为音：此句的寓意是说，有高节的人所言一定是慷慨陈词，正如急弦弹不出缓弱之音来，但慷慨直言是朝廷所不喜欢的，因此这类人很难发出自己的声音。节，节鼓，一种乐器。这里"亮节"双关，既指高亢的节鼓，也指高风亮节的人。

〔13〕衿：同"襟"，指胸怀。

〔14〕眷：顾。

〔15〕俯仰：低头抬头，泛指行为举止。《孟子·尽心上》："仰不愧于天，俯不怍于人。"

【评析】

晋惠帝太安年间，陆机因深得成都王司马颖信任，而遭受其亲信王粹、牵秀、卢志、孟玖等妒忌中伤；后在指挥军队讨伐长沙王司马乂的战争中大败，并被诬陷谋反，最终被灭族。此诗或作于这段时期。首四句以比喻的方法表明志士处世爱惜节操名誉的特点。次四句写在世势催迫下，志士不得已出仕而备受艰辛的情景，本应不从猛虎食、野雀栖，却不得已与之共食、共栖，内心显然充满矛盾但又无可奈何，只能顺应命运而违背初衷。"日归"

以下六句,言出仕以后,时间空逝而功业未竟,加之天寒岁暮,故起新愁而徘徊,进退维谷。短短几句便把内心的苦闷矛盾与政治处境的困顿不堪具体形象地呈现出来了。最后六句为一节,以议论表明心志。自己因刚正耿介而招致谗谤,最终寸功未竟,不仅大违初衷,而且付出惨痛代价,如何不生愧负古今之情呢?

此诗在咏叹自身的坎坷经历中表现出诗人彷徨酸苦的矛盾心态,从而成为咏怀佳作;它既保有古乐府之质朴真挚,又有文人诗委婉曲折的抒情,形式上也比古乐府更为整饬均齐。

陶渊明

陶渊明（约365—427），名潜，字渊明，一说名渊明，字元亮，别号五柳先生，浔阳柴桑（今江西九江）人。东晋大司马陶侃曾孙。起为江州祭酒，不堪吏职，辞归。复为镇军参军、建威参军、彭泽令。于晋安帝义熙二年（406）辞官隐居，终身不再出仕。逝后，友人私谥靖节，故世称靖节先生。陶渊明是中国第一位田园诗人，其作品继承了汉魏传统，形成了“自然”与“真”的风格，内容充实，情感真挚，风格平淡，钟嵘称其为“古今隐逸诗人之宗”。梁昭明太子萧统辑其遗作，编为《陶渊明集》七卷，附录一卷，并作传、序。事迹略见萧统《陶渊明传》及《宋书·陶渊明传》等。

始作镇军参军经曲阿〔1〕

弱龄寄事外〔2〕，委怀在琴书〔3〕。被褐欣自得〔4〕，屡空常晏如〔5〕。时来苟冥会〔6〕，踠辔憩通衢〔7〕。投策命晨装〔8〕，暂与园田疏。眇眇孤舟逝〔9〕，绵绵归思纡〔10〕。我行岂不遥，登降千里余〔11〕。目倦川途异〔12〕，心念山泽居。望云惭高鸟，临水愧游鱼。真想初在襟〔13〕，谁谓形迹拘？聊且凭化迁〔14〕，终返班生庐〔15〕。

【注释】

〔1〕选自《陶渊明集》卷三。镇军参军：即镇军将军府参军。镇军是镇军将军的简称，此指刘裕。曲阿：地名，今江苏丹阳。

〔2〕弱龄寄事外：指少年时不关心世事。

〔3〕委怀：寄情。

〔4〕被褐：穿着粗布衣服。被，同“披”。

〔5〕屡空：经常空乏，极言贫困。晏如：安乐的样子。

〔6〕冥会：暗中巧合。此指出仕乃是偶然，并非刻意为之。

〔7〕踠(wǎn)：即“宛”，弯曲貌。

〔8〕命晨装：令人备置清晨出发的行装。

〔9〕逝：去，往。

〔10〕纡：萦绕，缠绕。

〔11〕登降：指路途跋涉艰难。

〔12〕目倦川途异：看厌了途中异乡的景物。

〔13〕真想：纯真朴素的思想。

〔14〕凭化迁：听任自然造化的变迁，任运随化之意。

〔15〕班生庐：指仁者、隐者所居之处。班生，指东汉班固，其《幽通赋》有“里上仁之所庐”之句，意谓要择仁者草庐居住。此用其典。

【评析】

晋安帝元兴三年(404)，陶渊明为生活所迫，出任镇军将军刘裕的参军，这显然有违于陶渊明的本心，因此在行经曲阿时，诗人作此诗以诉说内心的矛盾和苦闷。

全诗可分四段。首四句为第一段，自叙年轻时淡泊自持之志。作者不止一次言及自己“少无适俗韵，性本爱丘山”，但有时也会有“猛志逸四海，骞翮思远翥”之语，可见陶渊明本来也曾有兼济天下的抱负，但黑暗的现实使他的理想难以实现，因此只能寄心于琴书。此四句虽平淡质朴，但在背后却隐藏着诗人对现实的强烈不满。次四句为第二段，诗人对自己的出仕作了合理解释，仕也好，隐也罢，都是命运安排而已，自己迟早还是要回归田园的。从“眇眇”句至“临水”句是诗歌的第三段，叙旅途所感，虽有随遇而安的心态，但随着行程渐远，诗人的归思也就越浓，行至曲阿时终于达到了极点。出发时的豁达态度已为浓重的后悔情绪所替代。最后四句是第四段，也是全诗的总结，叙作者今后立身行事的打算：任运随化，终返田园。

此诗如好友倾诉肺腑一般，在娓娓道来的叙述中，展现出清晰的层次，又饱含深意。诗人吐露自己赴任途中的复杂感受与心理变化，坦率而含蓄，一波而三折，又兼摹绘途中景色细致入微，可见诗人的高超笔力，具有“平淡而山高水深”的特点，初读不见新奇，涵泳过后方可见其文理之自然超妙。

谢灵运

谢灵运(385—433),名公义,字灵运,小名客儿,祖籍陈郡阳夏(今河南太康),出生于会稽始宁(今浙江绍兴),东晋名将谢玄之孙。晋安帝元兴二年(403),袭封康乐县公,世称“谢康乐”。刘宋建立后,历任散骑常侍、太子左卫率、永嘉太守、秘书监、临川太守,屡被政敌弹劾。宋文帝元嘉十年(433),被诬谋反,罪处绞刑。谢灵运工诗善文,与颜延之并称“颜谢”,又与颜延之、鲍照并称“元嘉三大家”。谢灵运是第一位全力创作山水诗的诗人,对后世影响很大。其文集已佚,后世辑有《谢康乐集》。事迹见《宋书·谢灵运传》。

邻里相送至方山〔1〕

祗役出皇邑〔2〕,相期憩瓯越〔3〕。解缆及流潮〔4〕,怀旧不能发。析析就衰林〔5〕,皎皎明秋月。含情易为盈,遇物难可歇。积疴谢生虑〔6〕,寡欲罕所阙〔7〕。资此永幽栖〔8〕,岂伊年岁别〔9〕。各勉日新志〔10〕,音尘慰寂蔑〔11〕。

【注释】

〔1〕选自《汉魏六朝百三家集·谢康乐集》卷二。方山:建康(今江苏南京)附近的山名,山呈方形,下有秦淮渡口,可送行人。

〔2〕祗(zhī)役:奉命任职。

〔3〕瓯越:指永嘉郡,今浙江温州、丽水一带,治所在今温州市,因汉代属东瓯,故称瓯越。

〔4〕及:趁着。

〔5〕析析：风吹树木的声响。就：靠近。

〔6〕积疴(kē)：多年患病。

〔7〕阙：同“缺”。

〔8〕资：借。

〔9〕岂伊：难道。

〔10〕日新：一天比一天进步。《易经·大畜·彖传》“日新其德”，即进德修身之意。

〔11〕音尘：音信，消息。寂蔑：寂寞。

【评析】

谢灵运所在的东晋世家大族陈郡谢氏在当时有不小的政治影响力。刘宋少帝即位后，谢灵运因卷入政治漩涡，受到了徐羡之等人的排挤，于永初三年(422)七月出任永嘉太守。此诗即作于诗人在方山渡口辞别亲友之时。

开头四句写自己即将出任而不忍分别之状。首二句交代背景，其中“憩”字值得玩味，说明此次外迁并非受重用，而是投置散地，因此他也便采取了消极的态度应对此职。史载，谢灵运到永嘉后，“郡有名山水，灵运素所爱好，出守既不得志，遂肆意游遨，遍历诸县，动逾旬朔，民间听讼，不复关怀”。(《宋书·谢灵运传》)所谓“永幽栖”，实乃作者的牢骚语。要解缆启程的诗人，终究“怀旧不能发”。这个“旧”字，表面指亲友，实际亦指权力中心。“析析”以下四句叙途中所见。就字面而言，“析析”“皎皎”是形容途中所见衰林、秋月的，但作者的心情本就有寥落衰飒的一面，又因不甘沉沦下僚而欲倾吐衷肠，故此二句是写实，也是比兴。正因如此，接下来的两句正好反接此二句，“含情”说“月”，“遇物”说“林”，情感如月之阴晴圆缺，时有变化，身世则如风吹衰林，欲静而不止。两句因实入虚，触景生情，正写出诗人的满腹怆怀。最后六句点明与邻里告别之旨，申发留恋京都之意。看似欲顺其自然、随遇而安，实则牢骚满腹、患得患失，在命运面前无可奈何，只能故作旷达；与亲友以“日新”互勉，终究透露着落寞伤怀之意。

本诗与谢灵运诸多山水诗一样，以工笔细描的方式客观地刻画出山水景物的奇妙之处，但在这种精心刻意的描绘中，却隐含着复杂多变的政治处境和诗人矛盾纠缠的思想感情，是体会谢灵运思想、心境的重要文本。

庐陵王墓下作[1]

晓月发云阳[2],落日次朱方[3]。含凄泛广川,洒泪眺连冈[4]。眷言怀君子[5],沉痛切中肠[6]。道消结愤懑[7],运开申悲凉[8]。神期恒若存[9],德音初不忘[10]。徂谢易永久[11],松柏森已行。延州协心许[12],楚老惜兰芳[13]。解剑竟何及,抚坟徒自伤。平生疑若人[14],通蔽互相妨[15]。理感心情恸,定非识所将[16]。脆促良可哀[17],夭枉特兼常[18]。一随往化灭[19],安用空名扬[20]。举声泣已沥[21],长叹不成章。

【注释】

〔1〕选自《汉魏六朝百三家集·谢康乐集》卷二。庐陵王:指刘义真(407—424),宋武帝刘裕次子,受封庐陵王。少帝景平二年(424)正月废为庶人,同年六月被杀,年仅十八岁。史载:"义真聪明爱文义,而轻动无德业。与陈郡谢灵运、琅邪颜延之、慧琳道人并周旋异常,云得志之日,以灵运、延之为宰相,慧琳为西豫州都督。"(《宋书·刘义真传》)

〔2〕云阳:今江苏丹阳。

〔3〕次:临时住宿休息。朱方:春秋时吴国地名,刘宋时为宗室墓地所在,在今江苏丹徒东南。

〔4〕连冈:连绵的山岗。《相冢书》云:"天子葬高山,诸侯葬连冈。"此处指庐陵王之墓。

〔5〕眷言:回顾貌。言,词尾,无意义。《诗经·小雅·大东》:"眷言顾之,潸焉出涕。"

〔6〕中肠:内心。

〔7〕道消:君子势力减弱以致为小人所欺。语本《周易·否卦》彖辞"内小人而外君子,小人道长,君子道消也",此处指徐羡之、傅亮、谢晦专权而排挤、杀害刘义真。

〔8〕运开:国运开张,此处指宋文帝拨乱反正,铲除徐羡之等,并为刘义真昭雪。

〔9〕神期:明灵精气。

〔10〕德音:品行及音容笑貌。

〔11〕徂谢：去世，死亡。

〔12〕延州：即延陵，此处代指封于延陵的吴国王子季札。据《史记·吴太伯世家》载，春秋时，吴王封少子季札于延陵，号延陵季子。他出使晋国时路过徐国，徐国国君很爱他的宝剑。季札已心许，准备回来时再送给他。等到回来时，徐君已死，季札就把剑挂在徐君墓上，表示不能因徐君已死而违背自己许剑的心愿。后以“挂剑”为怀念亡友或对亡友守信的典故。

〔13〕楚老惜兰芳：用楚地老人悼念龚胜之事比喻自己吊唁庐陵王。据《汉书·龚胜传》，龚胜因不愿为新莽王朝效力，绝食而死。有一老父前来吊唁，抚坟痛哭，感慨惋惜地说：“嗟乎！薰以香自烧，膏以明白销，龚生竟夭天年，非吾徒也。”因老父隐居彭城，后世因称之为“楚老”。

〔14〕若人：这些人，指季札和楚老。

〔15〕通蔽互相妨：既通达又蒙蔽不通，互相矛盾。

〔16〕将：带领。

〔17〕脆促：脆弱窘迫。

〔18〕夭枉特兼常：指庐陵王受冤枉短命而死，其悲哀又超过常人。

〔19〕往化：死亡。

〔20〕名扬：指元嘉三年(426)为刘义真平反，恢复庐陵王封号，并追赠侍中、大将军等名号。

〔21〕举声：放声痛哭。

【评析】

此诗首四句，从旅程写起，看似平淡却饱含深情，仅“次朱方”就扼要地暗示题意，并为下文情绪的兴起作了铺垫。而“含凄”“洒泪”则直接点明了诗人的悲痛情感，“泛广川”“眺连冈”则从水陆两方面表现这种凄苦之情，表明整个旅途中的哀痛之情，也正式奠定了诗歌的基调。“眷言”以下四句，直抒胸臆，点明伤怀故友之意，哀婉、悲愤之情溢于言表。“神期”以下四句，则写自己的感受与思绪。“延州”以下八句，从诗人的视角更进一层来抒发对逝者的情谊。用典和设问使诗歌具有波澜转折之致，不致过于平衍。“脆促”以下四句，又转回凭吊庐陵王之意上来。四句层层深入，由一般人之夭亡具体到刘义真，再从死亡思考到身后名，语似旷达而实含悲愤，与上文“道消”“运开”二句遥相呼应。诗歌文势在这层层递进转折中有了新的波澜，诗人对死者的悲悼之情也就更深挚了。末两句与“含凄”“洒泪”二句自成开合，诗写到此，意虽尽而情益苦，欲长歌当哭，却涕泗横流，以至无声悲泣，生动细腻地表现出痛苦已极的情态。清人陈祚明评此诗“哀惨异常，知忠义之感”（《采菽堂古诗选》），洵为的论。

初发石首城[1]

白珪尚可磨，斯言易为缁[2]。遂抱中孚爻[3]，犹劳贝锦诗[4]。寸心若不亮，微命察如丝[5]。日月垂光景[6]，成贷遂兼兹[8]。出宿薄京畿[8]，晨装抟曾飔[9]。重经平生别，再与朋知辞[10]。故山日已远，风波岂还时。迢迢万里帆，茫茫终何之。游当罗浮行[11]，息必庐霍期[12]。越海陵三山[13]，游湘历九嶷[14]。钦圣若旦暮[15]，怀贤亦凄其[16]。皎皎明发心[17]，不为岁寒欺[18]。

【注释】

〔1〕选自《汉魏六朝百三家集·谢康乐集》卷二。石首城：即石头城，是当时首都建康外围重要的军事要塞，在今南京西南。

〔2〕“白珪”二句：白玉若有污点，仍可磨去；而被诬陷之语中伤，身上的污点就很难抹去了。这两句化用《诗经·大雅·抑》：“白圭之玷，尚可磨也。斯言之玷，不可为也。”缁，黑色。

〔3〕中孚爻：中孚，《周易》中的卦名，六十四卦之一。《周易·中孚》：“中孚以利贞，乃应乎天也。”意谓心中诚信，应为吉利。爻，《周易》中组成卦的符号，“—”为阳爻，“--”为阴爻。

〔4〕贝锦诗：《诗经·小雅·巷伯》：“萋兮斐兮，成是贝锦。彼谮人者，亦已大甚。”意谓进谗言者罗织过失以成罪名，犹如女工用五色丝编织锦上的花纹一样。

〔5〕“寸心”二句：谓自己的心意若不被皇帝所信任，则命悬一线。亮，信也；不亮，即不被信任、理解。察，省察。

〔6〕日月垂光景：日月比喻宋文帝，光景比喻恩泽。

〔7〕成贷：语出《老子》“夫唯道，善贷且成”，意谓施恩成全。兼兹：指出任临川内史。

〔8〕薄：至，到。

〔9〕抟（tuán）曾飔（sī）：凭借风力挂帆而去。抟，凭借。曾飔，疾风。

〔10〕“重经”二句：永初三年（422），谢灵运出为永嘉太守，现在又出为临川内史，故云“重经”“再与”。

〔11〕罗浮：山名，在今广东。

〔12〕庐霍：指庐山与霍山，分别在今江西、安徽二省，与上句“罗浮”都是传说中的求仙之处。

〔13〕三山：指蓬莱、方丈、瀛洲，为古代传说中的三座神山。

〔14〕湘：湘江。屈原自沉于汨罗江，汨罗为湘江支流。九嶷：山名，传说舜南巡死后即葬于九嶷山。

〔15〕圣：指舜。

〔16〕贤：指屈原。

〔17〕明发心：指光明磊落的心迹。明发，黎明、平明。

〔18〕岁寒：一年的严寒时节，此处指困境。

【评析】

谢灵运以为自己“才能应参时政”，却被宋文帝视作文学侍臣，因此便上表陈疾，东归会稽。其间，与太守孟顗多有不协，孟顗以“灵运横恣，百姓惊扰”，遂上书“表其异志”。谢灵运得知后，“驰出京都，诣阙上表”，最终宋文帝“知其见诬，不罪也。不欲使东归，以为临川内史”（《宋书·谢灵运传》）。这个处理看似宽大，但实际隐含着朝廷对门阀士族的提防。元嘉八年（431）春，谢灵运从石头城出发，溯江西赴任临川，此诗即作于此时。

诗的前八句，以议论感喟的方式隐约表达了此次“初发”的缘由，即遭谗受诬、身不由己。首两句用古语点出世态人情的险恶，第三句以下委婉述说自身遭际。五、六两句说自己险遭不测，七、八两句说幸蒙宽宥，颂扬皇恩浩荡。虽不具言受诬之事，但风波之险恶、处境之孤危历历可见。“出宿”句以下，主要抒写诗人初发时的层层思绪和感受。首先是去国之悲。此时情景与永初三年诗人离京赴永嘉时极为相似，彼时被逐出京的羁旅之苦于今日重现,乃至更甚,于是风波失所、茫然无所适从的心情油然而生。此处“风波”语含双关,不仅指风高浪险的水程旅况,更指充满危机的宦海浮沉。“茫茫”一句,更显出对命运凶多吉少的不祥预感。其次是远游之想。诗中诸山均为神话传说中的求仙登遐之地,并非实指,只是表明精神的苦闷与无从找寻出路的出世之想,与孔子“道不行,乘桴浮于海”的精神内涵是一致的。“钦圣”句以下表现诗人效仿先贤风操的决心,即使身处困顿也矢志不移,并借松柏岁寒不凋以自励。

鲍　照

鲍照(约416—466),字明远,东海(今属江苏)人,久居建康(今江苏南京),南朝宋文学家。大明五年(461),出任刘子项前军参军,故世称“鲍参军”。泰始二年(466),刘子项起兵反对宋明帝,失败被杀,鲍照亦于乱军中遇害。鲍照长于诗文,与颜延之、谢灵运并称“元嘉三大家”。明人胡应麟称其“上挽曹刘之逸步,下开李杜之先鞭”(《诗薮》)。有《鲍参军集》。事迹略见《宋书·鲍照传》。

日落望江赠荀丞〔1〕

旅人乏愉乐,薄暮增思深。日落岭云归,延颈望江阴〔2〕。乱流潨大壑〔3〕,长雾匝高林〔4〕。林际无穷极,云边不可寻〔5〕。惟见独飞鸟,千里一扬音〔6〕。推其感物情,则知游子心。君居帝京内,高会日挥金。岂念慕群客,咨嗟恋景沉〔7〕。

【注释】

〔1〕选自《汉魏六朝百三家集·鲍参军集》卷二。荀丞:刘宋史学家荀伯子之子荀赤松,宋文帝元嘉末官至尚书左丞。

〔2〕延颈:形容急切盼望的样子。

〔3〕潨(cóng):水汇合貌,小水流入大水。

〔4〕长雾:浓雾。

〔5〕“林际”二句:谓傍晚薄暮之景,薄雾掩映,故近处高林、天边远云皆无边无际。

〔6〕扬音:谓发出高亢的声音。

〔7〕景沉：太阳西下。

【评析】

诗歌大致可以分为三段。前四句是第一段，首二句总起全诗，次二句正面写眺望江乡，照应诗题。"日落"句承接上文之"薄暮"，夕阳西下，诗人却只能漂泊羁旅，这就更深切地引起了他无所归依的苦痛忧思。"延颈"而望，更使漂泊无依、思念亲友又渴求援引的心情跃然于纸上。"乱流"以下八句是第二段，正面写望江所见所感。暮色苍茫，林木与落霞融为一体，虽有雄浑气象，但又不免色彩暗淡，融情于景，耐人咀嚼。此后镜头就从下而上，将全景视角聚焦在独飞的高鸟上，鸟兽本应归巢，此时却独飞，自然要怆然长鸣。诗人感物伤己，故有"推其"二句。无论是独鸟悲鸣，还是游子哀叹，都有"求其友声"（《诗经·小雅·伐木》）的意味，这也就自然过渡到第三段，切回到"赠荀丞"上来。"君居"二句，言荀丞所居高要，所处优越。尾二句则感叹荀丞不能援手于己，有希望得到朋友援引之意，而态度则又不卑不亢。

此诗结构上过渡自然，层次清楚，首尾呼应，和谐整严；手法上多比兴、用典，生动形象又不露痕迹；遣词造句精炼警策，体现了作者深厚的艺术功力。

行京口至竹里〔1〕

高柯危且竦〔2〕，锋石横复仄〔3〕。复涧隐松声〔4〕，重崖伏云色〔5〕。冰闭寒方壮〔6〕，风动鸟倾翼。斯志逢凋严〔7〕，孤游值曛逼〔8〕。兼途无憩鞍〔9〕，半菽不遑食〔10〕。君子树令名〔11〕，细人效命力〔12〕。不见长河水〔13〕，清浊俱不息。

【注释】

〔1〕选自《汉魏六朝百三家集·鲍参军集》卷二。竹里：山名，在今江苏句容市境内，山势陡峭，又名翻车岘。

〔2〕高柯：高处的树枝。

〔3〕仄：倾斜。

〔4〕复涧：夹于两山之间的涧流。

〔5〕重崖：重叠的山崖。

〔6〕冰闭：冰冻闭合，覆盖。

〔7〕凋严：指严冬。

〔8〕曛（xūn）：黄昏，傍晚。

〔9〕兼途：犹兼程，以加倍速度赶路。

〔10〕半菽（shū）：语出《汉书·项籍传》“卒食半菽”。菽，豆类的总称，半菽就是半菜半粮，指粗劣的饭食。

〔11〕令名：美名。

〔12〕细人：小人。效命力：舍命报效，尽心尽力。

〔13〕长河：黄河。

【评析】

此诗首六句描绘出一个充满冲突与压迫感的世界。起笔便单刀直入写旅途景物，但选取的意象是尖锐强硬的树枝、如锋刃一样的石头，不安之气扑面而来。“复涧”二句从近景转移到远景。“隐”与“伏”则将松声云色这样本有幽意的意象锻炼得惊心动魄，使人生畏，寒冷的天气也让诗人感到了外在力量的压迫。以“闭”“壮”形容结冰，表现出寒气的可怖力量；以“倾”形容风中鸟的姿态，更显示出个体生命在自然界中的渺小无依。“斯志”以下四句，言空有远志却逢寒冬，只能在昏黑的天气中“孤游”。“兼途”二句从所感转向行途生活的纪实。“君子”以下四句则为总结。行路难如此，又兼沉沦下僚，但诗人仍还有一丝希望，就像奔腾的黄河水那样，清浊俱下，自己虽有很多牢骚愤慨，但还是要以百折不回的精神走到底。

鲍照笔下的外部世界往往具有强烈的主观情绪色彩；物的线条、色彩、动感，有丰富的表现力和强烈的感染力；其语言也特别警醒，能够造成震撼人心的美感。

发后渚[1]

江上气早寒，仲秋始霜雪。从军乏衣粮，方冬与家别[2]。萧条背乡心，凄怆清渚发。凉埃晦平皋[3]，飞潮隐修樾[4]。孤光独徘徊，空烟视升灭。途随前峰远，意逐后云结[5]。华志分驰年[6]，韶颜惨惊节[7]。推琴三起叹，声为君断绝。

【注释】

〔1〕选自《汉魏六朝百三家集·鲍参军集》卷二。后渚（zhǔ）：地名，在建康城外的江上。

〔2〕方冬：刚入冬。

〔3〕凉埃：尘埃。

〔4〕修樾（yuè）：高树交成的树荫。

〔5〕结：聚集。

〔6〕华志：美好的志愿。分：分散，消失。

〔7〕节：节序。

【评析】

这是一首行役诗。首六句为一节，主要写别家上路时的情景。首二句看似寻常，而诗意却亲切感人。秋冬之际，霜雪早来，却不得不出门从军，本就艰苦；无奈家贫乏食，衣粮准备不够，酸楚更甚；即便如此，仍需动身，故不得不早行以减少御冬衣食，凄凉更甚。此六句纯以质朴平实的描写将离乡之哀、家贫之窘、无奈之情层层剥开、深入，遣词造句似毫不费力，故方东树言："起六句从时令起叙题，不过常法，而直书即目，直书即事，兴象甚妙，又亲切不泛。"（《昭昧詹言》）

中六句为一节，主要写途中所见景物及自己的心理活动。"凉埃"句写陆景，"飞潮"句写江景，虽为写景，但亦含比兴，诗人此行从军，前途晦暗，处境惊险，难免产生前途未卜的不祥预感。"孤光"句即是这种茫然情绪的进一步申述。"空烟"句更将一己之情推广到世事变幻的宏大场景中。四句实写之后再以“途随”两句虚写收束。“前峰”为实见，归期未知而前路无涯，茫然无所归之意进一步加强。“后云”虽过，然一路艰辛却郁积心头，更添怅惘。末四句为一节。“华志”二句诗人自铸伟词，虽稍显滞涩，但能把主观之情与客观之事融为一体，传达出自身的无限感慨。诗人最后只能以琴消忧，但又因过于伤怀而多次中断。末二句虽有“弦断有谁听”的顿挫之感，不过结尾戛然而止，略显突兀。

谢 朓

谢朓(464—499),字玄晖,南朝齐陈郡阳夏(今河南太康)人。少好学,文章清丽。齐武帝永明五年(487),与沈约、王融等同从竟陵王萧子良游,并称“竟陵八友”。永明十年,以文才为随王萧子隆赏爱。齐明帝建武二年(495),为宣城太守,故世称“谢宣城”。永泰初因告岳父王敬则谋反,迁尚书吏部郎,因又称“谢吏部”。东昏侯永元元年(499),因泄露江祏兄弟谋废东昏立始安王萧遥光事,遭江祏等构陷,死于狱中。谢朓善五言诗,因与“大谢”谢灵运同族且诗风相近,故世称“小谢”。在山水诗的发展上,他继承了大谢细致清新的特点,又通过山水景物描写抒发情感,达到情景交融的境界,诗风清新流丽,圆美流转。他是“永明体”的重要代表,对唐代律诗、绝句的形成有重要影响。有文集十卷,已佚,后人辑有《谢宣城集》。事迹见《南齐书·谢朓传》。

晚登三山还望京邑〔1〕

灞涘望长安〔2〕,河阳视京县〔3〕。白日丽飞甍〔4〕,参差皆可见。余霞散成绮〔5〕,澄江静如练〔6〕。喧鸟覆春洲,杂英满芳甸。去矣方滞淫〔7〕,怀哉罢欢宴。佳期怅何许〔8〕,泪下如流霰〔9〕。有情知望乡,谁能鬒不变〔10〕。

【注释】

〔1〕选自《汉魏六朝百三家集·谢宣城集》。三山:位于今南京西南长江南岸,因上有三峰、南北相接而得名,附近有渡口。

〔2〕灞(bà)涘(sì):灞水边。灞,水名,源出陕西蓝田,流经长安城东。涘,水

涯，水边。此句化用王粲《七哀诗》："南登霸陵岸，回首望长安。"

〔3〕河阳：故城在今河南孟州西。京县：指西晋都城洛阳。此句化用潘岳《河阳县作诗》："引领望京室。"潘岳时为河阳令。

〔4〕飞甍（méng）：上翘如飞翼的屋脊。

〔5〕绮：有花纹的丝织品。此处指太阳照射水波荡漾的样子。

〔6〕澄江：清澈的江水。练：洁白的绸子。

〔7〕滞淫：久留，淹留。

〔8〕佳期：指归来的日期。

〔9〕霰（xiàn）：小雪珠。

〔10〕鬒（zhěn）：黑发。

【评析】

从永明十一年（493）齐武帝去世到齐明帝即位，短短一年多的时间里，萧齐换了三个皇帝，谢朓故友竟陵王萧子良也在政治斗争中身死，此诗即作于这种动荡不安的局势中。此诗前两句借用王粲、潘岳诗意，既交代了离京的原因和路程，又含蓄地抒写了诗人对京邑的不舍、对时势的忧惧。"白日"以下六句写景，将登临所见层次分明地摹绘出来。先是远观京城内的王侯第宅的繁华景象与壮丽气象。随即转换视角，从城内宫室转到城外江景，天与水的对比，色彩绚丽悦目且具有冲击性，用柔软的绸缎比喻水与天，更具动态和触觉感受，也写出了晴明时候夕阳晚景带给人的感受。随后，诗人聚焦到岸边丛生的花草上，以工笔细描点染江洲的佳趣。正因如此，才有了"去矣"以下六句诗人的慨叹。"去矣"二句，语意丰富，又以两处虚词对仗，形成散文式的感叹语气，读来顿觉声情摇曳。因怀欢宴，故想佳期，然佳期遥遥，故泪下如雨，感情之波澜进一步推升。至最后两句则又由己及人，以问作结，回到望乡之义，也将凄苦悲哀的愁绪推至顶点。

此诗结构整严，善于用明丽之景衬伤感之情，却又能呈现出自然情韵，标志着山水诗在艺术上的成熟，对唐人有很大的影响。

游东田[1]

戚戚苦无悰[2],携手共行乐。寻云陟累榭[3],随山望菌阁[4]。远树暧阡阡[5],生烟纷漠漠。鱼戏新荷动,鸟散余花落。不对芳春酒,还望青山郭[6]。

【注释】

〔1〕选自《汉魏六朝百三家集·谢宣城集》。东田:当时都城建康郊外著名的风景胜地,北依钟山,南望秦淮,风光秀丽宜人。南齐君臣文士多在此修筑池园别墅。

〔2〕悰(cóng):快乐。

〔3〕寻云:追寻云霞的踪迹,指登高。累榭(xiè):重重叠叠的楼阁。榭,台上有屋叫榭。

〔4〕菌阁:华美的楼阁。

〔5〕暧(ài):昏暗,不明晰。阡(qiān)阡:同“芊芊”,茂盛貌。

〔6〕青山郭:靠近青山的城郭。郭,外城。

【评析】

首二句即表明因心绪压抑忧愁而无法排解,故“携手共行乐”。与前作相同的是,诗人对出游的描写也是由远及近,先写远望之云山,再写远树,最后拉近以工笔细描近处之鱼鸟。“寻云”以下四句描摹出一幅远眺夏日山水图,“生烟”二字状写云水弥漫的动态及芊芊树木隐隐随着云雾升腾而飘飘欲动的情状。随即诗人将目光从远天收束到眼前,描绘夏日近景:鱼戏鸟喧,充满生机与活力,但在片刻的活动之后,无论新荷还是落花,都复归寂灭,没有声响,空余惆怅。因此才会试图消解这种空寂之感带来的哀伤情绪,这也就引出了结句“不对芳春酒”。末句则是借酒消愁而不得后,诗人采取的新举措,山水是其寄情所在,由于春酒不得消愁,因此视野再度被推远,诗境重新开阔,流露诗人对于此次出游的无限流连,标识着其精神境界的升华。

此诗写景,善于变换视角,将远景、近景、动景、静景鳞次栉比地呈现出来，富有立体感和动感。诗人的情绪也在这种动态变化中自然流露，使纪游、写景、抒情和谐统一，宛若天成。此诗虽为古体，但对仗精致工整，显示出向近体诗演进的特征。

入朝曲[1]

江南佳丽地，金陵帝王州[2]。逶迤带绿水[3]，迢递起朱楼[4]。飞甍夹驰道[5]，垂杨荫御沟[6]。凝笳翼高盖[7]，叠鼓送华辀[8]。献纳云台表[9]，功名良可收。

【注释】

〔1〕选自《汉魏六朝百三家集·谢宣城集》。

〔2〕帝王州：东吴、东晋、刘宋皆建都金陵，故称。

〔3〕带：环绕。

〔4〕迢递：高峻巍峨貌。

〔5〕驰道：专供皇帝行驶的道路。

〔6〕御沟：流经宫苑的河道。

〔7〕凝笳：舒缓的笳声。翼：送。

〔8〕叠鼓：轻而密的鼓声。华辀（zhōu）：华丽的车辆。

〔9〕献纳：建言以供采纳。云台：汉宫高台名。汉光武帝曾以南宫云台作为召集群臣议事之所，后遂用以借指朝廷。

【评析】

此诗首联虚笔入篇，上句从空间横面着墨，言地理形势；下句从时空纵面措笔，言历史变迁，则京城显赫、辉煌的气象跃然纸上。中间三联紧承“帝王州”来具体描绘都城之形胜。诗人观察角度是平视的，因此首先看到的是蜿蜒曲折又绿波荡漾的护城河。视线再朝前进，才看到日光下鳞次栉比又灿烂辉煌的高楼宫室。离皇城越来越近，诗人的视角也就从远到近，转到对驰道的描写。驰道两旁，宫室巍峨，观宇齐飞，一望无际，因而用一“夹”字表现驰道随着两边建筑的延伸显得越来越窄的景象。“垂杨”句以实写交代更进一步的所见,且与“飞甍”句结合,拓展出诗境的上下层次感。同时,这两句还十分注重色彩的描绘,凸显出皇居的非凡气象。“凝笳”两句则描写道路上车马飞驰、河流中画舫穿梭的场景,有效弥补了前面着重静态描写而流露出的呆板单调之弊。动静结合之下,将皇都的繁华、壮观气象渲染已极。最后一联以期待收束全篇,反映了青年诗人积极进取、建功立业的精神风貌。

庾肩吾

庾肩吾(487—551),字子慎,一字慎之,南阳新野(今属河南)人。南北朝杰出文学家庾信之父。初为晋安王萧纲(即梁简文帝)常侍,奉命与刘孝威等抄撰众籍,号称高斋学士。简文帝即位,为度支尚书。侯景之乱时,叛将宋子仙破会稽,获而欲杀之,命作诗以贷命,援笔即成,辞采甚美,遂释为建昌令。后间道奔江陵,投梁元帝,官江州刺史,领义阳太守,封武康县侯,旋卒。庾肩吾工诗赋,与徐摛齐名,早期多为奉和、应制、侍宴、谢启一类酬应之作,风格靡丽,为"宫体诗"创始人之一。晚年经乱,诗风有所转变,情辞慷慨,笔力较为雄健。明人胡应麟称其"风神秀相,洞合唐规"(《诗薮》)。有文集十卷,已佚,后世辑有《庾度支集》。事迹见《梁书·庾肩吾传》。

乱后行经吴邮亭〔1〕

邮亭一回望〔2〕,风尘千里昏。青袍异春草〔3〕,白马即吴门〔4〕。獯戎鲠伊洛〔5〕,杂种乱镮辕〔6〕。辇道同关塞〔7〕,王城似太原〔8〕。休明鼎尚重〔9〕,秉礼国犹存〔10〕。殷牖爻虽赜〔11〕,尧城吏转尊〔12〕。泣血悲东走〔13〕,横戈念北奔〔14〕。方凭七庙略〔15〕,誓雪五陵冤〔16〕。人事今如此,天道共谁论。

【注释】

〔1〕选自《汉魏六朝百三家集·庾度支集》。乱:指侯景之乱,又称太清之难。侯景本为东魏叛将,被梁武帝收留,因对梁武帝欲执送其回东魏以与之通好而心怀不满,遂于太清二年(548)在寿阳(今安徽寿县)起兵叛乱,次年攻占梁都建康,将梁

武帝囚死后，又先后废立了萧正德、萧纲（简文帝）和萧栋三个傀儡皇帝。后于大宝二年（551）自立为帝，国号汉。其间，梁之宗室大臣为攫取权力而迁延不救，直至湘东王萧绎（即后来的元帝）在肃清其他宗室势力后，派徐文盛、王僧辩讨伐侯景，战局逐渐扭转。大宝三年，王僧辩与驻守岭南而北上的陈霸先会师，收复建康。侯景乘船出逃，被部下杀死，叛乱平息。侯景乱平时，庾肩吾已去世，其所谓“乱后”，当指侯景于太清三年攻占建康、立简文帝以后到庾肩吾投奔梁元帝以前。邮亭：或为“御亭”之误，御亭为三国吴大帝孙权所建，在晋陵（今江苏常州）。

〔2〕一回望：短暂地回望。

〔3〕青袍：与下句“白马”均指侯景乱军。据《南史·侯景传》载，梁武帝大同中有童谣云：“青丝白马寿阳来。”后侯景反时，着青袍乘白马，青丝为辔，欲以应谣。

〔4〕即：到。

〔5〕獯（xūn）戎鲠（gěng）伊洛：此指叛军为祸。獯，即獯鬻，夏朝北方游牧民族，周称猃狁，汉称匈奴。戎，泛指古代西部民族。鲠，害，祸患。伊洛，指伊水和洛河，泛指核心统治区。

〔6〕杂种乱轘（huàn）辕（yuán）：与上句同义。杂种，古代对少数民族的蔑称。轘辕，关口名，在今河南登封西北三十里，又跨巩义西南。因山路有十二曲，盘旋往还，故得名。此处亦指核心统治区。

〔7〕辇（niǎn）道：乘辇往来的宫中道路。

〔8〕太原：有二义，一指今泾河上游地区，如《诗经·小雅·六月》云“薄伐猃狁，至于太原”，顾炎武释《国语·周语上》之“宣王既丧南国之师，乃料民于太原”；一指今山西太原附近。此处可泛指边疆或指叛军占领区。

〔9〕休明：指太平安定的盛世。鼎：商、周时煮盛物品的用具或铭功记绩的礼器，相传禹铸九鼎，夏、商、周均视之为国宝，后以鼎代指国家权威。

〔10〕秉礼：遵从国家礼制。

〔11〕殷牖（yǒu）：指殷代的羑里（今河南汤阴），相传周文王被殷纣王拘囚于此，著成《周易》。赜（zé）：幽深玄妙。

〔12〕尧城：相传尧德衰，被舜所囚。尧城即尧被囚之所。吏转尊：西汉开国功臣周勃被诬谋反后下狱，为狱吏所欺，出狱后感慨：“吾尝将百万军，然安知狱吏之贵乎！”此处指梁武帝被囚台城。

〔13〕东走：一指向东逃难。侯景乱起，庾肩吾东奔会稽，后被侯景将宋子仙俘

虏,用为建昌令。后庾肩吾从小路逃往江陵,投奔梁元帝。此诗作时,庾肩吾应尚未西奔。一指梁元帝萧绎彼时从江陵出兵向东勤王。

〔14〕北奔:指当时镇守南方的陈霸先等人向北勤王。

〔15〕七庙略:犹庙略,指安邦定国的重大谋略。七庙,泛指帝王供奉祖先的宗庙,此指南梁祖庙。

〔16〕五陵:西汉高祖、惠帝、景帝、武帝、昭帝的陵园,此指南梁祖陵。侯景占据建康,先是囚禁梁武帝、梁简文帝,又废梁自立,故谓“五陵冤”。

【评析】

此诗首二句便渲染出黑云压城的急迫感。诗人东奔路上回看都城,只有风尘千里、暗无天日,渺小个体与强大乱军、动荡局势的对比便直接呈现出来。“青袍”以下六句,则紧扣“风尘千里昏”来进一步交代大乱以来叛军对京城的破坏。“青袍”二句显出了叛军占据下惨淡悲伤的冷色调,“獯戎”以下四句,不仅表现出诗人对叛军的痛恨,也表现出浓重的黍离之悲。但诗人却还坚信有朝一日王师可以夷凶靖乱,故在这种悲苦已极的情绪后,气势便振作起来,“休明”以下四句即是此之体现。“泣血”以下四句,言各地军队勤王义举,并对大军一举荡平贼氛、中兴梁室抱有强烈信心。“人事”二句表明经历了悲观与乐观的心理变化后的深沉思考:“人事”不仅指勤王中兴的愿望,更有诗人对梁武帝末年荒废政事、诸王明争暗斗最终导致国家大乱的怨愤。

庾肩吾是宫体名家,本诗仍可见宫体余绪,如通篇对仗、处处用典等;但大盗移国的巨变也让此诗充满强烈的时代气息和现实内容,流露出诗人既激愤又沉郁的感情起伏,因而更明显地体现出词意慷慨、格调苍凉的特点,正可与其子庾信的《哀江南赋》对读。

阴　铿

阴铿（约511—约563），字子坚，武威姑臧（今甘肃武威）人，高祖时迁居南平（今属湖北荆州）。仕梁官湘东王萧绎（即梁元帝）法曹参军；入陈为始兴王陈伯茂府中录事参军，以文才为陈文帝所赞赏，累迁晋陵太守、散骑常侍。阴铿诗风与何逊相似，故后世并称为“阴何”。有文集，已佚。事迹略见《陈书·阴铿传》。

晚出新亭[1]

大江一浩荡，离悲足几重。潮落犹如盖[2]，云昏不作峰[3]。远戍唯闻鼓[4]，寒山但见松。九十方称半[5]，归途讵有踪。

【注释】

〔1〕选自《先秦汉魏晋南北朝诗·陈诗》卷一。新亭：旧址在今南京市南，三国吴所筑。地近江滨，依山为城垒，为军事及交通重地。东晋名士常游宴于此。

〔2〕盖：车盖，此处指退潮时的波浪。枚乘《七发》云：“江水逆流，海水上潮。……波涌而涛起。……其少进也，浩浩溰溰，如素车白马帷盖之张。”

〔3〕云昏不作峰：谓山峰因云雾迷漫而显现不出山峰的形状。

〔4〕远戍唯闻鼓：谓只听见远处戍楼传来的鼓声，而不见戍楼。

〔5〕九十方称半：《战国策·秦策》：“《诗》云：行百里者半于九十。”意谓行百里的路途，走了九十里才算一半，言末路之难。

【评析】

此诗描写了黄昏时分离开新亭、乘舟而去时的所见所感。首二句即气势不凡，上写景，下写情。起句言江水浩荡，给人以壮阔之感，又接以离别之悲,暗示愁绪如江水一般浑无际涯。“潮落”以下四句写江行所见所闻。晚潮虽落,但水势依旧汹涌,不减涨潮之时;晚云也昏暗无光,迷离漫延。这就像诗人的心绪一样,因离悲而心潮起伏,久久不能平静,亦因离悲而哀感沉痛,见万物皆失颜色。水天如此,故作者将目光投诸岸边景色。戍鼓悲声,顿觉肃杀之气;傲寒老松,唯有萧瑟之感。与之相应的是远行的诗人孑然一身,更具体展现出无尽的孤独感受。末二句用“行百里者半于九十”一句,对漫漫羁旅之途的畏惧之情油然而生,方“离”即言“归”,而归期却遥遥无期。真可谓一波三折,余意不尽。

此诗语言清省,意境幽远,又善于以淡语写浓情,故多为人称道。

无名氏

长干曲[1]

逆浪故相邀[2],菱舟不怕遥[3]。妾家扬子住[4],便弄广陵潮[5]。

【注释】

〔1〕选自《乐府诗集》卷七二。此诗《乐府诗集》归入"杂曲歌辞",应为今南京、扬州一带的民歌,写江上渔家生活。长干:即长干里,位于今南京秦淮河至雨花台一带,是江南佛教圣地,素有"佛陀里"之美誉。秦汉至六朝,长干里一带都是南京人口最密集、最繁华的地区。

〔2〕逆浪:迎面打来的浪头。

〔3〕菱舟:小船。

〔4〕扬子:即扬子江,江苏江都至丹徒一段长江的旧称。

〔5〕便:熟习。广陵潮:指广陵郡一带扬子江中的潮水。

【评析】

与大多数南朝乐府着意刻画女子柔情缱绻的一面不同,此诗塑造的女子形象既英姿飒爽,又极具江南水乡的独特风情。

此诗首句便通过常人所不敢为的事件展现出采莲女的勇往直前。女子迎着浪涛而不惧,其原因则是"相邀"。我们并不知道她所邀何人,但可以肯定的是,为了那个人她不惧风浪阻隔,颇有"虽千万人吾往矣"的气度,她急于相见的心情也由此可见。末两句可看作是她的回答,也许是对方或者是身边人以风浪太大而劝阻她,她却自信地说"便弄广陵潮",意即眼下这点风浪何足惧呢?

此诗格调活泼明快,语言质朴清新,不加雕琢而情境俱佳,三言两语便点染出江南水乡精干飒爽、敢爱敢恨的女子形象,可谓南朝乐府别调之代表。

无名氏

子夜四时歌[1]

春歌·其十

春林花多媚,春鸟意多哀[2]。春风复多情,吹我罗裳开。

【注释】

〔1〕选自《乐府诗集》卷四四。子夜歌:两晋六朝时期吴地民歌。《乐府诗集》将其归入“清商曲辞”。据《旧唐书·音乐志》:“《子夜歌》者,晋曲也。晋有女子名子夜,造此声,声过哀苦。”

〔2〕哀:形容声音哀婉。

【评析】

此诗首二句便描绘出阳光明媚、鸟语花香的盎然春景。在对春色的摹绘中,又隐含了两个比喻,一是用林花之多媚暗喻少女之妩媚,一是用鸟声之哀婉来暗喻男子之多情。更为明显的特点是,此诗三句连用“春”字开头,即古诗所谓“重字”;又用“春林”“春鸟”“春风”将三句紧密勾连在一起,即古诗中所谓“钩句”。用此二法,便写活了一个“春”字。南朝民歌中,“重字”是发挥强调、反复、回环作用的一种修辞手法,特别是反复使用“春”字,起到了点题的作用,加深了诗歌的意境,尽情地讴歌了春天,更潜在地讴歌了爱情。

此诗写法含蓄,明写春景,实喻爱情,虽无一语及此,但却无处不蕴含此意。诗人以鸟喻人,同时赋予春鸟、春风以多情恋人的性格特征,写来巧妙、委婉,极富艺术感染力。以短短二十字,把一个少女春情萌动、热烈企盼恋爱的心理表现得精妙绝伦、淋漓尽致,正体现出乐府民歌的高妙之处。

夏歌·其八

朝登凉台上〔1〕,夕宿兰池里〔2〕。乘风采芙蓉,夜夜得莲子。

【注释】

〔1〕凉台:乘凉用的平台。

〔2〕兰池:秦汉宫观名。《续汉书·郡国志》注引《三秦记》曰:"始皇引渭水为长池,东西二百里,南北三十里,刻石为鲸鱼二百丈。"

【评析】

此诗摹写江南水乡的采莲女子,细致入微而又含蓄蕴藉。表面上看,此诗是写采莲女的劳作生活,但无论是"凉台"还是"兰池",都并非普通劳动妇女所常见。事实上,南北朝民歌中的"芙蓉""莲子"往往谐音"夫容""怜子",明乎此,则其中暗含的朦胧爱意就豁然开朗了。

女子朝登凉台、夕宿兰池,固然可以说是乘凉,但就像《诗经·卫风·氓》中的"乘彼垝垣,以望复关"那样,望远更重要的是对心上人的企盼。"乘风"二句,更是将与意中人相见时的欢喜之情蕴藉地表达出来,充分显示出乐府民歌的风味。

秋歌·其十七

秋风入窗里,罗帐起飘扬。仰头看明月,寄情千里光。

【评析】

本诗以朴素自然的口语,写出思妇在秋夜望月相思的情景。

首句用"秋风",既扣住"秋歌"之题,又通过此意象所具有的萧瑟与时序易迁之感,刻画出思妇孤凄冷寂的心绪。而秋风入窗,萧瑟之气则会弥漫闺中,孤凄冷寂之情就会进一步加深。此句写帷帐因风飘扬,在自然妥帖中展示出女子内心之悲苦:罗帐本是夫妻爱情生活的象征,如今在秋风中飘拂,可见独守空闺之寂寞。窗扉未关,罗帐飘扬,思妇向外望去,所见是明月如霜。看到作为爱情象征的明月,自然会更加思念远方的恋人,"隔千里兮共明月”(谢庄《月赋》),自己的心上人大概也在看着这轮皎洁的明月吧。因此,思妇便产生了“寄情千里光”的愿望:既然共看一轮明月,想必月华也可以将自己的相思之情寄给千里之外的远人吧!

全篇仅有秋风、罗帐和明月三种意象,却有独特而又共同的内涵,组成了一个情调幽美、意境悠远的艺术境界。此诗既有大多数民歌清新明朗、朴素自然的风貌,又带有浓郁、哀婉、悲戚的氛围,可谓情景交融的佳作。

冬歌·其六

昔别春草绿,今还墀雪盈[1]。谁知相思老,玄鬓白发生。

【注释】

〔1〕墀(chí):台阶上的空地,也指台阶。

【评析】

此诗首二句的对比,不免让人想到《诗经·小雅·采薇》之“昔我往矣,杨柳依依。今我来思,雨雪霏霏”。心上人终于回来,看到此积雪盈阶的场景,如何能不想到春草萋萋时分别的景象呢?我们不知道昔日的春草与如今的冬雪中间隔了多长时间,但对于思妇而言想必是度日如年。在这日夜思念远行之人的日子里,思妇已经有了白发,可见相思之苦何其摧人!如果将春草和冬雪看作是个体生命的象征,那么思妇从青春岁月到两鬓斑白,最美好的时光都在这无尽的等待中度过,则这种喜悦又平添了许多悲凉气氛。

“美人自古如名将,不许人间见白头”,个体生命在为爱情矢志不渝的等待中被空耗,在生命即将走向尽头时获得这样的安慰,不更显出难以名状的悲哀吗?可是如果再换一种思考角度,为了心中的那份爱情而“到死誓相寻”(韩偓《别绪》),不也正体现出爱情对生命意志的磨砺吗?

卢思道

卢思道(535—586,一说531—582),字子行,范阳涿县(今河北涿州)人。初仕北齐,文宣帝卒,朝士各作挽歌,魏收等只得一二首,唯思道独得八首,时称"八米卢郎"。北周武帝平齐,迁武阳太守。入隋,为散骑侍郎。有文集三十卷,已佚,后世辑有《卢武阳集》。事迹见《隋书·卢思道传》。

春夕经行留侯墓〔1〕

少小期黄石〔2〕,晚年游赤松〔3〕。应成羽人去〔4〕,何忽掩高封〔5〕。疏芜枕绝野〔6〕,逦迤带斜峰〔7〕。坟荒隧草没〔8〕,碑碎石苔浓。狙秦怀猛气〔9〕,师汉挺柔容〔10〕。盛烈芳千祀〔11〕,深泉闭九重〔12〕。夕风吟宰树〔13〕,迟光落下舂〔14〕。遂令怀古客,挥泪独无踪。

【注释】

〔1〕选自《汉魏六朝百三家集·卢武阳集》。留侯:西汉开国功臣、政治家张良。

〔2〕黄石:黄石公,亦称圯上老人。相传张良于博浪沙(今河南原阳)刺杀秦始皇失败后,逃亡至下邳(今江苏睢宁北),在圯上遇见一老翁,授张良以《太公兵法》,并称十三年后济北谷城山下黄石就是他。十三年后,张良从刘邦过济北,果在谷城山下得黄石。后张良去世,即葬于黄石旁。

〔3〕赤松:即赤松子,亦称赤诵子、赤松子舆,相传为上古时神仙。

〔4〕羽人:神话中的飞仙。

〔5〕何忽掩高封:怎么忽然就埋葬于高大的坟堆?封:坟墓。

〔6〕疏芜枕绝野:言荒草多而杂乱地生长着。

〔7〕逦(lǐ)迤(yǐ):曲折连绵貌。

〔8〕隧:墓道,即古墓中运送棺材到墓室的通道。

〔9〕狙秦怀猛气:《史记·留侯世家》载张良"与客狙击秦始皇帝博浪沙中,误中副车"。

〔10〕师汉挺柔容:黄石公以《太公兵法》授张良,并言"读此则为王者师矣"。《史记·留侯世家》中司马迁论曰:"余以为其人,计魁梧奇伟,至见其图,状貌如妇人好女。盖孔子曰:'以貌取人,失之子羽。'留侯亦云。"

〔11〕盛烈:盛大的功业。千祀:千年。

〔12〕深泉:犹九泉,即墓中。

〔13〕宰树:坟墓上的树木。宰,即坟冢。

〔14〕迟光:犹春光。下舂(chōng):日落之时。

【评析】

与一般凭吊之作不同,此诗首四句便由张良事迹抒发感慨和疑惑,可谓翻空出奇,立意新警。随即诗人才开始正面描写留侯墓周围的景象,通过从远到近、层层聚焦,将此处孤坟断碑凸显出来,既显出凭吊之静穆,又可见墓地之荒芜,将张良长眠于此点化成层次分明的画面。紧接着,诗人开始追忆张良的生前功业:推翻暴秦置生死于度外,辅佐汉高祖而成霸业。两句诗精炼概括了张良一生的行状、功业与性格。可惜功业如此,最终还是长眠丘垄,以至于无人问津、荒草丛生,身后寂寥与生前功业形成鲜明对比。诗人在现实中对景伤怀,既寄寓着自身的理想、追求,又表现出对生命易逝的感伤。

此诗谋篇布局别出机杼。起笔故作惊怪之状,从中显示出对生命终结的无奈、哀伤;又承以断碑孤坟,进一步突出悲哀之情;然后又一笔宕开,将张良的丰功伟烈渲染得神完气足;紧接着却又转到人生悲怨、死后寂寞上来;结尾关合自身,伤古慨今,余韵不尽。诗人运笔力避单调平板,忽而高振入云,又陡然回翔低落,结构开阖动荡,起伏有致,更体现出诗人深沉复杂的心绪。

张若虚

张若虚(约660—约720),扬州(今属江苏)人。曾官兖州兵曹。唐中宗至玄宗时期有诗名,与贺知章、张旭、包融并称“吴中四士”。诗多散佚,《全唐诗》仅存《代答闺梦还》和《春江花月夜》两首。事迹略见《旧唐书·贺知章传》。

春江花月夜〔1〕

春江潮水连海平,海上明月共潮生。滟滟随波千万里〔2〕,何处春江无月明!江流宛转绕芳甸〔3〕,月照花林皆似霰。空里流霜不觉飞〔4〕,汀上白沙看不见〔5〕。江天一色无纤尘,皎皎空中孤月轮。江畔何人初见月,江月何年初照人?人生代代无穷已,江月年年只相似。不知江月待何人,但见长江送流水。白云一片去悠悠,青枫浦上不胜愁〔6〕。谁家今夜扁舟子〔7〕?何处相思明月楼?可怜楼上月裴回〔8〕,应照离人妆镜台。玉户帘中卷不去,捣衣砧上拂还来〔9〕。此时相望不相闻,愿逐月华流照君〔10〕。鸿雁长飞光不度,鱼龙潜跃水成文〔11〕。昨夜闲潭梦落花,可怜春半不还家〔12〕。江水流春去欲尽,江潭落月复西斜。斜月沉沉藏海雾,碣石潇湘无限路〔13〕。不知乘月几人归,落月摇情满江树〔14〕。

【注释】

〔1〕选自《全唐诗》卷一一七。

〔2〕滟(yàn)滟:明月在水中的闪光。

〔3〕芳甸:花草遍生的郊野。

〔4〕空里流霜：空中好像有霜在流动，指照射下来的月光。

〔5〕汀：水边平地，小洲。

〔6〕青枫浦：地名，一说在今湖南浏阳市。此处泛指分别之处。

〔7〕扁（piān）舟子：乘船在江湖飘荡的人。

〔8〕裴回：同“徘徊”，这里指月光在移动。此句以下皆写闺中女子相思之情。

〔9〕“玉户”两句：思妇想把照在门帘上的月光卷走却卷不了，想把照在捣衣石上的月光抹掉却抹不了。玉户：华美的房屋。捣衣砧（zhēn）：捶捣衣物时下面垫的扁平石头。

〔10〕逐月华：跟随月光。

〔11〕“鸿雁”两句：鸿雁不停地飞，却飞不出这无边的月光，鱼儿在水底潜游，激起阵阵波纹。写鸿雁、鱼龙，取鱼雁传书之意。描写思妇仰望月空、俯视江水时的寂寞心情。

〔12〕春半：春天已逝去一半。

〔13〕碣石：山名，在渤海西北边上。潇湘：湘江与潇水的汇合，在湖南省。这里分别代指北方与南方，喻示相思遥远。

〔14〕摇情：摇动、激荡情思。

【评析】

《春江花月夜》是六朝乐府旧题，相传创制于陈后主，为宫廷艳曲。张若虚此诗虽然沿用乐府旧题抒发游子思妇之情，但开拓了诗歌的境界，超越了宫廷文学轻艳绮靡的格局。全诗从春江月夜的宁静美景入笔，勾勒出充实而开阔的情景，由美丽壮阔的月色和相思之情的激荡，引发出对时空无限的遐想和对生命有限的感伤，展示出一种深沉、寥廓的宇宙意识。全诗情景交融，优美而惆怅，韵味绵邈，令人回味无穷，体现了唐诗在意境创造上达到的高超艺术成就。古人称赞《春江花月夜》“字字写得有情，有想，有故”（钟惺《唐诗归》），“孤篇横绝，竟为大家”（王闿运《论唐诗诸家源流》）。

张 旭

张旭(约675—约750),字伯高,排行九,吴郡(今江苏苏州)人。初仕为常熟尉。唐玄宗天宝初,先后任左率府长史、金吾长史,世称“张长史”。张旭工书能诗,武周神龙初,与贺知章、包融、张若虚俱以文词扬名京师,合称“吴中四士”;又性嗜酒,故杜甫将其与李白、贺知章等合称“饮中八仙”,并作《饮中八仙歌》。又善草书,每大醉,狂叫呼走,乃下笔,或以头濡墨而书,时称“张颠”,又称“草圣”。唐文宗时,诏以张旭草书与李白歌诗、裴旻剑舞为“三绝”。事迹见《新唐书·张旭传》。

春 草〔1〕

春草青青万里余,边城落日见离居。情知海上三年别,不寄云间一纸书。

【注释】

〔1〕选自《全唐诗》卷一一七。

【评析】

据《开元天宝遗事》卷下“传书燕”条,长安有富豪女郭绍兰,嫁与巨商任宗,宗为贾于湘中,数年不归,音信不达。绍兰见堂中有双燕戏于梁间,曰:“我闻燕子自海东来,往复必经由于湘中。我婿离家不归数岁,蔑有音耗,生死存亡弗可知也,欲凭尔附书,投于我婿。”燕遂飞其膝上。兰遂吟诗一首,小书其字,系于燕足。任宗时在荆州,忽见一燕飞鸣于厅而泊于肩上,并有书信。宗解而视之,乃妻所寄之诗。宗感而泣下,次年归。后张说传其事,而好事者写之。此诗或即感此事而作。

诗歌首句便渲染了辽阔的场景。春草青青,让人想到春光无限的欣悦场景,绵延万里则凸显出“无边春色来天地”的景象。但这里的春草不仅是写景,更象征着思妇无边无尽的思念。正是由于这春草与思念绵延万里,故诗歌次句紧接着就写边城落日之景。很多诗人并未亲自到过边塞,他们诗中的边塞是“想象的边塞”。在想象的边塞中,最常见的大概就是“落日牛羊下”的景象。此句即站在思妇的视角想象边塞离居之人的场景,边塞的平沙落日正与这绵延万里的春草构成了一幅辽阔敻远而色彩鲜明的图画。首两句突出“离居”,因此三、四句便顺承而来,写远人之薄情,分别已久,却不寄书信,嗔怨、哀恳之情自然可见。

张九龄

张九龄(678—740),字子寿,韶州曲江(今广东韶关)人。武周神功元年(697),登进士第,授校书郎。唐玄宗开元二十一年(733),拜中书侍郎,同中书门下平章事,翌年迁中书令,兼修国史。开元二十四年,受李林甫排挤而罢相,次年贬为荆州长史。卒谥文献。有《曲江张先生文集》。事迹见《旧唐书·张九龄传》《新唐书·张九龄传》。

经江宁览旧迹至玄武湖[1]

南国更数世[2],北湖方十洲[3]。天清华林苑[4],日晏景阳楼[5]。果下回仙骑[6],津傍驻彩斿[7]。凫鹥喧凤管[8],荷芰斗龙舟[9]。七子陪诗赋[10],千人和棹讴[11]。应言在镐乐[12],不让横汾秋[13]。风俗因纾慢[14],江山成易由[15]。驹王信不武[16],孙叔是无谋[17]。佳气日将歇[18],霸功谁与修[19]。桑田东海变[20],麋鹿姑苏游[21]。否运争三国,康时劣九州[22]。山虽幕府在[23],馆岂豫章留[24]。水淀还相阅[25],菱歌亦故遒[26]。雄图不足问,唯想事风流。

【注释】

〔1〕选自《全唐诗》卷四九。江宁:唐江宁县(今江苏南京)。隋文帝以建康为王气所在,故将建康城夷为平地。其后,此地虽置数县,然终唐之世,再未能发展出像建康那样的大城市。

〔2〕南国:即南方。自三国以来,金陵成为东吴、东晋、宋、齐、梁、陈六朝首都,故云。

〔3〕北湖方十洲:玄武湖可比仙境。北湖,此指玄武湖。方,比得上。十洲,道

教称大海中神仙居住的十处名山胜境，亦泛指仙境。

〔4〕华林苑：宫苑名，亦称华林园。东吴时建，故址在今南京市鸡鸣山古台城内。南朝宋文帝元嘉时扩建，筑华光殿、景阳楼、竹林堂诸胜，其后齐、梁诸帝常宴集于此。至南宋尚有残存遗迹。

〔5〕景阳楼：南朝时华林苑中的一处景点，现为鸡鸣寺的一部分。

〔6〕果下：古有“果下马”，其马矮小可行于果树之下，故称。此处言仙骑回于果下，乃暗用此典。

〔7〕斿（liú）：同“旒”，古代旗子上的飘带。

〔8〕凤管：笙箫或笙箫之乐的美称。

〔9〕荷芰：莲与菱。

〔10〕七子陪诗赋：据《左传》载，鲁襄公二十七年（前546），晋国赵武使郑，郑简公于垂陇（今河南郑州西北）宴请赵武，郑国大夫子展、伯有、子西、子产、子大叔、子石（印段）及子石（公孙段）作陪，并赋诗颂扬。

〔11〕棹（zhào）讴（ōu）：摇桨行船所唱之歌。

〔12〕在镐乐：《诗经·小雅·鱼藻》，中有“王在在镐，岂乐饮酒”句，东汉郑玄笺：“岂，亦乐也。天下平安，万物得其性，武王何所处乎？处于镐京，乐八音之乐，与群臣饮酒而已。”

〔13〕横汾：据《汉武故事》，汉武帝尝巡幸河东郡，在汾水楼船上与群臣宴饮，自作《秋风辞》，中有“泛楼船兮济汾河，横中流兮扬素波”句。后因以“横汾”为典，用以称颂皇帝或其作品。

〔14〕纾（shū）：宽缓。

〔15〕易由：容易变迁。

〔16〕驹王：指徐驹王，西周早期徐国国君。周成王元年（前1042），其参与了以武庚为首的商朝残余贵族针对周朝的叛乱（即武庚之乱），自称徐驹王，反抗周公的东征。

〔17〕孙叔是无谋：语出《左传·宣公十二年》。其年晋楚爆发邲（今河南荥阳东北）之战。彼时两军隔河对峙，楚庄王听说晋军已经渡河，想要撤军，其宠臣伍参欲战，令尹孙叔敖不愿战，因此说：“昔岁入陈，今兹入郑，不无事矣。战而不捷，参之肉其足食乎？”伍参回应说：“若事之捷，孙叔为无谋矣；不捷，参之肉将在晋军，可得食乎？”

〔18〕佳气：美好的云气，古代以为是吉祥、兴隆的象征。南京于三国时称秣陵，“楚武王所置，名为金陵。地势冈阜连石头，访问故老，云昔秦始皇东巡会稽经此县，望气者云金陵地形有王者都邑之气，故掘断连冈，改名秣陵”（虞溥《江表传》）。

〔19〕霸功：称霸的业绩。

〔20〕桑田东海变：典出晋葛洪《神仙传》，女仙麻姑自云曾三次看到东海变为桑田。故多以桑田沧海比喻世事变迁极快极大，或谓时间久远。

〔21〕麋鹿姑苏游：《史记·淮南衡山列传》：“臣闻子胥谏吴王，吴王不用，乃曰：‘臣今见麋鹿游姑苏之台也。’今臣亦见宫中生荆棘，露沾衣也。”后因以“麋鹿游”比喻繁华之地变为荒凉之所，暗示国家沦亡。

〔22〕“否运”二句：谓金陵之地在乱世能够成为首都，在太平盛世却不如其他地方繁荣。否运，厄运，坏运。劣，不如。

〔23〕幕府：指幕府山。幕府山西起上元门，东至燕子矶，横贯今南京市鼓楼区和栖霞区，长约5.8公里，宽约800米，主峰劳山高190米，东吴时期即已得名。

〔24〕豫章：指豫章观。班固《西都赋》：“集乎豫章之宇，临乎昆明之池。”李善注引《三辅黄图》：“上林有豫章观。”也泛指宫阙台观。

〔25〕水淀还相阅：六朝时多在玄武湖检阅水师，如宋孝武帝仿汉武帝在昆明池检阅水师，于大明七年（463）正月在玄武湖阅武；陈宣帝太建十一年（579）八月在此阅兵，并改湖名为“真武湖”。

〔26〕故遒：如从前那样古朴有力。

【评析】

此诗首二句是全诗纲领。上言建康故地之历史，下言玄武湖之形胜，以如椽之笔奠定了全诗宏阔的基调。“天清”以下十句紧紧围绕着玄武湖的景色与游宴活动追忆南朝时的盛况。从天朗气清至夕阳西下，既表明欢宴之久，亦象征着南朝政权在这种醉生梦死的欢宴中日薄西山的景象。

在追忆过后，诗人开始了冷峻的批判，“风俗”二句即是转折性文字。南朝虽然称“佳丽地”“帝王州”，但在北方统治者看来，仍属割据政权，因此必然会被统一，诗人之议论也由此而来。“驹王”以下四句，用两个典故表明割据苟安是没有前途的，“雄图霸业”最终也不过付诸东流而已。“桑田”以下四句紧扣“佳气”二句而来，让人徒生感慨；“山虽”二句则进一步总结南朝“佳气”与“霸功”之虚妄。末四句则从此议论中跳出，描写今日玄武湖之景色，正照应了首二句从历史和地理两个方面表现出的追怀之意。

此诗基本句句用典，但其用典却又非常贴切，使人读来不觉乏味单调。此外，此诗结构也十分工整，句与句之间往往连跗接萼，勾连不断，显示出诗人独特的匠心。

孟浩然

孟浩然(689—740),本名不详,字浩然,襄州襄阳(今属湖北)人,世称“孟襄阳”。曾一度隐居鹿门山,唐玄宗开元十六年(728)赴长安应进士举,不第,还襄阳。《唐摭言》卷二载其在长安会见玄宗事,往往为历代诗话引用,然不可信。开元二十五年,张九龄贬荆州长史,署为从事,随张九龄巡视各地,多有唱和。开元二十八年,王昌龄来游襄阳,相与欢宴。孟浩然因背疮未愈而食鲜,疾发逝世。孟浩然善诗,尤工五言,与王维同为唐代著名山水田园派诗人,世称“王孟”。天宝四载(745),王士源编次其诗为《孟浩然诗集》三卷。事迹见《旧唐书·孟浩然传》《新唐书·孟浩然传》《唐才子传·孟浩然传》。

宿桐庐江寄广陵旧游〔1〕

山暝闻猿愁〔2〕,沧江急夜流〔3〕。风鸣两岸叶,月照一孤舟。建德非吾土〔4〕,维扬忆旧游〔5〕。还将两行泪,遥寄海西头〔6〕。

【注释】

〔1〕选自《孟浩然集》卷三。桐庐江:即桐江,是富春江的上游,在今浙江桐庐境内。广陵:今江苏扬州。

〔2〕暝:指黄昏。

〔3〕沧江:指桐庐江,因江色苍青,故称。

〔4〕建德:唐时郡名,在今浙江建德一带。为桐庐邻县,此指桐庐江流境。

〔5〕维扬:扬州的古称。《尚书·禹贡》:“淮海惟扬州。”

〔6〕海西头:指扬州。隋炀帝《泛龙舟歌》:“借问扬州在何处,淮南江北海西头。”因古扬州幅员辽阔,东临大海,故称。

【评析】

此诗是诗人乘舟停宿桐庐江的时候怀念扬州友人之作,意境上显得清寂,情绪上则带着浓重的孤独感。

此诗前四句写桐庐江的景色,前两句从远景擘画大景观,后两句从近景切入小景致。一、二句从深山猿啼和沧江夜流切入,渲染出清寥的环境和黯淡的情绪,并通过“急”字表现出情绪激荡不平的状态。三、四句则从澎湃的情感和辽阔的景观转到徐缓的景象中,“风鸣岸叶”“月照孤舟”写出月夜清谧之景,语气也趋向自然平缓,但在这种清谧景象背后涌动的是诗人浓郁的孤寂感。联想到前两句中的“沧江急流”,那么此处的月下孤舟就显得动荡不安了,这实际上也正是诗人孤独不安情绪的反映。五、六两句交代这种情绪出现的原因:此地虽美,但非故乡,又念老友。思乡怀友的情绪在眼前的环境下,表现得相当强烈,以致七、八句中诗人潸然泪下。

这种凄恻的感情固然因思乡怀友而发,但恐怕也并非全因此而发。四十岁长安应试失败后,诗人为了排遣苦闷而漫游吴越,因此就不免带有悒悒不欢的情绪。不过在孟浩然的诸多诗歌中,读者所能看到的往往是这种淡淡的情绪,充分体现出中国古典诗歌“言有尽而意无穷”的审美趣味,这也是孟浩然诗歌最为后人所称道之处。

王昌龄

王昌龄(约698—约756),字少伯,京兆万年(今陕西西安)人。唐玄宗开元十五年(727)进士及第,授秘书省校书郎。二十二年登博学宏词科,迁汜水尉。二十七年,以事谪岭南。次年北返,改江宁(今江苏南京)丞,故称"王江宁"。后以"不护细行"贬为龙标(今湖南洪江西南)尉,故又称"王龙标"。安史乱起,避乱江淮,为濠州刺史闾丘晓所杀。王昌龄工诗,有"诗家夫子"之称。有《王昌龄集》五卷。又著《诗格》二卷、《诗中密旨》一卷,今传本或非原著。事迹见《旧唐书·王昌龄传》、《新唐书·王昌龄传》、《唐才子传》卷二。

芙蓉楼送辛渐二首〔1〕

其一

寒雨连天夜入湖〔2〕,平明送客楚山孤。洛阳亲友如相问,一片冰心在玉壶〔3〕。

其二

丹阳城南秋海阴〔4〕,丹阳城北楚云深。高楼送客不能醉,寂寂寒江明月心。

【注释】

〔1〕选自《全唐诗》卷一四三。此组诗大约作于开元二十九年(741)以后,王昌龄时为江宁丞,辛渐是他的朋友,这次拟由润州渡江,取道扬州,北上洛阳。王昌龄可能陪他从江宁到润州,然后在此分手。芙蓉楼:原名西北楼,在润州(今江苏镇江)

西北,登临可以俯瞰长江,遥望江北。

〔2〕寒雨连天夜入湖:一作“寒雨连江夜入吴”。

〔3〕冰心:比喻纯洁的心。玉壶:比喻高洁的胸怀。

〔4〕丹阳:地名,今属江苏省镇江市。

【评析】

此诗第一首写早上在江边送别的情形,第二首写送别前夜饯行的情形。

第一首诗歌开篇便渲染出一幅萧瑟的秋雨寒江图。“连”与“入”写出秋雨忽至而连绵不断的场景。显然,诗人知寒雨“夜入”,说明送别前的一整夜都无法安眠,加之早起便见笼罩着吴地江天的潇潇秋雨,更渲染出一种黯淡的离别愁绪。但在这萧瑟的寒雨中也自有一种壮阔的精神内涵,故写吴江夜雨时不用残荷衰柳、梧叶萧萧来展现,而是直接以听觉、视觉和想象概括,在宏大的气象中烘托出“送客”之孤,也为下文精神之振作了铺垫。诗人遥望江北远山,孤寂之感油然而生。诗人没有将别愁寄予随友人远去的江水,而是寄托在矗立于苍莽平野的楚山之上,侧面烘托出友人离去之后自己的孤独心境。诗人又以“冰心”“玉壶”来自况,展现出其表里澄澈、光明磊落的高洁品格。孤寂之中自有韧劲,其精神气度自然也就与首句的壮阔场景呼应了。

第二首先从“秋海阴”“楚云深”写起,以景起兴,既说明送客时天光暗淡的压抑环境,又表明在离愁别绪影响下双方的心境。在这种心绪影响下,本临别大醉一场,却因悲愁的心情而无法尽兴,更突显出“愁绪满怀无释处”的情形。末句以景结情,言寂寂寒江,是因为送客愁思如长江之逝水;言明月朗照,说明诗人与行客之间的友情如明月一样纯真圣洁。此处明月似与组诗其他意象都不甚协调,或彼时无月而用月之意象,抑或夜晚恰有明月,具体情况,不得而知。但不掩此诗融情入景、以景结情之妙。将精巧的构思和深婉的用意融化在一片清朗明澈的意境之中,不着痕迹而又意蕴无穷。

李 白

李白(701—762),字太白,号青莲居士,祖籍陇西成纪(今甘肃秦安)。其祖先于隋末流寓碎叶(今吉尔吉斯斯坦托克马克市),李白即生于此。后随家迁居绵州昌隆县(今四川江油)青莲乡。唐玄宗天宝年间曾任翰林供奉,故称“李翰林”。安史之乱后,因参与永王李璘之变,被流放夜郎,中途遇赦得还,卒于当涂。李白是唐代最伟大的浪漫主义诗人,有“诗仙”之誉,与诗圣杜甫齐名,世称“李杜”。李白的歌行打破旧有的固定模式,笔法多端,达到了出神入化的境界;绝句自然天成,能以简洁明快的语言表达婉转细腻的情思;古风之作秉持着上溯风骚、尊复风雅的复古观念,笔意纵横而寄怀遥深。其诗风格雄奇飘逸,想象奇特瑰丽,语言清新自然,具有极高的艺术成就。有《李太白集》。事迹见《旧唐书·李白传》《新唐书·李白传》。

长干行〔1〕

妾发初覆额,折花门前剧〔2〕。郎骑竹马来,绕床弄青梅〔3〕。同居长干里〔4〕,两小无嫌猜。十四为君妇,羞颜未尝开。低头向暗壁,千唤不一回。十五始展眉,愿同尘与灰〔5〕。常存抱柱信〔6〕,岂上望夫台〔7〕。十六君远行,瞿塘滟滪堆〔8〕。五月不可触,猿声天上哀。门前迟行迹,一一生绿苔。苔深不能扫,落叶秋风早。八月胡蝶来〔9〕,双飞西园草。感此伤妾心,坐愁红颜老。早晚下三巴〔10〕,预将书报家。相迎不道远,直至长风沙〔11〕。

【注释】

〔1〕选自《李太白集辑注》卷四。长干行:又作“长干曲”,乐府旧题。

〔2〕剧：游戏。

〔3〕床：水井的围栏。

〔4〕长干里：地名，在今南京市秦淮河以南至雨花台以北一带，当年为船民集居之地。

〔5〕愿同尘与灰：愿意与对方同生共死，永不分离。

〔6〕抱柱信：比喻坚守约定、至死不渝。典出《庄子·盗跖》，传闻一男子名尾生，与女子相约在桥梁相会，女子久不至，水涨，尾生抱桥柱而死。

〔7〕望夫台：地名，传说为女子等待夫君之高台。苏辙《荣成知》："望夫台，在忠州南数十里。"

〔8〕瞿塘：即瞿塘峡，长江三峡之一，位于今重庆市奉节县。滟（yàn）滪（yù）堆：俗称燕窝石，古代又名犹豫石，位于瞿塘峡口。古人凭借此石判断水情，传言称："滟滪大如象，瞿唐不可上；滟滪大如马，瞿唐不可下。"因航运障碍，滟滪堆在1959年冬被炸除。

〔9〕胡蝶来：一作"胡蝶黄"。清王琦《李太白文集注》云："杨升庵谓蝴蝶或白或黑，或五彩皆具，唯黄色一种，至秋乃多，盖感金气也，引太白'八月蝴蝶黄'一句，以为深中物理，而评今本'来'字为浅。琦谓以文义论字，终以'来'字为长。"

〔10〕早晚：多早晚，意即何时。三巴：地名，即巴郡、巴东、巴西，在今四川省东部。

〔11〕长风沙：地名，在今安徽省安庆市长江边，距南京约300千米。

【评析】

《长干行》描写了一位生活于南京长干里的商妇的爱情，此诗沿用乐府旧题，颇具六朝民歌风韵，音律谐美，语言清新自然，有"清水出芙蓉，天然去雕饰"之美。诗歌大致可分为三段，以女子的口吻，描述了她与丈夫成长、恋爱、新婚以及夫君远行经商的经历，表达了她对爱人绵邈不尽的思念之情。

第一段从"妾发初覆额"至"两小无嫌猜"，描述了女子与丈夫共度的无忧无虑的童年时光，成语"两小无猜"即由此化出，用来描述男女幼年时期的纯真感情。第二段从"十四为君妇"至"猿声天上哀"，讲述了女子与丈夫的婚姻生活以及丈夫婚后远行经商的经历，展现出诗人对女性恋爱心理的细腻体察：从初婚时的懵懂害羞，逐渐成长为一个愿与丈夫同生共死的成熟女子。两人的爱情与女子的心态在两年的朝夕相处中有了质的升华。“愿同尘与灰”“常存抱柱信”从一个柔弱女子的口中道出,其情感的热烈与决绝令人潸然泪下。然而事与愿违,丈夫要去往长江中上游的瞿塘峡。第三段从“门前迟行迹”到“直至长风沙”,用婉转悠远的笔触反复勾勒女子与丈夫离别后的生活,她深居闺中,不觉已是春去秋来,顿感红颜蹉跎。末句“相迎不道远,直至长风沙”出语隽永,提振起了诗歌开始“猿声天上哀”的消沉情绪。从夫君别后,女子仿佛失去了一切欢愉,日渐憔悴,可是当她一想到爱人回归的时刻,便重新燃起了如长江之水一般热烈奔放的爱意与渴望,一心要奔赴远方去迎接他。这首诗情感真挚动人,风格清丽悠扬,写尽了嫁作商人妇的女子对远行爱人的相思、牵挂等种种婉转曲折的心态。《唐宋诗醇》评曰:“儿女子情事,直从胸臆间流出,萦迂回折,一往情深。尝爱司空图所云‘道不自器,与之圆方’,为探得委曲之妙,此篇庶几近之。”

金陵酒肆留别〔1〕

风吹柳花满店香〔2〕,吴姬压酒唤客尝〔3〕。金陵子弟来相送,欲行不行各尽觞〔4〕。请君试问东流水,别意与之谁短长?

【注释】

〔1〕选自《李太白集辑注》卷一五。

〔2〕柳花:柳絮。

〔3〕吴姬:吴地的年轻女子,指卖酒女。金陵古属吴国。压酒:压槽取酒。古代的酒酿熟以后,饮用时压酒糟将酒水取出。

〔4〕欲行:要离开的人,指诗人自己。不行:不离开的人,指来送行的金陵子弟。尽觞(shāng):喝尽杯中的酒。觞,古代的一种酒杯。

【评析】

唐玄宗开元十四年(726),李白将要离开金陵前往扬州,金陵的朋友们在酒店里为他饯行,李白便写下了这首惜别诗。诗歌的首二句描绘出了一幅醉人的江南春景图——金陵的一家酒店中,花香与酒香交融飘散,当垆的吴姬压出新酒,劝客人品尝。只此一句,酒店中气氛之欢腾鼎沸,江南女子之妩媚灵动,尽数道出。宋代胡仔对此句评曰:“李太白诗‘吴姬压酒唤客尝’,见新酒初熟,江南风物之美,工在‘压’字。”“金陵子弟来相送,欲行不行各尽觞”展现了送行的金陵朋友与李白之间殷勤劝酒、觥筹交错的热闹场景,双方的惜别之情通过“各尽觞”的动作描写化虚为实。通过对金陵风物之秀美与友朋之热情的描写,作者在无言中流露出了眷恋不舍之情。最后两句用设问表达了自己对金陵和友人的深情,作者不直写离情,而是将之比喻为绵长不尽的江水,江水不尽,离情不绝。李白颇善于以水喻深情,如《赠汪伦》之“桃花潭水深千尺,不及汪伦送我情”,又如《沙丘城下寄杜甫》“思君若汶水,浩荡寄南征”。此诗虽是惜别之作,却写得画面活色生香,情绪酣畅淋漓,洋溢着民歌风味。全诗无一字语及离别的沉痛,又活灵活现地传达出离情之深沉绵邈,正如沈德潜《唐诗别裁》所言:“语不必深,写情已足。”

黄鹤楼送孟浩然之广陵〔1〕

故人西辞黄鹤楼〔2〕,烟花三月下扬州〔3〕。孤帆远影碧空尽〔4〕,唯见长江天际流。

【注释】

〔1〕选自《李太白集辑注》卷一五。黄鹤楼:故址在今湖北省武汉市武昌蛇山的黄鹄矶上。传说仙人子安曾驾黄鹤经此而得名;又说三国时期费祎于此乘黄鹤登仙而去。

〔2〕故人:即孟浩然,李白旧友。

〔3〕烟花:形容笼罩在朦胧烟雾中的绮丽春景,一说指如烟般的柳絮。

〔4〕碧空:一作“碧山”。碧空尽,意即消失在碧蓝天空的尽头。

【评析】

李白在青年时期结识了年长他十二岁的诗人孟浩然,他在《赠孟浩然》

中写道："吾爱孟夫子，风流天下闻。红颜弃轩冕，白首卧松云。"极其真诚地表达了他对孟浩然的钦羡之情。《黄鹤楼送孟浩然之广陵》是李白在江夏（今湖北武汉）送别孟浩然去往广陵（今江苏扬州）时所作。诗歌首句便点明了作诗的动机和友人的去向，"西辞"意即"向西辞别"，也就是"向东而去"，"烟花三月下扬州"则直接表明去向为长江下游的扬州。"烟花"不是指某一种花卉，而是描绘了笼罩在迷离烟雾中繁花似锦、如梦似幻的暮春景色。在唐代，扬州是长江流域最重要的商业城市之一，有"扬一益二"之说。"烟花三月下扬州"将无边春景和繁华都市结合在一起，创造出令人神往的旖旎意境，故有"千古丽句"（陈婉俊语，见孙洙《唐诗三百首》）之誉。后二句讲述了李白在江边久久伫立，目送孟浩然乘舟而下，消失于视野中，眼前只余苍茫浩阔的江景，流露出一种怅惘与孤寂的情绪。李白在此诗中无一字涉及送别的心绪与情感，然而对朋友的留恋不舍与对烟花三月扬州城的向往，却都借由他顺着长江的诗意注视，传神地表达了出来，所谓"语近情遥"（宋宗元《网师园唐诗笺》）是也。

登金陵凤凰台〔1〕

凤凰台上凤凰游，凤去台空江自流〔2〕。吴宫花草埋幽径〔3〕，晋代衣冠成古丘〔4〕。三山半落青天外〔5〕，一水中分白鹭洲〔6〕。总为浮云能蔽日〔7〕，长安不见使人愁〔8〕。

【注释】

〔1〕选自《李太白集辑注》卷二一。凤凰台：故址在今江苏南京凤凰山。《江南通志》载："凤凰台在江宁府城内之西南隅，犹有陂陀，尚可登览。宋元嘉十六年，有三鸟翔集山间，文彩五色，状如孔雀，音声谐和，众鸟群附，时人谓之凤凰。起台于山，谓之凤凰山，里曰凤凰里。"

〔2〕江：指长江。

〔3〕吴宫：三国时东吴建都金陵，建有太初、昭明等宫殿。幽径：幽静的小路。

〔4〕晋代：此处指东晋（317—420），晋室南渡后，晋元帝司马睿定都建康。衣

冠，原指衣服和礼帽，此处借指衣冠士族。晋代衣冠：指东晋的豪门世家、王公贵族。古丘：古旧的坟墓。一说特指东晋文学家郭璞的衣冠冢，今称“郭璞墩”，位于南京市玄武湖公园内。

〔5〕三山：一名护国山，在今南京西南长江边上。据《景定建康志》载：“其山积石森郁，滨于大江，三峰并列，南北相连，故号三山。”半落青天外：形容极远，不容易看清楚。

〔6〕一水：一作“二水”。秦淮河经金陵流入长江时，有白鹭洲横截其间，分为二支。白鹭洲：古代长江中的沙洲，洲上多集白鹭，故名。因江水外移，今白鹭洲已与陆地相连，有白鹭洲公园，位于南京市水西门外。

〔7〕浮云蔽日：比喻朝中奸臣当道，有志之士无进贤之路。浮云，比喻蒙蔽皇帝、拨弄是非的奸邪小人。日，象征皇帝。陆贾《新语》：“邪臣之蔽贤，犹浮云之障日月也。”

〔8〕长安：此处用京城长安指代朝廷和皇帝。

【评析】

《登金陵凤凰台》是李白为数不多的七律之一，为登台抒怀之作，前半怀古，后半伤今。首联借用凤凰台的传说，效仿崔颢《黄鹤楼》之语，有回环往复之美，再以“凤去台空”而江水长流引出颔联的六朝沧桑过往。颔联直写金陵怀古之意，三国孙吴和东晋都定都南京，诗中所写“吴宫幽径”和“晋代古丘”，未必是李白眼见实景。作者用虚实相间之笔描绘前代遗迹的没落荒芜，从而表达六朝繁华已如云烟过眼、帝王豪门皆为历史过客之意。颈联中诗人将目光重新投向自然界，远处三山若隐若现，白鹭洲卧于长江之中。“三山”“一水”对仗工稳，构思巧妙，气象壮美，堪称绝对。尾联承接前一联继续远眺天外，从金陵遥望西北方向的唐代都城长安，所见却是“浮云蔽日”，用象征手法描绘了君主为奸佞小人所迷惑、贤能之士无路报国的现实，从而抒发了作者对混乱朝局的深切忧虑以及壮志难酬的慨叹。此诗以李白登台遥望的行动路线为线索，将怀古、忧今、实景、虚景巧妙统合在一起，语言流畅潇洒，气势雄浑高远，意旨遥深。明代胡应麟《诗薮》评曰：“崔颢《黄鹤楼》、李白《凤凰台》……故古人之作，往往神韵超然，绝去斧凿。”

王　湾

王湾(生卒年不详,一说693—751),洛阳(今属河南)人。唐玄宗先天元年(712)登进士第。开元初,为荥阳主簿。开元五年(717)至九年(721),参与编撰《群书四部录》,书成,调任洛阳尉。事迹略见《唐才子传》卷一。

次北固山下〔1〕

客路青山外〔2〕,行舟绿水前。潮平两岸阔〔3〕,风正一帆悬〔4〕。海日生残夜〔5〕,江春入旧年〔6〕。乡书何处达〔7〕,归雁洛阳边。

【注释】

〔1〕本诗选自《全唐诗》卷一一五。次:旅途中暂时停宿,此处指停泊。北固山:在今江苏镇江北,三面临水,倚长江而立。

〔2〕青山:此指北固山。

〔3〕潮平两岸阔:意为潮水涨满时,两岸之间水面宽阔。

〔4〕风正:风顺。

〔5〕海日:海上的旭日。

〔6〕入:到。

〔7〕乡书:家信。

【评析】

此诗以对偶句发端,典丽工整。先写客路,再写行舟,其人在江南、神驰故里的漂泊羁旅之情流露于字里行间,与末联的"乡书""归雁"遥相呼应。次联写沿途风光与感受。春潮涌涨,江水浩渺;春风骀荡,舟行平稳。行舟与江水对比,无疑是微小的,但也正因诗人对此小景的传神描绘,才愈发显出春江之浩渺、春潮之平阔,即王夫之所谓“以小景传大景之神”(《姜斋诗话》卷上)。

颈联言泊船所见黎明景象,两句虽都交代时序变化,但前者着眼于一日之内,后者着眼于一岁之中。于羁旅中历新年,往往使人心绪不振,“残夜”“旧年”更使人有流光匆匆之感,但诗人把“日”与“春”这两种新生的美好事物提到主语的位置而加以强调,又用“生”“入”点化,在描写景物、节令之中蕴含着自然的理趣。写景逼真,叙事确切,又表现出具有普遍意义的生活真理,给人以乐观、积极、向上的艺术鼓舞力量,因而此联屡获称颂,所谓“形容景物,妙绝千古”(胡应麟《诗薮》)。但诗人到底是在岁末辞家,因此虽然江春已入旧年,仍掩盖不了其思乡怀人之情,故尾联又用归雁洛阳来表现淡淡的乡愁,既是真情流露,也在一定程度上调剂了颈联中情绪过于奋发的状况,使诗歌蕴藉自然、风韵洒落。

崔 颢

崔颢(约704—754),汴州(今河南开封)人。唐代诗人。唐玄宗开元十一年(723)登进士第。开元后期入河东军幕。天宝初,为太仆寺丞。天宝十三载(754)官至司勋员外郎。崔颢长于诗,其《黄鹤楼》诗气势雄大,被宋代严羽誉为唐人七言律诗第一。后世辑《崔颢集》二卷。事迹见《旧唐书·崔颢传》、《新唐书·崔颢传》、《唐才子传》卷一。

长干曲四首〔1〕

其一

君家何处住,妾住在横塘〔2〕。停船暂借问〔3〕,或恐是同乡。

其二

家临九江水〔4〕,去来九江侧〔5〕。同是长干人,生小不相识。

其三

下渚多风浪,莲舟渐觉稀。那能不相待,独自逆潮归。

其四

三江潮水急〔6〕,五湖风浪涌〔7〕。由来花性轻〔8〕,莫畏莲舟重。

【注释】

〔1〕选自《全唐诗》卷一三〇。

〔2〕横塘：即莫愁湖，在今南京市西南。

〔3〕借问：请问，向人询问。

〔4〕九江：原指长江浔阳一段，此泛指长江。

〔5〕侧：边缘，旁边。

〔6〕三江：泛指长江中下游。旧说古时长江流过彭蠡湖（今鄱阳湖），分成三道入海，故称“三江”。

〔7〕五湖：泛指太湖区域的湖泊。一说指长江流域的太湖、鄱阳湖、青草湖、丹阳湖、洞庭湖。

〔8〕由来：历来，从来。

【评析】

这组诗的前两首抓住了人生片段中富有戏剧性的一刹那，用白描的手法，寥寥几笔，就使人物、场景跃然纸上，栩栩如生。

先看第一首。此诗全由横塘女的问话展开。起始便单刀直入，让女主人公出口问人，闻其声如见其人，可以迅速感受到主人公爽利的性格。而问话之后不待对方答复，就急于自报“妾住在横塘”。这样的处理，自然地把女主人公的年龄从娇憨天真的语气中反衬出来。本应出现在首句的“问”字，于第三句才点出来，更显出女主人公急切与娇痴的神态。至第四句的弥补，既可表现女主人公内心的孤寂，也更显出其欲盖弥彰之娇羞。全诗“声态并作”，达到了既凝练集中又玲珑剔透的艺术高度。

第二首是男主人公的回答。首句答复了第一首的问题，次句则说明自己也是风行水宿之人，否则不会有此次的萍水相逢，这也初步点明了两人的共同点。第三句则证实了姑娘“或恐是同乡”的想法，又加深了两人的共同点。第四句则最为精妙，既然少不相识，显然就没有青梅竹马的可能，因此语气中也就满带着相见恨晚的意味。这种模棱两可的回答，显示出男子的谨慎，也较为得体。谭元春言此句中“‘生小’字妙”（《唐诗归》），诚哉斯言，此一笔在对整首诗而言，确实有点铁成金的意义。

第三首当是女子再次向男子致词，以表倾慕之意。相较于女子，男主人公的态度是相对拘谨的，但她却并不在意，并主动邀请他与自己一起逆潮归去。相比于南朝乐府以“莲”“怜”双关表露爱慕之意，此诗仅从女子莲舟相待、逆潮同归暗寓以心相许、千里相随之意,表达更加含蓄。另外值得注意的是,“逆潮”一语,与前文所选“逆浪故相邀,菱舟不怕摇”颇有相似之处;但不同的是,本诗的女主人公更加含蓄温婉,因此虽然大胆主动地向男子提出邀请,但始终没有正面表白。其意蕴的含混、表情的坦诚,使此诗更显出民间男女交往时天真无邪、健康朴素的感情。

第四首应是青年对女子邀请的答词。前两句针对“下渚多风浪”而言,三江五湖常常风高浪涌,言外之意是自己已惯经风浪,并不害怕。其后,又借花喻女子,言女子轻如花朵,不要怕莲舟过重而不能弄潮,此暗示少女面对情感时应保持勇力。四首诗情节紧凑连贯,体现了南朝乐府民歌的特色,单纯明快而又自然蕴藉,深得风人之致。

常　建

常建，生卒年不详，一说708—765，长安（今陕西西安）人，祖籍河北邢州（今河北邢台）。唐玄宗开元十五年（727）与王昌龄同榜及进士第。天宝中曾官盱眙尉，然仕途不得意，长期寄情山水，放浪诗酒以自娱，后隐居鄂渚。常建擅长山水题材，可与王维、孟浩然相抗衡，颇为时人所重。殷璠《河岳英灵集》选录盛唐诗人二十四家，以常建为卷首。有《常建诗集》。事迹略见《唐诗纪事》卷三一、《唐才子传》卷二。

题破山寺后禅院〔1〕

清晨入古寺，初日照高林。曲径通幽处，禅房花木深。山光悦鸟性〔2〕，潭影空人心〔3〕。万籁此俱寂〔4〕，但余钟磬音〔75〕。

【注释】

〔1〕选自《全唐诗》卷一四四。破山寺：指兴福寺，在今江苏省常熟市虞山北麓，始建于南齐。

〔2〕悦鸟性：让鸟的性情愉悦。

〔3〕空人心：让游人的心境空明。

〔4〕万籁：这里泛指一切声响。籁，从孔穴里发出的声音。

〔5〕钟磬：佛寺常用的法器。

【评析】

这是常建游历江苏常熟虞山破山寺所题写的一首山水诗。诗歌以作者的游览行踪为线索，一、二句为流水对，用白描的手法交代了作者进入破山寺的时间和环境，清晨、古寺、初日、高林等寥寥数语便将读者引入了一片清新、宁静的世外之境,又透露出一层礼赞佛宇之情。三、四句跟随作者的步履,沿着曲折的小径走向更幽深处,看到僧人休憩的禅房掩映在葱茏的花木之中。“曲径通幽”二句看似平淡道来,却又暗藏玄机与哲理,欧阳修对这两句大为赞赏:“欲效其语作一联,久不可得,乃知造意者为难工也。”五、六句从对禅院的客观描写转向作者的主观感受,优美山色使鸟儿愉悦歌唱,潭中倒影令人心境澄明,尘世杂念顿时被涤清。“潭影空人心”是本诗的诗眼,所谓真空妙有、性空人定,才能从世间万物中体会出纯净怡悦的禅机。最后两句由“空”入“定”,屏除世间一切喧嚣嘈杂,只有钟磬之音在空中久久回荡,引人顿悟,愈发映衬出山中空明寂静、幽深玄远的氛围。此诗在描写山水风光中,暗寓隐逸情趣,又流露出无限禅意,语言明净淡雅,与幽静隽永的意境浑然天成。故纪昀赞曰:“兴象深微,笔笔超妙,此为神来之候。‘自然’二字不足以尽之。”(引自《瀛奎律髓汇评》)

杜 甫

杜甫(712—770),字子美,自号少陵野老,因曾任左拾遗、检校工部员外郎,故世称杜拾遗、杜工部等,河南巩县(今河南巩义)人,祖籍襄阳(今属湖北)。杜甫早年曾游历吴越与齐赵;后困居长安十年,目睹了上层社会的奢侈和社会危机。天宝十四载(755),安史之乱爆发,杜甫辗转多地,于乾元二年(759)弃官入蜀,开始了晚年流寓西南的生涯。杜甫是唐代伟大的现实主义诗人,拥有强烈的济世热情、忧患意识和仁民爱物的胸怀,有“诗圣”之誉,与李白并称“李杜”。其诗歌记录了唐代由盛转衰的历史剧变,反映了社会矛盾与民生疾苦,风格多样,以沉郁顿挫为主,兼擅众体,被后世称为“诗史”。有《杜工部集》。事迹见《旧唐书·杜甫传》《新唐书·杜甫传》。

送许八拾遗归江宁觐省,甫昔时尝客游此县,于许生处乞瓦棺寺维摩图样,志诸篇末〔1〕

诏许辞中禁〔2〕,慈颜赴北堂〔3〕。圣朝新孝理〔4〕,祖席倍辉光〔5〕。内帛擎偏重,宫衣著更香〔6〕。淮阴清夜驿〔7〕,京口渡江航〔8〕。竹引趋庭曙〔9〕,山添扇枕凉〔10〕。十年过父老〔11〕,几日赛城隍〔12〕。看画曾饥渴〔13〕,追踪恨淼茫。虎头金粟影〔14〕,神妙独难忘。

【注释】

〔1〕选自《杜诗详注》卷六。许八拾遗:为杜甫同僚,其人姓许,家中排行第八,拾遗是官职,生平不详。江宁:今江苏省南京市。觐省:探望双亲。瓦棺寺:又作瓦官寺,位于今南京市秦淮区集庆路南侧。《瓦官寺碑文》:“寺本晋武帝时建,以陶

官故地在秦淮北，故名瓦官。讹作棺耳。”维摩图样：瓦棺寺有东晋大画家顾恺之所画的维摩诘像。

〔2〕诏许：受天子恩准。中禁：禁宫，皇宫。

〔3〕慈颜赴北堂：本句意为许八回乡探望母亲。慈颜，指母亲。北堂，指母亲的住处。《诗经·卫风·伯兮》：“焉得谖草，言树之背。”“背”乃向北之义，古代妇人常居于北堂，故被用来代指母亲或者母亲的住处。

〔4〕圣朝新孝理：至德二载（757）十一月，肃宗迎玄宗返京；乾元元年（758）正月，为玄宗加“上皇”尊号。此为玄宗、肃宗父子二人孝亲之道，即诗中所谓“圣朝新孝理”。

〔5〕祖席倍辉光：本句意为许八此次回乡探亲是蒙天子诏许，并有赏赐，备受荣宠。祖席，饯行的宴席。

〔6〕“内帛”二句：描述天子对许八的赏赐，包括贵重的丝帛和散发着熏香的宫衣。内帛，宫廷作坊制的缣帛。

〔7〕淮阴：今江苏省淮安市。

〔8〕京口：今江苏省镇江市。唐代自长安赴南京，必经淮阴、京口二地。

〔9〕趋庭：代指承受父母教诲。典出《论语·季氏》：“（孔子）尝独立，鲤趋而过庭。曰：‘学《诗》乎？’对曰：‘未也。’‘不学《诗》，无以言。’鲤退而学《诗》。”孔鲤乃孔子之子。此句一作“春隔鸡人昼”。

〔10〕扇枕：典出《东观汉记》所载黄香孝亲事，每于夏日，黄香为父扇凉枕席。此句一作“秋期燕子凉”。

〔11〕十年过父老：许八在朝任职十年，终返乡探望父老。此句一作“赐书夸父老”。

〔12〕赛城隍：向城隍祭拜祈福。赛，报神福。城隍，道教中守护城池之神。此句一作“寿酒乐城隍”。

〔13〕看画：指看江宁瓦棺寺中的维摩诘像，对应诗题中的“瓦棺寺维摩图样”。

〔14〕虎头：指东晋画家顾恺之，字长康，小字虎头。瓦棺寺壁画《维摩诘图》是其成名作之一。金粟：维摩诘成佛后，号“金粟如来”。这里指顾恺之在瓦棺寺所画的金粟如来维摩诘图样。

【评析】

唐肃宗乾元元年(758),许八拾遗蒙唐肃宗诏许,从长安返回故乡江宁(今江苏南京)探亲,杜甫为他饯行时写下了这首诗。本诗大致可分三个部分,第一部分"诏许辞中禁……宫衣著更香"从送别许八说起,依次交代他奉诏省亲、朝廷恩赐、同僚送别等事,均是实写。第二部分"淮阴清夜驿……几日赛城隍"是杜甫想象许八归乡后的情景,包括在淮阴过夜、至京口渡江、到家拜见父母趋庭问安、拜会乡亲父老、祭城隍祈福等,展现出一幅活泼生动的家乡人情风俗画卷。第三部分从"看画曾饥渴"至末尾,杜甫转而叙述自己早年游历江宁时,曾见顾恺之在瓦棺寺画的维摩图样,并向许八索取过此画的摹本,回应诗题中"于许生处乞瓦棺寺维摩图样"之意。末句"虎头金粟影,神妙独难忘"正是对顾恺之所绘维摩诘图样的观摩印象和高度评价,也成为南京古代艺术史上的特殊见证。当时正值安史之乱平复不久,朝野上下满目疮痍,毁于战火的文物古迹不计其数,杜甫"追踪恨淼茫"也隐隐传达出对往昔承平岁月游历江南的追忆以及怀古伤今之情。

因许八奉寄江宁旻上人〔1〕

不见旻公三十年〔2〕,封书寄与泪潺湲〔3〕。旧来好事今能否〔4〕,老夫新诗谁与传〔5〕。棋局动随寻涧竹,袈裟忆上泛湖船〔6〕。闻君话我为官在,头白昏昏只醉眠〔7〕。

【注释】

〔1〕选自《杜诗详注》卷六。许八:即前文许八拾遗。旻上人:杜甫友人,生平不详。上人,和尚的尊称。

〔2〕三十年:杜甫曾于唐玄宗开元十九年(731)游历吴越,过江宁时曾与旻上人对弈游湖;至作此诗的乾元元年(758),相距二十七年。诗中所谓"三十年",是约略之词。

〔3〕潺(chán)湲(yuán):本义是水流缓慢的样子,此处形容流泪之貌。

〔4〕旧来好(hào)事:指旻上人过去喜欢的游乐之事,即下文所说的作诗、下棋

和泛舟。好,喜好。

〔5〕谁与传:意为谁传于我。

〔6〕袈裟:佛教僧众穿着的法衣,这里代指旻上人。

〔7〕“闻君”二句:杜甫嘱咐许八,如果旻上人向他问起自己,就请代为回答:“杜甫如今做个小官,头发已经白了,每日醉酒昏昏而眠。”

【评析】

此诗与《送许八拾遗归江宁觐省》为同时期作。杜甫青年时期游历江宁时,曾结识了旻上人,唐肃宗乾元元年(758)同僚许八拾遗返江宁省亲,杜甫特作此诗托他转交给旻上人。本诗的前三联怀念旻上人,首联直抒对友人的深切怀念之情,阔别三十年,其间安史之乱爆发、人事乖舛,一句“泪潺湲”将对友人的惦念与往事不堪回首的慨叹包蕴其中。颔联询问“旧事尚能”“新诗孰传”表达对旻上人当下境遇的关心。颈联回忆当年二人一同在竹林间对弈、在湖上泛舟的逍遥情景,传达出对旧日情谊的真挚眷恋。尾联叙述自己的处境,想象旻上人见到许八后询问自己的近况,自己只能以年华逝去、借酒消愁来回复,抒发了诗人官居左拾遗的抑郁潦倒和对时局的忧虑。而不久之后,杜甫就因疏救房琯触怒肃宗,由左拾遗贬为华州司功参军,从此断送了自己的政治生涯。此诗语言质朴,真情流露,联系杜甫生平重读“头白昏昏只醉眠”一句,直是触及肺腑之语,令人不禁掩卷长叹。

刘长卿

刘长卿，生卒年不详，字文房，宣城（今属安徽）人，后迁居洛阳，郡望河间（今属河北）。唐玄宗天宝年间进士及第，唐肃宗至德年间任监察御史、苏州长洲县尉，唐代宗大历年间任转运判官，知淮西、鄂岳转运留后，又被诬再贬睦州司马。因刚直犯上，两度迁谪。唐德宗建中元年（780），官终随州（今属湖北）刺史，世称“刘随州”。刘长卿长于五言和七律，自称“五言长城”，是唐代大历诗风的代表人物之一。有《刘随州集》。事迹略见《唐诗纪事》卷二六、《唐才子传》卷二。

秋日登吴公台上寺远眺〔1〕

古台摇落后〔2〕，秋日望乡心。野寺人来少，云峰水隔深。夕阳依旧垒〔3〕，寒磬满空林〔4〕。惆怅南朝事〔5〕，长江独至今。

【注释】

〔1〕选自《全唐诗》卷一四七。诗题下原注：寺即陈将吴明彻战场。吴公台：故址在江都县（今江苏扬州）西北。原为南朝刘宋沈庆之攻打竟陵王刘诞时所筑弩台，名为鸡台，后陈将吴明彻围北齐军于江都，重加修筑，以射城内，因称吴公台。吴明彻（504—580），字通昭（一作通炤），南兖州秦郡（今江苏南京六合）人，陈宣帝时名将。陈伐北齐，他率领诸军攻克淮南江北一带。后与北周作战，兵败被俘，忧愤而死。事见《陈书·吴明彻传》。

〔2〕摇落：草木摇落的时节，代指秋天。语出宋玉《九辩》：“萧瑟兮草木摇落而变衰。”

〔3〕旧垒：旧的堡垒、营垒，这里指吴公台。

〔4〕寒磬：寒空中传来的磬声。磬，古代的一种打击乐器。

〔5〕南朝：是宋（420—479）、齐（479—502）、梁（502—557）、陈（557—589）四朝的统称，均定都建康，共二十四帝，历一百六十九年。南朝上承东晋，下启隋朝，并与北方少数民族建立的五个政权“北朝”（北魏、东魏、西魏、北齐、北周）相对峙。

【评析】

这是一首咏怀古迹的五言律诗。首联即景生情，交代诗歌写作的地点是“古台”（即扬州的吴公台），时间为草木摇落而变衰的秋日，烘托出一种萧瑟肃杀的氛围。颔联由近至远，先写眼前的寺庙荒凉，人烟稀少；再将视线拉远，遥望远处江水之外，有山峰处于云雾缭绕间。颈联顺应上一句的视线望向天边的夕阳，又不动声色地顺势将目光往回收束，重新落到旧日营垒之上。与此同时，寺庙中的钟磬之声伴随着丝丝寒意弥散开来，俞陛云评：“此二句试曼声诵之，不仅善写荒寒之意，且神韵绝佳。”尾联直接抒发作者的怀古之情，古迹尚存，而当时人物俱已风流云散，唯有浩荡长江，从古至今，奔腾不息，远绍孔子“逝者如斯夫”之叹。本诗以响衬静，以满衬空，将怀古慨今与思乡之情完美地融入萧瑟衰败的秋日吴公台中，借思古之幽情，感伤自我身世之悲。诗中描绘的吴公台周边的萧瑟景象及末尾感叹的历史虚无思想，正呼应着安史之乱后荒凉破败的时代氛围，透露出中唐大历诗人的某些共有心态。

张　继

张继，生卒年不详，字懿孙，襄州（今湖北襄阳）人。约唐玄宗天宝十二载（753）进士及第。曾佐戎幕，代宗大历年间入朝为内侍，大历末以检校祠部员外郎为洪州（今江西南昌）盐铁判官，后殁于此。有《张祠部诗集》。事迹略见《新唐书·艺文志四》、《唐诗纪事》卷二五、《唐才子传》卷四。

枫桥夜泊〔1〕

月落乌啼霜满天〔2〕，江枫渔火对愁眠〔3〕。姑苏城外寒山寺〔4〕，夜半钟声到客船〔5〕。

【注释】

〔1〕选自《全唐诗》卷二四二。枫桥：在今江苏省苏州市虎丘区枫桥街道阊门外。

〔2〕乌啼：乌鸦啼叫，一说为乌啼镇。

〔3〕江枫：江边的枫树，也泛指江边的红叶类树。江，指吴淞江。渔火：渔船上的灯火。

〔4〕姑苏：苏州的别称，因苏州城西南有姑苏山而得名。寒山寺：在今江苏省苏州市西枫桥镇，距枫桥约三里，始建于南朝梁代。相传因唐代名僧寒山、拾得曾到此而得名。一说“寒山”泛指肃寒之山，非寺名。

〔5〕夜半钟声：传说唐代佛寺有半夜敲钟的习惯，称为“无常钟”或“分夜钟”。

【评析】

据《唐才子传》记载，张继于天宝十二载（753）进士及第。天宝十四载安史之乱爆发,唐玄宗仓皇奔蜀。因当时江南局势较为安定,不少文士纷纷逃到江浙一带避乱,其中也包括张继,这首七绝就是他行至姑苏寒山寺附近所作。诗歌前两句由一连串密集的意象组成:由天上月落到树上啼乌,再由江边枫树到江上渔火,最后归结至船上难眠的游子。作者用细密的铺排、巧妙的运思,将空阔的寒秋夜色逐渐收束至诗中主人公的感受。这些分别来自视觉、听觉和感觉的意象,全方位地为读者构建了一个弥漫着浓郁愁绪而又层次分明的境界。次句"江枫"既是作者眼前所见,又容易让人联想到屈原《招魂》中"湛湛江水兮上有枫,目极千里兮伤春心"的伤感。而夜色中的"渔火"又与"江枫"形成一明一暗、一动一静、江面与江岸的多重对比。随后,在一片寂静凄迷的氛围中,无声地融入一位难眠的旅客,用他的活动与感官点活全篇。与前两句的密集意象不同,诗歌的后两句布景比较疏朗,在一片静谧中,突然传来悠远空灵的钟声,以响衬静,更增强了空旷寂寥的深秋凄凉之感,为愁卧舟中的旅人带来极大的心灵震撼,形成情景交融、余韵无穷的诗化意境。《枫桥夜泊》在后世广为流传,名扬海外,诗中优美动人的意境和缠绵不绝的羁旅之情,在漂泊各地的游子心中引发着长久不息的共鸣。

司空曙

司空曙(720—790),字文初,一作文明,广平(今河北永年)人。唐代宗大历年间进士,大历十才子之一。韦皋为剑南节度使,曾招至幕府。历任左拾遗、水部郎中等官。司空曙家境贫寒,性格耿介,为人磊落有奇才,曾流寓长沙,迁谪江右。有《司空曙诗集》。事迹略见《极玄集》卷上、《新唐书·文艺传下》、《唐诗纪事》卷三〇、《唐才子传》卷四。

金陵怀古〔1〕

辇路江枫暗〔2〕,宫庭野草春。伤心庾开府〔3〕,老作北朝臣〔4〕。

【注释】

〔1〕选自《全唐诗》卷二九二。

〔2〕辇(niǎn)路:帝王车驾所经之路。江枫暗:形容枫树茂密、遮蔽阳光的样子。

〔3〕庾开府:指庾信(513—581),字子山,南阳新野(今属河南)人,南北朝时期文学家,因曾任开府仪同三司,故称“庾开府”。

〔4〕北朝臣:公元548年,侯景之乱爆发,南梁国危,庾信逃往江陵,后奉命出使北朝的西魏,遂被羁留北方,历仕西魏、北周,官至骠骑大将军、开府仪同三司。庾信在北朝,身居高位,生活优渥,被尊为文坛宗师。因备受北朝帝王重视,屡次寻求南归而不得,最终以北朝臣子的身份,卒于隋文帝开皇元年(581)。

【评析】

此诗是司空曙因安史之乱避祸江南,在金陵所作的一首怀古五绝。诗歌前两句是作者实见之景,金陵是南朝的都城,见证了宋、齐、梁、陈四朝的兴衰变迁，而南朝帝王辇车经行的道路，如今却无比落寞。当时的旌旗如林、鼓乐喧天，似乎都隐匿于浓密的枫林中。这里的“暗”字，既是实写枫林因为人迹罕至而肆意生长、遮天蔽日，又流露出作者沉郁消极的情绪。随着辇路前行，便可看见当年的南朝宫苑了，其中已经长满野草，这些原不属于宫廷的植物，正借春季的恩赐蓬勃生长。本诗前两句对仗工稳，代表旧日政权的“辇路”“宫庭”与象征今日荒芜的“江枫”“野草”形成鲜明的对比，历史的盛衰之叹寄寓其中。诗歌的后两句笔锋由实入虚，聚焦于南北朝对峙时期最具典型性的人物——庾信。庾信前半生活跃于梁朝宫廷，颇得梁武帝、简文帝赏识。而当梁朝覆灭，庾信被迫羁留北朝，屡次寻求返回南朝而不得，最后竟以北朝臣子的身份抑郁而终。其间庾信亲历了梁朝的覆灭与西魏、北周、隋朝的政权更迭，这期间的创作也成就了他“穷南北之胜”的文学地位。诗歌后两句集中写庾信，不仅因为他见证了南北朝的兴衰变迁，而且作者有意借庾信来抒发自己的故国之思。本诗篇幅虽小，却将情与景、古与今、物与我熔炼于一处，包蕴了深沉的历史感慨和作者的身世之悲。

戴叔伦

戴叔伦(约732—约789),字幼公(一作次公),润州金坛(今江苏金坛)人,出身于隐士之家。曾任东阳县令,历参湖南、江西幕府,官抚州刺史,终容管经略使。唐德宗贞元五年(789)前后,上表辞官归隐,自请为道士,在返乡途中客死清远峡(在今四川成都北)。事迹见《新唐书·戴叔伦传》、《唐才子传》卷五。

除夜宿石头驿〔1〕

旅馆谁相问〔2〕,寒灯独可亲。一年将尽夜,万里未归人〔3〕。寥落悲前事,支离笑此身〔4〕。愁颜与衰鬓,明日又逢春。

【注释】

〔1〕选自《全唐诗》卷二七三。除夜:除夕之夜,一年的最后一天。石头驿:在今江西省南昌市新建区赣江西岸,又称石头渚、石步镇。

〔2〕问:存问,即安慰之意。

〔3〕“一年”二句:化用梁武帝萧衍《子夜四时歌·冬歌》:“一年漏将尽,万里人未归。君志固有在,妾躯乃无依。”

〔4〕支离:分散的意思,这里形容作者憔悴疲惫之貌。

【评析】

此诗是戴叔伦在除夕之夜独宿于江西石头驿时所作的五言律诗,抒发了他在旅途中的孤寂与感慨。开篇就描写了作者孤独地夜宿旅馆之中,与寒灯落寞相伴的场景,设问的语气体现出旅人的凄苦不平之气。颔联点明此夜的特殊之处,本应合家团聚的除夕之夜,而作者却还奔走于风尘之中,此联虽从萧衍"一年漏将尽,万里人未归"化出,然而却更流畅浑成,时间与空间相对,令读者仿佛听到寒夜中的浩然长叹。颈联借景抒情,作者在寥落夜晚,想起了过往的种种遗憾与伤痛,济世之心难酬,只落得病骨支离、羁旅漂泊,一个"笑"字蕴含了无限的辛酸无奈和愤懑不平。尾联紧承上句,愁颜衰鬓即是"支离"的具体形貌;"明日又逢春"则是以乐景写哀情,一年伊始是万象更新充满希望的时节,可对于衰老憔悴的诗人来说,未来只是越发可怜的老境和无尽的漂泊,传达出沉重而压抑的凄苦况味。此诗语言平易,情感真挚,寄慨深远。清代高步瀛评曰:"此诗真所谓情景交融者,其意态兀傲处不减杜公,首尾浩然,一气舒卷,亦大家魄力。"(《唐宋诗举要》)

韦应物

韦应物(约737—791或792),字义博,京兆杜陵(今陕西西安)人。以门荫入仕,起家右千牛备身,出任栎阳县令,迁比部郎中,加朝散大夫。外放任滁州、江州刺史,检校左司郎中等职。唐德宗贞元四年(788)任苏州刺史,贞元七年(791)前后在苏州去世,世称韦苏州、韦左司、韦江州等。有《韦江州集》《韦苏州集》。事迹略见《唐才子传》卷四。

初发扬子寄元大校书〔1〕

凄凄去亲爱〔2〕,泛泛入烟雾。归棹洛阳人〔3〕,残钟广陵树〔4〕。今朝为此别,何处还相遇。世事波上舟,沿洄安得住〔5〕。

【注释】

〔1〕选自《全唐诗》一八七。初发:启程。扬子:指扬子津,靠近瓜洲的古渡口,在今江苏扬州的长江北岸,是唐代长江南北的交通要道。元大:未详何人,排行老大。

〔2〕去亲爱:离开相亲相爱之人(这里指元大)。

〔3〕归棹:归去的船。棹,船桨,代指船。

〔4〕残钟:晓钟自远处传来的残音。

〔5〕沿洄:顺流而下为沿,逆流而上为洄,这里比喻处境的顺逆。

【评析】

唐代宗广德元年(763),韦应物受命担任洛阳丞。在去往洛阳赴任的途中,由长江转大运河北上,经停广陵,此诗是赠别广陵友人元大之作。诗歌首二句从“初发”写起,诗人告别友人元大,泛舟去往烟水朦胧的江上,“烟雾”也是关于前途渺茫的象征。三、四句交代诗人此行的目的地是北方的洛阳，二人分别的地点是广陵。诗人在北上的船上，仍不住回望广陵城，模糊的钟声自树林中传来，这里用钟声之“残”写出了作者乘船愈行愈远的情景。五、六句直抒胸臆：今日一别，何时再见？语言浅近，愈显得眷恋之情真挚。最后两句由行舟上升至人生哲理，世事一如水上行舟，升沉不定，借此感叹漂泊江湖、身不由己的人生，同时也宽慰了自己和友人的离别伤感。全诗意境清空，平淡中自有深情流动，正所谓“至浓至淡，便是苏州笔意”（刘辰翁语，见《韦孟全集》）。

卢　纶

卢纶(737 或 748—799),字允言,河中蒲州(今山西永济)人,出身范阳(今河北涿州)卢氏,唐代诗人,大历十才子之一。唐玄宗天宝末年举进士,遇乱不第。唐代宗朝数举进士不入第。大历六年(771),经宰相元载举荐,授阌乡尉。后由宰相王缙荐为集贤学士,秘书省校书郎,升监察御史。出为陕州户曹、河南密县令。后元载、王缙获罪,遭牵连。唐德宗朝,复为昭应县令,出任河中元帅浑瑊府判官,官至检校户部郎中。有《卢户部诗集》。事迹见《旧唐书·卢纶传》《新唐书·卢纶传》。

泊扬子江岸〔1〕

山映南徐暮〔2〕,千帆入古津〔3〕。鱼惊出浦火〔4〕,月照渡江人。清镜催双鬓〔5〕,沧波寄一身。空怜莎草色〔6〕,长接故园春。

【注释】

〔1〕选自《全唐诗》卷二七九。扬子江:长江下游河段的旧称,流经江苏、上海。

〔2〕南徐:今江苏镇江。东晋暂置徐州于京口,南朝宋改称南徐。

〔3〕古津:指扬子津。

〔4〕浦火:指水边的渔火。

〔5〕清镜:形容清透如镜子一般的水面。

〔6〕莎草:多年生草本植物,生长于原野沙地,又名香附子或回头青。

【评析】

这是卢纶在夜泊扬子江岸时写下的一首咏怀五律,前两联写景,后两联抒情。首联写傍晚日暮时行船泊入扬子津的场景,“千帆”写出了江上熙熙攘攘、百舸竞渡的浩大场面。颔联承接上意,出句写江水中的鱼儿也被渔火所惊动,而对句的情绪却隐隐转入萧条,将目光凝聚到夜色中一位孤独的渡江人身上。颈联详写渡江人的形象与感受,临水自照,双鬓斑白,终日浮沉于沧波之上,身世如萍。“沧波寄一身”道出了诗人心底的深沉感慨,令人触目惊心。尾联采用由实入虚的笔法,道出了渡江人的心绪:他望着江岸上惹人怜爱的萋萋碧草,却随着芳草的蔓延遥想至久别的故乡,想必那里也已经是一片春色了。不由让人想到王维“君自故乡来,应知故乡事。来日绮窗前,寒梅着花未”的妙思。本诗触景生情,感叹漂泊不定的人生际遇,抒发作者的故园之思,表情含蓄而深厚,格调沉郁苍茫,略带古意,令人回味无穷。

孟 郊

孟郊(751—814),字东野,武康(今浙江德清)人,一说洛阳(今属河南)人,唐代诗人。早年隐居嵩山,屡试不第,唐德宗贞元十二年(796)及进士第,曾任溧阳县尉、河南水陆运从事、试协律郎等。早年因仕途不顺,多放迹林泉,诗酒度日;晚年生活多在洛阳度过。卒后,张籍私谥为"贞曜先生"。贞元年间,孟郊在长安结识韩愈,二人皆主张复古思想,故并称为"韩孟"。有《孟东野诗集》。事迹见《旧唐书·孟郊传》《新唐书·孟郊传》。

游子吟〔1〕

慈母手中线,游子身上衣。临行密密缝,意恐迟迟归〔2〕。谁言寸草心〔3〕,报得三春晖〔4〕。

【注释】

〔1〕选自《全唐诗》卷三七二。

〔2〕意恐:担心。

〔3〕寸草心:比喻子女对父母的感恩之情。寸草,这里比喻子女。心,指草木的内茎,比喻子女的心意。

〔4〕报得:报答。三春晖:春日的暖阳,这里比喻父母的恩情。古代农历正月为孟春,二月为仲春,三月为季春,合称三春。

【评析】

孟郊的《游子吟》是描写母子亲情的千古名篇。此诗题下孟郊自注:"迎母溧上作。"溧上即溧阳,为今江苏省溧阳市。孟郊早年屡试不第、困窘潦倒,直至四十六岁才得中进士。唐德宗贞元十六年(800),五十岁的孟郊终于得到了溧阳县尉之职。结束了常年漂泊无依生活的孟郊,将母亲接至溧阳同住,并写下了这首感慨至深的名篇。诗歌前两句,由人及物,再由物及人,用“线”与“衣”将母与子紧紧联系在一起,写出母子相依为命的骨肉之情。三、四句又特写母亲缝制衣物时的场景,细腻生动的动作与神态描写,体现出母亲在衣物中倾注了对游子的不舍与担忧之情。末二句连用两个比喻,为前文的慈母制衣场景升华出深沉的感慨:母爱犹如三春的和煦阳光,无微不至地哺育子女茁壮成长,然而如寸草一般弱小的子女,又如何回报母亲深沉的恩情呢?本诗使用白描笔法,勾勒出一位平凡又伟大的慈母形象,朴素自然之中又蕴含着发自肺腑的炙热感情,感动着一代又一代的后世读者。明代高棅在《唐诗品汇》中赞曰:“全是托兴,终之悠然。不言之感,复非睍睆寒泉之比。千古之下,犹不忘淡,诗之尤不朽者。”

李　绅

李绅(772—846),字公垂,祖籍亳州谯县(今安徽亳州),后迁居无锡(今属江苏)。出身赵郡李氏南祖,六岁丧父,随母迁无锡,少年时期在无锡惠山寺读书。唐宪宗元和元年(806)及进士第,后卷入牛李党争,为李党重要人物。文宗开成五年(840)入京拜相,任中书侍郎、同中书门下平章事,封赵国公,居相位四年。武宗会昌六年(846)病逝于扬州,谥号“文肃”。李绅与白居易、元稹多有交游,所作《乐府新题》二十首(已佚)是新乐府运动的开端。李绅名篇《悯农二首》千古传诵,然其人后期生活豪奢、为官酷暴,被时人视为酷吏。事迹见《旧唐书·李绅传》《新唐书·李绅传》。

悯农二首〔1〕

其一

春种一粒粟,秋收万颗子。四海无闲田,农夫犹饿死。

其二

锄禾日当午,汗滴禾下土。谁知盘中餐,粒粒皆辛苦。

【注释】

〔1〕选自《全唐诗》卷四八三。

【评析】

《悯农二首》篇幅虽小,却是流传极广的唐诗名篇。李绅作为中唐新乐府运动的倡导者和实践者,在新乐府相关的作品之外,依旧秉持着“文章合为时而著,歌诗合为事而作”的主张,《悯农二首》便是这一诗学理念的践行成果。

第一首诗前两句用“一粒粟”与“万颗子”之间的转化,具象化地展现了农民获得的丰收成果,由春到秋的时间变化也暗示了一年不间断的辛勤劳动。第三句将春生、夏长、秋收、冬藏的现象推广到“四海”,表现出劳动人民的勤恳付出与巨大贡献。第四句却突然话锋一转,尽管天下硕果累累,创造这一切的农民却依旧被饿死!前后的巨大反差产生了令人震撼的阅读体验,并引发读者去思索,为何会发生这样的悲剧?作者在沉默中将矛头指向了剥削人民、敲骨吸髓的统治阶级。

第二首诗更为知名,开篇描绘了农民在烈日下辛勤耕种的场景,秋收的万颗子都是由他们的汗水浇灌而成。这让后两句的“谁知盘中餐,粒粒皆辛苦”不至于沦为空洞的说教,而是在亲见农民艰辛后自然抒发的深切同情。诗人既言每一粒粮食来之不易、分外辛苦,也就暗示了现实生活中有诸多不恤农力、不珍惜粮食的现象存在,从而警示了奢侈浪费、挥霍无度的人们。

《悯农二首》通过鲜明群像的塑造和深刻的对比来揭露广大农民的疾苦和社会的不公平现象,绝少议论,却能够引发读者对农民的深切同情和对社会结构的深沉思考。这一组诗语言质朴通俗,情感真挚,具有超越历史的启发与警示意义,如明人周珽引吴山民语:“由仁爱中写出,精透可怜,安得与风月语同看?知稼穑之艰难,必不忍以荒淫尽民膏脂矣。今之高卧水殿风亭,犹苦炎燠者,设身‘日午汗滴’当何如?”(《唐诗选脉会通评林》)

李　治

李冶(？—784),一名李裕,字季兰,乌程(今浙江湖州)人,早年曾居三峡。唐代著名女诗人,曾当过道士。与陆羽、刘长卿、刘禹锡、皎然等交往。晚年被召入宫中。后因赠诗与叛将朱泚,被唐德宗下令乱棒扑杀。有《李季兰集》一卷,已佚。后人曾辑录她与薛涛的诗为《薛涛李冶诗集》二卷。事迹见《唐才子传》卷二。

恩命追入留别广陵故人〔1〕

无才多病分龙钟〔2〕,不料虚名达九重〔3〕。仰愧弹冠上华发〔4〕,多惭拂镜理衰容。驰心北阙随芳草〔5〕,极目南山望旧峰。桂树不能留野客〔6〕,沙鸥出浦谩相逢〔7〕。

【注释】

〔1〕选自《全唐诗》卷八〇五。恩命:指帝王颁发的升官、赦罪之类的诏命。这里指被召入宫。

〔2〕分:资质,这里指身体状况。龙钟:衰老年迈之貌。

〔3〕九重:指宫禁、朝廷或帝王。

〔4〕弹冠:弹去帽子上的灰尘,出来做官。华发:白头发。

〔5〕驰心:谓心之向往如车马驱驰。北阙:古代宫殿北面的门楼,代指宫禁或朝廷。

〔6〕野客:村野之人,多借指隐逸者。

〔7〕沙鸥:栖息于沙滩、沙洲上的鸥鸟。谩:同“漫”,散漫之意。

【评析】

李冶晚年曾被征召入宫,这首诗即是她将要入宫之时送给一位广陵友人的。她此时已显老态,不耐长途跋涉,本已绝意于富贵荣华,因此当恩命传来之时,心中多少有些落寞和不情愿。首联即称自己既乏才分,又入暮年,因此没想到虚名会传到皇帝耳中,被皇帝征召。这不仅仅是谦虚,同时也是自己真实心态的反映。颔联承首联而来,出发前李冶在整理行装、修饰容颜时不由得对镜自怜,遗憾韶华不在,风韵不存。然而行笔至颈联,心态出现了变化,当想到有机会进宫一展才华,作者依然掩抑不住内心的激动之情。尽管仍系念家乡之“旧峰”,但同时也已心驰魏阙。尾联以景作结:家乡的桂树没能挽留住诗人这位“野客”,意谓去意已决,然而平时相亲相近的鸥鸟却丝毫不关心诗人的去留,一如往常。不知在略无机心的鸥鸟面前,渴慕荣华的诗人是否微有愧疚?后来的事实证明,李冶这次的选择为其日后的惨死埋下了伏笔。总体而言,整首诗中作者的心态曲折而复杂,难以一言概之。

刘禹锡

刘禹锡(772—842),字梦得,河南洛阳人。唐德宗贞元九年(793)及进士第,贞元末年加入以太子侍读王叔文为首的“二王八司马”政治集团。顺宗即位后,因参与“永贞革新”失败而屡遭贬谪。文宗开成元年(836)改任太子宾客、秘书监,分司东都。武宗会昌元年(841),加检校礼部尚书衔。刘禹锡兼擅诗文,有“诗豪”之称。有《刘梦得文集》《刘宾客集》。事迹见《旧唐书·刘禹锡传》《新唐书·刘禹锡传》。

金陵五题〔1〕

石头城〔2〕

山围故国周遭在〔3〕,潮打空城寂寞回。淮水东边旧时月〔4〕,夜深还过女墙来〔5〕。

【注释】

〔1〕选自《全唐诗》卷三六五。

〔2〕石头城:位于今南京西清凉山上,三国时孙吴就石壁筑城戍守,称石头城。后人也以石头城代指南京。

〔3〕故国:即旧都。周遭:环绕。

〔4〕淮水:指贯穿南京的秦淮河,为长江下游右岸支流。

〔5〕女墙:石头城上的矮墙。

【评析】

南京作为东吴、东晋、宋、齐、梁、陈的都城,见证了六朝历史的兴衰变迁和文采风流,成为后世文人咏史怀古的重镇之一。唐敬宗宝历二年(826),

刘禹锡途经金陵,作《金陵五题》,以联章的方式歌咏了南京城的五处古迹,包括《石头城》《乌衣巷》《台城》《生公讲堂》《江令宅》,堪称唐代咏史怀古诗中的艺术珍品。

自从建安十七年(212),东吴孙权在清凉山西麓修建了石头城,作为建康(今江苏南京)西部的防守要塞,"石头城"就成了南京的别称之一。在《金陵五题》这一组诗中,"石头城"是旧朝统治者的权势象征。诗歌开篇就营造出苍凉悲壮的氛围,所谓"山围故国"就是依山而建的石头城,"周遭在"说故城尚存,正是用以"存"衬"没"的笔法来写石头城在当下的荒废。石头城西北有长江流过,潮水日日拍打着空荡荡的旧城,"寂寞回"用拟人的手法烘托出寂寥苍凉的氛围,透露出一种淡淡的历史虚无感。至此,石头城繁华不再、荒凉冷寂的境况已经一览无余。然而,曾照见六朝旧事的明月,依旧日日从秦淮河的东边升起,铺洒在低矮的女墙上,月似多情,还留恋着南朝的旧事。历代诗人都感受到了在亘古不变的明月对照下,历史兴衰、朝代更迭恍如梦境。"旧时月"将诗歌意境烘托得更加落寞苍凉。本诗看似句句写景,而实际句句蕴情,不涉及具体的历史细节,又囊括了六朝政权更迭的悠久往事,正如潘德舆《养一斋诗话》所言"不言兴亡而兴亡之感溢于言表"。本诗将深沉的怀古幽情融入落寞消沉的意象当中,使诗歌意境浑厚悠远、意味深长。再联系刘禹锡所处的时代背景,中唐时局危机四伏,时代精神也不复盛唐的昂扬,又为此诗赋予了一重借古讽今、警醒当下的意义。

乌衣巷〔1〕

朱雀桥边野草花〔2〕,乌衣巷口夕阳斜。旧时王谢堂前燕〔3〕,飞入寻常百姓家。

【注释】

〔1〕乌衣巷:金陵城的一条街巷,在今江苏省南京市秦淮河之南,与朱雀桥相近。此巷是三国时期东吴的禁军驻地,因为当时禁军身着黑色军服,所以被称为乌衣巷。东晋时期的王、谢贵族都居住在乌衣巷,人称其子弟为"乌衣郎"。入唐后,乌衣巷逐渐被废弃。

〔2〕朱雀桥：六朝时金陵正南朱雀门外横跨秦淮河的大桥，在今南京市秦淮区。

〔3〕王谢：指东晋时的王、谢两个世家大族。王、谢二族在晋代贤才辈出，世代簪缨，为六朝巨室，至唐时则皆已四散零落。

【评析】

《乌衣巷》是脍炙人口的咏史怀古名篇，此诗描写了乌衣巷在中唐时期的破败荒凉，用精妙的构思抒发了对过往历史的盛衰慨叹，并有借古讽今之意。乌衣巷旧址在南京文德桥西的秦淮河南岸，为东吴的禁军驻地，后来又成为东晋王、谢世家的聚集处。诗歌首二句写出了乌衣巷一带的落寞场景：昔日朱雀桥上车水马龙、冠盖喧哗，而今只有野草闲花寂静开落；惨淡的夕阳洒落在曾经住满了贵族名士的乌衣巷。这两句写景生动，设色分明，“朱雀桥”与“乌衣巷”既是金陵实景，又偶对天成。三、四句聚焦于乌衣巷中燕子作巢这一不为人所察觉的细节，以小见大地反映出金陵城的沧桑巨变。乌衣巷在东晋时为门阀世家的聚集地，曾经的王、谢高门，人才辈出，他们的生平与旧朝命运共同起伏，又留下无数风流逸事为后人津津乐道。但诗人不直接写豪族世家的没落，而是以燕子为线索，贯穿起乌衣巷居民身份的改变，使昔日贵族与当下的寻常百姓形成鲜明对比，展现出极高的艺术成就与感染力。不识人事的燕子还给人一种物是人非、风流云散的感受，更暗寓了作者对曾经煊赫的高门权贵的讽刺，意在言外，发人深省，正如明人桂天祥所言：“有感慨，有风刺，味之自当泪下。”（《批点唐诗正声》）

酬乐天扬州初逢席上见赠〔1〕

巴山楚水凄凉地〔2〕，二十三年弃置身〔3〕。怀旧空吟闻笛赋〔4〕，到乡翻似烂柯人〔5〕。沉舟侧畔千帆过〔6〕，病树前头万木春。今日听君歌一曲〔7〕，暂凭杯酒长精神〔8〕。

【注释】

〔1〕选自《全唐诗》卷三六〇。

〔2〕巴山楚水：指今四川、湖南、湖北一带。古时四川东部属于巴国，湖南北部和湖北等地属于楚国。刘禹锡被贬后，迁于朗州（今湖南常德）、连州（今属广东）、夔州（今重庆奉节）、和州（今安徽和县）等地区，这里用“巴山楚水”泛指这些地方。

〔3〕二十三年：刘禹锡在唐顺宗永贞元年（805）被贬为连州刺史，至敬宗宝历二年（826）冬应召，约二十二年。因贬地离京遥远，实际上到第二年才能回到京城，故曰“二十三年”。弃置身：指遭受贬谪的自己。弃置，贬谪。

〔4〕怀旧：怀念旧友。闻笛赋：指西晋向秀所作《思旧赋》。三国时期曹魏末年，嵇康、吕安被司马政权迫害致死，后来向秀经过嵇康旧居，听到凄凉的笛声，不由悲从中来，写下了思念旧友、抚今追昔的《思旧赋》。

〔5〕翻：副词，反而。烂柯人：指晋人王质。据《述异记》记载，王质上山砍柴，看见两个童子下棋。等棋局终了，手中的斧柄已经朽烂。回到村里才知道已过了一百年，同代人都已经亡故。作者以此表达自己贬谪已久、恍如隔世的感慨。柯，指斧头的柄。

〔6〕沉舟：已经沉没的船，这里诗人以沉舟自比。侧畔：旁边。

〔7〕歌一曲：指白居易在宴席上赠予刘禹锡的《醉赠刘二十八使君》一诗。

〔8〕长（zhǎng）精神：振作精神。长，增长，振作。

【评析】

唐敬宗宝历二年（826），刘禹锡罢和州刺史返回洛阳，在扬州遇到了同样被贬的白居易，白居易作《醉赠刘二十八使君》赠予刘禹锡，诗云：“为我引杯添酒饮，与君把箸击盘歌。诗称国手徒为尔，命压人头不奈何。举眼风光长寂寞，满朝官职独蹉跎。亦知合被才名折，二十三年折太多。”刘禹锡遂作此诗以答。

本诗首联直接抒发了诗人遭贬谪后的凄楚颓丧的心境。自永贞革新失败以后，刘禹锡在边远蛮荒的地区辗转半生，“二十三年”的数字令人触目惊心。颔联承接上文，连用两个典故，继续书写作者的落魄心境。出句用向秀感念嵇康和吕安而作《思旧赋》之事，对句用王质入山观棋而百年倏忽已过的传说，写出作者在漫长的贬谪生涯中，亲友多已凋丧，局势物是人非，无一字言情，却令读者心生无限的怅惘与凄楚。颈联在悲哀中强作振奋，说自己虽如沉舟、病树，形同老朽，前途无望，但是沉舟侧畔有千帆竞渡，病树前头正万木逢春,意即虽然屡遭不顺,但在逆境中尚有豁达乐观的态度,看淡了世事变迁和宦海浮沉。这一联是传诵千古的警句,也表现出新事物总会取代旧事物的普世哲理。尾联点明了酬谢白居易赠诗的用意,对同样仕途不顺的白居易加以劝慰。全诗情感欲扬先抑、起伏跌宕,于沉郁中见昂扬,于感伤中见豁达,表现出作者在历经沧桑后对世事和历史的深切认识。

白居易

白居易(772—846),字乐天,号香山居士,又号醉吟先生,祖籍太原(今属山西),生于新郑(今属河南)。唐德宗贞元十八年(802)应书判拔萃科及第,宪宗元和元年(806)应才识兼茂明于体用科及第。曾因上书触怒权贵,被贬为江州司马,后官至太子少傅,以刑部尚书致仕。白居易是唐代伟大的现实主义诗人,与元稹共同倡导中唐新乐府运动,继承《诗经》和汉魏乐府讽喻时事的传统,使诗歌起到"补察时政""泄导人情"的作用,以自创的乐府新题咏写时事,主张"文章合为时而著,歌诗合为事而作"的创作理念。他与元稹并称"元白",与刘禹锡并称"刘白"。有《白氏长庆集》。事迹见《旧唐书·白居易传》《新唐书·白居易传》。

宿灵岩寺上院〔1〕

高高白月上青林,客去僧归独夜深。荤血屏除唯对酒,歌钟放散只留琴。更无俗物当人眼〔2〕,但有泉声洗我心。最爱晓亭东望好,太湖烟水绿沉沉〔3〕。

【注释】

〔1〕选自《白氏长庆集》卷五四。灵岩寺:佛教名寺,位于今江苏苏州吴中区木渎镇之灵岩山上。上院,即正院。

〔2〕当:遮挡,碍事。

〔3〕太湖:位于江苏省南部长江三角洲的南缘,北临江苏无锡,南濒浙江湖州,西依江苏常州、江苏宜兴,东近江苏苏州。古称震泽、具区,又名五湖、笠泽,为我国第三大淡水湖,湖泊面积2427.8平方公里,是由长江和钱塘江下游泥沙堰塞古海

岸而成。

【评析】

这首七律是白居易在苏州灵岩寺所作,重在抒发作者对于幽静的禅境的感悟和理解。诗歌首联描绘了寺院夜景的概况,静谧的月光洒落在青色的树林上,访客已经离开,僧人也都回到了禅房,只有作者一人独对这沉沉的夜色。颔联表现出作者对于佛家清规戒律的取舍,不吃荤腥,但却饮酒,体现了古代文人的嗜好;不听红尘歌钟的靡靡之音,却把古琴留在身边,因为琴被认为是陶冶情操的乐器。这一联饶有趣味,把白居易介于佛与俗之间的犹豫心态写得活灵活现。不过,作者还是逐渐进入了禅的境界,眼前没有俗物遮眼,潺潺泉水荡涤了心中的杂念。在这样清幽的环境中,作者想到了清晨站在亭子上向东眺望,可以看到太湖烟水一色,碧绿澄澈,此刻完全忘记了自我和取舍,只将自己融入那一片明净的世界中,由此进入了禅的境界。本诗意境纯美,用浅易的语言和平常景物,结合有趣的心理活动,为读者呈现了诗人走向悟道与化境的过程。

燕子楼三首(并序)[1]

徐州故张尚书有爱妓曰盼盼[2],善歌舞,雅多风态。予为校书郎时,游徐、泗间。张尚书宴予,酒酣,出盼盼以佐欢,欢甚。予因赠诗云:“醉娇胜不得,风袅牡丹花。”尽欢而去,迩后绝不相闻,迨兹仅一纪矣。昨日,司勋员外郎张仲素缋之访予[3],因吟新诗,有《燕子楼》三首,词甚婉丽。诘其由,为盼盼作也。缋之从事武宁军累年,颇知盼盼始末,云:“尚书既殁,归葬东洛。而彭城有张氏旧第,第中有小楼,名燕子。盼盼念旧爱而不嫁,居是楼十余年,幽独块然,于今尚在。”予爱缋之新咏,感彭城旧游,因同其题,作三绝句。

其一

满窗明月满帘霜,被冷灯残拂卧床。燕子楼中霜月夜,秋来只为一人长[4]。

其二

钿晕罗衫色似烟，几回欲著即潸然。自从不舞霓裳曲[5]，叠在空箱十一年。

其三

今春有客洛阳回，曾到尚书墓上来[6]。见说白杨堪作柱[7]，争教红粉不成灰[8]。

【注释】

〔1〕选自《白氏长庆集》卷一五。燕子楼：唐贞元年间，武宁军节度使张愔（张建封之子）镇守徐州时，在其府第中为爱妾关盼盼建的一座小楼，因其飞檐翘角，形如飞燕，且年年春天南来燕子多栖息于此，故名燕子楼。

〔2〕盼盼：即关盼盼，彭城（今江苏徐州）人，生活于唐代贞元、元和年间。出身寒微，隶身乐籍，色艺双全，后成为张愔的姬妾。张愔死后，她矢志不嫁，在燕子楼中度过余生。

〔3〕张仲素：字缋之，唐德宗贞元十四年（798）进士及第，能文善诗，尤精乐府。

〔4〕一人长：指关盼盼孤身一人，孤枕难眠。又暗示关盼盼在为张愔守节。

〔5〕霓裳曲：即《霓裳羽衣曲》，唐代宫廷乐舞，根据西域《婆罗门曲》改编。传闻是唐玄宗登洛阳三乡驿望女几山所作。

〔6〕尚书墓：指张愔之墓。

〔7〕堪作柱：指墓间的白杨已经成材，比喻时光流逝。

〔8〕争教：怎教。

【评析】

白居易在《燕子楼》诗序中交代了此诗是为守节不嫁的张愔爱妾关盼盼所作。白居易早年曾在张愔的酒席上与关盼盼有一面之缘，多年后白居易读到张仲素的三首《燕子楼》诗，始知张愔死后，关盼盼寡居燕子楼十余年,大为感慨,便作了这三首同题诗。

第一首诗描述了关盼盼寡居燕子楼中无数个不眠之夜中的一夜。秋夜,明月当空,霜寒露重,盼盼一人独枕孤衾,面对残灯摇曳。古人云“愁多知夜长”,燕子楼中这般凄清寒冷,对于辗转不寐、思念故人的盼盼来说,长夜与寒秋都漫长得令人绝望。

第二首诗选取了关盼盼善霓裳羽衣舞这一事实进行想象发挥。霓裳舞衣轻红娇软,望之如烟霞,盼盼几次想要重新穿上它,却都会泪流不止。自从张愔去世后,盼盼再也没有跳过《霓裳羽衣曲》,这舞衣也就闲置在箱中,至今已经过去了十一年!这首诗用风流婉转的笔调,写出了盼盼自张愔故去后不再迷恋人世繁华,决心守节的心志。

第三首诗主要写张愔故去时日已久,抒发时光飞逝的慨叹。“今春有客洛阳回”指张仲素,他在此前曾去张愔坟上祭拜,并将详情转述给了白居易。此时坟墓周边的白杨都已经长得又高又壮,可以用作柱子,无声地见证着张愔亡故后的十多个年头,那么关盼盼的花容月貌也终将变成土灰吧。

这三首诗善于剪裁,以典型画面描写深沉的情感与忧思,将盼盼对爱情的执着坚守描绘得婉转动人,笔触精湛而不做作。从而抒发了诗人对关盼盼坚贞守节的感叹和孤苦生活的深切同情,同时也寄寓了他对于故人逝去、时过境迁的盛衰之叹。另据《唐诗纪事》载,白居易在《燕子楼三首》后,又作了一首《感故张仆射诸妓》,诗曰:“黄金不惜买蛾眉,拣得如花三四枝。歌舞教成心力尽,一朝身去不相随。”语中有讽刺歌妓不随张愔同死之意,关盼盼读后作《和白公诗》曰:“自守空楼敛恨眉,形同春后牡丹枝。舍人不会人深意,讶道泉台不去随。”随后不久绝食而终,以死明志。但经今人考证,此说实乃杜撰。

张　祜

张祜(约785—约849),字承吉,清河(今属河北)人。早年曾寓居姑苏,为人清高,自称“处士”。宪宗元和、穆宗长庆年间,令狐楚曾表荐之,不报。辟诸侯府,为元稹排挤,遂至淮南寓居,因爱曲阿(今江苏丹阳)风物,隐居以终。其诗多歌咏山水名胜,尤以宫词最为知名。杜牧曾称赞他“何人得似张公子,千首诗轻万户侯”,张祜以是得名。事迹略见《唐才子传》卷六。

题金陵渡〔1〕

金陵津渡小山楼,一宿行人自可愁。潮落夜江斜月里,两三星火是瓜洲。

【注释】

〔1〕选自《张承吉文集》卷五。

【评析】

这首诗是张祜游历江南时写下的一首七绝。诗歌首句交代了作者写诗的地点是镇江金陵渡口的一座小楼。次句点明作者的身份是借宿的“行人”,口语化的“自可愁”,落笔平淡轻易,将全诗的基调自然收束于“愁”字之中。第三句写诗人站在小山楼上眺望夜色里的长江,当时月影西斜已是深夜,只有潮水在寂寞地起起落落,使读者似乎能够感受到若有若无的江风与凉意,也暗示了作者夜不能寐的境况。末句继续眺望远方,在烟水朦胧的寒江之上,隐隐约约可见几处闪烁的火光,明暗对照,点活了之前迷离忧郁的画面。作者以轻灵潇洒的运笔,为读者描摹了一幅意境悠远的江中夜景图。全诗抒写旅途愁思,哀而不伤,语言流动自然,境界清空静谧又灵气盎然。

徐 凝

徐凝(生卒年不详),睦州分水(今浙江桐庐)人。早年曾游长安,不善干谒,仅游白居易之门。唐宪宗元和年间举进士,官至金部侍郎,另有终身不仕之说。事迹略见《唐诗纪事》卷五二、《唐才子传》卷六。

忆扬州〔1〕

萧娘脸下难胜泪〔2〕,桃叶眉头易得愁〔3〕。天下三分明月夜,二分无赖是扬州〔4〕。

【注释】

〔1〕选自《全唐诗》卷四七四。

〔2〕萧娘脸下难胜泪:此句一作"萧娘脸薄难胜泪"。萧娘,即姓萧的女子,后泛指女子。南朝以来,在文学创作中常把男子所恋的女子称为萧娘,女子所恋的男子称为萧郎。胜,承受。

〔3〕桃叶眉头易得愁:此句一作"桃叶眉头易觉愁"。桃叶,晋王献之爱妾,这里泛指女子。传闻王献之每每在秦淮河南浦渡亲迎桃叶,并作《桃叶歌》:"桃叶复桃叶,渡江不用楫。但渡无所苦,我自迎接汝。"南浦渡也由此得名"桃叶渡"。

〔4〕无赖:可爱。

【评析】

《忆扬州》是一首怀人之作,标题中却不明言怀人,而以怀念扬州代之。诗歌的前两句首先点明了作者的所思所想为"萧娘""桃叶",他细致描摹萧娘流泪、桃叶含愁的场景,前后二句看似重复,却将佳人楚楚可怜、弱不禁风的情态描绘得动人心肠,一"难"一"易"更突出了作者对于爱人缠绵留恋、无限萦怀之情。诗歌后两句忽转笔锋,不再涉及爱人与离别,却宕开一笔去写扬州风物。“天下三分明月夜,二分无赖是扬州”是歌咏扬州的千古名句,“三分月夜”“二分扬州”的设想新奇而富有余味,违背逻辑的表述强化了诗歌的艺术效果。诗人明明对扬州月色有无尽的偏爱,却又说扬州只占三分之二,假意的“谦虚”更使痴情显得纯真可爱。实际上,诗人并不是在客观描写扬州夜色,他之所以对这里的明月如此钟情,是因为此地有他中意的佳人。“无赖”二字似在嗔怪月光添愁送恨,又自然流露出一种亲昵的风味,也在无形中体现出诗人为相思所苦、所恼的心境。诗人用看似无理的偏爱和嗔怪,将他对恋人的思念之情融入扬州的无边月色,显得委婉蕴藉,动人心弦;又于有意无意之间,在中国文学史上为扬州风月留下了出神入化的一笔。

许 浑

许浑(约791—约858),字用晦(一作仲晦),润州丹阳(今属江苏)人,祖籍安州安陆(今湖北安陆)。唐文宗大和六年(832)进士及第,历任监察御史、润州司马、睦州刺史、郢州刺史等,晚年移家润州(今江苏镇江)丁卯涧,后人因称“许丁卯”。许浑长于律体,诗中多描写雨、水之景,后人有“许浑千首湿”之说。有《丁卯集》。事迹略见《唐诗纪事》卷五六、《唐才子传》卷七。

金陵怀古〔1〕

《玉树》歌愁王气终〔2〕,景阳兵合画楼空〔3〕。梧楸远近千官冢〔4〕,禾黍高低六代宫〔5〕。石燕拂云晴亦雨〔6〕,江豚吹浪夜还风〔7〕。英雄一去豪华尽〔8〕,唯有青山似洛中〔9〕。

【注释】

〔1〕选自《全唐诗》卷五三三。

〔2〕《玉树》:指陈后主所制的乐曲《玉树后庭花》,并有诗作,是宫体诗的典型代表。后世常用《玉树后庭花》代指亡国之音。愁:一作“残”。

〔3〕景阳兵合:指隋军包围景阳宫,俘获陈后主。据《六朝事迹》载,隋兵攻克台城后,陈后主与张丽华、孔贵妃都躲入景阳宫的井中,后被俘。

〔4〕梧楸:梧桐和楸树,一作“松楸”,指代墓地间栽种的树木。千官冢:指南朝的贵族坟墓。冢,坟墓。

〔5〕禾黍:喻指亡国之思。典出《诗经·王风·黍离》,诗序曰:“《黍离》,闵宗周也。周大夫行役至于宗周,过故宗庙宫室,尽为禾黍。闵周室之颠覆,彷徨不忍去,而作是诗也。”

〔6〕石燕：神话传说中的一种燕子，遇风雨便起飞为燕，风雨停则静止为石。典出《浙中记》。

〔7〕江豚：一称江猪。水中哺乳动物，体形像鱼，生活在长江之中。

〔8〕英雄：特指曾经定都金陵的历代统治者。

〔9〕洛中：洛阳。

【评析】

金陵作为南朝六代的故都，经历了多个王朝的盛衰变迁，由此也催生了无数咏史怀古之作。许浑这首七律也不例外，他在开篇首先选取了陈国沦陷这一事件作为切入点。《玉树后庭花》随着陈国的覆灭被打上了“亡国之音”的烙印，所以首句写伴随着《玉树后庭花》歌曲的愁绪，六朝的王脉终结。次句详写陈国国破时君主的狼狈景象：隋军攻入皇城，包围了景阳宫，俘虏了躲在井中的陈后主和妃嫔。隋灭陈国，意味着天下结束了四百年来南北分据的局势，重新合为大一统王朝，自此，金陵作为都城的使命也宣告结束。颔联写繁华转瞬即逝，曾经的贵族名士都已成为坟冢累累；宫廷荒废，只见禾黍丛生，满目荒凉。这里的“禾黍”不仅是实写，同时还用了《诗经·黍离》的典故。相传《黍离》是东周大夫途经西周故地，发现宗庙已经消逝在田野中，由此发出了“知我者谓我心忧，不知我者谓我何求。悠悠苍天！此何人哉？”的千古浩叹。颔联最末写“六代宫”，说明本诗已经脱离了陈国一时之事，将目光放远，投向了更悠久的六朝。颈联写传说中石燕一旦起舞，那么即使天晴也马上就要下雨；江豚搅起波浪，黑夜中忽然起风。这两句构思怪诞、落笔奇特，用两个传说故事来比喻政权更迭之反复无常，也为全诗渲染出一种变幻莫测的氛围。尾联直接抒发了对曾经逐鹿于此的历代君王的慨叹，繁华消逝之后，金陵只有多山的地势和洛阳略有相似，而王气已然散尽，远远不如中原地区的都城了。此诗起结有力，气象雄浑，笔力纵横今古，堪称金陵怀古主题中的佳作。

杜　牧

杜牧(803—852),字牧之,京兆万年(今陕西西安)人,唐朝著名政治家、史学家杜佑之孙。唐文宗大和二年(828)进士及第。官至中书舍人,知制诰。晚年长居樊川别业,世称"杜樊川"。杜牧自负经略之才,诗、文、赋均有盛名,赋以《阿房宫赋》为代表作。诗歌风格以"俊爽"著称,兼具拗折峭健与清丽隽永之美,绝句尤受人称赞,世称"小杜",与李商隐齐名,合称"小李杜"。有《樊川文集》。事迹见《旧唐书·杜牧传》《新唐书·杜牧传》。

题扬州禅智寺〔1〕

雨过一蝉噪,飘萧松桂秋〔2〕。青苔满阶砌〔3〕,白鸟故迟留。暮霭生深树,斜阳下小楼。谁知竹西路〔4〕,歌吹是扬州〔5〕。

【注释】

〔1〕选自《樊川文集》卷三。禅智寺:又名上方寺、竹西寺,在江苏扬州使节衙门东三里。史载该寺位于蜀冈之尾,原是隋炀帝故宫,后建为寺,居高临下,风景绝佳,是扬州胜景之一。

〔2〕飘萧:飘摇萧瑟。

〔3〕阶砌:台阶。

〔4〕竹西路:指禅智寺前官河北岸的道路。竹西,在扬州北门外五里,后人在此筑亭,名曰竹西亭,又称歌吹亭。

〔5〕歌吹是扬州:典出鲍照《芜城赋》:"车挂轊,人驾肩。廛闬扑地,歌吹沸天。"歌吹,歌唱与奏乐,形容热闹喧嚣的场面。

【评析】

唐文宗开成二年(837),杜牧的弟弟杜因患眼疾寄居扬州禅智寺,当时在洛阳任职的杜牧随即告假,带眼医赴扬州探视,据唐制规定:“职事官假满百日,即合停解。”最后杜牧因为告假太久而失去了这个职位。这段时间里,杜牧在禅智寺写下了此诗。诗歌首联以闹衬寂,写秋季雨过之后,蝉鸣嘶哑,松树与桂树也日渐萧瑟。颔联写禅智寺的台阶已经长满了青苔,白鸟徘徊不愿离去,进一步体现了禅智寺的落寞萧条、人迹罕至。颈联写出了天色从明到暗的过程,茂密的树林中渐渐生出薄雾,夕阳西下,使环境更加幽暗。尾联却别出心裁,宕开一笔去写扬州的热闹繁华,诗人在极度安静的寺庙中,隐约听到了扬州城中的歌吹之声。诗人不禁发出感慨:身处如此繁华喧嚣的扬州城,而自己却只能在枯寂无聊的禅智寺中凄凉度日。联系杜牧前来禅智寺的原因以及最后失去官职的结果,这首诗中或许还隐含着对弟弟病情的忧虑以及对自己前途渺茫的失落,不禁倍添凄凉。这首诗极写禅智寺之幽寂落寞,在其中寄寓了身世之感,动静结合,写景生动,最后一联“谁知竹西路,歌吹是扬州”在诗歌本意之外,又间接表现出扬州城的繁华及其令人向往的魅力,成为歌咏扬州城的又一传神之笔。

泊秦淮〔1〕

烟笼寒水月笼沙,夜泊秦淮近酒家。商女不知亡国恨〔2〕,隔江犹唱《后庭花》。

【注释】

〔1〕选自《樊川文集》卷四。秦淮:秦淮河,长江下游右岸支流。发源于江苏句容大茅山与溧水东庐山两山之间,由东向西横贯南京主城区,最终注入长江。其南京段历代均为繁华游赏之地。

〔2〕商女:歌女。

【评析】

《泊秦淮》是杜牧的代表作之一,诗歌借古讽今,抒发了作者对于当下局势的忧虑和讽刺。六朝古都南京是后代咏史怀古创作的重要写作对象之一,此诗正是选取了南京城中的一处地点——秦淮河畔的酒家。诗歌首句将读者引入了一个烟水迷离的境界,烟雾笼罩着凄清的秦淮河水,月色笼罩着河岸的沙滩,烟雾、河水微微浮动流走的意态,使整个空间飘逸着一种不可捉摸的神韵。次句写作者的行踪,夜里一只小船从烟水中缓缓驶来,停泊于秦淮河岸边,作者从船上走入岸边的酒家。第三、四句是本诗的惊艳所在,诗人假意感叹:江面远处传来隐约的歌声,这些卖唱女不懂得亡国之恨,还在吟唱着陈后主的《玉树后庭花》。表面似在讽刺无知的底层商女,可实际上,决定商女演唱曲目的却是那些位高权重的达官贵人。至此,诗人将笔锋指向了不知以史为鉴的统治阶级。纵情声色的禄蠹官僚之辈与冷眼审视着这一切的诗人在诗歌文本之外形成了一种强有力的张力。这里的"隔江"二字,不单是实写当时场景,似乎还有意无意把时空引入到陈国灭亡之际——当年,隋兵已至江北,而一江之隔的南朝小朝廷依旧歌舞升平。"犹唱"二字又将历史、现实和想象中的悲观未来串联成一条线索,显得意味深长、发人警醒。这首诗在婉转的风调之中,将古今时空巧妙地折入一幅小景之中,表达出辛辣的讽刺和深沉的悲叹,体现了诗人对晚唐危机四伏的时局和腐朽统治阶级的清醒认知及深切忧虑。

寄扬州韩绰判官〔1〕

青山隐隐水迢迢〔2〕,秋尽江南草木凋。二十四桥明月夜〔3〕,玉人何处教吹箫〔4〕?

【注释】

〔1〕选自《樊川文集》卷四。韩绰:其人不详,杜牧另有《哭韩绰》诗曰:"平明送葬上都门,绋翣交横逐去魂。归来冷笑悲身事,唤妇呼儿索酒盆。"判官:观察使、节度使的属官,时韩绰或任淮南节度使判官。

〔2〕迢迢：形容江水悠长的样子。

〔3〕二十四桥：有二说，一说为二十四座桥，北宋沈括《梦溪笔谈·补笔谈》卷三中对每座桥的方位和名称一一做了记载。另一说有一座桥名叫二十四桥，清李斗《扬州画舫录》卷十五："廿四桥即吴家砖桥，一名红药桥，在熙春台后……《扬州鼓吹词序》云，是桥因古二十四美人吹箫于此，故名。"

〔4〕玉人：貌美之人。这里是杜牧对韩绰的戏称。另一说指扬州歌妓。教：使，令。

【评析】

唐文宗大和七年至九年(833—835)，杜牧在扬州任淮南节度使掌书记，与韩绰是同僚。其后杜牧返回长安，作此诗寄予韩绰。诗歌首句遥想江南远景，青山迢递，秋水连绵，一句话写出了江南风色之秀美迷人，同时"隐隐""迢迢"又暗示着诗人与江南之间山长水阔，距离遥远，并隐约透露出诗人对江南友人缠绵不尽之相思。次句有两个版本，"秋尽江南草木凋"是直写深秋入冬的场景，体现出作者内心的萧条落寞之情；而"秋尽江南草未凋"则重在凸显江南风候与长安的不同，秋日将尽而草木未凋，风光依旧秀美动人，更写出诗人对江南之地以及此地之人的眷恋与神往。第三、四句，诗人在江南的无数回忆中选择了二十四桥的场景，用想象出的优美意境传达对友人的思念——某个明月之夜，二十四桥上，是否还有美人吹箫呢？这里的"玉人"或指美丽的歌女，但从"教"字来看，更像是形容风流俊美的韩绰。此句一是风趣地询问友人的近况，二是将"二十四美人吹箫"的古老传说融入现实的境况中，产生了迷离惝恍、妙不可言的绝美意境，蕴含了作者的深情怀念与风流想象，不负杜牧"俊爽"之名。因此清代孙洙赞美此诗末二句云："二语与谪仙'烟花三月'七字，皆千古丽句。"(《唐诗三百首》)

李商隐

李商隐(约813—约858),字义山,号玉谿生、樊南生,怀州河内(今河南沁阳)人。早年入令狐楚幕,颇受赏识,后在令狐楚之子令狐绹的帮助下,于唐文宗开成二年(837)得中进士。开成三年入泾原节度使王茂元幕府为僚,并迎娶王茂元之女。然王茂元被视为"李党"成员,令狐楚父子则属于"牛党",所以李商隐被迫卷入了"牛李党争"的政治旋涡,一生备受排挤,沉沦下僚。李商隐诗歌构思新巧,风格秾艳密丽,部分爱情诗和无题诗缠绵悱恻,迷离动人,但往往过于隐晦,难以索解。除诗歌外,还长于骈文。李商隐与杜牧合称"小李杜",又与温庭筠合称为"温李"。因诗文与同时期的段成式、温庭筠风格相近,且三人都在家族里排行第十六,故并称为"三十六体"。有《樊南甲集》《樊南乙集》《玉谿生诗》等传世,部分作品已失传。事迹见《旧唐书·李商隐传》《新唐书·李商隐传》。

隋　宫〔1〕

紫泉宫殿锁烟霞〔2〕,欲取芜城作帝家〔3〕。玉玺不缘归日角〔4〕,锦帆应是到天涯〔5〕。于今腐草无萤火〔6〕,终古垂杨有暮鸦〔7〕。地下若逢陈后主〔8〕,岂宜重问《后庭花》?

【注释】

〔1〕选自《李义山诗集》卷五。隋宫:指隋炀帝杨广在江都(今江苏扬州)修建的行宫,包括江都宫、显福宫、临江宫等。《舆地纪胜》载:"淮南东路扬州:江都宫,炀帝于江都郡置宫,号江都宫。"

〔2〕紫泉:即紫渊河,在今陕西西安北,避唐高祖李渊讳而改为"紫泉河"。这

里用紫泉宫殿代指隋朝京都长安的宫殿。锁烟霞：形容空有烟云缭绕。

〔3〕欲取芜城作帝家：隋炀帝以扬州为陪都，在此广筑宫殿，“制江都太守秩同京尹”，并于大业元年、六年、十二年三次巡游扬州，后被宇文化及弑于江都宫。指隋炀帝巡幸扬州。《隋书·炀帝纪》：“大业元年三月，发河南诸郡男女百余万，开通济渠……八月，上御龙舟幸江都。”芜城，指扬州，得名于鲍照的《芜城赋》。帝家，帝都。

〔4〕玉玺：皇帝的玉印，象征王朝的最高权力。日角：形容“庭中骨起状如日”的样子，古人认为此乃帝王之相。刘孝标《辨命论》云：“龙犀日角，帝王之表。”诗中指唐高祖李渊。《旧唐书·唐俭传》载：“高祖乃召入，密访时事，俭曰：‘明公日角龙庭，李氏又在图牒，天下属望。’”

〔5〕锦帆：指隋炀帝所乘的龙舟，船帆用华丽的宫锦制成。《开河记》：“帝自洛阳迁驾大梁，诏江淮诸州造大船五百只……龙舟既成，泛江沿淮而下……时舳舻相继，连接千里，自大梁至淮口，联绵不绝。锦帆过处，香闻百里。”

〔6〕腐草无萤火：古人认为萤火虫是由腐草变化而成的。《礼记·月令》曰：“腐草为萤。”《隋书·炀帝纪》：“大业十二年，上于景华宫征求萤火，得数斛，夜出游山放之，光遍岩谷。”这句是用夸张的手法说隋炀帝已经把萤火虫搜罗光了。

〔7〕垂杨：指京杭大运河两岸的杨柳。隋炀帝开凿大运河，在河畔筑御道一千三百里，称为“隋堤”，堤畔种植柳树，名曰“杨柳”。《开河记》载：“诏民间有柳一株赏一缣。百姓争献之。又令亲种，帝自种一株，群臣次第种栽毕，帝御笔写赐垂杨柳姓杨，曰杨柳也。”

〔8〕陈后主：南朝陈末代皇帝陈叔宝（553—604），字元秀，是历史上有名的荒淫亡国之君。

【评析】

这是李商隐晚年游历扬州时所作的一首咏史怀古诗。诗歌首联从地域的角度讽刺了隋炀帝沉迷享乐、不务朝政的荒谬行为。出句写长安的紫泉宫大门深锁，当中空有一片烟霞；禁宫空虚的原因是什么呢？对句立刻给出了交代，因为隋炀帝要游幸扬州城，并在此兴建了一座座豪华行宫。“芜城”典出鲍照《芜城赋》，赋中极写战乱后广陵的萧条荒芜，作者选用“芜城”代指当时繁华无比的扬州，贬斥之意不言而喻。颔联并未铺陈隋炀帝的奢侈游宴，而是急转直下，直接交代了炀帝穷奢极欲的后果——大权终于落到了真命天子唐高祖李渊的手里，并且假设道：如果李渊没有夺取隋朝政权，那么隋炀帝恐怕要乘着龙舟经由大运河继续前往天涯海角吧！这一联是基于历史事实和人物性格的合理设想，含蓄而尖锐地讽刺了炀帝的骄奢淫逸和死不悔改。颈联使用了炀帝的两个故实：炀帝曾命人在洛阳广泛搜罗萤火虫，“夜出游山放之，光遍岩谷”，在隋朝覆灭的两百多年后，腐草中依旧生不出萤火虫；当年在大运河的隋堤上种植的杨柳，上面停留着垂垂老矣的乌鸦，今昔对照之间，更添一层荒诞与凄凉。尾联继续发挥故实，陈后主被俘后，和时为晋王统军灭陈的隋炀帝相熟。后来隋炀帝游江都时，在梦中与死去的陈后主相遇，张丽华还舞了一曲《玉树后庭花》。所以诗人想象，如果隋炀帝死后在地下再次遇到陈后主，这位亡国之君还会有心欣赏靡靡之音《后庭花》吗？将隋炀帝不知以史为鉴、终致身死国灭的严酷教训通过意味深长的讽喻反问表达了出来，并将批判的矛头隐然指向了不思进取、荒淫腐朽的晚唐统治者，从而达成借古讽今之意。此诗“造语幽深，律法精密”，结合史实与想象，安排了诸多巧妙的情节，并将揭露、批判、讽喻等旨融汇于一首诗中。全篇在对隋朝倾覆的凉薄讥诮之下，隐含了对当下局势的深切忧虑和警戒，清人方东树在《昭昧詹言》赞叹道：“先君云：‘寓议论于叙事，无使事之迹，无论断之迹，妙极妙极。’”

隋　宫〔1〕

乘兴南游不戒严〔2〕，九重谁省谏书函〔3〕。春风举国裁宫锦〔4〕，半作障泥半作帆〔5〕。

【注释】

〔1〕选自《李义山诗集》卷六。诗题一作“隋堤”。

〔2〕南游：隋炀帝登基后，下令修运河，造龙舟、楼船等数万艘，分别用于其三次巡幸江都。

〔3〕九重：原指帝王居住的深宫，有九重之多。此处指朝廷。谁省谏书函：还

有谁来审查臣子的进谏奏疏？省，审查。

〔4〕宫锦：专供宫廷使用的色彩鲜艳华美的丝织品。

〔5〕障泥：即马鞯，垫在马鞍之下，两边下垂，用来防止泥土弄脏马匹，一般用皮革制成。

【评析】

这首讽刺隋炀帝淫游纵欲的七绝，同样以《隋宫》为题。隋炀帝当政时，曾三次游幸扬州，并在此地大兴宫殿。为了筹备炀帝出行所需，耗费人力、物力难以计数。诗歌首句单刀直入点明“南游”的主题，“乘兴”二字体现了隋炀帝无所顾忌的骄横心理；而且外出巡游时还特令不需戒严，因为军队戒严、行人回避会影响炀帝游乐观景的兴致，反映出炀帝的昏庸懈怠，对社稷的稳定和自身的安危都缺乏基本的警惕，更对当时危机四伏、民怨沸腾的局势毫无察觉。次句继续刻画其荒废政事、独断专权的嘴脸，当时已经有多位贤臣因劝阻炀帝出游而被诛杀，当时政局之黑暗可想而知。第三、四句从侧面写出隋炀帝对广大普通百姓与劳动人民的压迫与剥削，倾举国之力制造的华丽宫锦，一半被用来做马匹防尘的障泥，一半被用来做龙舟上的船帆。由此可以想见炀帝出行时道路上车水马龙、锦鞯熙攘，运河上舳舻衔接、锦帆连绵的炫目景象。既然连马鞯和船帆都要用到如此贵重的宫锦，那么出行之人的衣物恐怕更奢华得无法想象了。诗歌短短二十八字，无一议论之语，只通过隋炀帝出幸江都的一个特写画面，便将这位昏君的挥霍无度、劳民伤财展现得淋漓尽致。这些无度暴行的后果自然不言而喻，同样也暗含了借古讽今、针砭时弊之意。

咏　史〔1〕

北湖南埭水漫漫〔2〕，一片降旗百尺竿〔3〕。三百年间同晓梦〔4〕，钟山何处有龙盘〔5〕？

【注释】

〔1〕选自《李义山诗集》卷六。

〔2〕北湖:玄武湖,在今江苏南京。六朝时为操阅水师之所,并被辟为皇家园林。南埭:鸡鸣埭,在玄武湖畔。埭,坝。据《南史·武穆裴皇后传》载:"上(齐武帝萧赜)数幸琅琊城,宫人常从,早发至湖北埭,鸡始鸣,故呼为鸡鸣埭。"

〔3〕一片降旗:指六朝政权更迭频繁。典出刘禹锡《金陵怀古》:"一片降幡出石头。"

〔4〕三百年间:约指南朝持续的时间。庾信《哀江南赋》:"将非江表王气终于三百年乎?"

〔5〕钟山龙盘:指帝王所居。《吴录》载:"刘备曾使诸葛亮至京,因睹秣陵山阜,乃叹曰:'钟山龙盘,石头虎踞,帝王之宅也。'"钟山,即今江苏省南京市玄武区紫金山。

【评析】

这是李商隐吟咏六朝历史的一首七绝。诗歌首句以"北湖(玄武湖)""南埭(鸡鸣埭)"点明怀古的地点是在金陵,金陵是六朝都城,暗中交代了此诗是六朝怀古的主题,而"水漫漫"一语也通过描述玄武湖波纹澹澹之貌,带出一种往事悠悠如流水的幻觉。次句不谈六朝的风流过往与繁华岁月,全从负面下笔,"一片降旗百尺竿"浓缩了南朝一代又一代政权的灭亡,画面荒诞可笑,六朝历代统治者治国无方、昏庸软弱的嘴脸可想而知。第三句高度概括了六朝三百年的沧桑变幻,如今只如晓梦一场,了无痕迹。末句尤为警醒,古时认为金陵拥有"虎踞龙盘"的帝王之象,本句却反其意而行之,一针见血地指出传闻中的钟山险要、王气聚集之说都是虚妄假象,正如清人屈复在《玉豀生诗意》:中的点评"国之存之,在人杰,不在地灵,足破堪舆之说"。作者对六朝亡覆的感慨和讽刺中,又隐含着对晚唐当下局势的隐忧,也在有意无意中流露出历代王权终将消亡的万古之叹。此诗融写景、议论于一体,寥寥二十八字,抒发了对南朝三百年复杂历史的感慨,出语明快而意蕴深远,是为咏史佳作。

刘　驾

刘驾，生卒年不详，字司南，江东人，晚唐诗人。唐宣宗大中六年(852)进士及第，官至国子博士。事迹略见《唐摭言》卷四、《唐诗纪事》卷六三、《唐才子传》卷七。

贾客词[1]

贾客灯下起，犹言发已迟[2]。高山有疾路[3]，暗行终不疑[4]。寇盗伏其路，猛兽来相追。金玉四散去，空囊委路岐[5]。扬州有大宅，白骨无地归。少妇当此日，对镜弄花枝。

【注释】

〔1〕选自《全唐诗》卷五八五。贾(gǔ)客：商人。

〔2〕发：出发。

〔3〕疾路：捷径。

〔4〕暗行：在天色昏暗的时候赶路。

〔5〕委：丢弃。岐：一作“歧”，指路的分支。

【评析】

这是一首描写商人悲惨遭遇的五言古诗。前四句详写商人行商的辛苦：他在天还不亮的时候就动身了，但仍然担心自己出发太晚；为了快一点翻过高山，所以选择了一条偏僻的捷径，在黑暗中毫不迟疑地前行着。中间四句写商人暗行疾路的后果：被暗中埋伏的强盗抢劫，又被山中的猛兽追杀，最终人财两空，只有空空的囊袋丢在路边。后四句将镜头由悲惨的“案发现场”转向商人在扬州的居所：尽管在富庶的扬州城拥有大宅，但是商人的白骨却被弃于异乡山野,无人收殓;而家中年轻貌美的妻子,尚不知惨剧的发生,还在闺中对镜梳妆,等待夫君归来。这首诗用直白而精准的笔触,为读者描绘了一场商人生前身后的悲剧故事,语言不事雕琢,情节完整,还通过两个空间的对比造成强烈的反差,给读者带来极强的临场感。其实商人的遭遇并非偶然,在晚唐藩镇割据、社会动荡的大背景中,民生日益艰难,甚至有人选择落草为寇,商人要为争利而冒险赶路,最后不幸遇难。这首诗中商人的遭遇正是晚唐疲软混乱局势下普通民众的一个缩影。

赵　嘏

赵嘏(约806—约853),字承佑,楚州山阳(今江苏淮安)人。年轻时四处游历,留寓长安,出入豪门以求功名,其间似曾入岭表幕府。后归江东,家于润州(今江苏镇江)。唐武宗会昌二年(842)进士及第,任渭南尉。有《渭南集》《编年诗》。事迹略见《唐诗纪事》卷五六、《唐才子传》卷七。

长安晚秋〔1〕

云物凄凉拂曙流〔2〕,汉家宫阙动高秋〔3〕。残星几点雁横塞〔4〕,长笛一声人倚楼。紫艳半开篱菊静〔5〕,红衣落尽渚莲愁〔6〕。鲈鱼正美不归去〔7〕,空戴南冠学楚囚〔8〕。

【注释】

〔1〕选自《全唐诗》卷五四九。诗题一作“长安秋望”。

〔2〕云物:云雾,云气。拂曙:拂晓,天将亮未亮的时候。

〔3〕汉家宫阙:这里指唐朝的宫殿,唐人好以汉代唐。

〔4〕残星:天色拂晓时不再明亮的星星。横:度,越过。

〔5〕紫艳:艳丽的紫色,这里指菊花的色泽。

〔6〕红衣:形容红色莲花的花瓣。渚:水中的小块陆地。

〔7〕鲈鱼正美:西晋张翰任大司马东曹掾时,预知司马冏将败,又因秋风起,想念故乡莼菜鲈鱼脍的美味,便弃官回家。不久,司马冏果然被杀。

〔8〕空戴南冠学楚囚:因楚国在南方,所以称楚冠为南冠,后用以指囚徒或战俘。《左传·成公九年》:“晋侯观于军府,见钟仪,问之曰:‘南冠而絷者谁也?’有司对曰:‘郑人所献楚囚也。’使税之,召而吊之。”

【评析】

这是赵嘏在长安所写的一首咏怀七律,前三联写长安秋景,最后一联抒发羁旅愁思。诗歌首联总揽长安全景,诗人于秋日的一个清晨登高远望,凄清的云雾缓缓流过天际,宫闱楼台高耸入云,一个"动"字既写出了凄清薄雾中影影绰绰的宫殿实景,也暗示了高秋对作者内心的触动。颔联写诗人仰望天际,看见疏星几点,远处有大雁飞过欲晓的天际,忽然耳畔传来悠远的笛声,循声望去,看见远处高楼上有人倚楼横吹。这一联于写景中含有苍凉不尽的感慨,境界寥远阔大,尤为杜牧称赏,因称赵嘏为"赵倚楼"。颈联写诗人俯视下方,看见紫色的菊花静静地在篱边开放,菊花让人联想到"采菊东篱下"的高士陶渊明,也是诗人自身高尚情怀的写照,同时隐约透露出归隐之思;水中红莲零落,一片衰败枯景,"愁"字移情于物,寄寓了诗人对于红颜易老、时光飞逝的伤感。最后一联转而抒发诗人的心境:在寥落凄清的长安秋色的浸染中,诗人想到了因思故乡的鲈鱼而弃官归乡的张翰,而自己却因为苦求功名,犹如囚徒一般滞留在长安这是非之地,将思乡之情与隐退之意一并托出。此诗意象有近与远、广与狭、高与低、盛与衰的多重对比,在情与景的完美融合之中烘托出幽远深沉的意境,金圣叹以"清耸"(《批选唐诗》)二字涵盖全篇,可谓不虚。

江楼感旧〔1〕

独上江楼思渺然〔2〕,月光如水水如天。同来望月人何处,风景依稀似去年。

【注释】

〔1〕选自《全唐诗》卷五五〇。诗题一作"江楼旧感"。

〔2〕江楼:江边的小楼。思渺然:思绪怅惘。

【评析】

这首七绝大致作于赵嘏进士落第返回故乡之后。诗歌首句点题,写诗人独自登上江边的小楼，不觉思绪飘飞，浮想联翩，“独上”二字透露出诗人落寞难解的心境。次句没有马上交代诗人渺然之思的缘由，而是宕开一笔写江楼上所见之景，更显节奏之从容、神思之悠远。“月光如水水如天”写尽了水天一色、波光粼粼的绝美场景，这句诗动中有静，音律回环柔美，创造出了一个如梦似幻、不类人境的清空境界，不禁令人心向往之。第三句方才表露作者所思之意，是怀念曾经与他一同望月、共度良宵的友人。第四句并未直接抒发对友人的思念，只是写出了诗人一句低低的慨叹：“这眼前的风景，和去年多么相似啊！”而在同样醉人的水光月色中，唯一不同的是友人已经不在身边。在无言中传达出作者对旧日欢聚的怀念、人事蹉跎的悲痛以及当下落寞处境的感伤。此诗语言洗练天然，情景交融，神思隽永，次句所描绘的渺远清幽、水光朦胧的场景堪称诗中绝境，而其今昔怀人之笔，更不逊于崔护的“人面不知何处去，桃花依旧笑春风”。

罗　隐

罗隐(833—910),原名罗横,字昭谏,杭州新城(今浙江富阳)人。自唐宣宗大中十三年(859)入京,屡试不第,史称“十上不第”,于是改名罗隐,自号江东生,隐居九华山。僖宗光启三年(887),归依吴越王钱镠,历任钱塘令、司勋郎中、给事中等职,人称“罗给事”。有《甲乙集》。事迹见《旧五代史·罗隐传》、《唐诗纪事》卷六九、《唐才子传》卷九。

西　施〔1〕

家国兴亡自有时,吴人何苦怨西施〔2〕?西施若解倾吴国〔3〕,越国亡来又是谁〔4〕?

【注释】

〔1〕选自《全唐诗》卷六五六。

〔2〕西施:子姓,施氏,春秋时期越国美女。越王勾践在对吴战争失利后,于苎萝山下得西施、郑旦二人,使范蠡献于吴王,意图“遗美女以惑其心,而乱其谋”。吴王夫差大悦,筑姑苏台,建馆娃宫,与二女沉溺酒色,荒于国政。勾践灭吴后,西施不知所终。一说随范蠡泛五湖而去,一说沉江而死,一说复归浣江,终老山林。

〔3〕解:懂得。倾:倾覆,使……灭亡。

〔4〕越国亡来:越国在公元前473年越王勾践灭吴后,国势一度达到巅峰。公元前333年,越王无疆北上伐齐,兵败身亡,随后越国分崩离析,沦为长江下游的多个小国。公元前222年,秦军降越君,置会稽郡。

【评析】

这是罗隐所作的一首咏史翻案诗,针对的是古代社会为祸国殃民的统治者开罪的“红颜祸水”论。诗歌内容涉及吴越争霸的旧事，公元前494年，吴王夫差攻陷越都会稽。越王勾践请降，入吴执役三年，赢得了夫差的信任。勾践返回越国后卧薪尝胆，大力发展内政与军事力量，并向吴国进献西施、郑旦二位美女。吴王夫差在得到西施后，果然沉溺于美色，并在吴国都城吴地建造姑苏台、馆娃宫等，挥霍无度，荒废朝政。公元前473年，越国兴兵灭吴，夫差自刎。西施此后不知所终，并且背负上了“亡国祸水”的罪名。

诗歌开篇二句直接点明自己的历史观点：历朝历代的兴亡都自有其深刻的历史原因，吴国人又为什么将灭国的罪责归罪于西施一人呢？后两句用反诘的语气质问那些将亡国之责归罪于西施的封建卫道士们：如果你们说西施导致了吴国的灭亡，那么越国后来的灭亡又要归罪于哪位女子呢？因为越国的灭亡显然是多重因素的叠加，吴、越两国的倾覆都显示出历史发展的偶然性与必然性。作者巧用史实反证推论，与前文形成严密的逻辑链，又能避免议论过于尖锐，从而引发读者的主动思考。他提醒后世统治者和史论家，要勤于内省反思、朝乾夕惕，肩负起国家和历史的责任，而不是将过错推到一介女流身上。此诗对既成历史论断的反思与批判，体现出作者超越时代的历史眼光和价值观，对当时社会也具有强烈的针对性，绝非泛泛咏史论史之作可比。

陆龟蒙

陆龟蒙(？—约881),字鲁望,姑苏(今江苏苏州)人,自号江湖散人、天随子,因曾隐居松江甫里,故又自号甫里先生。陆龟蒙尝与皮日休游,二人并称“皮陆”。有《甫里先生集》二十卷。生平事迹见《新唐书·陆龟蒙传》。

别 离〔1〕

丈夫非无泪,不洒离别间。仗剑对尊酒,耻为游子颜。蝮蛇一螫手,壮士即解腕〔2〕。所志在功名,离别何足叹!

【注释】

〔1〕选自《全唐诗》卷二六。诗题一作“别离曲”。

〔2〕螫:有毒腺的虫子刺人或其他动物,这里可理解为毒蛇咬人。即解腕:一作“疾解腕”。解腕,意为斩断自己的手腕。此二句谓一旦手被毒蛇所咬,为了不让蛇毒扩散,就立即斩断自己的手腕。语本《史记·田儋传》:“蝮螫手则斩手,螫足则斩足。”

【评析】

此诗被《全唐诗》列入“杂曲歌辞”类,其性质属于乐府。《别离曲》作为诗题由来已久,许多诗人都曾写过以此为题的诗作。正如南朝文人江淹在《别赋》中所言:“黯然销魂者,唯别而已矣。”于离别之际,人们往往会生出悲切之感,因此大多数写别离的诗歌,其情感基调均是怨艾忧戚的。然而陆龟蒙的这首诗却一反常调,全诗以议论出之,意在劝诫人们面对离别时不必叹嗟伤怀,以离别为意,作“游子颜”(指忧戚伤心的表情)。而应以建功立业、扬名立万为志向,始终保持豁达乐观、积极向上的心态。他举了一个古人的例子:被毒蛇咬伤后,壮士毫不犹豫地将自己的手腕斩断,以阻绝毒液的传播,保全生命。如此决绝正是为了追求自己的理想。在人生的征途上,此等困难古人尚且能等闲视之,区区别离又何足道哉!全诗语调激昂,气势雄健,尽显迈往凌云之概。此诗可与王勃《送杜少府之任蜀州》的结句"无为在歧路,儿女共沾巾"相参看,均为对离人的劝勉宽慰之词,不过劝慰的方法有异:一者是表达对离人心志襟抱的理解,所谓"海内存知己,天涯若比邻";一者则是提醒离人将精力投注于功名。

皮日休

皮日休(834？—883？),字逸少,后字袭美,竟陵(今湖北天门)人。曾官著作郎、太常博士等。皮日休与陆龟蒙多有酬唱,陆龟蒙将二人之唱和诗编为《松陵集》。另著有《皮子文薮》等。生平事迹见《唐诗纪事》卷六四。

惠山听松庵〔1〕

千叶莲花旧有香〔2〕,半山金刹照方塘〔3〕。殿前日暮高风起〔4〕,松子声声打石床〔5〕。

【注释】

〔1〕选自《全唐诗》卷六一五。惠山:位于今天江苏省无锡市,山上有寺庙,名惠山寺,听松庵或即此寺中之建筑。

〔2〕千叶莲:神话传说中的一种多瓣莲花。《楞严经》卷一:“于时世尊顶放百宝无畏光明,光中出生千叶宝莲,有佛化身,结跏趺坐。”

〔3〕半山:山半腰。金刹:指佛寺。

〔4〕高风:这里应指秋风。

〔5〕松子:松树的果实,可食用,秋天成熟。石床:供人坐卧的石制用具。

【评析】

惠山位于今江苏省无锡市。皮日休曾应苏州刺史崔璞之辟,做过当地的军事判官,后来又任过毗陵(今江苏常州)副使。在江苏,他与陆龟蒙等人多有唱酬往来,经常结伴出游。可以说,皮日休一生与江苏渊源颇深。此诗即为他某次外出游玩时途经无锡惠山所作。

此诗纯为写景，视角围绕诗人所在的听松庵展开：惠山寺的荷花已然凋谢，其倩影与芳香只存留于想象中。半山腰处，寺庙的建筑倒映在水塘之中。日暮时分，大殿前一阵风吹过，松子应风而落，一颗颗打在石床上，噼啪作响。第三、四两句照应了诗题，同时以动衬静，让人愈觉环境之静谧清幽。在我国传统文化中，莲和松均为高洁之志、坚贞之节的象征，同时也和仙佛世界密切联系。二者在诗中的运用，为诗歌增添了淡雅绝俗的气质。从文字上看，诗人的主观情感似乎未有半点流露，但诗歌却通过景色描写营造出一片宁静冲淡的氛围，读者可以体会到诗人的旷世之怀与幽人之致。可注意的是，此诗虽未有一字涉及节令，但有两处描写与当时的节令相关合。一者是首句的“莲花旧有香”，莲花之香已无处寻觅，说明其时莲花已败，夏季已过。二者是末句所言“松子声声打石床”，松子秋季方成熟，成熟后才会从松果中脱落，进而打在石床上发出声响。这两处描写是我们判断此诗创作时间的关键内证。

韦 庄

韦庄(约836—910),字端己,京兆杜陵(今陕西西安)人,著名诗人韦应物四世孙。因作《秦妇吟》名震一时,人称“秦妇吟秀才”。在唐时曾官校书郎、左补阙等职。协助王建建立前蜀政权,官拜吏部侍郎平章事,卒后谥号文靖。韦庄诗词兼善,与温庭筠并称“温韦”,为花间词派重要词人。韦庄编有唐诗选集《又玄集》,另著有《浣花集》等。事迹略见《唐诗纪事》卷六八、《唐才子传》卷一〇。

台 城〔1〕

江雨霏霏江草齐,六朝如梦鸟空啼。无情最是台城柳,依旧烟笼十里堤。

【注释】

〔1〕选自《全唐诗》卷六九七。台城:六朝时的禁城,故址在今江苏南京玄武湖旁。

【评析】

此诗在题材上属于怀古诗,作者通过怀古以寄托其历史兴亡之慨。台城作为六朝时代的禁城,其兴废有着重要的象征意义,它在六朝时是权贵豪奢们的宴饮享乐之所,然而随着宋、齐、梁、陈等朝代的最终倾覆,曾经的繁华被埋入了历史的尘埃之中。到中唐时期,台城一带已然是“万户千门成野草”(刘禹锡),一片荒芜萧瑟景象了。到了韦庄所处的晚唐,则更加破败。在此情况下,韦庄于台城凭吊古迹,自然容易生发出华屋山丘之叹。更兼韦庄为晚唐人,其时唐王朝已然风雨飘摇,大厦将倾,敏感的诗人意识到唐王朝的命运走向可能就是历史的再一次重演，思及此，感慨也就愈发沉深。

此诗首先写台城附近之景，春天的台城草色新绿，江雨霏霏，笼罩在烟雾之中，一派惝恍迷离的景象。这一景象逗引出了诗人的思绪，使诗人回想起六朝故事。面对眼前的破败景象，不禁叩问：曾经的繁华而今安在？人世变化之速真如梦幻一般。不过尽管人世变幻如白云苍狗，某些自然现象却终古常在，变幻的人世在它们面前显得是何等的短暂和渺小。人世的变化带给诗人无限的怅惘之情，然而杨柳、啼鸟等自然事物却始终漠然地注视着这一切，人之有情与自然事物之无情形成鲜明对比。于是诗人开始嗔怪起柳树来，称其“无情”，“最是”二字可见其怨愤之深。这一描写看似无理，实则正是诗人无限伤痛的自然流露。类似的心态在古典诗歌中并不鲜见，杜甫流寓西南时期也曾写下“眼见客愁愁不醒，无赖春色到江亭”的诗句，春色果真无赖吗？显然不过是诗人愁怀的主观投射罢了。

杜荀鹤

杜荀鹤(约846—约904),字彦之,池州石埭(今安徽石台)人,因居九华山,故自号“九华山人”。曾官主客员外郎、知制诰。其诗多关心民瘼之作,赓续了杜甫、白居易等人的现实主义精神。有《唐风集》三卷。事迹略见《唐诗纪事》卷六五。

送人游吴〔1〕

君到姑苏见,人家尽枕河〔2〕。古宫闲地少〔3〕,水港小桥多〔4〕。夜市卖菱藕,春船载绮罗〔5〕。遥知未眠月〔8〕,乡思在渔歌。

【注释】

〔1〕选自《全唐诗》卷六九一。

〔2〕枕河:临河。枕,临近之意。

〔3〕古宫:即古都,此处指姑苏。闲地少:指人烟稠密,屋宇相连。

〔4〕水港:河汊子,指流经城市的小河。一作“水巷”。

〔5〕绮罗:指华贵的丝织品或丝绸衣服。一说此处是贵妇、美女的代称。

〔6〕未眠月:指月下未眠之人。

【评析】

此诗是杜荀鹤送友人赴吴地时所作。虽是送别诗,但此诗不作悲戚之态,格调轻快明丽,可谓新颖可喜。前三联均写苏州的街市景观与生活场景,展现出一派典型的江南水乡景象。由于苏州河道纵横,因此当地人家均是枕河而居。为了交通的方便,河面上架起了各式桥梁。街巷里,夜间集市在叫卖菱藕,旁边的河道上游船载着衣着华丽的俊男靓女,不时穿梭而过,颇为热闹。

考察杜荀鹤一生之行止,可发现他写此诗时并未到过苏州,因此诗中对苏州的描写只是他的想象之词。尽管如此,由于早有耳闻,作者对苏州风物与民情的勾勒也堪称细致鲜活。他笔下的唐代苏州图景真切可感,颇具史料价值。由此可见苏州的繁华在当时可谓广为人知且深入人心。此诗前三联均写苏州之景,直到尾联“遥知未眠月,乡思在渔歌”才结出送别之意。此联写诗人遥想友人到达苏州之后的情状:月夜无法入眠,只好通过渔歌寄托思乡之情。如此着墨很耐人寻味,显得余韵悠长。这一写法在送别主题的古典诗歌中颇为习见,例如王昌龄《送魏二》一诗曰:“醉别江楼橘柚香,江风引雨入舟凉。忆君遥在潇湘月,愁听清猿梦里长。”王诗三、四句和此诗尾联可谓机杼无二。

郑 谷

郑谷(约851—?),字守愚,宜春(今属江西)人。曾官右拾遗、都官郎中等,世称“郑都官”。又以《鹧鸪》一诗而得名,人称“郑鹧鸪”。咸通年间与许棠、温宪、张乔等人交往甚密,号称“咸通十哲”。有《云台编》。事迹略见《唐诗纪事》卷七〇。

淮上与友人别〔1〕

扬子江头杨柳春,杨花愁杀渡江人〔2〕。数声风笛离亭晚〔3〕,君向潇湘我向秦〔4〕。

【注释】

〔1〕选自《全唐诗》卷六七五。淮上:今江苏省扬州市。

〔2〕杨花:指柳絮。愁杀:愁绪满怀的样子。杀,形容愁的程度之深。

〔3〕风笛:风中传来的笛声。离亭:古代道旁供人歇息的亭子,古人常在此送别,所以称为“离亭”。

〔4〕潇湘:今湖南一带。秦:指当时的都城长安及其周边地区,在今陕西境内。

【评析】

此诗为诗人在扬州与友人分别时所作。郑谷本为江西宜春人,他在扬州属于客居,故而这次与友人分别乃是客中送客,让人愈发感到悲凉。正如宋人所言“客中送客倍愁多”。此诗一、二句即景抒情:扬子江畔的渡口处新柳低垂,柳絮漫天飞舞,一片春和景明之象。然而这美好的春景不仅未能宽慰离人,反倒增添了愁绪。原来,古人离别往往折柳而赠,因为“柳”与“留”同音,面对垂柳,很容易生出依依惜别之情。而纷飞的柳絮也极易令人心绪瞀乱。从语言形式上看,这里所用的“扬子江”“杨柳”“杨花”三词构成了音节上的复沓,具有回环往复之妙,令诗句读来轻快流利,避免了板滞与沉重,调和了诗中的悲戚氛围。三、四句着眼于分别之际的情状:于日暮时分,二人分别于长亭,远处飘来悠扬的笛声,离别的氛围被烘托到极致。然而诗人的情感并未随之宣泄而出,而是以二人走向不同的目的地收束全诗。饶是如此,读者仍然能体会到文字背后蕴含的浩荡愁绪。秦地与潇湘可谓天悬地隔,可以想见二人分别后再次相见将极为困难,对此诗人当有明确的认识。因此虽仅仅叙述二人的目的地,而诗人之愁怀自见。正如明人王鏊所评论的那样:“‘君向潇湘我向秦’,不言怅别,而怅别之意溢于言外。”(《震泽长语》)有论者认为晚唐绝句自杜牧、李商隐之后,纯粹议论之风渐炽,抒情性、形象性、音乐性大为减弱。然品味郑谷此诗,可发现它不同于晚唐绝句的风调,其抒情意味浓厚,情韵悠长。故而后世诗论家评曰:“不用雕镂,自然意厚。此盛唐风格也,酷似龙标、左丞笔墨。”“笔意仿佛青莲,可谓晚唐中之空谷足音矣。”(宋宗元《网师园唐诗笺》)正是看到了此诗对盛唐诗风的赓续以及它在晚唐绝句中的卓然特立之处。

王禹偁

王禹偁(954—1001),字元之,钜野(今山东巨野)人。出身寒素,幼年颖悟,十余岁即能赋诗撰文。宋太宗太平兴国八年(983)登进士第,曾官右拾遗、左司谏、知制诰等。因在任时犯颜直谏,得罪朝廷,多次被贬。最后一次被贬黄州,因此又有“王黄州”之称。“宋初三体”(白体、西昆体、晚唐体)之白体的代表诗人。有《小畜集》三十卷;其曾孙王汾收其遗文逸篇,又编为《小畜外集》十三卷。事迹见《宋史·王禹偁传》。

泛吴松江〔1〕

苇篷疏薄漏斜阳,半日孤吟未过江。唯有鹭鸶知我意,时时翘足对船窗。

【注释】

〔1〕选自《小畜集》卷七。吴松江:即吴淞江,又称吴江、松江、松陵江、笠泽江等,发源于今苏州市吴江区。

【评析】

据《宋史》记载,王禹偁曾担任过长洲及扬州等地的地方官。因此他曾到过吴淞江,这首七言绝句应该就是他在长洲知县任上所作。整首诗用字简易平淡,不事雕琢,但通过景物描写和人物形象的刻画,极好地传递出了诗人的性情,在“因仍历五代,秉笔多艳冶”的宋初堪称别调。诗一、二句写江上日落之时,阳光透过苇篷洒落在船上,诗人独坐舟中,对着一江风月,吟咏自己喜爱的诗句。这一景象堪称唯美,一位孤高的诗人形象宛在目前。吴淞江并不算宽阔,但诗人泛舟许久仍未抵达江岸,足见其闲适与自得。不过吟风弄月、流连光景往往是人们逃避令人烦闷之现实的有意选择,三、四两句即透露出了这一点。一只只鹭鸶停于船上与诗人为伴,在诗人看来,只有它们才能理解自己的志意,由此足见其孤独与无奈。

那么诗人的“意”具体是什么呢?诗中没有明言,但是我们可以根据其人生经历与平素的志向、操守约略揣摩之。《宋史》称王禹偁“性刚直不容物”,“以直躬行道为己任”,因此颇为流俗所不容,屡次遭摈斥。可以想象,诗人写作此诗时可能也是由于刚直不阿得罪了他人,或者政治主张不被人所理解,所以才会有此感叹吧。

林　逋

林逋(967—1028),字君复,钱塘(今浙江杭州)人。北宋著名隐者、诗人。林逋性情恬淡好古,不慕荣利,曾漫游江淮间,后隐居杭州西湖,结庐孤山之上。卒后宋仁宗赐谥“和靖先生”。林逋终生不仕不娶,唯喜植梅养鹤,自谓“以梅为妻,以鹤为子”,故而人称“梅妻鹤子”。事迹见《宋史·林逋传》。

台城寺水亭〔1〕

金井前朝事〔2〕,林僧问不知。绿苔欺破阁,白鸟占闲池。清楚曾经晋〔3〕,荒唐直到隋。南廊一声磬,斜照独凝思。

【注释】

〔1〕选白《林和靖诗集》卷[illegible]。

〔2〕金井:井栏上有雕饰的井,一般用以指宫廷园林里的井。

〔3〕清楚:清峻严整。

【评析】

此诗写诗人漫游至江宁时的见闻与感受。台城寺为台城附近的一座寺庙、后人每到此处,都会不可避免地想起六朝旧事。此诗首先写在台城遗址上看到的一口井,此井之井栏为精心雕刻,显然是宫廷旧物。联系历史,极有可能就是陈后主及其妃嫔避难的胭脂井。陈亡之后,胭脂井成了荒淫误国的象征。诗人询问台城寺的僧人,可由于世易时移,他们已经完全不知晓和这口井相关的往事了。紧接着,诗人环顾四周,映入眼帘的是一派荒凉寂静的景象。“破”字和“闲”字从反面印证了此地往日的繁华。“欺”字和“占”

字也颇可玩味,六朝时象征着统治者无上权力的宫殿苑囿是何等壮丽,而今却被草木禽鸟所欺占。前后变化之大,怎么能不令人心生感慨呢?作者不禁回想起台城的历史,作为六朝时的皇宫,台城在东晋时即已营建,当时一片清峻严整之貌,它见证了一个又一个南朝君主荒唐奢靡的生活。直到隋朝灭陈,曾经的繁华与热闹终归于无,台城也逐渐隐没到历史的烟尘中,成为一堆废墟。此诗极具批判与讽刺意味,同时也传达了诗人的兴亡盛衰之感。

杨　亿

杨亿(974—1020),字大年,建州浦城(今属福建)人。宋初名臣,“宋初三体”之西昆体的代表诗人。杨亿七岁即能作文,十一岁因才华得到宋太宗赏识,被任命为秘书省正字。淳化年间赐进士出身,历任著作佐郎、知制诰、翰林学士、户部郎中、史馆修撰,官至工部侍郎。其人个性耿介,崇尚气节,支持寇准抵抗辽兵入侵,反对宋真宗求仙祀神的迷信活动。杨亿博览强记,尤长于典章制度,参与了《宋太宗实录》的编写,此外还与王钦若主持编纂了大型类书《册府元龟》。他还将编书之余与友人的唱和之作编为《西昆酬唱集》。有《武夷新集》《杨文公谈苑》等。事迹见《宋史·杨亿传》。

南　朝〔1〕

五鼓端门漏滴稀〔2〕,夜签声断翠华飞〔3〕。繁星晓埭闻鸡度〔4〕,细雨春场射雉归〔5〕。步试金莲波溅袜〔6〕,歌翻《玉树》涕沾衣〔7〕。龙盘王气终三百〔8〕,犹得澄澜对敞扉〔9〕。

【注释】

〔1〕选自《西昆酬唱集》卷上。

〔2〕五鼓:古时夜间分为五更,每一更皆会击鼓报时,故五更又称五鼓。此处指五更之时,即黎明,也指黎明的鼓声。端门:宫殿的正南门。漏滴:漏壶滴下的水点。“漏滴稀”说明漏壶将要滴完,天快亮了。

〔3〕夜签:夜间报时的工具,将其掷于地上发出声响以报时。翠华:天子仪仗中以翠羽为饰的旗帜或车盖。

〔4〕埭:堵水的土坝。此处或指玄武湖边的水坝。

〔5〕春场：春季郊外为射猎而整出的空地。射雉：射猎野鸡，古代的一种田猎活动。

〔6〕金莲：指女子的纤足。

〔7〕沾衣：指泪水润湿衣服。

〔8〕龙盘：如龙之盘卧状，形容雄壮绵延的样子。王气：象征帝王运数的祥瑞之气。

〔9〕澄澜：清波。

【评析】

此诗为杨亿参与编纂《册府元龟》时与友人的唱和之作，后来被编入《西昆酬唱集》。金陵作为宋、齐、梁、陈等王朝的都城，见证了以上数朝的兴衰荣辱，因此历代诗人吟咏南朝的诗作多绕不开金陵。此诗受到了李商隐同题诗作的影响，通过铺陈南朝君主荒淫享乐的事迹，揭示其最终败亡的原因，颇具讽刺意义。同时借古事告诫当朝统治者以南朝为戒，切勿步其后尘。《南齐书·武穆裴皇后传》记载："永明中……宫内御所居寿昌画殿南阁，置白鹭鼓吹二部；乾光殿东西头，置钟磬两厢：皆宴乐处也。"据此可见当时的统治者齐武帝耽于声乐享乐之情状。他夜间与宫女宴乐，天色微明就携诸妃嫔外出游玩，一副醉生梦死之态。首联所写或许就本于此。颔联状南朝天子荒于田猎之事。《南史·齐本纪》载，齐武帝经常带着宫女外出狩猎，早上出发经过玄武湖北堤时，晨鸡始鸣，可见其对狩猎之热衷。又记载南齐君王颇喜射雉，频频惊动百姓，百姓苦不堪言。颔联所本当即此。颈联实为批评南朝君主淫于酒色：上句写南齐东昏侯宠幸潘妃，据说他曾凿金为莲花，让潘妃行其上，供自己观赏取乐，美其名曰"步步生莲花"，可谓穷奢极欲；下句写陈后主作《玉树后庭花》，并配曲供宫女演唱，因其词哀婉，故使得歌唱者泣涕沾衣。而到了后世，《玉树后庭花》往往被作为靡靡之音的代称。总之，以上三联均有本事可寻，非作者之杜撰。言语中并无明显的愤激之情，叙述史事冷静而克制，但是其背后的讽刺与批判之意是显而易见的。末联上句看似突兀而来，实则是前述史事自然发展的结果，也是作者对六朝最终结局的精炼概括；下句以景作结，感慨六朝繁华不再，唯有玄武湖水依旧，显得余韵悠长。

范仲淹

范仲淹(989—1052),字希文,吴县(今江苏苏州)人。北宋时期杰出的政治家、文学家。范仲淹两岁丧父,因母亲改嫁长山朱氏,改名为朱说,入仕后方改回原姓。大中祥符八年(1015)及第,授广德军司理参军。后历任兴化县令、秘阁校理、权知开封府等职。为官期间因敢于秉公直言,以致触怒权贵,多次遭贬。宋夏战争期间,与韩琦共任陕西经略安抚招讨副使,采取“屯田久守”的方针,巩固西北边防,对宋夏议和起到促进作用。宋仁宗召范仲淹回朝,授枢密副使,后拜参知政事,在任上发起“庆历新政”,推行改革。不久新政受挫,范仲淹自请出京,历知邠州、邓州、杭州、青州。皇祐四年(1052),改知颍州,途中逝世。谥号“文正”,世称范文正公。有《范文正公文集》。事迹见《宋史·范仲淹传》。

江上渔者[1]

江上往来人,但爱鲈鱼美[2]。君看一叶舟,出没风波里。

【注释】

〔1〕选自《范文正公文集》卷三。

〔2〕但:只,仅仅。

【评析】

此诗语言简练,形象生动,让人感觉情景如在目前。诗人深受儒家仁民爱物思想的影响,在《岳阳楼记》中主张“先天下之忧而忧,后天下之乐而乐”,并在实践中积极践行。这首诗即诗人民胞物与之怀的生动体现。世人皆爱鲈鱼之美,但是在品尝美味之时又有多少人想过获取鲈鱼的艰辛过程呢？诗人却想到了这一点，他注意到了渔人劳作的场景：波涛汹涌的江面上，渔人冒着风险，架着一叶扁舟在其中捕捞鲈鱼。简单描绘这一画面之后，诗人没有再过多着墨。但如果我们亲眼见此场景，恐怕也会被身处危险环境的渔人所触动，为其捏一把汗。试想若不是为生计所迫，又有谁会甘冒被波涛吞没的风险呢！这一画面的截取颇为精巧，将渔人的劳作活动生动地刻画了出来，同时也展现了范仲淹对劳苦大众的深切关怀。因此虽然此诗只有短短二十字，却给读者留下了很大的遐想空间，可谓是深衷浅貌，余味曲包。“长太息以掩涕兮，哀民生之多艰”，范仲淹的高尚品节可谓是屈原此诗的绝佳注脚。

梅尧臣

梅尧臣(1002—1060),字圣俞,宣城(今属安徽)人,因宣城古称宛陵,故世称“宛陵先生”。初以恩荫补桐城主簿,历镇安军节度判官。于皇祐三年(1051)始得宋仁宗召试,赐同进士出身,为太常博士。后经欧阳修举荐,任国子监直讲,累迁尚书都官员外郎,故世称“梅直讲”“梅都官”。梅尧臣与欧阳修同为北宋前期诗文革新运动领袖,故并称“欧梅”。后世又有人尊其为“宋诗开山祖师”。曾参与编撰《新唐书》,并为《孙子兵法》作注。有《宛陵先生文集》。事迹见《宋史·梅尧臣传》。

早渡长芦江〔1〕

带月出寒浦〔2〕,残星浸水濆〔3〕。帆开风色正〔4〕,舟急浪花分。雾气横江白,鸡声隔岸闻。天晴建业近,钟岫起孤云〔5〕。

【注释】

〔1〕选自《宛陵先生文集》卷三。长芦江:长江南京段部分干流的名称,因长江边长芦寺而得名,长芦寺附近江面(今江苏南京八卦洲北)当时为长江主航道。

〔2〕带月:指披戴月色。寒浦:寒冷的水滨。

〔3〕水濆:水涯,水边。

〔4〕风色:风势,风向。

〔5〕钟岫:即钟山,又称紫金山,在今江苏省南京市。

【评析】

宋仁宗景祐元年(1034),梅尧臣由河阳县(今河南孟州)迁知建德县(今安徽东至),赴任时顺道返乡,经长芦江而作此篇。首联写在长江北岸登船之际所见之景，其时尚可见星、月，可知时间之早，透露出诗人急于还乡的迫切心情。时属秋冬，又值凌晨，所以会有寒冷之感。颔联写行船之状，秋冬季节盛行北风，与作者行船方向一致。只有当风向与行船方向一致才会展开船帆，而之所以激起浪花则是由于行船疾速。颈联写江上所见之景，雾气弥漫于江面，白茫茫一片，因此无法看清对岸，仅能听到一声声鸡鸣。可谓未睹其状，先闻其声。梅尧臣另有《鲁山山行》一诗，其尾联曰："人家在何许？云外一声鸡。"与此句有一定的相似性。大雾与鸡鸣同样提示着时辰之早，与诗题相照应。谚语中有"十雾九晴"之说，船快要到达南岸时阳光终于驱散了大雾，江南的景象尽收眼底，甚至能望见江宁城北钟山上的白云。全诗依照时间顺序展开，先后写将要登船之际、船行途中、即将抵岸之时的所见所闻，写景壮阔，行笔轻快流利，颇能见出诗人还家的喜悦心情。

苏舜钦

苏舜钦(1008—1048),字子美,祖籍梓州铜山(今四川德阳中江县),出生于汴京(今河南开封),太宗朝参知政事苏易简之孙。少时即“慷慨有大志”,景祐元年(1034)考中进士,任蒙城县令、大理评事、集贤殿校理、监进奏院等。大力支持范仲淹推行的庆历革新,后因事遭御史中丞王拱辰劾奏,罢职闲居苏州。庆历八年(1048),起任湖州长史,未及赴任,因病去世。苏舜钦也是北宋诗文革新运动的重要倡导者,与梅尧臣合称“苏梅”。有《苏学士文集》。事迹见《宋史·苏舜钦传》。

淮中晚泊犊头〔1〕

春阴垂野草青青〔2〕,时有幽花一树明。晚泊孤舟古祠下,满川风雨看潮生。

【注释】

〔1〕选自《苏学士文集》卷七。犊头:在淮河边。今江苏淮阴有犊头镇。

〔2〕春阴:春天的阴云。

【评析】

这首七言绝句记诗人在犊头时的一次行船游览之旅。当时正值暮春,眼之所及,江草丰茸,树木葳蕤。由于将要下雨,天空阴云密布。草木在这种阴沉的天气里,色调也由青翠转为暗绿。这样的环境中,突然一树或红或白的繁花映入眼眸,这强烈的色彩对比怎能不令人感到惊喜呢?“时有幽花一树明”意谓时而有,时而无,为何会出现这种状况呢?其实不难理解,作者当时在行船途中,所见之景当然会随着船的移动而变换。行至傍晚,诗人泊舟于一处古庙附近，准备在此过夜。夜晚风雨袭来，然而尽管船舱外雨横风狂，春水猛涨，船舱内却自成一方天地。诗人在其中听雨落水涨，十分惬意。联系诗人的为官经历，可以获得对此诗更为深入的理解。苏舜钦性格耿介，不为时俗所容，故仕途偃蹇，这首诗正是他在贬谪途中所作。那绿树丛中的悠花不正象征着不从流俗、含忠履洁的诗人吗？而这满川风雨对应的则是风雨不定、阴晴难测的官场。对于险恶的政治环境，诗人选择冷眼视之，尽量保持内心的镇定与从容。此诗可视为诗人当时心态的真实写照。

中秋夜吴江亭上对月
怀前宰张子野及寄君谟蔡大〔1〕

独坐对月心悠悠，故人不见使我愁〔2〕。古今共传惜今夕，况在松江亭上头。可怜节物会人意〔3〕，十日阴雨此夜收〔4〕。不惟人间重此月，天亦有意于中秋。长空无瑕露表里〔5〕，拂拂渐上寒光流〔6〕。江平万顷正碧色，上下清澈双璧浮〔7〕。自视直欲见筋脉〔8〕，无所逃遁鱼龙忧〔9〕。不疑身世在地上，只恐槎去触斗牛〔10〕。景清境胜返不足，叹息此际无交游。心魂冷烈晓不寝〔11〕，勉为笔此传中州〔12〕。

【注释】

〔1〕选自《苏学士文集》卷二。吴江亭：一名松江亭，在今江苏省苏州市吴江区。吴江：一名吴淞江，古称松江，源出太湖，流经吴江等地，向东北入海。张子野：即张先（990—1078），字子野，湖州乌程人。天圣八年（1030）进士，官吴江知县，历京兆通判、尚书都官郎中。北宋著名词人，亦擅诗。写此诗时张先已离任吴江知县，故诗题中称其为“前宰”。君谟蔡大：指蔡襄（1012—1067），字君谟，仙游（今福建莆田）人。天圣八年进士，官至端明殿学士，著名书法家。

〔2〕故人：故交，旧友。此处指张先、蔡襄等人。

〔3〕可怜：可爱，可喜。节物：各个季节的风物景色。

〔4〕收：雨停之意。

〔5〕无瑕：没有瑕疵，这里指夜空无云。

〔6〕拂拂：散布貌，指月光遍洒大地。

〔7〕双璧：指天上的明月与水中的月影。

〔8〕筋脉：人体中的筋骨脉络。此句意为月光好似能够穿透一切，在月光下人体的筋骨脉络都清晰可见。

〔9〕鱼龙：鱼和龙，此处泛指水中鳞介水族。

〔10〕只恐槎去触斗牛：据《博物志》记载，海与天河相通，有位住在海边的人发现每年八月都有木槎经过。一次，他乘上木槎，最终来到了天河，并见到了牛郎织女。槎，木筏。斗牛，均为星辰名。这句借乘槎典故，表示怀疑自己置身于天界。

〔11〕泠烈：快速地战栗颤动，形容内心不平静。不寝：睡不着。

〔12〕中州：今河南一带，古为豫州，因处九州之中，故名。这里指北宋京城开封。

【评析】

此诗为怀人之作，体裁上属于七言古诗。月亮以其遍照九州、圆缺不定等特征，往往能触发念人怀乡之情。南朝谢庄的《月赋》中即有“美人迈兮音尘绝，隔千里兮共明月”的喟叹。在中国诗歌史上，描写月亮的诗作很多都以怀乡念人、企慕团圆为主题，此类诗作不可殚数。此诗创作于中秋佳节，正值月圆之时，诗人情不自禁地想起了远方的友人。首句直接点出自己的孤独与对故人的思念，吴江亭与张先、蔡襄二人关联密切，此亭为张先复建，其上又有蔡襄的题词，因此诗人在吴江亭想到张、蔡二人是很自然的事。愁怀难耐，不过好在天公作美，布置了清景胜境与诗人为伴。诗中花了较多的笔墨写月下的景色。夜空略无纤翳，银辉四处铺洒，一片宁静祥和的氛围。月光下似乎自己都变得晶莹透明，可以看到身体中的筋脉。江河也明净见底，使得潜伏的鱼龙无处藏身。面对如此佳境，诗人不禁生发出奇妙的想象，仿佛自己已置身仙境，一不小心就会碰到天上的星斗。此诗最后两句结出怀人寄赠的本意。程千帆先生对此诗有过评论，他认为“（之前的诗作中）作为物态的月仍只是人情的陪衬，写月色，只是为了寄托离愁。只有苏舜钦这首诗，才以大量的篇幅描写月光，设想奇特，力求生新，使月成为诗的主体。”（《读宋诗随笔》）指出此诗典型地反映了宋诗力破余地的追求，此说颇有见地,可作参看。

初晴游沧浪亭[1]

夜雨连明春水生[2],娇云浓暖弄阴晴[3]。帘虚日薄花竹静[4],时有乳鸠相对鸣[5]。

【注释】

〔1〕选自《苏学士文集》卷八。沧浪亭:在今江苏省苏州市三元坊附近,原为五代时吴越国广陵王钱元璙的花园。五代末此处为中吴军节度使孙承祐的别墅。北宋庆历年间为苏舜钦购得,在园内建沧浪亭,后以亭名为园名。

〔2〕连明:由傍晚直至天明,即通宵。

〔3〕娇云:彩云,又为云的美称。弄:吴越地区方言,作、操纵等意思。

〔4〕帘虚:帘内无人。日薄:日色暗淡。

〔5〕乳鸠:刚出生的小鸟。

【评析】

此诗写雨后游玩沧浪亭所见之景。由于下了一夜的雨,河湖中水涨了不少。虽然雨停了,但是空气中水汽尚足,天空中排布着厚厚的云团,阳光时而透过云团,使得云看起来也有了暖意,时而又躲在云后。帘内无人,日色暗淡,花草竹木一片寂静。树丛里,不时传来小鸟的鸣叫声。由于空气刚刚经雨水清洗过,鸟鸣声愈发清脆悦耳。正所谓"鸟鸣山更幽",这清脆的鸟鸣声更加凸显了环境之静寂清幽。通过环境的描写,可见诗人当时的心态定是十分闲适平淡的。然而,实际上恐怕并没有这么简单。苏舜钦来到苏州的缘由是被贬谪,因此在苏州他满腹愁闷,为自己的遭遇感到愤愤不平。在此状态下,他平时只好借寻幽探胜以自遣。静谧清幽的沧浪亭对他而言显然是极好的去处,但这也只能让诗人暂时超拔于俗世,获得心灵上短暂的平静。

王 珪

王珪(1019—1085),字禹玉,祖籍成都华阳(今四川成都),幼时随叔父迁居舒州(今安徽潜山)。宋仁宗庆历二年(1042)进士及第,高中榜眼。初为扬州通判,召直集贤院。历官知制诰、翰林学士、知开封府等。神宗熙宁三年(1070),拜参知政事。熙宁九年,进同中书门下平章事、集贤殿大学士。元丰五年(1082),拜尚书左仆射兼门下侍郎。宋哲宗即位后,封岐国公。不久卒于位,获赠太师,谥号“文恭”。王珪原有文集百卷,已佚。后世辑有《华阳集》四十卷。王珪还是著名女词人李清照的外祖父。事迹见《宋史·王珪传》。

金陵怀古〔1〕

怀乡访古事悠悠〔2〕,独上江城满目秋〔3〕。一鸟带烟来别渚,数帆和雨下归舟。萧萧暮吹惊红叶〔4〕,惨惨寒云压旧楼〔5〕。故国凄凉谁与问,人心无复更风流。

【注释】

〔1〕选自《华阳集》卷三。

〔2〕访古:探寻古迹。

〔3〕江城:临江之城郭。此处指金陵,因金陵临长江,故称。

〔4〕暮吹:傍晚的风。

〔5〕惨惨:昏暗貌。惨,同“黪”,此处形容云色灰暗。

【评析】

此诗曾被误收入王安石集中。在王珪《华阳集》中题作《金陵怀古》,

而在方回所编的《瀛奎律髓》中题为《依韵和金陵怀古》。

此诗首联点明时地，诗人独自一人于秋日登上金陵城头。颔联与颈联具体写诗人于城上所见之景：一只孤零零的飞鸟穿过烟雾弥漫的江面，向城垣处飞来，似乎象征着索寞的诗人。河道上，几艘船在雨中急速地向下游驶去。一阵凄冷的秋风吹过，红叶被惊动，簌簌作响。头顶则覆盖着黑压压的云团，给人带来极大的压抑感。正所谓“物色相召，人谁获安”（刘勰《文心雕龙》），凄清寥落的秋日景象很大程度上影响了诗人的心情。在此环境下，诗人的怀乡之绪、兴亡之感一并袭来，他不禁想起六朝的往事。曾经这里可谓经济富庶、人杰地灵，然而如今却是何等凄凉！今昔的强烈对比给诗人的心灵造成极大的震撼，让本就落寞的他愈发伤感。此诗写景部分通过环境的渲染反映出诗人内心的孤寂与冷清，所谓不言情而情自见。尾联方结出怀古之意，表达了诗人强烈的兴亡之感，但由于有写景的铺垫，使得情感的抒发自然而真切。全诗情感基调悲抑哀婉，颇显怀古诗的本色。

曾　巩

曾巩(1019—1083),字子固,建昌南丰(今属江西)人,世称“南丰先生”,唐宋八大家之一。嘉祐二年(1057)进士及第,任太平州司法参军,以明习律令、量刑适当而闻名。熙宁二年(1069),任《英宗实录》检讨,旋外放为越州通判。历任齐州、襄州、洪州、福州、明州、亳州、沧州等地知州。元丰四年(1081),以史学才能被委任为史馆修撰。元丰六年,卒于江宁府(今江苏南京),后世追谥“文定”。有《元丰类稿》五十卷,校勘过《战国策》《列女传》《说苑》《新序》等古籍。事迹见《宋史·曾巩传》。

甘露寺多景楼〔1〕

欲收嘉景此楼中〔2〕,徙倚阑干四望通〔3〕。云乱水光浮紫翠,天含山气入青红。一川钟呗淮南月〔4〕,万里帆樯海外风〔5〕。老去衣衿尘土在〔6〕,只将心目羡冥鸿〔7〕。

【注释】

〔1〕选自《元丰类稿》卷七。诗题一作“多景楼”。

〔2〕嘉景:美景。

〔3〕徙倚:徘徊流连。

〔4〕钟呗:寺院里的钟声与诵经声。淮南:指长江对面的扬州。淮南节度使的治所在扬州,故称。

〔5〕海外风:古时镇江曾是长江入海口,后来随着泥沙的沉积,海岸线逐渐东移,宋时镇江已不滨海,但离海较近。

〔6〕尘土:古诗中常用以表示对官场污浊现实的烦闷与厌恶。如陆机曰:“京

洛多风尘,素衣化为缁。”

〔7〕冥鸿:飞入远空的鸟。汉朝扬雄《法言·问明》有“鸿飞冥冥”之语。

【评析】

此诗写诗人在甘露寺多景楼上所见的风景。北固山雄峙于大江边,四周除了金山、焦山而外,一片平野,因此视野极佳,首联即点出了多景楼的这一特点。颔联则写在多景楼上的具体所见:云朵在夕阳下被赋予了多种颜色,倒映在水中,江面也随之呈现出缤纷的色彩。由于山峰高耸,仿佛天空也被山色所晕染。此联上下句一者下瞰,一者仰观。颔联到颈联时间由日暮而入夜晚,可见作者在多景楼上盘桓之久。月光下,北固山四周的平野上萦绕着寺庙中传来的撞钟与诵经声(周围除甘露寺外还有金山寺)。江面上舟船密布,来自不远处的海风吹拂着船帆。此联描绘出一片寂静空灵的景象。尾联触景生情,或许是被寺庙中传来的钟声与诵经声警醒,诗人不禁羡慕空中无拘无束的飞鸟,为蹉跎于尘世、被形骸所累的自己感到遗憾。陶渊明也曾赋诗曰:“望云惭高鸟,临水愧游鱼。”二人有同样的感慨。此诗写景宏伟壮阔,色彩明丽,是写多景楼景色的佳篇。

王安石

王安石(1021—1086),字介甫,晚号半山,抚州临川(今属江西)人。北宋时期著名政治家、文学家、思想家、改革家。庆历二年(1042)登进士第,历任扬州签判、鄞县知县、舒州通判等职,政绩显著。熙宁二年(1069)升为参知政事,次年拜相,主持变法。因守旧派反对,于熙宁七年被罢相。一年后再被神宗起用,旋即又被罢相,退居江宁。元祐元年(1086),王安石病逝于江宁钟山。累赠太傅、舒王,谥号"文",世称王文公。唐宋八大家之一,其诗被称为"王荆公体"。有《临川集》《王文公文集》存世。事迹见《宋史·王安石传》。

泊船瓜洲〔1〕

京口瓜洲一水间〔2〕,钟山只隔数重山〔3〕。春风自绿江南岸〔4〕,明月何时照我还?

【注释】

〔1〕选自《王荆公诗笺注》卷四三。

〔2〕京口:古城名,故址在今江苏镇江。瓜洲:镇名,在长江北岸,扬州南郊,即今扬州南部长江边,京杭运河分支入江处。一水间:指仅仅相隔一水。一水意为一条河。古人除将黄河特称为"河",将长江特称为"江"之外,大多数情况下称河流为"水",如汝水、汉水、浙水、湘水、澧水等。这里的"一水"指长江。

〔3〕钟山:今南京紫金山。

〔4〕自:一作"又"。

【评析】

此诗作于王安石晚年一次自江宁回京途中,具体时间不详。江宁在长江以南,赴京需要渡过长江。诗人在京口登船,抵达对岸的瓜洲后,回望京口,觉得二者之间不过一水之隔,并没有之前预想的那么宽阔,这说明了行船之速,也反映了他当时心情之轻快。能够重回中枢,对于积极入世的王安石而言确实是一件值得高兴的事。不过,与江宁作别使他内心多少又有些怅惘。王安石祖籍虽是江西临川,但是他在江宁生活的时间要远远长于他在临川生活的时间,江宁之于他的意义一点也不比临川小。在瓜洲将要踏上征途时,他依依不舍地望向钟山的方向,感觉也不过数重山之隔。第三句点出当时的时令,其中第四字是王安石着意锤炼过的,他先后更换了多个字才最终敲定了“绿”。详味诗意,“绿”字在本句中确实极富表现力。相比王安石曾考虑过的“过”“满”“到”“入”等字,“绿”字不仅具备以上多字所传达的含义,而且形象感极强,能够化无形之春风为有形。第四句以问句作结,将诗人临别的不舍以及渴慕早日还家的心态很好地传达了出来。此诗极富情韵,堪称“王荆公体”的代表性诗作。

次韵平甫金山会宿寄亲友〔1〕

天末海门横北固〔2〕,烟中沙岸似西兴〔3〕。已无船舫犹闻笛,远有楼台只见灯。山月入松金破碎,江风吹水雪崩腾〔4〕。飘然欲作乘桴计〔5〕,一到扶桑恨未能〔6〕。

【注释】

〔1〕选自《王荆公诗笺注》卷三四。次韵:指与原作韵字相同,次序也不变,与步韵同义。金山:在今江苏镇江西北,上有金山寺等名胜。原为江心小岛,至清代因泥沙淤积而与南岸相通。

〔2〕天末:犹言天边。海门:长江镇江段的岸边有金山、焦山等山峰,古时其地曾是长江入海口,山峰相对,仿佛大海的门户,这就是“海门”一称的由来。之后“海门”成了镇江的代称之一。唐宋以后,海岸线东移,镇江不再滨海,但这一古称一直

留存了下来。直到清代,还有人以“海门”称呼此地。北固:山名,也写作“北顾”,在镇江东北,有南、中、北三峰,北望江面,形势险要,故称“北固”。南朝梁武帝曾登此山,谓可为京口壮观,改曰“北顾”。

〔3〕西兴:西兴镇,在今浙江萧山境内,是王安石旧游之地。

〔4〕崩腾:波涛汹涌的样子。

〔5〕乘桴:乘着木筏。

〔6〕扶桑:传说中日出的地方。

【评析】

此诗写北固山、金山寺一带的景色。前三联均为景色描写。七律首联本无须对仗,但此诗首联即对仗,描摹出了金山寺附近的总体面貌,写得气势宏伟、景色壮阔。颔联写夜中见闻。到了夜间,江面船只均已停泊靠岸,不知从何处传来了笛声。夜色下看不清远处的楼台,仅能看到楼上的灯火。上下句一写声,一写色,正相对应。颈联体物更为细微:月光穿过松林,洒在地上有如破碎的黄金;江风拂过水面,浪花翻腾有似雪崩。细味诗意,可发现从首联到颈联时间上经历了由傍晚入深夜的转换。诗人次第写来,很有章法。尾联宕开一笔,由写景转入抒情。由于陶醉于眼前的高旷景色,诗人忽然生发出乘桴之想,将现实中一切荣名利禄都抛在了脑后。这里涉及两个典故,一是张华《博物志》中记载的一个故事:传说天河与海通,有人居于海边,发现每年八月有木筏往来于天河与海之间。一次他乘上木筏,果然来到了天河。后以乘槎客喻游仙之人。二是《论语》中孔子的喟叹:“道不行,乘桴浮于海。”因此,这似乎也透露出诗人在现实中不甚得意。“恨未能”表明他终究无法超脱于尘世,其间的无奈可以体会。明人谢榛在其所著《四溟诗话》中认为:起句当如爆竹,骤响易彻;结句当如撞钟,清音有余。强调了开头、结尾的重要作用,其说虽针对绝句,但也同样适用于律诗。此诗的开头、结尾即符合这一要求。

定林寺[1]

众木凛交覆[2],孤泉静横分[3]。楚老一枝筇[4],于此傲人群。城市少美蔬,想今困惔焚[5]。且凭东南风,持寄岭头云[6]。

【注释】

〔1〕选自《王荆公诗笺注》卷四。定林寺:金陵名刹,原址在南京钟山。王安石晚年曾常到此游憩。

〔2〕交覆:树枝交相覆盖。

〔3〕横分:指泉水断断续续。

〔4〕楚老:王安石自称。筇:用竹子做的手杖。

〔5〕惔焚:如火焚烧,用以形容大旱。语本《诗经·大雅·云汉》:"旱魃为虐,如惔如焚。"

〔6〕持寄:持物寄人。南朝梁陶弘景《诏问山中何所有赋诗以答》:"山中何所有,岭上多白云。只可自怡悦,不堪持寄君。"

【评析】

此诗为五言古诗,写诗人一次在定林寺的漫步。定林寺里树木葱茏,树枝交相覆盖,置身其下,感到一阵凉意。寺内有泉水,但由于干旱,出水量极少,泉眼处断断续续地涌着水,随时有断流的可能。诗人手持一根竹杖,漫步于寺内,俨然傲岸超然的世外高人。但是他并没有完全忘怀尘世,当听说街市间现在难以获得新鲜的菜蔬,百姓生活受到影响,他不禁忧虑起旱情。此时正好望见山间的白云,诗人突发奇想,欲请风将白云吹送到街市上方,这样可以暂时使街市得到荫蔽,免受阳光的炙烤,而且或许还能带来甘霖。此诗想象奇特,别有风味,同时体现出王安石的淑世情怀。唐人白居易一次在洛阳大雪时,担忧百姓缺乏御寒的衣物,写下了"争得大裘长万丈,与君都盖洛阳城"的诗句。白、王二人虽身处异代,但有着类似的情怀。这种民胞物与的精神值得今天好好继承并发扬。

江　上[1]

江北秋阴一半开，晚云含雨却低徊[2]。青山缭绕疑无路，忽见千帆隐映来。

【注释】

〔1〕选自《王荆公诗笺注》卷四四。

〔2〕低徊：徘徊流连。

【评析】

此诗创作于王安石晚年寓居江宁时，写一次泛舟长江上所见的景物。雨霁云收，阴沉的天空终于露出了光亮，不过仍有一些乌云尚未散去。"低徊"一词用字精练，准确传达出了暮云低垂而又缓慢移动的景象。极目远眺，只见远处青山缭绕，似乎无水路可通，可紧接着就隐约看见江面上大量帆船驶来。这两句富于哲理，和诗人所见之景一样，生活中有时候看似山穷水尽，却往往蕴藏着转机，这提醒人们应随时保持积极乐观的心态。在王安石之后，秦观有句曰："菰蒲深处疑无地，忽有人家笑语声。"陆游也曾写道："山重水复疑无路，柳暗花明又一村。"两诗明显与王安石的这首诗有继承关系。这首诗写了天空的暮云、远处的青山以及风帆，取景可谓宏阔，但整体诗境给人的感觉并非壮美雄健，而是悠远淡雅的：秋阴不是全开，而是"半开"；暮云低徊而非风卷残云，颇显悠然静穆；远处的群山与风帆也在纷纷暮霭中显得模糊不清。这一切都给人一种朦胧含蓄的印象。此诗诗境与王安石晚年寓居钟山时所追求的萧散恬淡的心境深相契合。

书湖阴先生壁二首[1]

茅檐长扫静无苔[2]，花木成畦手自栽[3]。一水护田将绿绕[4]，两山排闼送青来[5]。

【注释】

〔1〕选自《王荆公诗笺注》卷四三。湖阴先生：作者退居江宁期间的邻居杨德逢，二人为好友，这首诗最初即题于杨德逢家的屋壁上。

〔2〕茅檐：茅屋檐下，这里指庭院。

〔3〕成畦：成垄成行。畦，指经过修整的一块块田地。

〔4〕护田：这里指护卫环绕着田园。语出《汉书·西域传序》："自敦煌西至盐泽，往往起亭，而轮台、渠犁皆有田卒数百人，置使者校尉领护。"

〔5〕排闼：开门。闼，指小门。语出《汉书·樊哙传》："高帝尝病，恶见人，卧禁中，诏户者无得入群臣。群臣绛、灌等莫敢入。十余日，哙乃排闼直入。"

【评析】

此诗首二句赞美杨家庭院的清幽整洁。院内不见青苔的踪迹，可见主人勤于打扫。花木种类繁多，故而分畦栽种，布局规整。诗中虽未直接描述湖阴先生的形象，但透过其庭院，其人之清雅、朴实、勤劳可以想见。接着，诗人将目光由庭院内移向院外。一条小河环绕着田野，好似母亲一样在保护着自己的孩子。这里用一"绿"字指代田野里的禾苗，形象可感。院外青山相对，似乎主动地扑向庭院。此句极写青山之苍翠欲滴，同时也表明山距离院门不远，似乎伸手可及。两句均用拟人手法，但切合物情，丝毫不显刻意。三、四句对仗工稳，用典精切。"护田"与"排闼"均有典故，但都与整体诗意融合无间，一般人根本不会觉察到是在用典，杜甫曾说："作诗用事，要如释语，水中著盐，饮水乃知盐味。"王诗显然达到了这一高妙境界。此外，这两个典故都来自《汉书》，是严格的"史对史""汉人语对汉人语"。总之，此诗无论是在内在意蕴还是在修辞技巧上都臻于化境，是当之无愧的千古名篇。

北　山[1]

北山输绿涨横陂[2]，直堑回塘滟滟时[3]。细数落花因坐久[4]，缓寻芳草得归迟。

【注释】

〔1〕选自《王荆公诗笺注》卷四二。北山：钟山。

〔2〕输绿：给池塘输送水源。横陂：池塘。

〔3〕直堑：直的沟渠。回塘：环曲的水池。滟滟：水光貌。

〔4〕细数：仔细计数。

【评析】

王安石晚年在钟山上闲居，经常去山间漫步。一、二句写诗人所见之景，钟山将其翠绿的泉水输送给山间的水塘，无论是笔直的堑沟还是回曲的水池都泛起滟滟的波光。三、四两句构成对仗，作者看着飘落在地上的花瓣，饶有兴致地计数花瓣的数量，因此不知不觉地过去了很久。数完落花，诗人又辨识起路边的青草来，一路观览下来，比计划中回家的时间晚了很久。从诗中可以体会到，诗人极为闲适悠然。如果不是毫无俗事牵绊，心中无所挂碍，又怎会有这样的闲情呢？王安石这首诗的重要意义在于为我们呈现了何为本真的生活状态，提醒我们应努力去发现大自然的美。然而在现代社会中，大多数人忙于生计，被各种名利牵缠役使，哪有时间细数落花、缓寻芳草呢？人与自然越来越疏离，心灵也变得越来越麻木。如何避免被物化、探寻生命本真的意义是值得现代人好好思考的问题。

自金陵至丹阳道中有感〔1〕

数百年来王气消，难将往事问渔樵。苑方秦地皆芜没〔2〕，山借扬州更寂寥〔3〕。荒埭暗鸡催月晓〔4〕，空场老雉挟春骄〔5〕。豪华只有诸陵在〔6〕，往往黄金出市朝〔7〕。

【注释】

〔1〕选自《王荆公诗笺注》卷三九。

〔2〕秦地：指秦国所辖的地域，这里应专指秦国首都咸阳一带。此句化用古人诗句。李白《金陵》诗："苑方秦地少，山似洛阳多。古殿吴花草，深宫晋绮罗。"刘

长卿诗:“金陵已芜没,函谷复烟尘。”

〔3〕扬州:即丹阳。东汉末刘繇曾将扬州治所设在曲阿,也就是丹阳。

〔4〕荒埭暗鸡催月晓:此句涉及六朝时的典故,据《建康图经》:“鸡鸣埭,在青溪西南潮沟上,过沟有埭,名鸡鸣。齐武帝早游钟山,射雉至此,鸡始鸣。”埭,堵水的土堤。

〔5〕空场:空旷的场地。老雉:野鸡。挟春骄:野鸡倚仗春天,变得更加凶猛活跃。此句用典,《南史》卷五:“(齐废帝东昏侯)置射雉场二百九十六处,翳中帷帐及步障,皆夹以绿红锦。金银镂弩牙,玳瑁帖箭。”极尽放荡奢华。

〔6〕诸陵:皇帝的陵墓。丹阳有齐高帝的泰安陵、武帝的景安陵、明帝的兴安陵,梁武帝的修陵、文帝的建陵、简文帝的庄陵等。

〔7〕市朝:集市和朝廷,犹朝野。这里偏指集市、市场。

【评析】

起句气势壮阔,用短短七字概括了金陵昔盛今衰的变化史。在此地上演的一幕幕历史活剧皆化为渔樵之人茶余饭后的谈资,之所以言“难”,应是作者不忍听及相关的往事。面对沧桑变幻的历史以及真实发生的荒唐闹剧,内心不免会有悲凉之感和激愤之情。然而,眼前的景象令诗人不禁联想到曾经的历史。和秦地一样,金陵的宫殿苑囿也早已被荒草寒烟所覆盖。扬州的山峦由于见证了此地的沧桑巨变,相比他地之山更显荒凉。言今之荒芜寂寥,自然可想见之前的繁华盛丽,令人顿生华屋山丘之感。颈联涉及两个典故,皆与南朝君主当年游逸放荡的生活有关。这两个典故可诱发读者思考:是什么导致了如此强烈的盛衰之变?答案不言自明。从表面上看,诗语丝毫未涉批判,但其批判之意溢于言外。尾联再度回到现实,诗人发现南朝的帝陵经常会有黄金珠宝出土,似乎未减往日的豪华。和宫殿苑囿皆化为废墟的现实相较,这看似是例外,但实际上市朝所列帝陵中的黄金珠宝皆为盗取所来。最能体现皇家尊严的陵墓竟遭此凌辱,更能说明今昔变化之剧。此联实为反语,将诗人的兴亡之感与对南朝君主的嘲讽表现到了极致。此诗抒发了诗人强烈的盛衰之感,同时颇具讽刺性与批判性,堪称咏史诗中的佳作。

王 令

王令(1032—1059),初字钟美,后改字逢原,原籍元城(今河北大名)。幼时父母双亡,随其叔祖王乙移居广陵(今江苏扬州)。成年后在天长、高邮等地以教学为生。王令识度高远,才思奇逸,有治国安民之志,其文章和为人颇得王安石、刘敞等人的赏识。有《广陵集》。事迹略见《宋诗纪事》卷二四。

金山寺[1]

万顷清江浸碧山,乾坤都向此中宽。楼台影落鱼龙骇,钟磬声来水石寒。日暮海门飞白鸟,潮回瓜步见黄滩[2]。常时户外风波恶,只得高僧静处看。

【注释】

〔1〕选自《广陵集》卷一一。金山寺,著名佛寺,位于今江苏镇江金山上。

〔2〕瓜步:山名。在今南京六合东南,今写作“瓜埠山”。

【评析】

金山寺是著名的佛寺,风景秀丽。寺在金山上,当时金山为江中小岛,后来由于泥沙沉积,岛已与陆地相连。此诗即为歌咏金山寺风景的诗作。首联总写金山寺的位置与附近的景象。长江有万顷之广,似乎能够涵括整个乾坤。金山由于位于江心,就像浸泡在水中一样。此联极写江山之壮阔。颔联将视角缩小,江面上,寺庙的楼阁倒映其中,影子随着江水的晃动而晃动,仿佛鱼龙也因此受到了惊吓。寺庙中的钟磬声传来,让人感到仿佛水石都增添了寒气。此句既写所见所闻,也写内心的想象与感受,有影有声,虚实交汇,故能状难写之景如在眼前。颔联将目光移向远处,向东望去,远处江面上翱翔着几只白鸟,尽显宁静与自得。再向西远眺,瓜步山下潮水降落,露出沙滩,在夕阳下金黄一片。以上三联均为写景,尾联则宕开一笔,转而抒发其感慨。江面上无论是波涛汹涌还是风平浪静,大部分人都无缘目睹,即便能够亲见,也只是暂时的,这份景色只有寺中的高僧们才能常常享有。这就好比大多数人都在生活的泥淖中挣扎,根本无暇欣赏身边的美,唯有真正能做到心静的人才有此机会,然而要做到这一点是何其困难。作者本人显然未能达到这一境界,所以才会有此感叹。尾联可谓寄托遥深。

苏　轼

苏轼(1037—1101),字子瞻,号东坡居士,眉州眉山(今属四川)人。仁宗嘉祐二年(1057)进士及第,后曾任大理评事、凤翔府佥判等职。神宗时因反对王安石变法,自请外任,任杭州通判,历知密州、徐州、湖州。元丰二年(1079)以"讪谤朝政"罪被贬为黄州团练副使,史称"乌台诗案"。哲宗时,累迁中书舍人、翰林学士,出知杭州、颍州、扬州,官至礼部尚书。绍圣初年,又以为文讥斥先朝之罪,被远谪惠州、琼州。徽宗即位后,遇赦北还,病逝于常州。南宋时追赠为太师,谥号"文忠"。苏轼在学术、散文、诗词、书法、绘画诸方面均有杰出成就,堪称全才。有《东坡集》等。事迹见《宋史·苏轼传》。

游金山寺〔1〕

我家江水初发源〔2〕,宦游直送江入海〔3〕。闻道潮头一丈高,天寒尚有沙痕在〔4〕。中泠南畔石盘陀〔5〕,古来出没随涛波。试登绝顶望乡国,江南江北青山多。羁愁畏晚寻归楫〔6〕,山僧苦留看落日。微风万顷靴文细,断霞半空鱼尾赤〔7〕。是时江月初生魄〔8〕,二更月落天深黑。江心似有炬火明〔9〕,飞焰照山栖鸟惊。怅然归卧心莫识,非鬼非人竟何物?江山如此不归山,江神见怪惊我顽。我谢江神岂得已,有田不归如江水〔10〕。

【注释】

〔1〕选自《苏文忠公诗编注集成》卷七。

〔2〕初发源:古人认为长江的源头是岷山,岷江为长江上游,苏轼的家乡眉山正在岷江边。

〔3〕江入海:镇江一带的江面较宽,古称海门,所以说"直送江入海"。

〔4〕“闻道”二句：苏轼登金山寺当在冬天，水位为一年中之最浅。他曾听人说长江涨潮时潮头有一丈多高，岸边沙滩上的浪痕可令人想见那种情形。

〔5〕中泠：泉名，在金山之下。相传其水适于烹茶，有“天下第一泉”之称。泉今已不存。石盘陀：形容石块巨大。

〔6〕羁愁：旅途之人的愁思。归楫：从金山回到岸边的船。楫原是船桨，这里以部分代整体。

〔7〕“微风”二句：微风吹皱水面，泛起的波纹像靴子上的细纹。落霞映在水里，如金鱼重叠的红鳞。

〔8〕初生魄：新月初生。苏轼游金山在农历十一月初三，所以称新月。

〔9〕江心似有炬火明：此句或指江中能发光的某些水生生物，古人亦曾有记载，如木华《海赋》：“阴火潜然。”曹唐《南游》：“涨海潮生阴火灭。”或只是月光下诗人看到的幻象。另说“江中炬火”是一不明飞行物，这样才能解释后一句“飞焰照山”。未详以上诸说孰是，作者于“江心”四句后自注曰：“是夜所见如此。”

〔10〕谢：道歉。如江水：古人发誓的一种方式。如《左传·僖公二十四年》，晋公子重耳对子犯说：“所不与舅氏同心者，有如白水！”《晋书·祖逖传》载祖逖：“中流击楫而誓曰：‘祖逖不能清中原而复济者，有如大江！’”

【评析】

这首诗是苏东坡36岁时所作。当时他在朝中被人排挤，于是自请外任，授杭州通判。苏轼赴任途中经过镇江时，在金山寺里住了一晚，写下了这首诗。开头两句极具概括力，汪师韩《苏诗选评笺释》评曰：“起二句将万里程、半生事一笔道尽。”同时于不经意间显出作者的思乡之情。三、四句将传闻中激浪拍天，潮卷金山的景象和眼前水落石出、沙痕历历的情状描绘得有声有色。五、六句指示了金山的方位，所谓“出没随涛波”，乃指其处于江心。尽管作者为眼前的景色所吸引，但是仍然不忘眺望故乡。“羁愁”一词概括了他登临金山寺时的复杂心绪。受山僧的邀请，苏轼在金山上一直盘桓到深夜，甚至最后选择留宿于此。“微风”“断霞”之句工于刻画，呈现出一幅色彩绚丽、境界壮美的图景，堪称写景名句。入夜之后，出现了奇异的现象：一把炬火出现于江心，其光甚至照亮了金山，惊动了山上的鸟雀。这当然只是一种自然现象，但直到今天也得不到确切的解释。而作者却将其视为神灵的警示与责怪,责怪其为何有家不返。由此可见,虽专门外出游玩,但苏轼却并没有完全陶醉于景色中,思归之心无时无刻不占据其脑海。个中缘由,除了许久未归,很大程度上还由于他政治上的失意。末句的辩白充分显示出作者内心的无奈。整首诗循时间顺序展开,有情有景,有古有今,有虚有实,诗笔跌宕多姿,充分体现了苏轼七古天马行空、波澜浩大的特色。

泗州僧伽塔〔1〕

我昔南行舟系汴〔2〕,逆风三日沙吹面。舟人共劝祷灵塔,香火未收旗脚转〔3〕。回头顷刻失长桥〔4〕,却到龟山未朝饭〔5〕。至人无心何厚薄〔6〕,我自怀私欣所便〔7〕。耕田欲雨刈欲晴〔8〕,去得顺风来者怨。若使人人祷辄遂〔9〕,造物应须日千变。我今身世两悠悠〔10〕,去无所逐来无恋。得行固愿留不恶,每到有求神亦倦。退之旧云三百尺,澄观所营今已换〔11〕。不嫌俗士污丹梯〔12〕,一看云山绕淮甸〔13〕。

【注释】

〔1〕选自《苏文忠公诗编注集成》卷六。泗州:在今江苏盱眙。僧伽:唐时西域高僧,俗姓何。龙朔初年入中原,于泗州建寺,卒葬泗州。僧伽塔为其舍利塔。

〔2〕汴:汴河,在徐州合泗水东流入淮。

〔3〕旗脚转:指改变了风向。

〔4〕顷刻失长桥:很快就看不见长桥,说明行舟之快。长桥,在泗州城东。

〔5〕龟山:在泗州东北的洪泽湖中。传大禹治水获无支祁,镇于此。朝饭:吃早饭。

〔6〕至人:道德修养达到最高境界的人,这里指僧伽。厚薄:厚此薄彼。

〔7〕便:便利。

〔8〕刈:收割。

〔9〕遂:如愿,顺意。

〔10〕身世:谓己身与世俗。悠悠:遥远莫测。此句意为己身与世俗杳不相干。

〔11〕“退之”二句:指韩愈《送僧澄观》诗。僧伽塔遭水漂火焚,贞元十五年

(799)由僧澄观重修,为著名建筑师喻浩所设计。韩愈作诗记建塔始末,中云:“清淮无波平如席,栏柱倾扶半天赤。火烧水转扫地空,突兀便高三百尺。影沉潭底龙惊遁,当昼无云跨虚碧。借问经营本何人,道人澄观名籍籍。”澄观,唐代名僧,曾重建僧伽塔。

〔12〕俗士:出家人心目中的普通人,此处是作者自指。丹梯:指塔中的楼梯。

〔13〕淮甸:指淮河一带地区。甸,城外名郊,郊外名甸。

【评析】

熙宁四年(1071),苏轼赴杭州通判任,路过泗州僧伽塔,作了这首诗。一说此诗作于元丰二年(1079)三月,时作者奉命移知湖州,经过泗州。此诗先写昔日南行(护父丧归蜀)过泗州时祷风于神,有求辄应的事。按道理而言,苏轼接下来应盛赞神灵之可信。但是善于深思的他却反而对其有了怀疑。在他看来,很多现象表明神灵并不可靠,若认为其灵验,只不过是偶然契合了个人的私心罢了。就像天气一样,耕田者欲雨,收割者欲晴;有些人希望顺风,有些人却希望逆风。但是就某一时刻而言,天气却是恒定的,说明有人的祈祷得到了正面的回应,有人却未能如愿。然而,神灵不是毫无私心的吗?为什么会厚此而薄彼?这一设难可谓以子之矛,攻子之盾,极好地证明了神佛之虚妄。诗人没有就神灵是否可信作进一步申说,而是联想到了自身的处境。由于政治主张不被人理解,他颇觉自己与世俗格格不入。然而诗人对此并未一味愤激不平,而是采取了随遇而安的心态,所谓“得行固愿留不恶”。因此,即便神灵确实存在,于他而言也没有什么意义了。苏轼对神灵的否定以及他对自身境遇的态度颇可见出其内心的洒脱与豁达。

百步洪二首(并序)〔1〕

王定国访余于彭城〔2〕,一日,棹小舟,与颜长道携盼、英、卿三子游泗水。北上圣女山〔4〕,南下百步洪,吹笛饮酒,乘月而归。余时以事不得往。夜著羽衣〔5〕,伫立于黄楼〔6〕上,相视而笑,以为李太白死,世间无此乐三百余年矣。定国既去逾月,复与参寥师放舟洪下〔7〕,追怀曩游〔8〕,已为陈迹,喟然而叹,故作二诗,一以遗参寥,一以寄定国,且示颜长道、舒尧文,邀同赋云。

其一

长洪斗落生跳波[9],轻舟南下如投梭[10]。水师绝叫凫雁起[11],乱石一线争磋磨[12]。有如兔走鹰隼落[13],骏马下注千丈坡[14]。断弦离柱箭脱手[15],飞电过隙珠翻荷[16]。四山眩转风掠耳,但见流沫生千涡[17]。崄中得乐虽一快[18],何异水伯夸秋河[19]。我生乘化日夜逝[20],坐觉一念逾新罗[21]。纷纷争夺醉梦里,岂信荆棘埋铜驼[22]。觉来俯仰失千劫[23],回视此水殊委蛇[24]。君看岸边苍石上,古来篙眼如蜂窠[25]。但应此心无所住[26],造物虽驶如吾何。回船上马各归去,多言譊譊师所呵[27]。

【注释】

〔1〕选自《苏文忠公诗编注集成》卷一七。百步洪:又叫徐州洪,在江苏徐州,为泗水所经。有激流险滩,凡百余步,所以叫百步洪,今已不存。元丰元年秋,苏轼在徐州知州任上时曾与诗僧参寥一同放舟游于此,写下两首诗,本书所选的是第一首。

〔2〕王定国:王巩。彭城:地名,今江苏徐州的古称。

〔3〕颜长道:颜复。

〔4〕圣女山:山名,在今江苏徐州。

〔5〕羽衣:以羽毛织成的衣服,常称道士或神仙所着衣为羽衣。

〔6〕黄楼:楼阁名,为苏轼所建,故址在今江苏徐州。

〔7〕参寥:宋僧道潜的别号。道潜,於潜(今属杭州)人,善诗,与苏轼、秦观等为友。

〔8〕曩游:往日的游玩。

〔9〕斗落:陡落,水流受乱石阻激,飞到高处又急速而落。

〔10〕投梭:形容舟行之快,如织布之梭,一闪而过。

〔11〕水师:船工。绝叫:狂叫。凫雁:野鸭子。

〔12〕磋磨:挤轧磨擦。

〔13〕鹰隼：鹰和隼。泛指猛禽。

〔14〕下注：从斜坡上急驰而下。这两句，一以鹰隼捕兔为比，一以骏马注坡为比，都形容水流之快。

〔15〕断弦离柱：柱是乐器上调弦用的木把，使劲旋转，使弦绷得太紧，就会断掉，在那一瞬间，弦很快地离开柱。箭脱手：箭离弦则快速射出。

〔16〕飞电过隙：飞逝的闪电很快地掠过缝隙。珠翻荷：猛一掀起荷叶，上面的水珠急遽落下。以上两句同样形容水流之快。

〔17〕“四山”二句：意思是坐在船上，只听到耳边风声不绝，四面群山一晃而过，令人头晕目眩。向下看，只见到飞沫四溅，生出无数的漩涡。

〔18〕崄：同“险”。

〔19〕水伯夸秋河：《庄子·秋水》：“秋水时至，百川灌河。泾流之大，两涘渚崖之间，不辨牛马。于是焉河伯欣然自喜，以天下之美为尽在己。顺流而东行，至于北海，东面而视，不见水端。”这时河伯望洋兴叹，才觉得自己是“长见笑于大方之家”。以上两句的意思是：涉险时虽有许多快乐，但也就像河伯以为天下之美尽在于己一样，不值一提。

〔20〕乘化：顺应自然。日夜逝：源出《论语·子罕》：“子在川上曰：‘逝者如斯夫，不舍昼夜。’”这里用以比喻像流水一样消逝的万事万物。

〔21〕坐觉：顿觉，忽觉。一念：指极短的时间。新罗：朝鲜古国名。这里化用佛家语：“新罗在海外，一念已逾。”

〔22〕荆棘埋铜驼：《晋书·索靖传》：“靖有先识远量，知天下将乱，指洛阳宫门铜驼，叹曰：‘会见汝在荆棘中耳！’”

〔23〕俯仰：比喻时间短暂。千劫：佛教语。指旷远的时间与无数的生灭成坏。

〔24〕委蛇：绵延屈曲的样子。

〔25〕篙眼：犹篙痕。以篙撑船，篙在岸上留下的孔穴。蜂窠：蜂巢。

〔26〕无所住：佛教语。谓不被任何意念、事物所拘执。

〔27〕譊（náo）譊：争辩，论辩。引申为喧闹嘈杂。呵：呵斥。

【评析】

诗首先即写行舟于百步洪中的所见之景与感受。百步洪所在的河段本身落差就很大，加之其中还有乱石阻隔，因此河水湍急，浪花翻涌，景象甚为壮观。在这样的河道中行船,给人带来的感官刺激可以想见。诗人很好地将其在船上的感受呈现了出来。诗的前半段运用博喻的手法,先后用了七个比喻以说明行船之速、流水之急。诗人在其中,感到四周的山峰都在旋转。“崄中得乐”一句收束上半部分的写景,同时开启下半部分的说理,具有承上启下之作用。全诗以此句为限,明显分成了前后两部分。

后半部分表达了作者对人生世事以及人的意念等精神现象的看法,可谓洞彻人生之后的经验之言。苏轼认为人的形体虽是有限的,但是精神却能超越形体,所谓“思接千里,精骛八极”。此外,人世间没有什么是终古不变的,很多事物很快便会一去不复返。他以此说明不必执着于一时的得失,被各种功名荣利所役使,而应抱着超脱的心态应对外物,显示了其洒脱旷达的人生态度。后半部分的说理能够时时照应前半部分的写景,因此并不显得突兀。此诗融写景与议论于一体,且将二者的关系处理得非常妥协,堪称以议论为诗的典范。

归宜兴留题竹西寺三首〔1〕

其三

此生已觉都无事,今岁仍逢大有年〔2〕。山寺归来闻好语,野花啼鸟亦欣然。

【注释】

〔1〕选自《苏文忠公诗编注集成》卷二五。此诗于元丰八年作于扬州,当时苏轼在从南都应天府回宜兴的途中,竹西寺在扬州城北。此题下一共三首,本书所选为其中第三首。宜兴:县名,曾隶属常州,今属无锡。元丰七年,苏轼在此买了田产安家。

〔2〕大有年:指丰收之年。

【评析】

苏轼《辨题诗札子》对此诗之作意有详细陈述。在应天时,他得知了神宗晏驾的消息，为神宗服丧之后，启程南下。当时苏轼获许归耕宜兴，准备在此终老，故云“此生已觉都无事”。“今岁仍逢大有年”指于途中见五谷丰收，内心感到十分喜悦，于是有“闻好语”之说。由于心情舒畅，顿觉路边所见野花与啼鸟也具备了人之情态，和人一样变得高兴起来。这是典型的移情效应。王维诗中有“花迎喜气皆知笑，鸟识欢心亦解歌”之句，其背景与心情与苏轼此诗类似。然而令人惊愕的是，后来有人竟因此弹劾苏轼，说“闻好语”“欣然”等词乃是对先帝的大不敬，表明苏轼对先帝怀恨在心！中国历史上历次文字狱的由来多与此事相似。古人讲“诗无达诂”，也就是说对同一诗作可以有不同的解释。然而这并不意味着所有的解释都是合理的，要做到“了解之同情”殊非易事。在解读文学作品的过程中，类似的捕风捉影与牵强附会应尽量避免。

同王胜之游蒋山〔1〕

到郡席不暖〔2〕，居民空惘然。好山无十里〔3〕，遗恨恐他年〔4〕。欲款南朝寺〔5〕，同登北郭船〔6〕。朱门收画戟〔7〕，绀宇出青莲〔8〕。夹路苍髯古〔9〕，迎人翠麓偏〔10〕。龙腰蟠故国〔11〕，鸟爪寄层巅〔12〕。竹杪飞华屋〔13〕，松根泫细泉。峰多巧障日，江远欲浮天。略彴横秋水〔14〕，浮图插暮烟〔15〕。归来踏人影，云细月娟娟〔16〕。

【注释】

〔1〕选自《苏文忠公诗编注集成》卷二四。王胜之：名益柔，字胜之，河南人，宰相王曙之子。曾以龙图阁直学士知江宁府，但仅到任一日即改移南京应天府（今河南商丘）。蒋山即今天江苏南京的钟山。

〔2〕席不暖：班固《答宾戏》：“是以圣哲之治，栖栖遑遑，孔席不暖，墨突不黔。”此处“席不暖”谓王胜之到任仅一日即去。此句连下句意为王胜之的匆忙离任令当地的居民感到很惘然。

〔3〕无十里：此地距蒋山不过十里之程。

〔4〕遗恨恐他年：意为此地距蒋山如此之近，若不往游，恐怕以后会留下遗憾。

他年,犹言将来、以后。

〔5〕款:至,到达。南朝:南北朝时期,据有江南地区的宋、齐、梁、陈四朝的总称。因四朝都建都于今天的南京市,故后人或借指南京。

〔6〕北郭:古代城邑外城的北部。亦指城外的北郊。

〔7〕朱门:红漆大门。指贵族豪富之家。画戟:古兵器名。因有彩饰,故称。旧时常作为仪饰之用。

〔8〕绀宇:绀园。佛寺之别称。青莲:青色莲花。佛教以为莲花清净无染。故常用以指称和佛教有关的事物。作者于"欲款"四句后自注曰:"荆公宅已为寺。"

〔9〕夹路:列在道路两旁。苍髯:指松树。

〔10〕翠麓:青翠的山麓。

〔11〕龙腰:借指龙身。故国:旧都,古城。这里指江宁。

〔12〕鸟爪:为纪念六朝时高僧宝志而建的佛塔与佛寺,在钟山之上。层巅:亦作"层颠"。高耸而重叠的山峰。

〔13〕竹杪:竹枝的末梢。华屋:华美的屋宇,指朝会、议事的地方。

〔14〕略彴(zhuó):小木桥。

〔15〕浮图:佛教语。此处指佛塔,亦称浮屠。

〔16〕娟娟:明媚美好貌。

【评析】

此诗为五言排律,写同王益柔游钟山所见的景色。上四句写出行之缘由。五、六句点出此行的目的及出行方式。接下来,诗人将沿途所见的景色一一写来。既写近景,又写远景,"朱门收画戟,绀宇出青莲"当是近景。"峰多巧障日,江远欲浮天"当是远景。既有俯视,也有仰观,且往往将仰观与俯视置于一联之中,如"略彴横秋水,浮图插暮烟",一仰一俯,前后相对。既着眼松根细泉这样的细致之景,也描绘峰多江远这样的壮阔之色。总之,此诗全方位呈现了钟山及其附近的山川形势与名胜风物。语言上,作为一首七言排律,此诗对仗极为工整,同时用字也颇为精练,如"竹杪飞华屋,松根泫细泉"之"飞"字与"泫"字,均非常传神。全诗最后以踏月归来的场景作结,明媚的月色透露出诗人的轻快心情。写景之工丽是本诗的最大特色,其中多联均可入画,显示出诗人在写景状物方面的高超技艺。

次荆公韵四绝[1]

其三

骑驴渺渺入荒陂[2]，想见先生未病时。劝我试求三亩宅，从公已觉十年迟。

【注释】

〔1〕选自《苏文忠公诗编注集成》卷二四。本书所选为《次荆公韵四绝》组诗中的第三首。荆公：指王安石。该组诗为苏轼次韵王安石之作。王安石原诗题为《池上看金沙花数枝过酴醾架盛开》（七绝二首，五绝一首）、《北山》（七绝一首）。对于王安石这四首诗，有的版本也合题为《蔷薇四首》。具体而言，此诗为次王安石《北山》韵。

〔2〕荒陂：荒芜的坡地。

【评析】

元丰七年（1084），苏轼自黄州量移汝州，六月底至金陵。《次荆公韵四绝》即作于他至金陵后。一、二句描写王安石在金陵的生活状态。史载，王安石居钟山期间，常骑驴出行。这一景象的选取颇为典型，在中国古代，骑驴往往与吟兴不浅的诗人或潦倒的下层文人相联系，所谓"骑驴索句""骑驴客"，很切合王安石的诗人身份与废黜经历。王安石在元丰七年时曾患过一场疾病，故诗中有此说法。三、四句为苏轼对王安石邀约的答复。王安石曾约请苏轼在金陵买田卜邻。对于王安石的邀约，苏轼回复得非常爽快（虽然最终未能成行），遗憾未能早日追陪王安石左右。王安石于熙宁九年（1076）第二次罢相，退居金陵，至元丰七年为八年。所谓"十年"，乃言其成数。无论是王安石的邀约还是苏轼的回复都可见出二人的高尚襟怀。苏、王同朝为官时曾因政见不合而生嫌隙，但是并没有因此而将对方视为寇仇。双方对于对方的人格操守都十分欣赏，品行上的互相认可最终超越了政治上的分歧。由此看来，他们之间的交往真可谓君子之交。

苏 辙

苏辙(1039—1112),字子由,晚号颍滨遗老,眉州眉山(今属四川)人。苏轼之弟。嘉祐二年(1057)与苏轼同登进士第,初授试秘书省校书郎、商州军事推官。宋神宗时,因反对王安石变法,出为河南留守推官。此后曾任职多个地方。宋哲宗即位后,入朝为右司谏,迁御史中丞、尚书右丞、门下侍郎。哲宗亲政后,因上书谏事而被贬知汝州,连谪数处。蔡京掌权时,再降朝请大夫,以太中大夫致仕,居于许州。南宋时累赠太师、魏国公,后又追谥"文定"。苏辙与父亲苏洵、兄长苏轼合称"三苏",为"唐宋八大家"之一。有《栾城集》。事迹见《宋史·苏辙传》。

逍遥堂会宿二首(并引)〔1〕

辙幼从子瞻读书,未尝一日相舍〔2〕。既壮,将游宦四方,读韦苏州诗至"安知风雨夜,复此对床眠"〔3〕,恻然感之〔4〕,乃相约早退,为闲居之乐。故子瞻始为凤翔幕府〔5〕,留诗为别曰:"夜雨何时听萧瑟?"〔6〕其后子瞻通守余杭〔7〕,复移守胶西〔8〕,而辙滞留于淮阳、济南〔9〕,不见者七年。熙宁十年二月,始复会于澶濮之间〔10〕,相从来徐,留百余日。时宿于逍遥堂,追感前约,为二小诗记之。

其一

逍遥堂后千寻木〔11〕,长送中宵风雨声。误喜对床寻旧约,不知漂泊在彭城。

其二

秋来东阁凉如水[12]，客去山公醉似泥[13]。困卧北窗呼不起[14]，风吹松竹雨凄凄[15]。

【注释】

〔1〕选自《栾城集》卷七。逍遥堂：位于徐州，相传为苏轼所建，今已不存。会宿：指住在一起。

〔2〕相舍：分离。

〔3〕韦苏州：指唐代诗人韦应物，因其出任过苏州刺史，故有此称。“安知”二句出自韦应物诗《示全真元常》。

〔4〕恻然：哀怜、悲伤貌。

〔5〕凤翔：今隶属于陕西宝鸡。嘉祐六年（1061）十二月，苏轼出签书凤翔府判官。

〔6〕夜雨何时听萧瑟：此句出自苏轼《辛丑十一月十九日，既与子由别于郑州西门之外，马上赋诗一篇寄之》。

〔7〕余杭：今浙江杭州。熙宁四年（1071）六月，苏轼任杭州通判。

〔8〕胶西：此指密州（治所在今山东诸城）。熙宁七年（1074），苏轼任密州知州。

〔9〕淮阳：陈州，治所在今河南淮阳。当时苏辙先后任陈州教授、齐州掌书记。齐州在宋代时属京东路，治所在历城（在今山东济南）。

〔10〕澶：即澶渊，古湖泊名，又名繁渊，故址在今河南濮阳。濮：即濮阳。熙宁十年（1077）二月，苏轼改知徐州，苏辙自京师往迎，和苏轼相会于澶濮之间。

〔11〕千寻木：古代以八尺为一寻。“千寻木”非实指，而是形容树极高。

〔12〕东阁：东厢的居室或楼房。

〔13〕山公：本指晋人山简，《晋书·山简传》载，山简在襄阳时，“每出嬉游，多之（习家）池上，置酒辄醉，名之曰高阳池。时有童儿歌曰：‘山公出何许，往至高阳池。日夕倒载归，酩酊无所知。’”此处以“山公”代指苏轼。

〔14〕北窗：陶渊明《与子俨等疏》：“常言五六月中，北窗下卧，遇凉风暂至，自谓是羲皇上人。”

〔15〕凄凄：凉冷貌。

【评析】

此诗序言交代了写作之缘由。苏轼、苏辙两兄弟情谊深厚,早年形影不离。在二人即将踏上仕途,各赴前程之时,读到了韦应物《示全真元常》诗中“宁知风雪夜,复此对床眠”一句,诗句写与友人重聚的喜悦。兄弟二人被此打动,于是相约早日退出政坛,尽早实现对床听夜雨的愿望。后来,韦氏诗意在苏氏兄弟的诗中反复出现,可见此诗对他们影响之深。分离多年后,兄弟二人终于又重新聚首,在徐州共同生活了一段时间。当时苏轼正在徐州任上。第一首前两句为兄弟俩在逍遥堂中对床而卧,听屋外潇潇雨声的景象。这一刻,他们误以为当年的约定得以实现。但很快又意识到了残酷的现实:现在身处的是彭城,二人仍居官,并未能摆脱俗务之牵缠。欢聚之后,依然要各奔东西。因此,对床听雨之乐只是暂时的。诗人笔下的无奈、失望可以想见。第二首想象自己离开后兄长在徐州期间的生活状态。苏辙离开后,苏轼颇为伤感,只好借酒浇愁,以至于烂醉如泥。风雨凄凉的环境描写很好地渲染了他当时孤寂落寞的心情。当然,苏轼之所以如此颓唐,除了因为与弟弟的再次分离,恐怕也由于官场失意吧。两首诗读来凄婉动人,有一唱三叹之致。

黄庭坚

黄庭坚(1045—1105),字鲁直,号山谷道人、山谷老人、涪翁等,洪州分宁(今江西修水)人。世称黄山谷、黄太史、黄文节、豫章先生。治平四年(1067)进士及第,历任叶县县尉、北京国子监教授、涪州别驾、宣议郎、监鄂州税、吏部员外郎。元祐间,黄庭坚与张耒、晁补之、秦观均游学于苏轼门下,合称"苏门四学士"。又与苏轼合称"苏黄"。其诗被称为"山谷体",是宋诗的典型代表诗人,江西诗派的开创者,后世将他与陈师道、陈与义视为江西诗派的"三宗"。黄庭坚的书法也独树一帜,与苏轼、米芾、蔡襄(一说蔡京)合称为"宋四家"。有《豫章黄先生文集》等。事迹见《宋史·黄庭坚传》。

次韵王定国扬州见寄〔1〕

清洛思君昼夜流〔2〕,北归何日片帆收〔3〕?未生白发犹堪酒〔4〕,垂上青云却佐州〔5〕!飞雪堆盘脍鱼腹〔6〕,明珠论斗煮鸡头〔7〕。平生行乐自不恶〔8〕,岂有竹西歌吹愁〔9〕?

【注释】

〔1〕选自《山谷诗注·内集》卷七。

〔2〕清洛:清澈的洛水。元丰年间,将洛河导入汴河,汴河流入淮河,淮河又连通运河,最终可抵达扬州。王定国当时正在扬州,故以洛水喻思友之情。

〔3〕北归:指由扬州调入汴京任职。片帆:孤舟,一只船。

〔4〕犹堪:还能经受得住。

〔5〕垂上青云:意为升迁为高官显爵。

〔6〕佐州:做州郡辅佐,此处指做扬州通判。脍鱼腹:将鱼腹细细切碎。

〔7〕斗：计量重量的器物。鸡头：芡实，俗称鸡头米。

〔8〕不恶：不差。

〔9〕竹西：扬州地名。歌吹：歌唱吹奏。

【评析】

本诗作于宋哲宗元祐二年(1087)，黄庭坚此时正在汴京任职。王巩则因故被贬为扬州通判，在此期间，他给黄庭坚寄了一首诗。此诗正是黄庭坚对王巩的回赠。古人常以悠悠不断的流水形容对亲友的思念，如徐干《室思》："思君如流水，何有穷已时。"李白《沙丘城下寄杜甫》："思君若汶水，浩荡寄南征。"黄诗首句也运用了这一手法，不过相对前人，此诗构思更为精巧。在当时洛水连通了汴水、淮水以及大运河，可以直通扬州，将二人所在地相连，因此以洛水喻对友人的思念之情十分恰当。次句希望友人能够早日回京。颔联表达了对王巩遭际的同情。他当时正值壮年，尚可豪饮，本来将要青云直上，大展才华，可没想到却被外放扬州做副守。此联语意陡转，颇得顿挫之妙。颈联描写王巩在扬州的生活。将鱼肉切成脍，堆在盘中像白雪一样；将鸡头米煮熟，像一颗颗珍珠。扬州为鱼米之乡，这样的场景在当地应该比较常见。尾联是黄庭坚对友人的宽慰。由于遭遇贬谪，王巩心情很是落寞，根本无心玩乐。可在黄庭坚看来，扬州本是歌舞繁盛之地，正可借歌舞以调适心情，只要不耽溺其中则可，何苦整日愁眉紧锁呢？全诗表达了对友人的思念与劝慰之情，语言诚挚感人。

次韵伯氏长芦寺下〔1〕

风从落帆休，天与大江平。僧坊昼亦静〔2〕，钟磬寒逾清〔3〕。淹留属暇日〔4〕，植杖数连甍〔5〕。颇与幽子逢〔6〕，煮茗当酒倾。携手霜木末〔7〕，朱栏见潮生。樯移永正县〔8〕，鸟度建康城〔9〕。薪者得树鸡〔10〕，羹盂味南烹〔11〕。香粳炊白玉〔12〕，饱饭愧闲行。丛祠思归乐〔13〕，吟弄夕阳明〔14〕。思归诚独乐，薇蕨渐春荣〔15〕。

【注释】

〔1〕选自《山谷诗注·外集》卷八。伯氏：指黄庭坚之兄黄大临，字元明。长芦寺：在今江苏南京六合区长江边上。六合在宋时属真州。据《传灯录》记载："真州长芦崇福禅院祖印禅师，讳智福，江州人。四处住持，胜缘毕集。三十年间，众盈五百。"可见其规模之大。

〔2〕僧坊：僧舍。

〔3〕钟磬：钟和磬，佛教法器。

〔4〕淹留：羁留，逗留。暇日：空闲的日子。

〔5〕植杖：扶杖，拄着手杖。连甍：形容房屋连延成片。

〔6〕幽子：隐士。

〔7〕霜木末："霜木"指树身白色如霜的古木。"木末"指树梢。此句意为站立的地方很高，四周又有大树环绕，从远处望去，仿佛在树梢之上。杜甫《北征》："我行已水滨，我仆犹木末。"写法与之类似。

〔8〕永正县：地名，又名永贞县，北宋天圣年间因避赵祯之讳，改名扬子县。宋时属真州，在今江苏扬州。

〔9〕建康城：地名，即今江苏南京。

〔10〕薪者：樵夫。树鸡：木耳的别名。

〔11〕南烹：用南方的烹饪方法做出的饭菜。

〔12〕香粳：一种有香味的粳米，产自江浙一带。白玉：白色的玉，这里喻指煮熟的稻米。

〔13〕丛祠：建在丛林中的神庙。一说意为茂密的草木丛。思归乐：杜鹃的别名。

〔14〕吟弄：吟唱，吟咏。

〔15〕薇蕨：薇和蕨，嫩叶皆可作蔬菜，为贫苦者所常食。春荣：植物于春季茂盛。

【评析】

此诗作于元丰三年(1080)黄庭坚从汴京返乡的途中，当时行船经过长芦寺时，因为被风所阻，所以在此停留了一段时间。前四句总写长芦寺及附近江面的景象，既有视觉也有听觉。长江与天相接，极为开阔。佛寺即便在白天也悄无声息,偶尔传来法器的声音,听起来非常清越。接下来叙写在长芦寺周边漫步时的见闻与感想。行程时间颇为宽裕,因此诗人游玩也十分从容,心情相当愉悦。他拄着手杖,细数寺院及其周边的房屋。在路上碰到隐士,便与之攀谈起来,并一起品茗。又一道登上高处,凭栏远眺,江面上的景象尽收眼底。在长芦寺附近的山中,诗人看到一位樵夫采到了野生木耳,不禁想象樵夫回家后,一家人煮饭做菜的情形。想到普通百姓为了生计而辛苦操劳,而自己却领着朝廷的俸禄在山中闲逛,不由得心生惭愧。这一心理描写很好地体现了黄庭坚的爱民情怀。当诗人行走在路上时,突然又听到了几声杜鹃的啼叫声。杜鹃的声音听起来类似于人说"不如归去",因此该鸟有"思归乐"这一别名。由于容易勾起思乡之情,在游子听来,杜鹃啼声是非常凄婉的。但黄庭坚此时处于归乡途中,不久即可到家,马上就能吃到家乡肥美的蕨菜与薇菜,因此听到杜鹃声后反而高兴了起来。此诗既有景物描写,也有心理刻画,将长芦寺附近的景观、当地百姓的生活画面以及自己复杂的心理状态很好地呈现了出来。

秦 观

秦观(1049—1100),字少游,一字太虚,号淮海居士,扬州高邮(今属江苏)人。元丰八年(1085)进士。元祐初,因苏轼推荐,任太学博士,迁秘书省正字兼国史院编修官。绍圣元年(1094),坐元祐党籍,出为杭州通判。后又被贬谪到郴州、横州、雷州等地。徽宗即位后,复宣德郎,放还,不幸卒于途中。与黄庭坚、晁补之、张耒合称"苏门四学士"。北宋婉约词派重要作家,其诗风亦清新婉丽。有《淮海集》。生平事迹见《宋史·秦观传》。

金山晚眺〔1〕

西津江口月初弦〔2〕,水气昏昏上接天。清渚白沙茫不辨〔3〕,只应灯火是渔船。

【注释】

〔1〕选自《淮海集·后集》卷四。

〔2〕西津:指西津渡,长江边的渡口,在今江苏镇江,与金山相距不远,是古时南北交通要道。初弦:阴历每月初七、初八的月亮。其时月如弓弦,故称。

〔3〕渚:水中的小块陆地。沙:指沙滩。

【评析】

此诗写夜晚在金山眺望四周所见之景。首句写景的同时也点明了时间,表明此时正值阴历的月初。次句描写江面上水汽蒸腾,上与天接,到处迷蒙一片的景象。第三句承第二句而来,由于水汽弥漫,加之夜色笼罩,自然看不清江上的景物。末句则突然一转,尽管江中的小岛与岸边的沙滩都隐藏在了暮色与烟霭里,但是江面上的灯火却能穿过层层迷雾,映入人的眼帘。不用怀疑,那一定就是渔船之所在了。船上的灯光与苍茫暮色形成强烈对比,格外显眼。此诗明显受到了唐人张祜《题金陵渡》一诗的影响,张诗同样为七绝,其三、四句为:“潮落夜江斜月里,两三星火是瓜洲。”此外,与杨蟠“天远楼台横北固,夜深灯火见扬州”一句也很相像。均是通过灯火辨识夜幕下的景物,因一部分而想见其全体,可称之为“因光而辨物”。但是与二诗相较,秦诗上下句间构成了强烈的对比与反差,在句法上有其自身的特点。此诗纯为写景,笔致清丽可喜,韵味十足。

秋日三首〔1〕

其一

霜落邗沟积水清〔2〕,寒星无数傍船明。菰蒲深处疑无地〔3〕,忽有人家笑语声。

【注释】

〔1〕选自《淮海集》卷一〇。

〔2〕邗沟:又名邗江,自扬州西北入淮之运河,中途经高邮。

〔3〕菰蒲:菰即茭白,蒲即蒲草。

【评析】

此诗写邗沟附近的水乡夜色。微霜已降,秋水方清,诗人乘船而来,两岸原野平旷,有天幕低垂之感,故觉满天寒星如在身侧,傍船而明。岸边丛生着菰蒲,在朦胧夜色中一望无际,一片静谧。本以为菰蒲深处尽是菰蒲,但忽然传来几声“笑语”,方知望不到处其实已经离岸很近,岸上还有“人家”。在艺术手法上,这属于“动静相生”。“动”反衬了夜色的“静”,同时又使原本静谧幽邃的夜产生了“动”的活泼生机。这也是一种意想不到的转折,王安石“青山缭绕疑无路,忽见千帆隐映来”(《江上》)、陆游“山重水复疑无路,柳暗花明又一村”(《游山西村》),都是用这种方法来营造诗境。秦观这首诗构思巧妙,意境悠远,含蓄深邃,读来别有意趣。

贺　铸

贺铸(1052—1125),字方回,号庆湖遗老、北宗狂客,卫州(今河南卫辉)人。因其所作《青玉案》一词中"梅子黄时雨"一句为人所叹赏,故世称"贺梅子"。又因相貌"长身耸目,面色铁青",人送外号"贺鬼头"。贺铸以唐人贺知章为远祖,因此自称越人。初以外戚恩为右班殿直,官监军器库门、临城酒税、徐州宝丰监等。哲宗元祐七年(1092),以李清臣、苏轼等荐,监鄂州宝泉监。又通判泗州,倅太平州,管勾亳州明道宫。徽宗大观三年(1109)以承议郎致仕,卜居苏南。又以荐复起,管勾杭州洞霄宫。宣和元年(1119)再致仕。宣和七年卒于常州。贺铸善为词章,以填词名家,诗亦为时人所重,自编《庆湖遗老诗集》前后集,今有前集传世。事迹见《宋史·贺铸传》。

病后登快哉亭〔1〕

经雨清蝉得意鸣,征尘见处见归程〔2〕。病来把酒不知厌〔3〕,梦后倚楼无限情〔4〕。鸦带斜阳投古刹〔5〕,草将野色入荒城。故园又负黄华约,但觉秋风发上生。

【注释】

〔1〕选自《庆湖遗老诗集》卷六。诗题下原注:乙丑八月彭城赋。

〔2〕征尘:路上扬起的尘埃。

〔3〕厌:同"餍",满足之意。

〔4〕倚楼:倚靠在楼窗或楼头栏杆上。

〔5〕鸦带斜阳:谓夕阳照射在鸟身上。温庭筠《春日野行》:"鸦背夕阳多。"

【评析】

快哉亭位于彭城(今江苏徐州),建于熙宁末年(1077),由苏轼命名。贺铸出任徐州宝丰监一职之后,曾多次登临此亭,赋诗抒怀。本诗便是其中的一首。第一句写听觉。空气经一番雨洗之后,蝉鸣声听起来异常清脆悦耳,让人感觉它们似乎有什么开心事,因而十分得意。第二句则转向眼中所见。诗人注目于通往故乡的道路,发现路上尘土不扬,行人稀少。虽未直抒胸臆,但由此可见其思乡之切。颔联通过两个动作与情态的书写,展现了诗人的归思之深。一是即使在病中,依然饮酒不辍;二是当梦醒之后,倚靠在楼边,望着四周的景色,脑海中思绪万千。诗人没有明写为何饮酒不加节制以及倚楼时的具体所想,但经过首联的铺垫,个中缘由与细节不难想见。饮酒当是想以此麻痹自己,缓和思乡之痛。当时所想则无非是有关故乡的记忆。此联活画出一位因思念桑梓而借酒浇愁、含情凝睇的游子形象。颈联描写眼前之所见,于景色描写中蕴含无限感慨。暮鸦向古刹飞去,犹有所依,而人却有家难归。秋草遍地,一直延伸到荒芜的古城,一如游子绵延不断的愁绪。尾联以感叹作结,直抒怀乡之情。秋风牵惹归思,然而返乡的梦想却再次落空。秋天很快过去,而诗人却徒生白发而已。“秋风发上生”出语新奇,颇可称道。此诗写景与抒情结合,用笔灵动,渗透着浓浓的思乡之情,笼罩在一片感伤的氛围之中。

晁补之

晁补之(1053—1110),字无咎,号归来子,济州钜野(今山东巨野)人。元丰二年(1079)进士及第,历任北京国子监教授、秘书省正字等职务。与黄庭坚、秦观、张耒并称为“苏门四学士”。绍圣年间,坐元祐党籍被贬。徽宗即位后召回,任吏部员外郎、礼部郎中。后又入党籍,免官回乡闲居,建“归来园”。晚年再次被起用,不久卒于任上。有《鸡肋集》。事迹见《宋史·晁补之传》。

吴松道中二首〔1〕

其一

停舟傍河浒〔2〕,四顾尽荒原。日落狐鸣冢〔3〕,天寒犬吠村。系帆凌震泽〔4〕,抢雨入盘门〔5〕。怅望夫差事〔6〕,吴山闳楚魂〔7〕。

其二

晓路雨萧萧,江乡叶正飘〔8〕。天寒雁声急,岁晚客程遥。鸟避征帆却,鱼惊荡桨跳。孤舟宿何许?霜月系枫桥〔9〕。

【注释】

〔1〕选自《鸡肋集》卷一五。

〔2〕河浒:河水边。

〔3〕冢:坟墓。

〔4〕震泽:太湖的古称。

〔5〕抢(qiāng)雨:冒雨之意。盘门:又称“蟠门”,位于苏州。公元前514年,

吴王阖闾命伍子胥筑吴国都城，盘门为当时吴都八门之一。因门上曾悬有木制蟠龙，以震慑越国，又因其“水陆相半，沿洄屈曲”，故而得名。是迄今仅存的古代水陆城门。

〔6〕夫差事：当指夫差在大败越国之后，不听伍子胥的忠言，允许了越国的求和，还赐伍子胥自尽，最终导致身死国灭。

〔7〕吴山：山名，俗称城隍山。在今浙江杭州西湖东南。因当地百姓景仰伍子胥，在该山上为其立祠，故又名胥山。南宋初，金主亮南侵，扬言欲立马于此。闷：掩蔽。楚魂：诗中言“楚魂”，多有追吊楚人之意。伍子胥本为楚人，因此此处指伍子胥。

〔8〕江乡：多江河的地方。多指江南水乡。

〔9〕霜月：寒冷的月亮。枫桥：桥名，在苏州阊门外寒山寺附近。

【评析】

这两首诗是诗人在吴淞江上行船时所作。第一首首先写停船靠岸后在江边所见之景。停靠点四周是一片荒原，日落时分，坟堆里传来野狐狸的号叫声，同时远处村庄里的犬吠声也清晰可闻。如此景象，令人顿生萧索之感。第三联点出停船之原因，原来诗人预感到马上就要下大雨，所以提前上岸避雨。当冒雨经盘门进入苏州城后，作者联想起当年修建盘门的伍子胥。由此，尾联由写景转入怀古。伍子胥当年对吴国可谓竭忠尽智，可奈何夫差不仅不纳忠言，反而将其赐死。如今，西湖边的吴山依然掩蔽着伍子胥的忠魂。对忠臣的含冤而死，诗人深表惋惜与同情。三、四两联的转换由于有盘门这一中介，显得自然而妥帖。

第二首写翌日再次启程时于路途中的所见之景。昨日的大雨一直下到今晨，江边的树叶在风吹雨打下缓缓飘落。两首诗中的“天寒”“岁晚”“霜月”等词都提示了创作时的季节。仰头天际，成群的大雁正飞往更南之地过冬。然而反观自身，却深感前路渺渺，身不由己，与大雁之自由形成鲜明对比。诗人不由得生起风尘之叹。第三联将视线转向船的附近。作者发现了两个极有意思的景象：船在水面行进着，水鸟翱翔于左右，有时忽而向船上飞来，抵近时又突然避开。似乎对船上的事物很有兴趣，但又始终不敢过于靠近，充满了犹豫；鱼儿们聚游在船的两侧，船家摇动着双桨，偶尔惊动了游鱼，慌乱中的鱼儿不时跃出水面。诗人被这样的场景所吸引，暂时忘却了羁旅之感，时间也不知不觉地来到了傍晚。他正思忖着今晚去哪里过夜，突然看到不远处的枫桥，心中顿时有了答案。自唐人张继作《枫桥夜泊》以来，枫桥便声名大振。南宋诗人范成大编纂的《吴郡志》提到此桥时就曾说:“南北客经由未有不憩此桥而题咏者。”晁补之此夜宿舟于枫桥下，或许也能体会到与《枫桥夜泊》一诗类似的况味吧。

陈师道

陈师道(1053—1102),字履常,一字无己,自号后山居士,彭城(今江苏徐州)人。因官终秘书省正字,故世称“陈正字”。陈师道家贫,然未尝废学。十六岁时,文章得到曾巩赏识,遂受业于曾巩门下。神宗熙宁年间,王安石新学盛行,陈师道心非其说,遂绝意于仕进。元丰四年(1081),被荐入史馆参与修史,因布衣身份而未果。哲宗元祐二年(1087)四月,由苏轼等人推荐,起为亳州司户参军,充徐州教授。元祐五年,移颍州教授。绍圣元年(1094),作为元祐余党被贬至海陵。绍圣二年,调彭泽令,因母亲去世,未能成行,居家中六年。元符三年(1100),除棣州教授,未赴任,召为秘书省正字。徽宗年间,因天寒无棉衣,得寒疾而卒。遗著由门人魏衍编为《彭城陈先生集》,已佚。有《后山居士文集》。事迹见《宋史·陈师道传》。

别三子〔1〕

夫妇死同穴〔2〕,父子贫贱离。天下宁有此?昔闻今见之。母前三子后,熟视不得追。嗟乎胡不仁,使我至于斯!有女初束发〔3〕,已知生离悲。枕我不肯起,畏我从此辞。大儿学语言,拜揖未胜衣〔4〕。唤爷我欲去,此语那可思?小儿襁褓间〔5〕,抱负有母慈〔6〕。汝哭犹在耳,我怀人得知〔7〕?

【注释】

〔1〕选自《后山诗注》卷一。

〔2〕夫妇死同穴:此句出自《诗经》:“谷则异室,死则同穴。谓予不信,有如皦

日！”后以“同穴”指夫妻合葬。亦用以形容夫妇相爱之坚。陈师道此诗虽云“夫妇死同穴”，但应用的是“谷则异室”之意，即夫妇两地分居。

〔3〕束发：束扎发髻，代指成童之年。

〔4〕拜揖：打躬作揖。未胜衣：身体不能承受衣服的重量。指儿童尚未长大。

〔5〕襁褓：背负婴儿用的宽带和包裹婴儿的被子。后亦泛指婴儿包。

〔6〕抱负：手抱肩负。

〔7〕得知：岂知，可知。

【评析】

宋神宗元丰年间，陈师道的岳父郭概由朝请郎调任提点成都府路刑狱。由于陈师道家贫，无力赡养子女，于是只好让妻子携一女二子往四川随同郭概生活，自己则留家侍养老母。本诗即此次临别之际所作。全诗整体上可分为两部分，前八句为一部分，抒写离别时内心的无限感慨，写得哀婉动人，为全诗奠定了悲伤的基调。后半部分则通过细节描写，展现出了当时孩子们面对离别的反应。女儿已省人事，知道此次出行意味着什么，因此缠着诗人不肯离开。两个儿子年龄尚小，还不能理解父母的悲戚，但是与父亲分离时还是本能地哭了起来。幼子的懵懂可爱更加刺激了诗人，使他愈发感到酸楚。听着孩子的哭声，诗人心中泛起无限的自责与无奈感。此诗语言平实，但真切感人，描写了诗人与妻子、儿女分别的辛酸场面，抒发了生离远别的悲伤之情，读之使人不禁为其遭遇感到深深的同情。

示三子〔1〕

去远即相忘，归近不可忍〔2〕。儿女已在眼，眉目略不省〔3〕。喜极不得语，泪尽方一哂〔4〕。了知不是梦〔5〕，忽忽心未稳〔6〕。

【注释】

〔1〕选自《后山诗注》卷二。此诗为陈师道在妻子带着三个孩子从其岳父郭概家返回时所作。

〔2〕归近：归期临近。不可忍：难以忍耐，形容与子女见面的急切心情。

〔3〕略：全，都。省（xǐng）：识得，记得。

〔4〕哂：微笑。

〔5〕了知：明知。

〔6〕忽忽：恍惚不定貌。心未稳：心里不踏实。

【评析】

此诗写与儿女久别之后再次相见的情状。陈师道与子女的分离实属无奈，其间蕴含了无限的辛酸，当一家人再次团圆时，他的复杂心情可以想见。首联所写为尚未见面之时的内心活动。由于与子女长期遥隔两地，以至于平时的思念都不甚强烈了。可是当他们归期临近时，却按捺不住内心的激动。这很符合一般人的心理。刚刚会面时，由于分离时孩子尚幼，几年间变化较大，作为父亲的诗人已经对孩子的容貌感到十分陌生。第三联写诗人当时的情态如在目前。见到子女后，陈师道一时间内心的思念、愧疚、喜悦一齐涌上心头，不禁涕下成霖，说不出话来，许久方才得到缓和。尾联化用了杜甫《羌村》诗中“夜阑更秉烛，相对如梦寐”一句。二者同写与亲人艰难相见时的感受，不过语意有所差异。杜诗意为不敢相信眼前这一切都是真的，怀疑是在梦中。而陈诗则意为确信相见不是在梦中，但是心里仍然不踏实，害怕再次失去这一切。相比杜诗而言，陈诗心态要更为复杂。由此可见陈师道在学习前人的同时也能自出新意。此诗既有心理刻画，也有神态描写，语言质朴，不假修饰，但却十分感人，原因就在于其情感的真实。读来使人能够真切感受到诗人的复杂心绪，乃至为其掬一把同情泪。所谓至情无文，陈师道这首诗很好地证明了这一点。

春怀示邻里〔1〕

断墙著雨蜗成字〔2〕，老屋无僧燕作家〔3〕。剩欲出门追语笑〔4〕，却嫌归鬓逐尘沙。风翻蛛网开三面〔5〕，雷动蜂窠趁两衙〔6〕。屡失南邻春事约〔7〕，只今容有未开花〔8〕。

【注释】

〔1〕选自《后山诗注》卷一〇。

〔2〕蜗成字：蜗牛爬过之处留下的黏液，如同篆文，称为蜗篆。

〔3〕作家：做巢之意。

〔4〕剩欲：颇想，很想。剩，更、更加。

〔5〕蛛网开三面：此句用典，《吕氏春秋》曰："汤见置四面网者，汤拔其三面，置其一面，祝曰：'昔蛛蝥作网，令人学之，欲高者高，欲下者下，吾取其犯命者。'"

〔6〕蜂窠：蜂巢。趁：跟随。两衙：众蜂簇拥蜂王，如朝拜时两旁站着的侍卫，称为蜂衙。蜜蜂排衙，往往预示着海潮将涨。《埤雅》称："蜂有两衙，应潮。"钱昭度诗："黄蜂衙退海潮上，白蚁战酣山雨来。"

〔7〕南邻：作者此时经常和邻人寇十一来往，南邻指寇十一。

〔8〕容有：或许有。

【评析】

陈师道的邻居曾约请他一起踏春赏花，但他却未能赴约。此诗是诗人写给邻居以解释自己为何屡次失约的。首联描写阴雨天气蜗牛在其家中爬行，燕子也飞来与之为伴的景象，极言自己所居之处的破败冷落。陈师道并非僧人，这里却写"老屋无僧"，或许是其自嘲如游方僧人般漂泊无依。也有人认为作者当时租住于僧房之中，故有此称。二者何者为是，尚难以定论。颔联意谓自己虽然非常希望出门赏春，但却担心鬓角上会染上尘沙。这当然只是托词，实则乃由于当时诗人生活颇为不得意，丝毫无心游玩。这一点可于首联的描写中窥知。颈联亦为写景：一阵风吹过，蜘蛛网随之飘动。雷声袭来，蜜蜂们依然簇拥着蜂王，如朝拜时两旁站着的侍卫，极有秩序。诗人的观察极为细致。尾联照应标题，为自己的屡次失约感到抱歉，并表示愿意共赏余春之景。此诗可着重注意的是其景物描写，诗人于常人不甚留意处寻找诗料，如蜗篆、蛛网、蜂巢等，皆非之前诗歌所习见，由此造就了生新的意境。这反映了宋诗在前人基础上力求新变的审美趋向。陈师道曾在《后山诗话》中阐述自己的诗歌追求，曰："宁拙勿巧，宁朴勿华，宁粗勿弱，宁僻勿俗，诗文皆然。"此诗即是"宁僻勿俗"的绝佳案例。

张 耒

张耒(1054—1114),字文潜,号柯山,人称宛丘先生,楚州淮阴(今江苏淮安)人,祖籍亳州谯县(今安徽亳州谯城区)。为“苏门四学士”之一。神宗熙宁六年(1073)进士,授临淮主簿。历任寿安尉、咸平丞、秘书丞、著作郎、史馆检讨等。哲宗亲政,以直龙图阁学士出知润州,未几,改宣州。绍圣初,坐党籍落职,谪监黄州酒税。徽宗即位后,起为黄州通判,历知兖州、颍州、汝州。崇宁年间,因党论复起,贬房州别驾,黄州安置。后归淮阴。大观二年(1108)居陈州,政和四年(1114)卒。有《柯山集》《宛丘先生文集》。事迹见《宋史·张耒传》。

怀金陵三首〔1〕

其三

曾作金陵烂漫游〔2〕,北归尘土变衣裘。芰荷声里孤舟雨〔3〕,卧入江南第一州〔4〕。

【注释】

〔1〕选自《柯山集》卷二二。

〔2〕烂漫:原意为色泽绚丽,这里有散漫、放浪之意。

〔3〕芰荷:指菱叶与荷叶。《离骚》:“制芰荷以为衣兮,集芙蓉以为裳。”

〔4〕江南第一州:作者对金陵的夸赞。

【评析】

此诗追忆往日在金陵的游赏。首句“曾作金陵烂漫游”中的“烂漫”一词有散漫、放浪之意,透露出作者金陵之游的愉悦心情。金陵作为六朝古都,历来就是文人雅士心目中的游览胜地。南朝诗人谢朓曾有诗曰:“江南佳丽地,金陵帝王州。”概括了此地的富贵繁华与山川形胜。次句由追昔转入抚今。诗人北归之后,由于俗事缠身,难以有往日纵情游乐的机会与兴致,不由感到十分怅惘。“尘土变衣裘”并非实指,而是用以形容历经世事之后身心俱乏的状态。三、四两句继续回忆令人向往的金陵之游:阴雨天,躺卧于一叶扁舟之中,在湖中游荡。岸边的繁华景象令人应接不暇,舟中传来雨打芰荷发出的滴答声响,犹如美妙的音乐。这样的景象实在令人陶醉。张耒丝毫不吝对金陵的夸赞,称其为“江南第一州”。他还曾在散文中描写过此地的景色:“余自金陵月堂谒蒋帝祠,初出北门,始辨色。行平野中,时暮春,人家桃李未谢,西望城壁,壕水或绝或流,多鸡鹊、白鹭,迤逦近山,风物天秀,如行锦绣图画中。”此段描写,可与此诗相参照。

张元幹

张元幹(1091—约1161),字仲宗,号芦川居士、真隐山人,晚年自称芦川老隐,南宋福州永福(今福建福州永泰)人。宋徽宗政和初,为太学上舍生;宣和七年(1125),任陈留县丞;钦宗靖康元年(1126),参加了保卫东京的抗金战斗。宋高宗建炎年间,官至将作监;绍兴元年(1131),愤于奸佞当道,国事不可为,遂致仕归隐。晚年漫游江、浙等地,客死他乡,归葬闽之螺山。有《芦川归来集》。事迹散见于《芦川归来集》及地方志的相关记载。

登垂虹亭二首〔1〕

其一

一别三吴地〔2〕,重来二十年。疮痍兵火后,花石稻粱先〔3〕。山暗松江雨〔4〕,波吞震泽天〔5〕。扁舟莫浪发〔6〕,蛟鳄正垂涎。

其二

熠熠流萤火〔7〕,垂垂倒饮虹〔8〕。行云吞皎月,飞电扫长空。壮观江边雨,醒人水上风。须臾风雨过,万事笑谈中。

【注释】

〔1〕选自《芦川归来集》卷一。垂虹亭:位于太湖东侧的吴江垂虹桥上,始建于宋仁宗庆历八年(1048)。

〔2〕三吴:《水经注》以会稽、吴郡、吴兴为三吴,宋代以苏州、常州、湖州为三吴。这里是指苏州。

〔3〕花石：宋徽宗宣和年间曾敕令江南各地上交奇花异石，运送花石的船队前后相连，此条运输路线被称为“花石纲”。

〔4〕松江：吴淞江，发源于今苏州吴江。

〔5〕震泽：太湖的古称，在苏州的西边。

〔6〕浪发：轻率地出发。

〔7〕熠熠：萤火的光亮。

〔8〕饮虹：古人迷信，以为虹是有生命的怪物，能喝水吸饮，称为“虹饮”。语本《汉书·燕剌王刘旦传》：“是时天雨，虹下属宫中，饮井水，井水竭。”

【评析】

这两首诗作于宋高宗建炎三年(1129)，是年春天，金兵南下，高宗从扬州仓皇渡江南逃，江北地区大都失守。直至初秋，局势才稍为稳定。就在这国事飘摇之际，作者重来吴越，过吴江垂虹亭，有感而发，赋诗二首。

第一首抒写了作者故地重游、心忧国事的万千感慨。首颔两联运用对比手法，今昔交错，读来深沉无奈。徽宗大观四年(1110)，作者曾在吴越一带作客，那时正值承平，自己也正当壮年；如今再游，人已垂老，国事多艰，此其一。当下战火频仍，满目疮痍，而数年前统治者贪图享乐，不顾百姓衣食缺乏，此其二。颈尾两联写景抒情，“山暗松江雨，波吞震泽天”两句，由眼下实景代指局势的动荡不安，借景寓慨，浑然一体。“扁舟莫浪发，蛟鳄正垂涎”两句既是对行舟者的告诫，也表达了自己对国事的忧虑。

第二首描写垂虹亭的秋晚雨景。空阔的水面上，萤火熠熠闪动；垂虹桥似虹一般，倒映江水。仰望天空，流云掩映月光，闪电划破长空，更显壮观奇丽。首颔两联波澜壮阔的景物摹写，展现出作者胸襟博大的气度。颈尾两联由景物及人事，待风消雨歇后，一切往事也在笑谈中了无踪迹。全诗大开大阖，写景壮阔，下字精到，自然妥帖，与作者抑塞磊落之气互相生发，表现出一种气势雄伟的审美追求。

陆 游

陆游(1125—1210),字务观,号放翁,南宋越州山阴(今浙江绍兴)人,文学家、史学家、爱国诗人。宋高宗朝,试礼部,遭遇秦桧弄权,被黜。孝宗即位后,赐进士出身,历官镇江、隆兴、夔州通判,参王炎、范成大幕府,提举福建常平茶盐公事,知严州。陆游坚持抗金,因而屡遭主和派排挤打压。有《剑南诗稿》《渭南文集》。事迹见《宋史·陆游传》。

登赏心亭〔1〕

蜀栈秦关岁月遒〔2〕,今年乘兴却东游。全家稳下黄牛峡〔3〕,半醉来寻白鹭洲〔4〕。黯黯江云瓜步雨〔5〕,萧萧木叶石城秋〔6〕。孤臣老抱忧时意,欲请迁都涕已流〔7〕。

【注释】

〔1〕选自《剑南诗稿》卷一〇。赏心亭:故址在建康(今江苏南京)西秦淮河边,始建于北宋。《景定建康志》载:"赏心亭在(城西)下水门城上,下临秦淮,尽观赏之胜。"可见此亭是登高望远、赏景观胜的佳处。

〔2〕蜀栈(zhàn):蜀中的栈道,一名阁道。三国时蜀汉所建,故称。秦关:指秦地关塞。

〔3〕黄牛峡:在今湖北宜昌西,长江流经此峡,水势湍急。

〔4〕白鹭洲:在今南京西南江中。李白《登金陵凤凰台》所云"一水中分白鹭洲"是也。

〔5〕瓜步:瓜步山。在长江北岸六合境内,与南京隔江相望。

〔6〕石城:石头城,故址在今江苏南京清凉山。本是楚国的金陵城,汉建安十七年(212)孙权重筑,改名石头城。石城负山面江,南临秦淮河口,六朝时是建康的军

事重镇。

〔7〕迁都：南宋主战派一贯主张迁都建康，以便随时出师收复汴京。迁都问题是主战和主和两派斗争的一个焦点。

【评析】

此诗作于宋孝宗淳熙五年(1178)，其时陆游奉诏回临安，是年二月，他离开成都，秋时途经建康。这首诗就是他登赏心亭，眺望四周景色，回首往事，忧国感怀而作。首、颔两联叙事，讲述自己在秦蜀边关守备之久，终于在今年携家带口沿长江东下回京。“稳下”“半醉”二词从侧面表现出旅途的顺畅、轻快，以及对归京的满怀期待之情。颈、尾两联写景抒怀，登上赏心亭，极目远眺，瓜步山阴云厚重，大雨倾泻；石头城木叶脱落，秋日萧瑟，以景喻国事。是否迁都建康，是当时主战派和主和派产生分歧的重要方面。陆游身在南京，不免想到朝中争论，对此抱有消极看法，涕泗横流，心情由“兴”转“忧”。全诗感情抑扬顿挫，形成对比，有一唱三叹之致，而作者悲欢忧喜的情感起伏，无不以国事为因。满腔的爱国之情贯穿始终，使得全篇层次清晰、意蕴丰富而又浑然一体。高步瀛评“意极沉着，词亦健拔”(《唐宋诗举要》)。

将至金陵先寄献刘留守〔1〕

梁益羁游道阻长〔2〕，见公便觉意差强〔3〕。别都王气半空紫〔4〕，大将牙旗三丈黄〔5〕。江面水军飞海鹘〔6〕，帐前羽箭射天狼〔7〕。归来要了浯溪颂〔8〕，莫笑狂生老更狂〔9〕。

【注释】

〔1〕选自《剑南诗稿》卷一〇。金陵：当时的建康府，今江苏南京。《太平寰宇记》：“江南东道：升州。《金陵图经》云：‘昔楚威王见此有王气，因埋金以镇之，故曰金陵。’”刘留守：知建康府、建康行宫留守刘珙。

〔2〕梁益：梁州和益州，指蜀地。

〔3〕意差强：精神勉强得到振奋。

〔4〕别都：指建康。陆游《尚书王公墓志铭》："建康自车驾行幸，建为别都。"

〔5〕牙旗：饰有象牙的旗子，故称牙旗。多为大将门前所竖。

〔6〕海鹘：古代水中的战船。

〔7〕天狼：星名。屈原《楚辞·东君》有"举长矢兮射天狼"句。东汉王逸注："天狼，星名，以喻贪残。"《晋书·天文志》言："狼一星在东井南，为野将，主侵掠。"古人认为天狼星是代表贪残、侵掠的。这里代指金国统治者。

〔8〕浯溪颂：浯溪在湖南祁阳南五里。安史之乱后，唐肃宗收复长安及洛阳，元结作《大唐中兴颂》，由颜真卿书写，在浯溪刻石。浯溪颂即指此。

〔9〕莫笑狂生老更狂：化用杜甫《狂夫》诗"欲填沟壑唯疏放，自笑狂夫老更狂"句。

【评析】

此诗是陆游于淳熙五年（1178）闰六月东归，作于将至建康的舟中。当时知建康府的刘珙，同陆游有着共同的政治立场和爱国正气，这首寄赠诗就是写给他的。首联叙写自己羁旅蜀地多时，终于东归，行程漫长而颠簸，但一想到马上要见到志同道合的朋友，勉强振奋起了精神。颔、颈两联遥想建康府练军的情形，对仗工稳：千年王气的建康依然祥瑞当空，将帅门前的大旗威风凛凛；海鹘船在江上快速穿梭，可见水兵的雄健和技术的高超，军帐外面的长剑仿佛要飞射到金兵那里。这两联均出于诗人的想象，多年入蜀从军的经历，使得陆游极为关注军事意象和情景。所以写来格调高扬，情感激昂。尾联抒情，自己此次东归朝廷，是抱着上马杀敌、抗金复国的宏伟志向，期盼早日收回故土，重兴中原，请老朋友不要笑话自己人虽已年老，但壮志在胸。这种自嘲的说法，实质上是诗人自傲性格的写照，凸显了陆游忠诚的爱国之心和昂扬的人格精神。

全诗不加藻饰，宏肆奔放，境界壮阔，情感抒发淋漓尽致，是陆游七律的典范之作。

范成大

范成大(1126—1193),字至能,又字幼元、友生,号此山居士,又号石湖居士,南宋平江吴县(今江苏苏州)人。宋高宗绍兴十四年(1144)进士,历任徽州司户参军、枢密院编修官、秘书省正字、著作佐郎、吏部员外郎等。孝宗乾道六年(1170),他出使金国,全节而归,为时人所重。与陆游、杨万里、尤袤并称"南宋四大家"。有《石湖集》。事迹见《宋史·范成大传》。

初归石湖〔1〕

晓雾朝暾绀碧烘〔2〕,横塘西岸越城东〔3〕。行人半出稻花上,宿鹭孤鸣菱叶中〔4〕。信脚自能知旧路〔5〕,惊心时复认邻翁〔6〕。当时手种斜桥柳,无限鸣蜩翠扫空〔7〕。

【注释】

〔1〕选自《石湖集》卷二一。石湖:太湖的一个支脉,在今江苏苏州西南郊,毗邻姑苏台,风景优美,是范成大家乡的美景胜地。

〔2〕朝暾(tūn):初升的太阳。绀(gàn)碧:天青色,深青透红色。绀,稍微带红的黑色。碧,青绿色。

〔3〕横塘:古堤名,在苏州西南。越城:古代越国的城池。

〔4〕宿鹭:栖息的鹭。

〔5〕信脚:信步走来,随意漫行。

〔6〕时复:过了一段时间才。

〔7〕鸣蜩:鸣蝉。翠扫空:苏轼有诗曰:"万里家山一梦中,吴音渐已变儿童。每逢蜀叟谈终日,便觉峨眉翠扫空。"(《秀州报本禅院乡僧文长老方丈》)"翠扫空"

三字即出于此。东坡用以写山,石湖用以状柳,借其语而翻出新意。

【评析】

此诗作于淳熙五年(1178)六月,其时范成大任参知政事,因与朝廷政见不合,御史借细故弹劾,由是落职回乡。全诗写自己初归石湖时,路上的所见、所感。首、颔两联写景记事,位于城东横塘西的石湖,蒙着晓雾的朝阳经由青碧天色的烘托,更显妩丽。清晨时分,来往的行人在高高的稻花中忽隐忽现,只听见荷塘里的宿鹭孤鸣不已。一派夏日清新、活跃的气氛。颈、尾两联叙事抒怀,自己虽已离开家乡六年,但随意走来,都是熟悉的道路和景致,不过毕竟时过境迁,遇见邻家老翁,还需反应片刻才能认出来。这一联前后看似矛盾,却真切地表现出阔别多年、重归故里的复杂感受。熟悉和陌生交错相生,更觉时光无情,自然而然地引出下句“当时柳苗,如今柳树”的深沉喟叹。尾句用“翠扫空”收束,空灵蕴藉,颇有唐人风味。此诗虽是作者被罢官落职所作,但全无苦闷、失意的情绪,反而细致入微地刻画了物象、情事,读来清新自然、明畅爽朗,表达了诗人恬然自适的心境和态度。周汝昌评:“翠扫空,三字亦出苏轼诗,本写峨眉、九华山色,此系诗家变用之法。”(《范成大诗选》)

赏心亭再题〔1〕

天险东南重〔2〕,兵雄百二尊〔3〕。拂云千雉绕〔4〕,截水万崖奔。赤日吴波动〔5〕,苍烟楚树昏〔6〕。向无形胜地〔7〕,何以控乾坤〔8〕?

【注释】

〔1〕选自《石湖集》卷三。

〔2〕天险:地势险要之处。

〔3〕百二:典出自《史记·高祖本纪》:“秦,形胜之国,带河山之险,县隔千里,持戟百万,秦得百二焉。”“百二”有两解,或说秦兵以二敌百,或说秦地险要,以一当二。该诗取前意,以兵之勇对地之险。

〔4〕拂云：触碰到云，极言其高。千雉：形容城墙高大。雉，古代计算城墙面积的单位，长三丈、高一丈为一雉。

〔5〕吴：泛指长江下游一带，这里指南宋国土。

〔6〕苍烟：苍茫的云雾。楚：通常指今湖南、湖北一带，或江西地区。这里泛指淮水以北中原地区，时为金人占领。

〔7〕向：假若，如果。

〔8〕乾坤：象征天地、阴阳等。这里代指国家。

【评析】

这是范成大由家乡苏州赴金陵参加漕试，于途中所作的一首五言律诗，涉及宋廷南渡的择都之争。迁都之初，朝中的有识之士认为应该定都建康，建康地势险要，易守难攻。既有利于防守，又便于出师收复汴京。但高宗却贪图安逸，苟且偷安，选择定都临安。

作者游建康赏心亭，登高远眺，难免勾起国事之思。首联总写建康之险。建康的地理优势，可以为宋廷建起一道天然的保护屏障，士兵于此有以一当二之效。颔、颈两联由近及远，分写建康的形胜和地控南北的重要位置。连绵高大的城墙环抱着石头城，长江天险阻挡了入侵的敌军。建康扼南北之要，吴楚之地尽收眼底，南宋疆域流光溢彩，被金兵占领的土地一派昏暗，表达了作者渴望收复失地的心声。尾联呼应首联，突出主旨：地控南北、攻守兼备的建康才是定都的最佳选择，唯金陵才能控制天下。与陆游诗“孤臣老抱忧时意，欲请迁都涕已流”（《登赏心亭》）的意旨相同。暗含诗人对朝廷舍弃建康、定都临安的不满和讽刺之意。

全诗以景抒情，写景雄浑悲壮，情感含蓄深沉，是登高抒怀的佳作。

四时田园杂兴〔1〕

其二

土膏欲动雨频催〔2〕，万草千花一饷开〔3〕。舍后荒畦犹绿秀〔4〕，邻家鞭笋过墙来〔5〕。

其十五

胡蝶双双入菜花，日长无客到田家。鸡飞过篱犬吠窦[6]，知有行商来买茶[7]。

其三十一

昼出耘田夜绩麻[8]，村庄儿女各当家[9]。童孙未解供耕织，也傍桑阴学种瓜。

其四十四

新筑场泥镜面平[10]，家家打稻趁霜晴。笑歌声里春雷动，一夜连枷响到明[11]。

其五十八

黄纸蠲租白纸催[12]，皂衣旁午下乡来[13]。"长官头脑冬烘甚[14]，乞汝青钱买酒回[15]。"

【注释】

〔1〕选自《石湖集》卷二八。范成人五十七岁后，退职闲居，在苏州石湖优游度岁，《四时田园杂兴》即作于此一时期。这组诗共六十首，分为春日、晚春、夏日、秋日、冬日五组，每组十二首。这里分别选了五组中的其中一首。

〔2〕土膏：地气。《国语·周语上》："阳气俱蒸，土膏其动。"

〔3〕一饷：一会儿，片刻。

〔4〕畦：田园中分成的小块田地。

〔5〕鞭：竹根。过墙来：竹根横行地下，多向南尤其是西南方向生长，宋时有谚："东家种竹，西家治地。"

〔6〕窦：洞，这里指狗洞。

〔7〕行商：往来贩卖货物的商人。

〔8〕耘田：田中除草。绩麻：缉麻，把麻片析成丝，搓接成线。

〔9〕当家：当行，在行。

〔10〕场泥：场地，指打谷场。

〔11〕连枷：一种竹制的打稻农具，有长柄，以轴连上一竹片拼成的竹板，上下举动，带竹板转动，落地拍击禾穗、秸秆而使粒脱穗。

〔12〕黄纸：皇帝的诏书。蠲（juān）：免除。白纸：地方官催缴租赋的公文。

〔13〕皂衣：黑衣，指为官府催租的衙门差役。旁午：交错，纷纷，形容多而乱。《汉书·霍光传》："使者旁午。"这两句是说，朝廷虽颁布了免租的诏书，但地方官吏仍逼迫缴租，催租的衙役纷至沓来。

〔14〕冬烘：懵懂，糊涂，迂腐。

〔15〕青钱：铜钱。这两句出于衙役口吻，活画出盘剥百姓的无赖嘴脸。

【评析】

《四时田园杂兴》六十首把《诗经·七月》中描绘辛勤劳作的农耕生产，陶渊明、王维诗歌中的田园隐逸生活，以及梅尧臣《田家语》中批判封建统治者盘剥百姓的乐府精神总结了起来，给前代脱离现实的田园诗增添了泥土的芳香和血汗的气息。范成大根据自己的真切观感，以朴素流畅的语言、生动细致的描写，展现了农村生活的各个方面，此组诗被誉为十二世纪中国江南水乡的风俗长卷。举凡农村景物、岁时、风俗、耕耘、收获、灾害、租赋以至农民的劳作、欢乐、忧伤、困苦，无不尽收诗中，反映了广阔的农村社会的风貌。明王世贞称赞"已曲尽吴中农圃故事"（《弇州山人四部稿》）。清宋长白称："范石湖《四时田园杂兴》诗，于陶、柳、王、储之外，别设樊篱。王载南评曰：'纤悉毕登，鄙俚尽录，曲尽田家况味。'知言哉！"（《柳亭诗话》）。钱锺书先生曾指出："不论他是做官或是退隐时的诗，都一贯表现出对老百姓痛苦的体会，对官吏横暴的愤慨。"《四时田园杂兴》中的众多诗篇，正是这一心态的缩影。从这点来看，称此组诗歌为田园诗的"集大成"，可谓意义非凡。

尤　袤

尤袤(1127—1194),字延之,小字季长,自号遂初居士,南宋无锡(今属江苏)人,著名诗人、大臣、藏书家。宋高宗绍兴十八年(1148),登进士第,初为泰兴令。孝宗朝,为大宗正丞,累迁至太常少卿,权充礼部侍郎兼修国史,又曾权中书舍人兼直学士。光宗朝为焕章阁待制、给事中,后授礼部尚书兼侍读。卒后谥号"文简"。与陆游、杨万里、范成大并称为"中兴四大诗人"。原有《梁溪集》五十卷,已佚,到了清代,其后人尤侗辑有《梁溪遗稿》两卷,刊行于世。事迹见《宋史·尤袤传》。

淮民谣〔1〕

东府买舟船,西府买器械〔2〕。问侬欲何为?团结山水寨〔3〕。寨长过我庐,意气甚雄粗。青衫两承局〔4〕,暮夜连勾呼。勾呼且未已,椎剥到鸡豕。供应稍不如,向前受笞棰。驱东复驱西,弃却锄与犁。无钱买刀剑,典尽浑家衣〔5〕。去年江南荒,趁熟过江北〔6〕。江北不可往,江南归未得!父母生我时,教我学耕桑。不识官府严,安能事戎行!执枪不解刺,执弓不能射。团结我何为,徒劳定无益。流离重流离,忍冻复忍饥。谁谓天地宽,一身无所依!淮南丧乱后,安集亦未久。死者积如麻,生者能几口!荒村日西斜,破屋两三家。抚摩力不给〔7〕,将奈此扰何!

【注释】

〔1〕选自《梁溪遗稿·补遗》。

〔2〕东府、西府:泛指掌管地方武装的官府。

〔3〕团结:组织为队伍。山水寨:指乡兵。宋代兵制,官军之外,尚有乡兵。将

地方土民募集为队伍,用以防守。这种组织,对于抗击金兵,确实起到过作用,但也骚扰了百姓并给他们带来了危害。

〔4〕承局:公差。

〔5〕浑家:全家。

〔6〕趁熟:逃荒,到未有灾荒的地方乞讨谋生。

〔7〕抚摩:安定,救济。

【评析】

这是一首乐府诗作,继承的是杜甫、元稹、白居易等人心忧黎庶、针砭现实的精神,通过作诗以达下情,为民请命。《淮民谣》在诗作内容和艺术表现上,受杜甫“三吏”“三别”和白居易《新乐府》诸诗的影响,采用代人立言的形式,具体详尽地叙写了民众遭受乡兵组织之苦的各个方面。全诗前两句,是作者叙写当时情形,交代作诗背景。从“寨长过我庐”到“一身无所依”,皆是一个流离失所的淮民的诉苦之词。征召前,寨长和公差的粗暴傲慢、敲诈勒索、随意鞭笞已让民丁受尽屈辱;入伍后,东奔西走,疲于戎事,农事荒废,年无所得;饥荒时,去无定所,手无长技,只能挨饿受冻。如此种种,只能让淮民发出“天地之大,无处容身”的哀叹。最后八句,卒章显志,作者抒发自己的感慨和议论,进一步揭示出山水寨戕害百姓的事实,含蓄表达了想要朝廷取消此种制度的爱民之心。

杨万里

杨万里(1127—1206),字廷秀,南宋吉水(今江西吉安)人。宋高宗绍兴二十四年(1154)进士,历任赣州司户、零陵县丞、临安府教授、太常丞、江东转运副使、将作少监、秘书少监,知漳州、常州、筠州,提举广东常平茶盐等。从张浚学,浚勉以正心诚意,遂以"诚斋"为号。为人清介耿直,立朝遇事敢言,无所顾忌,因忤执政,罢官居家十五年,忧愤而卒,谥号"文节"。杨万里的诗歌富有理趣,提倡"活法",自成一家,时号"诚斋体"。与陆游、范成大、尤袤并称"中兴四大诗人"。有《诚斋集》。事迹见《宋史·杨万里传》。

初入淮河四绝句〔1〕

其一

船离洪泽岸头沙〔2〕,人到淮河意不佳〔3〕。何必桑干方是远〔4〕,中流以北即天涯〔5〕。

其二

刘岳张韩宣国威〔6〕,赵张二相筑皇基〔7〕。长淮咫尺分南北,泪湿秋风欲怨谁?

其三

两岸舟船各背驰,波痕交涉亦难为。只余鸥鹭无拘管,北去南来自在飞。

其四

中原父老莫空谈，逢着王人诉不堪[8]。却是归鸿不能语，一年一度到江南。

【注释】

〔1〕选自《诚斋集》卷二七。淮河：地处中国东部，介于长江和黄河之间。源出河南桐柏山，由西向东流经湖北、河南、安徽、江苏四省，原在江苏北部独流入海。金代以后下游为黄河所夺，现由洪泽湖，经宝应湖、高邮湖，在今江苏江都入长江。

〔2〕洪泽：洪泽湖，在今江苏盱眙西北，与淮河相通，为当时中原与东南交通要道。

〔3〕入到淮河意不佳：此句一作"人到淮河意不佳"。

〔4〕桑干：桑干河，当时通称芦沟河，清改名永定河，发源于山西朔州北，流经今北京西南，至今天津入海。唐人诗中多以桑干河以北为塞北。北宋时，以桑干河下游为宋、辽分界，宋人使辽至此，情常难堪，如苏辙《奉使契丹二十八首·渡桑干》："胡人送客不忍去，久安和好依中原。年年相送桑干上，欲话白沟一惆怅。"

〔5〕中流：指淮河的中流线，这是宋、金的分界线。

〔6〕刘岳张韩：指刘锜、岳飞、张俊、韩世忠"中兴四大名将"。

〔7〕赵张：南宋初的赵鼎和张浚两位宰执，他们极力主张抗金。

〔8〕王人：春秋时天子的使臣，这里指南宋派往金国的使臣，即作者自己。

【评析】

淳熙十六年(1189)九月，杨万里奉诏还临安(今浙江杭州)为秘书监，冬为金国贺正旦使接伴使，作者北行途中至淮河，面对昔日属于宋朝领土的淮河，如今已变成宋、金两国的分界线，有感而发，作此四绝。

第一首总起，以"意不佳"奠定组诗的情感基调，将北宋边防桑干河同淮河对举，更显得咫尺天涯的转换竟如此容易，不觉痛刺人心。第二首讲人事，欲抑先扬，既然有众多骁勇善战的将领，却只能以淮为界。"欲怨谁"语含怨刺，委婉地指斥了高宗、秦桧等投降派。第三首即景抒慨，以淮河中流为宋、金分界，自然景观也被迫分成南北两边。河船上的人背道而驰，不敢越界半分;而空中的鸥鹭则无拘无束,自由来去,人与鸟的生活对比鲜明,具有极强的艺术感染力。第四首回归己身,中原父老向自己诉说受金朝压迫的苦痛,渴望像鸿雁那样,南归故国。整组绝句感慨丰富,风格沉郁。既有企望国家统一的真切念想,又有对半壁沦陷的慨叹,还有对故国人民的同情。从章法上看,前两首侧重诗人主观情感的抒发,后两首着眼淮河两岸人民的心声,角度多样,剪裁得当。陈衍称:"淮以北久陆沉矣。此四首皆写南渡后中国百姓之可怜。可以人而不如鸥鹭乎?可以人而不如鸿乎?"(《宋诗精华录》)

泊平江百花洲〔1〕

吴中好处是苏州〔2〕,却为王程得胜游〔3〕。半世三江五湖棹〔4〕,十年四泊百花洲。岸傍杨柳都相识,眼底云山苦见留〔5〕。莫怨孤舟无定处〔6〕,此身自是一孤舟。

【注释】

〔1〕选自《诚斋集》卷二九。平江:指平江府,治所在今江苏苏州。百花洲:平江府的一个沙洲。

〔2〕吴中:指苏州一带。

〔3〕王程:指为办理朝廷公事而奔走的旅程。胜游:游览胜景。

〔4〕三江五湖:这里指太湖附近区域。三江,指太湖附近的松江、钱塘江、浦阳江。五湖,指太湖流域一带的湖泊。

〔5〕苦见留:依依挽留。

〔6〕无定处:没有固定的地方。

【评析】

此诗作于宋光宗绍熙元年(1190)初,杨万里从临安赴建康任江东转运副使,行船至平江停泊百花洲时所作。首联以民歌口吻自然吐出,读来似乎是庆幸自己因公事之便,得以游览吴中佳胜,用法甚新。颔联翻出人生漂泊的感慨,回应首联的“王程”。此联秀丽工整,却不显板滞。一是数目字三对,如“半”对“十”,“三”对“四”,“五”对“百”,读来流利爽朗;二是看似是正对,实则两句的句法不同,“江”和“泊”都是名词,这里“泊”作动词用;“棹”则是名词作动词,与下句的“洲”也不相对,如此便形成一种拗折错落的美感。颈联以景写情,值得称道。诗人把杨柳看作好友旧识,重逢即是再见,明明是自己不愿离去,却说是百花洲的云山依依不舍,将景物拟人化,从对面写来,更觉无限深情。尾联由“孤舟”兴感,承“半世三江五湖棹”而来。看到不系的孤舟,想到自身的飘零无依,同“孤舟”又有什么两样,悲慨蕴藉,余味无穷。杨万里的诗歌以清新平易见长,此首抒写羁旅行役的诗歌也呈现出“诚斋体”的风貌,轻快洒脱,舒卷自如,而不作哀苦之词。

刘过

刘过(1154—1206),字改之,号龙洲道人,南宋吉州太和(今江西泰和)人。刘过多次考进士而未中,长期漫游于两湖、江淮和江浙一带,以诗词谒于达官贵人之间,尚节气,喜饮酒,终身未仕,卒于昆山(今属江苏)。有《龙洲集》。生平事迹散见于宋人笔记等。

多景楼醉歌〔1〕

君不见七十二子从夫子〔2〕,儒雅强半鲁国士。二十八将佐中兴〔3〕,英雄多是棘阳人〔4〕。丈夫生有四方志,东欲入海西入秦。安能龌龊守一隅〔5〕,白头章句浙与闽?醉游太白呼峨岷〔6〕,奇才剑客结楚荆〔7〕。不随举子纸上学《六韬》〔8〕,不学腐儒穿凿注五经〔9〕。天长路远何时到?侧身望兮涕沾巾!

【注释】

〔1〕选自《龙洲集》卷一。多景楼:在今江苏镇江东北北固山上。为北宋时镇江知州陈天麟所建,据说原址有临江亭,因唐人李德裕《临江亭》诗中有“多景悬窗牖”的句子,重建改名。宋室南渡后,这里成为江防要塞,题诗感慨时事者较多。

〔2〕七十二子:据说跟随孔子学习的有三千人,身通六艺的有七十二人。

〔3〕二十八将佐中兴:指辅佐东汉光武帝刘秀、中兴汉室大业的邓禹、吴汉、贾复、马武等二十八位将领。

〔4〕棘阳:西汉县名。战国时属楚,汉时属南阳郡,故址在今河南南阳南。

〔5〕龌龊:这里作拘谨解。

〔6〕太白:太白山,是秦岭主峰之一,在今陕西武功南九十里处。峨岷:峨眉山

和岷山,在四川。

〔7〕结: 集结,集合。

〔8〕《六韬》: 古代兵书名,相传为西周吕望所作,实为战国时人著,今存六卷。

〔9〕五经:《诗》《书》《礼》《易》《春秋》五部儒家经典。

【评析】

这是刘过创作的一首七言歌行体诗,共十四句,前两句一韵,第三句转韵后,一气贯下,直到结尾。前四句分说历史上的“儒士”和“武将”的功业,孔子弟子三千,只有七十二人身通六艺;而光武帝凭借二十八个英勇的将领,就兴复了汉室,诗人崇尚武功的个性于此可见。这和刘过长期困于场屋,屡试不第的人生经历有着很大的关系。接下来的六句,诗人驰骋想象,醉酒抒怀: 大丈夫志在四方,哪能拘于一隅,皓首穷经,断章析句,当漫游东海西秦,倚剑纵横,成就功业。这表明刘过对科举求取功名已经心灰意冷,决心离开书斋,浪游江湖。最后四句直白心迹: 我决不会学空谈性理、穿凿解经的腐儒,但通过武功实现人生价值的这条路,又在哪里呢? 在多景楼上眺望远方,只余无望和感慨。

全诗语言朴素,而情感抒发强烈,风格豪放,具有很强的感染力,体现出刘过鲜明的个性和艺术追求,可算得上他的代表作。

姜 夔

姜夔(约1155—约1221),字尧章,自号白石道人,南宋鄱阳(今属江西上饶)人。一生未仕,寓居湖州(今属浙江),往来于苏州、杭州一带,长期客游于达官贵人之门,与杨万里、范成大、尤袤、辛弃疾等前辈名家均有交往。姜夔以词著称,精通音律,能自度曲。有《白石道人诗集》《白石道人歌曲》。生平事迹散见于宋人笔记等。

次石湖书扇韵[1]

桥西一曲水通村[2],岸阁浮萍绿有痕[3]。家住石湖人不到,藕花多处别开门[5]。

【注释】

〔1〕选自《白石道人诗集》卷下。石湖:此指范成大。

〔2〕曲:水流弯曲处。

〔3〕阁:同“搁”,放置、搁置。

〔4〕藕花:莲花。别:另外,别有洞天。此句意为,在莲花深处,有一扇门通向石湖居所。

【评析】

淳熙十四年(1187)的夏天,姜夔从湖州赴苏州谒见范成大,此诗即诗人找寻石湖居士经过的缩影。这是姜夔次韵范成大诗创作的一首七言绝句,范成大的书扇原作已佚,不过此诗却留下了其悠然自得的精神风貌。短短二十八个字,描绘了一幅清幽高雅的石湖隐居图,诗歌的蕴藉有味,填补了直观画作的想象空白。一、二句描写石湖所处环境和风景,绿水环绕的村庄,岸边的浮萍齿痕,将人引向通幽的去处。三、四句叙写找寻石湖的过程,范成大的居所幽僻深远,故而来人稀少,直至走到藕花深处才能发现。这两句既是写景,也是写人。居所的风雅别致、隔绝喧嚣,反映的是主人的审美情趣和胸襟怀抱。全诗融情于景,自然清新,体现出白石诗清空风雅的特点。很有趣的是,石湖景物众多,在此诗中,姜夔把高洁清雅的莲花看作范成大的人格象征,这反映出诗人自身的艺术个性和情感寄托,在人际互动中自白心迹,为斗巧竞技的次韵诗增添了别样的深情。

姑苏怀古〔1〕

夜暗归云绕柁牙〔2〕,江涵星影鹭眠沙〔3〕。行人怅望苏台柳〔4〕,曾与吴王扫落花。

【注释】

〔1〕选自《白石道人诗集》卷下。姑苏:苏州别称,因苏州西南姑苏山而得名。

〔2〕柁(duò)牙:一说船上的桅杆;一说舵板形状突出似牙,指船舵。按诗意,当指船上的桅杆。柁,同“舵”。牙,牙樯,即用象牙装饰的桅杆。

〔3〕涵:包容,引申为映照。

〔4〕苏台:姑苏台。在今江苏苏州西南姑苏山上,春秋时由吴王阖闾、夫差所建。后吴被越所灭,台也就被焚毁了。

【评析】

《姑苏怀古》是姜夔创作的一首怀古七绝。怀古诗一般首句点题,说明吊古的地点或事件,姜夔此诗以景语发端,撇开一笔,疏宕别致。一、二句写舟行夜景,云朵在暗夜天空中流动,紧紧围绕着航船桅杆飘浮,明写云动,暗写船行。明净的江面映照着点点星光,静谧的沙滩,宿鹭沉眠,烘托出深夜的万籁俱寂。前两句,一动一静,对比鲜明。三、四句借“柳枝”和“落花”抒发盛衰兴亡的慨叹,通过景物做今昔之比,情感表达纡徐委折。正是一、二句景语的铺垫,苏台柳的托出才不觉突兀,所见是现在的柳树,诗人则想象它是几百年前吴宫内的柳树。当时苏台繁盛,风吹过柳枝,一并扫落了残花。诗人把苏台的柳树拟人化,它既有和人一样的劳动能力,也是吴宫兴亡的见证者。想象奇特,措意含蓄。比韦庄《台城》“无情最是台城柳,依旧烟笼十里堤”更显空灵、活脱。

全诗景物描写和怀古之情交错相织,浑然一体,将厚重的历史沧桑感冲淡成细密、绵长的忧伤哀怨,韵味无穷。姜夔论诗主张“诗贵含蓄”“句中有余味,篇中有余意”,《姑苏怀古》正鲜明地体现出这个特点。罗大经《鹤林玉露》中称此诗“琢句精工”,又称“‘曾与吴王扫落花’,杨诚斋喜诵之”。

戴复古

戴复古(1167—约1248),字式之,自号石屏,南宋天台黄岩(今属浙江台州)人。布衣终身,以诗干谒,浪迹江湖,活到八十多岁。他的诗被收录进《江湖集》,是江湖诗派的名家。有《石屏诗集》。事迹散见于地方志等。

江阴浮远堂〔1〕

横冈下瞰大江流〔2〕,浮远堂前万里愁。最苦无山遮望眼,淮南极目尽神州〔3〕。

【注释】

〔1〕选自《石屏诗集》卷七。江阴:今属江苏无锡。浮远堂:在江阴城北的君山上,宋高宗绍兴二十年(1150)修建,堂名取苏轼“江远欲浮天”之意。

〔2〕横冈:指君山,一名瞰江山。瞰:俯视,向下看。

〔3〕淮南:指今江苏、安徽两省长江以北、淮河以南地区。南宋和金以淮河中心为分界。神州:《史记·孟子荀卿列传》载:“中国名曰赤县神州。”泛指全中国。这里指被金人占领的中国领土。

【评析】

这首诗约作于嘉定年间,诗人第二次长途旅行过江阴之时。作者登上君山浮远堂远望,俯瞰长江,想到南宋与金以淮河中流为界,昔日的神州大地被分为两半,于是生出满目山河之异的万端愁绪。诗的三、四句翻过一层,打破传统登高望远诗歌的格套,自出新意。王粲《登楼赋》有“平原远而极目兮,蔽荆山之高岑”一句,恨高山之遮目,不能望得更远,这是望远抒怀的常格。“最苦无山遮望眼”则从反面写来,以“望”说“不望”,“望”原本是为了消愁,山河破碎的现状却使愁更愁,进一步加深了诗人忧国伤时的痛苦心情。因而诗人恨无山阻隔视线,望着昔日南宋领土,触景生情,忧伤更甚,难堪之情千回百转,韵味无穷。此诗可与他的《盱眙北望》一诗同读:“北望茫茫渺渺间,鸟飞不尽又飞还。难禁满目中原泪,莫上都梁第一山。”都表达了欲望而不忍心,而又不能不望的沉痛感慨。

全诗语言浅切,却耐人寻味,沉郁之中自有一股雄放之气。陈衍评曰:“有气概。”(《宋诗精华录》)

刘克庄

刘克庄(1187—1269),字潜夫,号后村居士,莆田(今属福建)人,以门荫入仕,宋理宗淳祐六年(1246)赐同进士出身,官至工部尚书兼侍读。景定五年(1264),以焕章阁学士之职致仕。卒后谥文定。刘克庄是江湖派中年寿最长、官位最高、成就也最大的诗人,喜欢提携后进,因而被视为江湖派的领袖。有《后村先生大全集》。事迹略见林希逸《后村先生刘公行状》。

冶　城[1]

断镞遗枪不可求[2],西风古意满原头。孙刘数子如春梦[3],王谢千年有旧游[4]。高塔不知何代作[5],暮笳似说昔人愁[6]。神州只在阑干北[7],度度来时怕上楼[8]。

【注释】

〔1〕选自《后村先生大全集》卷一。冶城:旧址在今江苏南京秦淮朝天宫一带。传说春秋时吴王夫差在此筑城,用来冶铁铸造兵器,故称“冶城”。

〔2〕断镞(zú)遗枪:指残留下来的古代兵器。镞,箭头。

〔3〕孙刘:指三国时的孙权、刘备。二人曾相会于冶城,商议联兵迎击曹操东下的计策。

〔4〕王谢:指东晋的王羲之、谢安。据说谢安和王羲之曾同登冶城,悠然遐想,有高世之志。

〔5〕作:建造。

〔6〕笳(jiā):胡笳,中国古代北方民族的一种乐器,形似笛子。

〔7〕神州:指中原地区。

〔8〕度度：犹次次、回回。

【评析】

此诗是一首典型的怀古诗。冶城作为古时冶铁铸剑的地方，同时又是兵家必争之地，刘克庄来到这里，自然地兴起历史兴亡之感。首联寻旧物，冶城锻炼的箭枪兵器，经过时间的淘洗，已经找寻不见，只有萧萧西风由古吹到今，历史的无情于此可见。颔联叙旧事，三国时的刘备、孙权曾在冶城商量军事策略，如今回望，像梦一般散去；东晋时的高门谢安、王羲之曾在这里游赏登临，也已是千年往事。诗人选取的这些历史典型，更突出了悲哀苍凉的怀古氛围。颈联说旧迹，目下所及之高塔也不知作于何时，耳中所闻之胡笳似乎是从过去传来。此联诗人调动视觉和听觉，将古今时空的悠远辽阔形象化，给人以切身感受。尾联抒今慨，怀古是为了伤今。登上冶城城楼，思索了历史上的兴亡衰败、繁华枯荣，看到被占的北土，沉重沧桑的历史感有了现实的映照。正是此联的现实意义，使得全诗的意境一下子提高了，与戴复古的"最苦无山遮望眼，淮南极目尽神州"（《江阴浮远堂》）有异曲同工之妙，都是以"不望"说"望"之沉痛。

全诗用语通俗，意境浑厚，诗人的拳拳爱国之心自然吐出，格调较一般的怀古诗歌高。

文天祥

文天祥(1236—1283),字履善,一字宋瑞,自号文山,吉州庐陵(今江西吉安)人。南宋末年政治家、文学家、民族英雄。宋理宗宝祐四年(1256),进士第一,官至右丞相兼枢密使。宋恭宗德祐二年(1276),出使元营被拘,后逃归。宋端宗景炎三年(1278),兵败被俘,押至大都,始终不屈,最终从容就义。明代时追赐谥号"忠烈"。后人辑有《文山集》。事迹见《宋史·文天祥传》。

金陵驿〔1〕

其一

草合离宫转夕晖〔2〕,孤云飘泊复何依?山河风景元无异〔4〕,城郭人民半已非〔5〕。满地芦花和我老,旧家燕子傍谁飞〔6〕?从今别却江南路,化作啼鹃带血归〔7〕。

其二

万里金瓯失壮图〔8〕,衮衣颠倒落泥涂〔9〕。空流杜宇声中血〔10〕,半脱骊龙颔下须〔11〕。老去秋风吹我恶,梦回寒月照人孤。千年成败俱尘土,消得人间说丈夫。

【注释】

〔1〕选自《文山集》卷一四。

〔2〕草合:长满了草。离宫:行宫,古代皇帝出巡时的临时住所。宋高宗曾在金陵小住,设有行宫。

〔4〕山河风景元无异:《世说新语·言语》载,晋南渡后,周顗颉有“风景不殊,正自有山河之异”的慨叹。这里化用此句,是说被金兵占领的土地,山河、风景似乎没有什么不同。

〔5〕城郭人民半已非:《搜神后记》载,汉代的丁令威学道成仙,后化鹤归家,说道:“有鸟有鸟丁令威,去家千年今来归。城郭如故人民非,何不学仙冢累累。”这里是说,山河、风景无异,但昔日的南宋子民已成为元朝的臣民。

〔6〕旧家燕子傍谁飞:化用刘禹锡《乌衣巷》“旧时王谢堂前燕,飞入寻常百姓家”句。另杜甫《归燕》诗有“故巢傥未毁,会傍主人飞”句,可参。

〔7〕啼鹃带血:相传蜀帝杜宇死后,化为杜鹃鸟,鸣声悲苦,啼至口中出血。

〔8〕金瓯:用金属制成的器皿,也比喻国土的坚固、完整。

〔9〕衮衣:衮服,古代帝王及上公的礼服。

〔10〕杜宇:传说古蜀帝名杜宇。

〔11〕骊龙:黑色的龙。这里是指衮服上绣的龙。

【评析】

这一组诗是祥兴二年(1279),文天祥被俘押往大都,途经金陵驿所作,抒写了诗人的亡国之痛。第一首即景抒情,由宋高宗居住过的行宫起兴,昔日的行宫现在已是驿站,久无人来,杂草丛生,可见其荒凉;夕阳西下的时刻,更是暗指南宋朝廷的覆亡。由国家及己身,故国不在,自己就像那空中飘浮的白云一样,无依无靠。诗人娴熟地运用比喻和象征的手法,描写婉曲,情感悲壮。次联连用两典,由己及人,眼前的自然风光同过去并没有什么不同,不过国已易主,南宋百姓已成为元朝的臣民。此联以风景和人事对比,是传统写法。颈尾两联申述自己的忠贞之志:满眼的芦花仿佛和我的头发一样白,并催我老去;故国的燕子又要傍谁而飞呢?暗喻人民的流离失所,呼应了首联的“孤云飘泊复何依”。离开金陵驿,羁押的队伍向北走得越来越远,归国无望,但我死后化作杜鹃鸟,啼血不止也要飞往南方。表现了诗人视死如归的爱国之情。

第二首前两联婉转地叙述国家灭亡的事实,万里疆土不再属于南宋朝廷,诗人拈出“衮衣落地”这一情景,写出皇帝对元朝俯首称臣的屈辱。颔联通过“杜鹃血”和“脱骊龙”这两个物象,分说南宋末的两位皇帝一死一降的史实，读来哀痛苍凉，动人心魄。后两联则直白地表现出坚强不屈的民族气节。秋风萧索，形单影只；是非成败终归尘土，唯留下一身正气、一片忠心在天地间。尾联气势振起，凸显了诗人杀身成仁、舍生取义的大无畏精神。

这两首诗叙述婉转，用典贴切，诗风沉郁，情感真挚，有极强的艺术感染力，鼓舞了许多仁人志士。

真州驿〔1〕

山川如识我〔2〕，故旧更无人。俯仰干戈迹，往来车马尘。英雄遗算晚〔3〕，天地暗愁新。北首燕山路〔4〕，凄凉夜向晨〔5〕。

【注释】

〔1〕选自《文山集》卷一四。真州：今江苏仪征。

〔2〕山川如识我：真州的山川似乎认识我。文天祥曾于德祐二年（1276）逃亡途经真州，所以有此感慨。

〔3〕遗算：失算，失策。

〔4〕燕山：中国北部的著名山脉，在今河北北部，具有重要的军事地位，是兵家必争之地。

〔5〕夜向晨：天将亮。

【评析】

这是祥兴二年（1279），文天祥被俘北上途中，路过真州驿所作的五律。三年前，文天祥出使元营被拘，后逃归时曾路过真州城。因而诗的首联就说自己与真州城的渊源。明明是我识山川，诗人却说山川识我，好像山川有情；景物犹在，故旧却难寻，相形之下，自然地引起物是人非之感。颔联紧承首联，叙述当下所见：如今的真州城到处是兵戈战火的痕迹，来来往往的车马尘土飞扬，一片混乱。颈联议论，造成兵荒马乱、国破家亡现实的是，朝廷没能早点采取有识之士的主战策略，连天地都为这幅惨败凄凉的景象忧愁生恨。说天地愁,实质上是在说诗人自己亡国之痛的深切和浓烈。尾联叙事抒情:向北翘望前往燕山的道路,心中凄凉,天亮又要赶路,己身离故国越来越远,不言情而情自现。深挚地表达了自己的黍离之悲和爱国之情。

全诗环环相扣,主题明晰,内容充实,感情真切,充分表现出文天祥的高尚人格。

汪元量

汪元量(1241—约 1317),字大有,号水云,又号江南倦客,钱塘(今浙江杭州)人,一说祖籍吴县(今江苏苏州)。宋度宗时以琴艺供奉宫廷,宋亡后被俘北去,留大都十年,后求为道士南归,往来湖湘、蜀川、江西等地。有《湖山类稿》。事迹散见于地方志等。

徐　州[1]

白杨猎猎起悲风[2],满目黄埃涨太空。野壁山墙彭祖宅[3],塺花粪草项王宫[4]。古今尽付三杯外,豪杰同归一梦中。更上层楼见城郭,乱鸦古木夕阳红。

【注释】

〔1〕选自《湖山类稿》卷二。

〔2〕猎猎:风声。

〔3〕彭祖:传说是颛顼帝的后代,尧封之于彭城(即今徐州),活了有八百岁。

〔4〕塺(méi)花粪草:花上染尘,草上着粪。塺,尘土。项王宫:项羽起兵于下相(今江苏宿迁,古属徐州),以彭城为西楚都城,故徐州有项王宫古迹。

【评析】

这是汪元量途次徐州的怀古之作,可能作于诗人被俘北上或南归途中。此时南宋已经灭亡,元朝一统天下,诗人来到徐州只看到一片荒凉的景象:风吹白杨,猎猎作响,仿佛是在倾诉亡国的悲伤,这是化用古诗“白杨多悲风”的旧句;满目的黄尘,由地面向上浮动,弥漫在空中,沉闷压抑。徐州城的两处名胜古迹,彭祖宅只剩下野壁山墙,项王宫的花草落污蒙尘,这是兵乱后的结果。见此情景,诗人借酒浇愁,不去管那兴衰成败和英雄豪杰,到头来这些不过是过眼云烟、梦幻泡影。登上城楼,只见城郭之外,乱鸦点点,古树残阳,为全诗做了凄凉的收束,余味悠长。

全诗层次分明,首联点出环境,颔联写名胜古迹的败落,颈、尾两联写自己的感慨,分别对应颔联的古迹和首联的悲风黄土,凄凉哀怨之情回环往复。此诗炼字精警,“涨”描绘出黄埃尘土漫天飞扬的动感;“麼”和“粪”名词作动词,修饰昔日辉煌的项王宫中的花和草,带上了诗人的主观情感。

林景熙

林景熙(1242—1310),一作景曦,字德阳,一作德旸,号霁山,南宋瑞安平阳(今浙江苍南)人。宋度宗咸淳七年(1271),以太学生上舍第一释褐,为泉州教授,迁礼部架阁,转从政郎。宋亡后不仕,隐居故里,教授生徒,从事著述,名重一时,人称"霁山先生"。曾冒死捡拾帝骨葬于兰亭附近,并移植皇陵冬青树作为标志,作诗《冬青花》以抒忠愤。南宋遗民诗人的代表。有《白石樵唱》《白石稿》,后人编为《霁山先生文集》。事迹散见于地方志等书。

京口月夕书怀〔1〕

山风吹酒醒,秋入夜灯凉。万事已华发〔2〕,百年多异乡。远城江气白〔3〕,高树月痕苍〔4〕。忽忆凭楼处〔5〕,淮天雁叫霜〔6〕。

【注释】

〔1〕选自《霁山先生文集》卷二。京口:今江苏镇江,是古代长江下游的军事重镇。月夕:月夜。

〔2〕华发:花白的头发。

〔3〕江气:江上的雾气或水汽。

〔4〕月痕:月光,月影。

〔5〕凭楼:倚楼,在楼上凭栏远望。

〔6〕淮天:长江以北、淮河一带的上空。

【评析】

这是诗人年老漂泊于京口所作的一首五言律诗。首联叙事,作者不写因苦恼而饮酒,却写酒醒后的所见:秋夜凉意入骨,只有一盏灯相伴,孤独苦闷的形象一下子就立住了。颔联抒怀,写烦恼所由:长期漂泊他乡,自己已年老,历尽沧桑还不得归乡,反过来,饱经世事又加速了头白;时间的无情和空间的阻隔双重悲凉涌上心头。此联可以看作杜甫“万里悲秋常作客,百年多病独登台”的简略说法。颈联写景,远眺长江上的雾气,一片白茫茫,仰看高树上的月影,微弱得几不可见。既符合酒方醒时的蒙眬迷离的视觉感知,又写出了诗人苍凉迷茫的内心情感,颇有杜意。尾联回忆,由夜晚的景物,遥想之前登楼所见,“雁”和“霜”作为牵惹乡愁之物,加剧了诗人悲老、怀乡的愁绪。

全诗以酒醒后的所见、所感、所忆抒发悲华发、居他乡、长漂泊的复杂情绪,以景衬情,虚实结合,深得含蓄蕴藉之致。其中第二、三、四、八各句,句法奇特,意蕴丰富,形成峭拔清隽的风格,有杜甫格律的精神。

党怀英

党怀英(1134—1211),字世杰,号竹溪,祖籍冯翊(今陕西渭南大荔),奉符(今山东泰安)人,金朝文学家、书法家、史学家。金世宗大定十年(1170)进士,金章宗承安年间任泰宁军节度使,泰和元年(1201)受诏编修《辽史》,官至翰林学士承旨,故世称"党承旨"。有《竹溪集》。事迹见《金史·党怀英传》。

奉使行高邮道中〔1〕

其一

野雪来无际,风樯岸转迷〔2〕。潮吞淮泽小〔3〕,云抱楚天低〔4〕。镗鞳船鸣浪〔5〕,联翩路牵泥〔6〕。林乌亦惊起,夜半傍人啼。

【注释】

〔1〕选自《中州集》卷三。高邮:今属江苏扬州。南宋时为淮南东路高邮军治所,隔楚州与金朝的山东东路、山东西路相望。

〔2〕风樯:风帆桅杆,指帆船。

〔3〕淮泽:指淮水和高邮湖。据《读史方舆纪要·河南·淮水》载,宋绍熙五年(1194),黄河夺淮,淮水自洪泽湖以下主流合于运河,经高邮湖、江都县进入长江。

〔4〕楚天:这里泛指南方的天空。

〔5〕镗(tāng)鞳(tà):浪击船头发出的声音。

〔6〕联翩路牵泥:这句是描写当时正在下小雪,岸上的船夫在泥泞中持续牵拉纤绳的情形。

【评析】

这可能是党怀英奉命出使南宋,路过高邮时所作,不过此事于史无载,同题有两首五律,这里选其一。此诗以写景为主,诗人由北方行至南方,景物风光大为不同。首、颔两联写景:仰天看,漫天的雪花飞舞飘扬,帆船在迷离的江上慢悠悠地转过一个弯儿,岸边的景物模糊不清。向远望,高邮湖容纳不下淮河的潮水,显得很小;云层密布的南方天空,离地面很近。颔联是写景的名句,气魄宏大,骨力坚挺,很有唐人风味。颈联回到对船的描写:耳边是浪击船头的蹚踏声,眼前是纤夫泥泞中牵拉纤绳的情形。至此,前六句已将题面写足、写尽了。尾联,诗人宕开一笔,来写"鸟"的反应,行船牵泥之声惊动夜鸟,引得它不断啼叫。

这是一首写景名作,以劲健之笔写雄壮之景,境界阔大。全诗格局严谨,结构上首尾圆合,疏而不漏,读来流走自如。据《归潜志》卷八记载,党怀英曾向赵秉文传授诗法时说:"律诗最难工,须要工巧周圆。五十六字皆如圣贤,中有一字不经炉锤,便若一屠沽子厕其间也。"这首五言律诗便可看作其"工巧周圆"理论的实践了。

萨都剌

萨都剌(1272—1355),字天锡,号直斋,出生于雁门(今山西忻州),人称“雁门才子”,是元代著名的回族诗人、画家、书法家。泰定四年(1327)登进士第,仕至燕南河北道肃政廉访司经历。有《雁门集》。事迹散见于地方志等书。

送䜣上人笑隐住龙翔寺〔1〕

江南隐者人不识,一日才名动九重。地湿厌看天竺雨〔2〕,月明来听景阳钟〔3〕。衲衣香暖留春麝〔4〕,石钵云寒卧夜龙〔5〕。何日相从陪杖屦〔6〕,秋风江上采芙蓉。

【注释】

〔1〕选自《全元诗》卷三。诗题一作“寄贺天竺长老䜣笑隐召住大龙翔集庆寺”。䜣笑隐:即僧大䜣,南昌人,俗姓陈氏,自号笑隐。于杭州出家,住天竺寺,后被任命为大龙翔集庆寺的住持。龙翔寺:即今江苏南京的天界寺。始建于元代,原名大龙翔集庆寺,是明初京师三大寺之一,与灵谷寺、大报恩寺并列。

〔2〕天竺:指浙江杭州的天竺寺。始建于后晋天福七年(942),时号西明院;宋大中祥符间改今额。

〔3〕景阳钟:景阳是南朝金陵的一个宫名。齐武帝置钟于景阳楼上,文武官员听到钟声,就要上早朝议政。

〔4〕衲衣:指补缀过的衣服,破旧衣服。这里是说僧衣。

〔5〕石钵:陶钵,僧人用的食器。

〔6〕杖屦:对老者、尊者的敬称。

【评析】

这是一首赠贺应酬的七言律诗，是时，䜣上人笑隐受元文宗知遇，被任命为金陵大龙翔集庆寺的住持，并被授予太中大夫衔，萨都剌作诗贺之。虽是应酬之作，但诗人措辞得体，立意巧妙。全诗紧扣僧人号“隐”，写景叙事，刻画出一位胸襟开阔、隐逸恬淡的高僧形象。首联交代背景，原本隐在杭州的笑隐僧人，一朝间成为金陵名寺的住持，“人不识”与“动九重”对比鲜明。颔联写杭州、金陵两地景物，诗人择取“雨”和“月”两个意象，造语清新，䜣上人从地湿多雨的天竺寺，移去皇家寺院，不变的是听雨看月的闲适心境。颈联则从衣食两方面赞扬䜣上人的淡泊名利，他的僧衣破旧，浸淫着素淡的禅香；吃斋的石钵，亦是从老地方带来的食器。尾联收束两人，既是送别，自然期待重逢，不知何时笑隐才能回来天竺寺，“我”再与他在秋风江上采摘芙蓉。

关于此诗，还有一段炼字掌故。本诗颔联原作“地湿厌闻天竺雨，月明来听景阳钟”。当时的诗坛名人虞集见之，说道：“诗信佳矣，但有一字不稳，何邪？‘闻’与‘听’字义同，盍改‘闻’作‘看’？唐人‘林下老僧来看雨’，又有所出矣。”萨都剌听后极为叹服。

杨维桢

杨维桢(1296—1370),字廉夫,号铁崖,又号铁笛道人,山阴(今浙江绍兴)人。泰定四年(1327)登进士第,曾任天台县尹、江西儒学提举等职。元亡后不仕,隐居于钱塘等地。有《铁崖先生古乐府》《铁崖先生复古诗集》。事迹见《明史·杨维桢传》。

花游曲[1]

至正戊子三月十日,偕茅山贞居老仙[2]、玉山才子烟雨中游石湖诸山[3],老仙为妓者璚英赋《点绛唇》词。已而午霁,登湖上山,歇宝积寺行禅师西轩,老仙题名轩之壁,璚英折碧桃花。下山,予为璚英赋《花游曲》,而玉山和之。

三月十日春蒙蒙,满江花雨湿东风。美人盈盈烟雨里,唱彻湖烟与湖水。水天虹女忽当门,午光穿漏海霞裙。美人凌空蹑飞步,步上山头小真墓[4]。华阳老仙海上来,五湖吐纳掌中杯。宝山枯禅开茗碗[5],木鲸吼罢催花板[6]。老仙醉笔石栏西,一片飞花落粉题。蓬莱宫中花报使,花信明朝二十四[7]。老仙更试蜀麻笺[8],写尽春愁子夜篇[9]。

【注释】

〔1〕选自《铁崖先生古乐府》卷三。花游曲:唐宪宗元和年间李贺创制的和声歌辞,因挟妓游赏所唱,故名“花游曲”,原曲拟梁乐府诗调,全拗;五言八句四十字,四平韵。由小序交代可知,此《花游曲》延续李贺“挟妓游赏”的声诗主题,不过杨维桢将歌辞扩展为七言十八句,内容更为丰富。

〔2〕贞居老仙:张雨(1284—1350),一名天雨,早年名泽之,字伯雨,号贞居子,

又号句曲外史，钱塘人，弱冠为道士，法名嗣真。曾入茅山学道，茅山有洞名华阳，颇著名，故诗中又称“华阳老仙”。晚年告归钱塘，周游吴中诸地，与杨维桢、顾瑛、李孝光等交好。工诗，尤以书法著称。

〔3〕玉山才子：顾瑛（1310—1369），一名德辉，又名阿瑛，字仲瑛，号金粟道人，昆山人。家富，中年始折节读书，筑私园名“玉山草堂”，日招宾客，以饮酒赋诗为乐。元亡，随子徙濠州，卒。撰有《玉山璞稿》《玉山名胜集》等。石湖：位于江苏苏州西南郊。南宋范成大曾隐居此地。

〔4〕小真：唐代吴中名妓真娘。唐范摅《云溪友议》卷六：“真娘者，吴国之佳人也，时人比于钱塘苏小小，死葬吴宫之侧，行客慕其华丽，竞为诗，题于墓树。”

〔5〕茗碗：茶碗。

〔6〕木鲸：木制的形如鲸鱼状的钟锤，借指钟。

〔7〕花信：古人有“二十四番花信风”之说，以为风应花期而来，其来固有信息，简称“花信”。由小寒至谷雨共一百二十日，五日一候，每候应一种花信。始于梅花，终至楝树，凡二十四种。

〔8〕蜀麻笺：蜀地产的一种用麻制成的纸。

〔9〕子夜篇：《乐府诗集》中收有《子夜歌》乐府诗，相传是一名叫子夜的女子所作，吟唱爱情生活的悲欢。

【评析】

元顺帝至正八年（1348），客游姑苏的杨维桢与众多文人好友同游石湖，乘兴而作此诗。诗人承接李贺创制“花游曲”的初衷，在小序中称是为妓者璚英所作。全篇以叙事为主，首二句交代时间、地点，阳春三月，细雨如丝，石湖江满花红，正是游玩的好时候。接下来的六句，描写璚英的歌声、舞蹈，以游玩的行进路线推进叙事。这一部分运用夸张手法，说璚英能凌空飞步，将她当作天上的仙人描摹。“华阳老仙”至“一片飞花”句，叙写众人在宝积寺的欢欣游玩，诗人将众人的姿态、行为，徐徐描来，可见个人性格。华阳老仙张雨狂放不羁，一杯酒下肚，像是吞吐了偌大湖泊；宝山寺的禅师煮茶品茗，木钟声震，梵唱结束后，众人又催促着璚英等人唱歌跳舞。寺院本是清净禅修之地，此时狂夫醉客笑语喧哗，梵声舞蹈交错相应，一派热闹繁盛。于此可见诗人及同伴蔑视礼法、豪放不羁的生活态度。华阳老仙是善书者，他将众人姓名题于壁上，纵笔之快，书法之妙，犹如飞花落壁。最后四句，诗人抒发感慨，醉酒狂欢过后，惊觉已是花信之尾，春天就要过去了。无奈题诗写笺，记录下这无限春愁。

全诗夸饰绮丽，诗人以超凡脱俗的想象，运用比喻、夸张等多种修辞手法，营造出一种恍惚神妙的氛围，表现出诗人洒脱自由的心性和浪游江湖的取向。

倪　瓒

倪瓒(1301—1374),字元镇,自号经锄隐者、云林居士,无锡(今属江苏)人。元末明初画家、诗人,与黄公望、王蒙、吴镇合称“元四家”(一说易倪瓒为赵孟頫)。元顺帝至正初年,散尽家财,浪迹太湖;拒绝张士诚的征召,入明后黄冠野服,超然绝尘。有《清閟阁集》。事迹见《明史·倪瓒传》。

烟雨中过石湖三绝[1]

其一

烟雨山前度石湖,一奁秋影玉平铺[2]。何须更剪松江水[3],好染空青画作图[4]。

其二

姑苏城外短长桥[5],烟雨空蒙又晚潮。载酒曾经此行乐,醉乘江月卧吹箫。

其三

愁不能醒已白头,沧江波上狎轻鸥[6]。鸥情与老初无染[7],一叶轻躯总是愁[8]。

【注释】

〔1〕选自《清閟遗稿》卷八。

〔2〕奁:古代女子盛梳妆用品的镜匣。这里喻指湖水。

〔3〕何须更剪松江水：杜甫《戏题王宰画山水图歌》有“焉得并州快剪刀，剪取吴松半江水”句，这里化用之。

〔4〕空青：孔雀石的一种，可作中国画的颜料，翠绿色，多用于山水画中。

〔5〕姑苏城：今江苏苏州。

〔6〕沧江：江流，江水。以江水呈苍色，故称。狎：戏玩，游玩。

〔7〕鸥情：隐退的心情。

〔8〕一叶：一艘小舟。

【评析】

这是倪瓒创作的一组写景抒情的小诗，诗人在对石湖美景的描写摹画中，抒发自己的怀旧和感伤之情。第一首写石湖秋日景色，石湖本就山水映带，风景绝胜，到了秋日，烟雨空蒙，湖面就像是白玉铺平在地。这样的美景，不需裁剪，“我”的画笔就能将它绘制成山水墨图。第二首追叙往昔，前两句写眼前之景，后两句追忆往事。姑苏城外送别的长桥短桥，相互连缀，天色渐晚，迷离的雨中，江水涨潮。此地此景，诗人想起曾在这里饮酒作乐，醉卧江边，看月吹箫。第三首感怀如今，紧承上首的“醉”，写醒后，感叹自己年老白发，与江上的白鸥嬉戏游玩，生起退隐闲居的心情，载着一叶扁舟而去，愁绪却挥之不去。这三首绝句各写一景，各述一事，情感以“乐—忆—愁”层层递进，脉络连贯。

杨 基

杨基(1326—1378),字孟载,号梅庵,晚号海雪居士,祖籍四川嘉州(今四川乐山),先祖宦游吴中,遂家苏州。元末,曾入张士诚幕府,为丞相府记室,未几辞去。明初,起为荥阳知县,累官至山西按察使,后被谗夺职,罚服劳役,卒于工所。与高启、张羽、徐贲并称为明初“吴中四杰”。有《梅庵集》。事迹见《明史·杨基传》。

寓江宁村居病起写怀〔1〕

其一

落梅风急晚萧萧,病起愁惊雪尽消。卮酒不添前日量〔2〕,带围初减旧时腰〔3〕。高楼锦瑟花连屋,深巷珠帘柳映桥。准拟青鞋踏春草,看他翡翠戏兰苕〔4〕。

其十

门外春泥一尺深,窗间云气十分阴。寒毡溜雨衾如铁〔5〕,湿灶凝烟火似金〔6〕。酒解驱愁时强饮,诗多感旧懒长吟。贫家不愿千金粟〔7〕,但得阳乌照晚林〔8〕。

【注释】

〔1〕选自《梅庵集》卷八。江宁:南京的旧称之一,取“江外无事,宁静于此”之意。病起:病愈。

〔2〕卮酒:一杯酒。

〔3〕带围:腰围。

〔4〕翡翠戏兰苕：郭璞《游仙诗》："翡翠戏兰苕，容色更相鲜。"这里是形容美好的春色。翡翠，一种鸟的名字，其毛色十分艳丽。雄鸟谓之"翡"，雌鸟谓之"翠"。兰苕，兰秀、兰花，花色也十分鲜艳。

〔5〕寒毡：很轻薄而不能御寒的毯子。出自《新唐书·文艺中·郑虔传》，形容寒士清苦的生活。衾如铁：被子像铁一般坚硬冰冷。衾，被子。杜甫《茅屋为秋风所破歌》中有"布衾多年冷似铁"句。

〔6〕湿灶凝烟火似金：这句是说，灶台由于太过潮湿，生出的火呈金色，凝结成浓烟。

〔7〕千金粟：这里指贵重的东西。

〔8〕阳乌：指太阳。传说日中有三足乌，故名。

【评析】

洪武四年(1371)，杨基再遭贬黜，闲居江宁句曲，其时他大病初愈，创作了这样一组诗，共有十首，这里选取其一和其十。

其一首联写冬日屋外的景象，朔风急吹，花梅簌簌而落；自己病体初愈，窗外白雪尽消。次联述病后的身体状况，酒量既比不上以前，腰围亦消减几分，塑造出一个憔悴清瘦的诗人形象。颈联描写春日胜景，高楼上花团锦簇，锦瑟声扬；深巷中珠帘相错，柳色映水，春意盎然。萌发的生机引出尾联，诗人准备穿草鞋踏青草，极力欣赏春日艳丽的美景。全诗用语清新，作者情感由愁到旷，有抑扬顿挫之致。

其十首联写室外的景象，阴雨黄昏，地上的春泥有一尺来深，气氛的冷清萧索映照出诗人内心的落寞孤寂。次联写室内的光景，叙写诗人清苦的生活：春雨绵长，屋内潮湿，本该御寒保暖的毡子和布被坚硬似铁，毫无效用；冷湿的灶台生出的火，凝结成金色的烟雾。颈联叙己身，天气寒冷，取暖的方式都不灵验，只好饮酒驱寒，借酒消愁；愁绪满腔而懒成诗篇，可见诗人愁闷之深。直到尾联，律诗的转合才束在一起，有了前面较大篇幅的铺垫，出之于心的感慨才更加动人。"贫家不愿千金粟，但得阳乌照晚林"是这首诗的结束，也是整组诗的收束，诗人不愿追求不属于自己的浮名虚利，只想阳光普照，安度岁月。

杨基的诗以清新俊美见长，但此组诗沉郁顿挫，颇有杜甫感慨身世的意味，从中可以看见杨基诗歌创作的另一个侧面。

姚广孝

姚广孝(1335—1418),初名天禧,法名道衍,字斯道,号独庵,苏州府长洲(今江苏苏州)人。明初政治家、僧人、文学家。姚广孝本是医家子,落发为僧,学习阴阳术数之学,洪武十五年(1382)被选为燕王朱棣侍从,后成为"靖难之役"的主要策划者。成祖即位后,上朝时着官服,退朝后则换回僧衣,被称为"黑衣宰相"。一手规划北京城的布局,参修《太祖实录》《永乐大典》等。有《逃虚子诗集》。事迹见《明史·姚广孝传》。

淮安览古〔1〕

襟吴带楚客多游〔2〕,壮丽东南第一州。屏列江山随地转〔3〕,练铺淮水际天浮〔4〕。城头鼓动惊乌鹊,坝口帆开起白鸥〔5〕。胯下英雄今不见〔6〕,淡烟斜日使人愁。

【注释】

〔1〕选自《逃虚子诗集》卷八。

〔2〕襟吴带楚:这里是说淮安地处要冲,犹如吴地的衣襟、楚地的腰带。"襟吴带楚"此后成为一个成语,意谓处在吴文化和楚文化的交界处,泛指南北风格交融。

〔3〕屏列江山:岸边的山峦像屏风一样排列,包围着淮安古城。

〔4〕练铺淮水:淮河的水流如白练一般铺展,同天相连。

〔5〕坝口:在楚州城(即今江苏淮安)北,因黄河在此决口,故称坝口,旧有仁、义、礼、智、信五坝。

〔6〕胯下英雄:指西汉的韩信。《史记·淮阴侯列传》载:"淮阴屠中少年有侮信者,曰:'若虽长大,好带刀剑,中情怯耳。'众辱之曰:'信能死,刺我;不能死,出

我裤下。’于是信孰视之,俯出裤下,蒲伏。一市人皆笑信,以为怯。”韩信曾在淮安受胯下之辱,后成为汉代的开国名将。

【评析】

这是姚广孝游经淮安时创作的一首怀古七律。首联就以宏阔的视野,概述了淮安的要冲地位和壮丽景象。白居易有“淮水东南第一州”(《赠楚州郭使君》)的诗句,姚广孝代以“壮丽”二字,即景抒情,以虚写实。颔、颈两联展开描写淮安的地理环境和自然风景,层叠的山峦围住楚州城,宽阔的淮水如白练般铺展开来,仿佛要流到天边去。城墙上的鼓声,惊起鸟雀;坝口处展帆,飞动白鸥。这两联动静结合,视角多样,从多个层面展现了淮安城的山水形胜。尾联由地及人,进入“览古”主题。西汉的淮阴侯韩信,少年时曾在这里受胯下之辱,世事无常于此可见,表达了诗人对英雄韩信的钦佩、仰慕、缅怀之情。末句以景结情,绾合自然美景和历史风云的双重感慨,留下意犹未尽的缕缕愁绪。

徐　贲

徐贲（1335—1379），字幼文，号北郭生，其先蜀人，徙居长洲（今江苏苏州），遂为吴人。居苏州城北望齐门外，自号北郭生。曾为张士诚僚属，后与好友张羽隐居吴兴，洪武七年（1374）被荐入朝，九年奉使晋冀，授给事中，官至河南左布政使，终因犒师不周处死。徐贲能诗善画，与高启、杨基、张羽合称“吴中四杰”。有《北郭集》。事迹见《明史·徐贲传》。

雨后慰池上芙蓉〔1〕

池上新晴偶独过，芙蓉寂寞照寒波〔2〕。相看莫厌秋情薄〔3〕，若在春风怨更多。

【注释】

〔1〕选自《北郭集》卷九。芙蓉：宋叶梦得《石林燕语》载：“芙蓉有二种，出于水者谓之草芙蓉，出于陆者谓之木芙蓉。”这首诗应当写的是草芙蓉，即水中的荷花。

〔2〕寒波：秋天已经变得寒冷的水波。

〔3〕秋情薄：秋天的萧瑟肃杀之气，形容秋天的无情。

【评析】

这是徐贲创作的一首七言绝句，描写晚夏初秋的池塘荷花。第一、二句交代背景，叙写情景：一场秋雨过后，天气放晴，诗人偶然路过荷花池，只见芙蓉凋零衰败尤多。第三、四句议论说理，诗人用“厌”“怨”两字，将寂寞独照的荷花拟人化，并劝慰她：请不要怨恨秋日萧瑟，无情地摧折你的枝叶；

若是在姹紫嫣红的春光里,百花斗艳,能够欣赏你的又有几人呢?言外之意,即便秋日寒冷,花朵憔悴干枯,但芙蓉已经有过“接天莲叶无穷碧,映日荷花别样红”的美丽时刻了,而春天却不是独属荷花的季节。“相看莫厌秋情薄,若在春风怨更多”两句和唐代诗人高蟾《下第后上永崇高侍郎》中的“芙蓉生在秋江上,不向东风怨未开”同一题旨,都是借错过时令表达某种情感。前者清怨,后者豁达。

咏物诗多是诗人自己内心的投射。徐贲因见芙蓉衰败而心生怜爱,又因怜爱而替她忧愁,又由忧愁而劝解安慰,诗人与荷花对话,实际上是同自己的心灵对话;劝慰芙蓉,实际上是在慰藉自己。短短二十八字,情绪波折起伏,蕴藉丰富,余味无穷。全诗深于比兴,别有新意,通过描写一种自然现象,说明人生哲理,寄托自己的某种心绪,情致摇曳。

高 启

高启(1336—1374),字季迪,号槎轩,元末隐居吴淞青丘,自号青丘子,长洲(今江苏苏州)人。与刘基、宋濂并称“明初诗文三大家”,又与杨基、张羽、徐贲合称“吴中四杰”,以比拟“初唐四杰”。曾居张士诚幕,明洪武二年(1369),应诏与修《元史》,力辞不受。洪武七年,遭连坐腰斩,年三十九。有《高太史大全集》。事迹见《明史·高启传》。

青丘子歌〔1〕

江上有青丘,予徙家其南,因自号青丘子。闲居无事,终日苦吟,间作《青丘子歌》言其意,以解诗淫之嘲〔2〕。

青丘子,臞而清〔3〕,本是五云阁下之仙卿〔4〕,何年降谪在世间,向人不道姓与名。蹑屩厌远游〔5〕,荷锄懒躬耕。有剑任羞涩〔6〕,有书任纵横。不肯折腰为五斗米〔7〕,不肯掉舌下七十城〔8〕。但好觅诗句,自吟自酬赓〔9〕。田间曳杖复带索〔10〕,傍人不识笑且轻,谓是鲁迂儒、楚狂生〔11〕。青丘子闻之不介意,吟声出吻不绝咿咿鸣。朝吟忘其饥,暮吟散不平。当其苦吟时,兀兀如被酲〔12〕。头发不暇栉〔13〕,家事不及营。儿啼不知怜,客至不果迎。不忧回也空〔14〕,不慕猗氏盈〔15〕。不惭被宽褐〔16〕,不羡垂华缨〔17〕。不问龙虎苦战斗〔18〕,不管乌兔忙奔倾〔19〕。向水际独坐,林中独行。斫元气,搜元精〔20〕,造化万物难隐情。冥茫八极游心兵〔21〕,坐令无象作有声〔22〕。微如破悬虱〔23〕,壮若屠长鲸。清同吸沆瀣〔24〕,险比排峥嵘〔25〕。霭霭晴云披,轧轧冻草萌〔26〕。高攀天根探月窟〔27〕,犀照牛渚万怪呈〔28〕。妙意俄同鬼神会,佳景每与江山争。星虹助光气,烟露滋华英。听音谐《韶》乐〔29〕，咀味得大羹〔30〕。世间无物为我娱，自出金石相轰铿。江边茅屋风雨晴，闭门睡足诗初成。叩壶自高歌，不顾俗耳惊。欲呼君山老父携诸仙所弄之长笛，和我此歌吹月明〔31〕。但愁欻忽波浪起〔32〕，鸟兽骇叫山摇崩。天帝闻之怒，下遣白鹤迎。不容在世作狡狯，复结飞佩还瑶京〔33〕。

【注释】

〔1〕选自《高太史大全集》卷一一。

〔2〕诗淫：沉溺于作诗。淫，过度。

〔3〕臞（qú）而清：清瘦貌。臞，瘦。

〔4〕五云阁：仙人所居高阁，有五色祥云缭绕。

〔5〕蹑屩（juē）：意为穿着草鞋行走，这里谓远行。屩，草编的鞋子。

〔6〕羞涩：同“锈涩”，生锈。

〔7〕折腰为五斗米：指不愿为微薄的俸禄而趋奉官场。用东晋陶渊明事，《晋书·陶潜传》载，潜为彭泽令时，“郡遣督邮至县，吏白应束带见之，潜叹曰：‘吾不能为五斗米折腰，拳拳事乡里小人邪！’”

〔8〕掉舌：卖弄口才，摇唇鼓舌，指游说。《汉书·蒯通传》载，蒯通曾对韩信说：“郦生一士，伏轼掉三寸舌，下齐七十余城。”

〔9〕酬赓：以诗词酬唱应和。

〔10〕田间曳杖复带索：意思是说，诗人衣着素朴，拄着拐杖在田间行走。带索，以绳索为衣带，形容贫寒清苦。出自《列子·天瑞》：“孔子游于太山，见荣启期行乎郕之野，鹿裘带索，鼓琴而歌。”陶渊明《饮酒》组诗中有“九十行带索，饥寒况当年”句。

〔11〕鲁迂儒、楚狂生：鲁地迂腐的儒生，楚地佯狂避世的隐者。《汉书·叔孙通传》载，汉王并天下，叔孙通征鲁诸生三十余人制定朝仪，鲁有两生不肯行，曰：“礼乐所由起，百年积德而后可兴也。吾不忍为公所为。公所为不合古，吾不行。公往矣，毋污我！”通笑曰：“若真鄙儒，不知时变。”《论语·微子》：“楚狂接舆歌而过孔子，曰：‘凤兮凤兮，何德之衰！……’”

〔12〕兀兀如被酲（chéng）：昏昏沉沉如同醉酒。兀兀，昏沉貌。酲，醉酒。

〔13〕栉（zhì）：梳理。

〔14〕不忧回也空：不会因像颜回那样贫穷而忧愁。《论语·雍也》："子曰：'贤哉，回也！一箪食，一瓢饮，在陋巷，人不堪其忧，回也不改其乐。贤哉，回也！'"

〔15〕不慕猗氏盈：不羡慕猗顿那样的巨富。猗氏，猗顿。《史记·货殖列传》："猗顿用盬盐起。"裴骃集解：《孔丛子》曰："猗顿，鲁之穷士也。耕则常饥，桑则常寒。闻朱公富，往而问术焉。朱公告之曰：'子欲速富，当畜五牸。'于是乃适西河，大畜牛羊于猗氏之南，十年之间，其滋息不可计，赀拟王公，驰名天下。以兴富于猗氏，故曰猗顿。"

〔16〕宽褐：粗布衣服，古代卑贱之人所穿的衣服。

〔17〕华缨：彩色的冠缨，古代仕宦者的冠带。

〔18〕龙虎苦战斗：元末争夺天下的争斗。龙虎，喻指乱世英雄豪杰。

〔19〕乌兔忙奔倾：指日月。古代神话传说日中有乌，月中有兔。这里是说时光流逝。

〔20〕斫元气，搜元精：吸取天地间的精气。王充《论衡·超奇》："天禀元气，人受元精。"

〔21〕冥茫八极游心兵：谓神思驰骋于苍茫无际之间。冥茫、八极，均指极远无际。心兵，为文为诗的神思。心感物而动，如应外敌，故曰心兵。韩愈《秋怀诗》："诘屈避语阱，冥茫触心兵。"

〔22〕坐令无象作有声：使难以形容的情景有声有色。坐令，致使。

〔23〕微如破悬虱：击中空中悬挂的微如虱的东西。语本《列子·汤问》："昌以牦悬虱于牖，南面而望之。"比喻学艺精湛。

〔24〕沆（hàng）瀣（xiè）：夜间的水汽。屈原《远游》："餐六气而饮沆瀣兮，漱正阳而含朝霞。"

〔25〕峥嵘：高峻的山峰。

〔26〕轧（yà）轧：生机始发貌。

〔27〕高攀天根探月窟：谓神思骋游天界。天根，星名，即氐宿。月窟，传说中月的归宿处。

〔28〕犀照牛渚万怪呈：此句是说诗人神思清明，洞若观火。典出《晋书·温峤传》："至牛渚矶，水深不可测，世云其下多怪物，峤遂毁犀角而照之。须臾，见水族覆火，奇形异状，或乘马车着赤衣者。峤其夜梦人谓己曰：'与君幽明道别，何意相

照也？'意甚恶之。"犀照，燃烧犀牛角照明。牛渚，山名，在安徽当涂县西北，山脚突入长江部分为采石矶，也称牛矶。

〔29〕听音谐《韶》乐：诗歌的音韵犹如《韶》乐一样和谐优美。《韶》，相传为虞舜时的乐曲名。《论语·述而》："子在齐闻《韶》，三月不知肉味。"

〔30〕大羹：古代祭祀时所用的肉汁。

〔31〕"欲呼"二句：据《博异志》载，贾客吕乡筠善吹笛，月夜泊君山侧，命酒吹笛。忽有老父挐舟而来，袖出笛三管，其一大如合拱，次如常，其一绝小，如细笔管。乡筠请老父一吹，老父曰："大者合上天之乐，次合仙乐，小者老身与朋侪所乐者，庶类杂而听之，未知可终曲否？"言毕，抽笛吹三声，湖上风动，波涛沆瀁，鱼鳖跳喷。五声、六声，君山上鸟兽叫噪，月色昏暗。舟人大恐，老父遂止。引满数杯，棹舟而去，隐隐没于波间。诗即用此典。

〔32〕欻（xū）忽：忽然，迅速。

〔33〕"天帝"四句：言天帝听闻诗人写诗在人间引起了骚动，将会派白鹤迎接他到天上去。白鹤，传说中的仙鸟。狡狯（kuài），嬉戏，变化，狡诈。瑶京，玉京，传说中天帝所居之处，为神仙世界。

【评析】

这是高启所作的一首歌行体自传诗。关于此诗的创作年份，约有两说：一说作于元顺帝至正十八年（1358）或二十年（1360），一说作于明太祖洪武三年（1370）辞官归田之后。诗歌表达的是高启的高洁人格和隐逸理想。前五句说自己是从天上被贬谪到人间的仙人，"蹑屩"句到"自吟"句，粗略勾勒出青丘子的形象，他不爱远游，不事躬耕，不趋势力，不慕功名，只读书觅好句，自己同自己酬答唱和。"田间"句到"兀兀"句，写旁人眼中的自己和自己的反应，在旁人看来，青丘子寒酸癫狂，不可理喻；青丘子却不甚在意，作诗吟唱，自得其乐。"头发"句到"不管乌兔忙奔倾"句，书写青丘子的日常生活和心态，青丘子不修边幅，不理家事，不经营亲友关系，也不关心世俗的英雄角逐和时光流逝，不惭贫贱亦不羡富贵。塑造出一个随心所欲、恣意随性的谪仙形象。"向水际独坐"句到"咀味"句，叙写青丘子修炼身心的状态，这部分是高启对隐逸理想的展开和铺排，从天地间吸取元气，与自然混同一体，达到至高绝妙的精神境界。"世间无物"句至"鸟兽骇叫"句，回到青丘子嗜诗的性格特征，抒发自己不顾世俗眼光，引吭高歌，疏泄情绪的审美追求。最后四句照应开头“何年降谪在世间”句，表达了自己不愿与世俗同流合污的高洁品格。

全诗表现了作者不慕功名、鄙薄富贵的思想境界，以及如痴如醉作诗的不俗志趣。这首杂言歌行，长短错落，笔法疏宕，气势磅礴，神韵飞扬，深得李白诗中风韵。

登金陵雨花台望大江〔1〕

大江来从万山中，山势尽与江流东。钟山如龙独西上〔2〕，欲破巨浪乘长风。江山相雄不相让，形胜争夸天下壮。秦皇空此瘗黄金〔3〕，佳气葱葱至今王。我怀郁塞何由开，酒酣走上城南台〔4〕。坐觉苍茫万古意〔5〕，远自荒烟落日之中来。石头城下涛声怒，武骑千群谁敢渡。黄旗入洛竟何祥〔6〕，铁锁横江未为固〔7〕。前三国，后六朝，草生宫阙何萧萧。英雄乘时务割据，几度战血流寒潮。我生幸逢圣人起南国〔8〕，祸乱初平事休息〔9〕。从今四海永为家，不用长江限南北。

【注释】

〔1〕选自《高太史大全集》卷一一。雨花台：在南京中华门外，又称聚宝山。相传梁武帝时，云光法师在此讲经，落花如雨，故名雨花台。其最高处可远眺钟山，俯瞰长江和南京市区。

〔2〕钟山：紫金山，在南京东北，山势由东向西，蜿蜒如龙。

〔3〕秦皇空此瘗(yì)黄金：相传秦始皇曾在钟山埋下黄金、宝玉以镇压金陵的“王气”。空此，徒劳。

〔4〕城南台：指南京城南的雨花台。

〔5〕苍茫万古意：遥远迷茫的怀古之情。

〔6〕黄旗入洛：三国时，丹阳人刁玄谎称东南地区出现“黄旗紫盖”(指“王气”)，是预兆吴国的君主将统一天下的祥瑞。吴王孙皓信以为真，便带领母、妻及后宫千人北上欲去洛阳(当时西晋都城)称帝。途中遇大雪，士卒寒冻不堪，几乎

叛变,孙皓只得中途南回。后数年,吴被晋灭,孙皓被俘往洛阳。事见《三国志·吴书·孙皓传》注引《江表传》。

〔7〕铁锁横江:晋武帝太康元年(280),派王濬从益州领水军顺江东下伐吴,吴国在长江险要处用铁锁链横断江面,企图阻止晋军战船东下。王濬用木筏载大火炬烧断铁链,兵抵石头城下,终于灭吴。事见《晋书·王濬传》。

〔8〕圣人起南国:圣人指皇帝朱元璋。朱元璋从郭子兴起兵于南方的濠州(今安徽凤阳一带)。

〔9〕事休息:明初,实行与民休息、发展生产的政策。

【评析】

这首诗作于明洪武二年(1369),是时明朝初立,万象更新,高启正应召参修《元史》。诗人来到当时的京师金陵,登上城南的雨花台,远眺而有所思。全诗分为写景、怀古、议论三个部分,由实到虚,环环相扣,既层次分明,又一气贯注。诗的前八句写金陵的险峻地势和山水形胜,长江随山势奔腾而东,钟山向西龙盘虎踞,两者相互争雄;早在先秦时,就传说这里王气郁盛,至今仍然不衰。从"我怀郁塞何由开"至"几度战血流寒潮"句,诗人发思古之幽情,叙历代兴亡史事。尽管金陵占尽地利,亦难逃改朝更都的历史宿命;英雄豪杰在此争胜斗强,战争流血不断。最后四句,诗人笔锋一转,从历史的深沉反思中跳到对现实的赞美歌颂,洪武帝朱元璋由南入北,统一全国,与民休养生息,但愿从今往后再无割据,天险长江也不用限制南北往来。

全诗气势豪迈,意境雄阔,音节铿锵,同诗人的吊古之情相得益彰。其纵横随意、舒卷自如的诗风胎息青莲,而又能自出新意。既有豪放伟岸之气,又有沉郁顿挫之致,是高启歌行体名篇。

杨士奇

杨士奇(1365—1444),名寓,字士奇,以字行,一字侨仲,号东里,吉安府泰和县(今属江西)人。建文初,参修《太祖实录》,供馆职;永乐年间,进翰林学士;仁宗时擢礼部侍郎兼华盖殿大学士,进少傅,兼兵部尚书。士奇仕历五帝,官至首辅。与杨荣、杨溥合称“三杨”,世人以三人住宅所在,称杨士奇为“西杨”。“三杨”中,杨士奇的文学成就最高,是“台阁体”代表诗人。有《东里集》。事迹见《明史·杨士奇传》。

发淮安〔1〕

岸蓼疏红水荇青〔2〕,茨菰花白小如萍〔3〕。双鬟短袖惭人见,背立船头自采菱〔4〕。

【注释】

〔1〕选自《东里集·诗集》卷一。淮安:今属江苏。明朝时为南直隶淮安府治,地濒运河东岸,是江北水乡。

〔2〕蓼(liǎo):生长于水边或水中的草本植物,叶子互生,小花,呈淡红色或白色。水荇(xìng):多年生水草,浮在水面。

〔3〕茨菰(gū):一称“慈姑”。直立水生草本植物,产于中国南方。

〔4〕菱:菱角。生在水中的草本植物,一年而生,果壳坚硬,果实为弯牛角形,可食。

【评析】

杨士奇创作的这首七言绝句,可以说是淮北水乡的一幅小景图画。诗的前两句写景,诗人选取了“蓼”“水荇”“茨菰”等具有地方特色的水草作为诗材,间以“红”“青”“白”多种色彩皴染,宛然若画,着意突出了江北水乡的素雅清淡。诗的后两句由景及人,从静态描摹转换成动态叙述,水船上梳着双髻的少女,身着短袖,似乎怕被旁人看去,只好背对着人忙着采菱。“惭”“背立”“自”等词是诗人想象的少女的娇羞情态。人物的加入,使得画面灵动活泼,天趣盎然。

这首小诗叙述详略得当,动静相宜,从小的画面和生活场景中展现了淮安水乡的宁静悠闲,清新可喜,颇见情韵,很能代表杨士奇的诗风。

李东阳

李东阳(1447—1516),字宾之,号西涯,其祖先湖广茶陵(今属湖南株洲)人,明初,以行伍出身的家族戍守燕山,后家于顺天府(今北京)。明英宗时举进士,授庶吉士,后以礼部左侍郎兼文渊阁大学士,直内阁,官至少师兼太子太师、吏部尚书、华盖殿大学士。李东阳以宰执身份领袖文坛,是"茶陵诗派"的盟主,下启李梦阳、何景明等前七子"诗必盛唐"的复古变革主张。有《怀麓堂集》。事迹见《明史·李东阳传》。

九日渡江〔1〕

秋风江口听鸣榔〔2〕,远客归心正渺茫。万里乾坤此江水,百年风日几重阳。烟中树色浮瓜步〔3〕,城上山形绕建康〔4〕。直过真州更东下〔5〕,夜深灯火宿维扬〔6〕。

【注释】

〔1〕选自《怀麓堂集·文后续稿》卷三。九日:指九月九日重阳节。

〔2〕鸣榔(láng):用木条敲打船舷发出的响声,用作开船的信号。

〔3〕瓜步:瓜步山,在今江苏南京六合东南二十里,南临长江,是军事要地。

〔4〕建康:今江苏南京。

〔5〕真州:今江苏仪征。

〔6〕维扬:今江苏扬州。

【评析】

明成化十六年(1480),李东阳任应天府(今江苏南京)考官,完成差事后,由南京渡江经扬州北上归京,适逢重阳,作此七言律诗感怀抒情。重阳既在深秋，又是家人团圆的日子，悲秋伤别的种种情愫自然涌上心头。首联交代时间、地点、人物：远别家乡的诗人，正在秋色中准备归乡，他站在江边渡口，听着一声声击打船舷的鸣响，这是开船启程的信号。颔联抒慨：滔滔滚滚的江水似乎包蕴着偌大的宇宙，而人生百年又有几个重阳能在家人身边呢？此联为名句，并举空间之大和时间之速，对仗工整熨帖，"此"这一虚字的运用，笔力雄健，把奔流不息的江水同生命的流逝结合起来，浑融圆转，意绪深沉。李东阳曾在《怀麓堂诗话》中说："诗用实字易，用虚字难。盛唐人善用虚，其开合呼唤，悠扬委曲，皆在于此。用之不善，则柔弱缓散，不复可振，亦当深戒。"颔联即是此条诗学理论的实践。诗的后两联叙写航船渡江的路线，以瓜步、建康、真州、维扬四个地名镶嵌入诗，节奏明快，爽朗流利，体现了诗人归心似箭的急切心情。全诗清丽流畅，辞情兼美，确为佳构。

唐　寅

唐寅(1470—1524),字伯虎,一字子畏,自号六如居士、桃花庵主等,南直隶苏州府吴县(今江苏苏州)人。明代著名画家、书法家、诗人。三十岁左右入京参加会试时,卷入科场舞弊案,遭罢黜为吏,绝意仕进,后在家乡苏州以卖文鬻画为生。绘画上与沈周、文徵明、仇英并称“明四家”,诗文与祝允明、文徵明、徐祯卿并称“吴中四才子”。有《六如居士集》等。事迹见《明史·唐寅传》。

桃花庵歌〔1〕

桃花坞里桃花庵,桃花庵里桃花仙。桃花仙人种桃树,又摘桃花换酒钱。酒醒只来花前坐,酒醉还来花下眠。半醒半醉日复日,花落花开年复年。但愿老死花酒间,不愿鞠躬车马前。车尘马足贵者趣,酒盏花枝贫贱缘。若将富贵比贫者,一在平地一在天。若将花酒比车马,他得驱驰我得闲。别人笑我忒风颠〔2〕,我笑他人看不穿。不见五陵豪杰墓〔3〕,无花无酒锄做田。

【注释】

〔1〕选自《唐伯虎集·外编》卷一。桃花庵:桃花坞位于苏州金阊门外,北宋章粢父子在此建成别墅,后经战火,废圮不堪。明弘治年间,唐寅受科场舞弊案牵连,遭罢黜为吏,归乡后夫妻离异、兄弟分家,遂谋求建桃花庵别业。筑成后,桃花庵由是成为唐寅饮酒作画、招待友朋的长居之所。

〔2〕风颠:一作“风骚”。

〔3〕五陵:指西汉五位皇帝的陵墓,即汉高帝长陵、惠帝安陵、景帝阳陵、武帝茂

陵、昭帝平陵，五座皇陵周围环绕着豪门贵族和外戚的陵墓。后用“五陵”指富家豪族。

【评析】

《桃花庵歌》是唐寅科举失利后，自白心迹的一首歌行体诗，也是唐寅最著名的一首诗。桃花庵是唐寅与家人失和、绝意仕进后的身心安放之所，诗题本身就带有自述的意味。

诗歌的前八句叙述自己的日常生活，说自己是隐居在桃花庵里的桃花仙人，年年种树摘桃换酒，日日看花醉眠。接下来的八句直接表明自己的价值取向，自己不愿向豪门贵族卑躬屈膝，只想以桃花、美酒为伴；虽然前者能带来富贵，后者是贫者的常态。这部分以车马和花酒对比，代指两种不同的生活方式，车马是金钱、名利的象征，花和酒则是闲适、自在的审美取向，在极强的艺术张力下，凸显出诗人藐视尘俗、洒脱风流的不羁形象。最后四句议论抒怀，由世人的眼光看来，以花、酒为友朋，半醉半醒地度过一生，是极其荒唐的选择；但在桃花庵这个精神家园里，桃花仙早已看穿了富贵功名终成尘土的真相，而当下的自得自乐才是能够把握住的。值得一提的是全诗反复出现的“桃花”和“酒”意象，古往今来的文人多将竹、菊、兰、松等象征高洁坚贞的植物作为自己题咏自寓的对象；唐寅却把灿若烟霞的桃花当成自己的人格象征，别出机杼，暗合了陶潜《桃花源记》中的避世隐者。醉酒时的放浪形骸与酒醒后的通脱豁达，在这里被唐寅中和了，他是“半醉半醒”的，既逃离世俗又不离人间，体现出明代重视现世快乐的思潮，又遥遥呼应了屈原的“众人皆醉我独醒”。

全诗语言浅近，层次清晰，音节流利，胸臆自然泻出，以俚俗言语抒心中不平之气，在当时是一种创格。明代王世贞称：“语肤而意隽，似怨似适，真令人情醉，而书笔亦自流畅可喜。”（《弇州山人题跋》）

徐祯卿

徐祯卿(1479—1511),字昌谷,南直隶苏州府吴县(今江苏苏州)人。弘治十八年(1505)进士,仅授大理寺左寺副,后被降为国子监博士,三十三岁因心肺病卒于京师。与唐寅、文徵明、祝允明并称"吴中四才子",最以诗歌闻名,是"前七子"复古派的重要成员。有《迪功集》《迪功外集》。事迹见《明史·徐祯卿传》。

送士选侍御〔1〕

壮士乐长征,门前边马鸣。春风三月柳,吹暗大同城〔2〕。芦沟桥下东流水〔3〕,故人一樽情未已。胡天飞尽陇头云〔4〕,唯见居庸暮山紫〔5〕。羡君鞍马速流星,予亦孤帆下洞庭〔6〕。塞北荆南心万里,佩刀长揖向都亭〔7〕。

【注释】

〔1〕选自《迪功集》卷三。士选侍御:徐祯卿的好友熊卓,字士选。明清的监察御史称为侍御。熊卓于弘治年间进士及第,为监察御史,屡疏陈时事。后被宦官刘瑾诬为奸党,由是致仕。

〔2〕大同城:今山西大同市。是明代的军事重镇,为九边之一。

〔3〕芦沟桥:亦作卢沟桥,在今北京西南,跨永定河(旧称芦沟河)上。

〔4〕陇头:陇山,在今陕西宝鸡陇县至甘肃平凉一带,为陕甘要隘。

〔5〕居庸:居庸山,又名军都山,因上有居庸关而得名。在今北京昌平西北。

〔6〕洞庭:洞庭湖,在今湖南北部,长江南岸。

〔7〕都亭:都邑中的传舍、驿亭,供行人休息,古人送别亦多在此处。

【评析】

这是一首以送别为主题的七言古诗,诗人在京城西南的芦沟桥上为友人饯行,他将要前往塞北边关。首四句写友人熊卓,牵马门前,跃跃欲试,以长征远行为乐事,刚毅果敢的性格跃然纸上。他即将奔赴的大同城,此时或许正杨柳依依,这是诗人的遥想之词,“柳”谐音“留”,暗含诗人的不舍。接下来的四句叙写诗人的惜别之情,向东不断的流水就像“我”对你的情谊,饯别的酒喝了又喝,送行的话说不够。等你走后,“我”极目远望塞北的云,居庸山挡住了“我”的视线,只能看到一片暮霭。陶渊明有《停云》诗,写思友意,这里的“陇头云”可谓化而用之。最后四句绾合两人:你一路北上,立马飒沓;“我”孤帆南下,畅游洞庭。咱们两个背向而行,相隔万里,不尽的惜别之意藏在长久的作揖中。

全诗疏朗开阔,没有通常送别诗的凄楚悲戚,这一方面是为贴合送别之人的性格,另一方面也与徐祯卿着意摹唐有关。以全篇的地名入诗为例,清人宋长白在《柳亭诗话》中说道:“金观察尝云:‘唐人诗中,用地理者多气象。’余谓明人深得此法……于风云气象中,具磊落英多之致。”全诗连用大同、芦沟、陇头、居庸、洞庭、荆南等多个地名,错落有致,不嫌堆垛,为全篇增添了宏阔气象。

杨　慎

杨慎(1488—1559),字用修,号升庵,成都府新都(今属四川)人。明武宗朝内阁首辅杨廷和之子。正德六年(1511)状元,授翰林院修撰。嘉靖三年(1524)卷入"大礼议"事件,触怒世宗,被杖责罢官,谪戍云南永昌卫。在滇南时,曾率家奴助平寻甸安铨、武定凤朝文叛乱。此后往返云南、四川间。嘉靖三十八年,在戍所逝世。明熹宗时追谥"文宪"。后人辑有《升庵集》。事迹见《明史·杨慎传》。

无　题〔1〕

丁丑岁同何仲默、张愈光、陶良伯作,追录于此。

石头城畔莫愁家〔2〕,十五纤腰学浣纱〔3〕。堂下石榴堪系马〔4〕,门前杨柳可藏鸦〔5〕。景阳妆罢金星出〔6〕,子夜歌残璧月斜〔7〕。肯信紫台玄朔夜〔8〕,玉颜珠泪泣琵琶〔9〕。

【注释】

〔1〕选自《升庵集》卷三〇。无题:一般诗歌有所寄托而不便说出,诗人就会冠以"无题"之名,其本意和主旨由读者去体味和理解。唐代诗人李商隐的无题诗歌尤多。

〔2〕石头城畔莫愁家:莫愁相传是战国末期楚国善歌舞的女子,家住郢州石城,即今湖北钟祥;一说是洛阳人。宋代周邦彦误以为"石城"为"石头城",在其乐府《西河·金陵怀古》中称莫愁是金陵人。杨慎取周邦彦说法,叙"石头城畔莫愁家",贴合下句"西施浣纱"的典故。

〔3〕浣纱:洗衣服,这里用的是"西施浣纱"的典故。越王勾践将本国美女西施献与吴王夫差,以图复国。后来西施就成为文学创作中亡国的代名词。

〔4〕系马:梁简文帝萧纲《乌栖曲》有"宜城酿酒今行熟,停鞍系马暂栖宿"的

句子,是写冶游之事,故“系马”一词有留宿倡家之意。

〔5〕藏鸦:梁简文帝萧纲《乌栖曲》其三写“青牛丹毂七香车,可怜今夜宿倡家。倡家高树乌欲栖,罗帷翠被任君低”。南朝乐府民歌有“暂出白门前,杨柳可藏乌”句。李白《杨叛儿》诗采此意写成“乌啼隐杨花,君醉留妾家”,表达更为直露。在这里,“藏鸦”二字含蓄地写出了冶游处所的旖旎风光。

〔6〕景阳妆:《南史·后妃上·武穆裴皇后传》载:“宫内深隐,不闻端门鼓漏声,置钟于景阳楼上,应五鼓及三鼓。宫人闻钟声,早起妆饰。”用以指宫女早起梳妆的场景。

〔7〕子夜歌:《子夜歌》是南朝吴声歌曲中的一支,属“清商曲辞”类,相传是名叫子夜的女子首创,吟唱爱情生活的悲欢。梁武帝萧衍也有《子夜歌》,描写女子样貌、情态艳丽妩媚。

〔8〕玄朔:极北之处。

〔9〕玉颜珠泪泣琵琶:此句用西汉乌孙公主和王昭君和亲的典故。《古今乐录》云:“初,武帝以江都王建女细君为公主,嫁乌孙王昆莫,令琵琶马上作乐,以慰其道路之思,送明君亦然也。”

【评析】

清末民初学者张采田说:“无题诗格,创自玉溪,且此体只能施之七律,方可婉转动情。”杨慎的这首《无题》,继承的正是李商隐有所寄托而不和盘托出的诗旨。从表面来看,这是一首描写男女恋情的旖旎艳丽之作,实质上,诗人是在讽喻时事。据注文“丁丑岁”可查,其时为正德十二年(1517),这年八月,明武帝朱厚照突然“急装微服,出幸昌平”,来到宣府,寻花问柳。晚明沈德符《万历野获编》载:“今宣府镇城,为武宗临幸地……至今二三妓家,尚朱其户,虽枢已脱,尚可辨认,盖微行所历也。”大明天子不顾朝政,随意出行,留宿娼家,做出如此龌龊腌臜之事,自然引得朝野纷纷议论。为尊者讳的传统,使得他们不敢直言,只能曲喻。如果说“系马”“藏鸦”的典故,多少有点隐晦难解,无法联系到当今帝王;那么“景阳妆”“紫台”等与宫廷密切相关的指称,就不是随意出之了。最后更是用乌孙公主和王昭君和亲的故事,直指皇帝昏庸无道带来的恶果。

全诗风格绮丽,婉转含蓄,既是讽谏效果的需要,也是杨慎工于词、用笔纤细功力的体现。

吴承恩

吴承恩(生卒年不详),字汝忠,号射阳山人,南直隶淮安府山阳(今江苏淮安)人。大约与前后七子同时。早年以文名,时人称"淮自张文潜以后,一人而已"。学界一般认为他是《西游记》的最后完成者。有《射阳先生存稿》四卷。事迹散见于地方志等。

对　月[1]

人言天上月,中有姮娥居[2]。孤栖谁与共?顾兔银蟾蜍[3]。冰轮不载土[4],桂树无根株。纷纷黄金粟[5],岁岁何由舒?一闭千万年,玉颜近何如?相违不咫尺,照我阑干隅。一杯劝尔酒,为我留须臾。

【注释】

〔1〕选自《明诗综》卷四八。

〔2〕姮(héng)娥:古代神话传说中的人物,因偷吃不死药飞升月宫。汉时为避文帝讳,改"姮"为"嫦"。商朝卦书《归藏》最早记载嫦娥的故事,全貌已不可见;西汉《淮南子·览冥训》中有"嫦娥奔月"的故事。

〔3〕蟾蜍:蛤蟆。

〔4〕冰轮:指月亮。

〔5〕黄金粟:指桂花。

【评析】

这是诗人中秋时节望月有感所作的一首五言古诗。前十句是诗人想象月宫情景:传说嫦娥偷吃了不死药,因而飞升月宫,只有白兔和蟾蜍与其作伴,显得异常孤寂和冷清。月亮中的桂树,是无土无根之木,黄金粟般的桂花又怎能盛开呢？“何由舒”既是在写桂花，又是在写嫦娥，她获得了永久的生命，却再也不能体味人间的离合悲欢、喜怒哀乐。不知过了千年万年，她的容颜和心境如何呢？诗人的这些悬想之词，瑰奇清丽，新奇深邈，通过写月宫中的嫦娥，表达中秋却不得团圆的传统主题，独出机杼。诗的最后四句落笔到自己，清冷的月光照在栏杆上，和独酌的诗人咫尺之距，他举杯邀请明月，共饮此杯，暂停脚步，愿这良夜朗月能多留片刻。

全诗吐语自然，不加雕饰，而层次井然，意绪百转。诗人将月中嫦娥同尘世的自己作了对比，表现了他享受当下、热爱现世的心态。

李攀龙

李攀龙(1514—1570),字于鳞,号沧溟,济南府历城(今山东济南)人。嘉靖年间进士,授刑部主事,迁郎中,官至河南按察使。与王世贞、谢榛、吴国伦、宗臣、徐中行、梁有誉并称为“后七子”,提倡复古主张,文主秦汉,诗规盛唐。有《沧溟集》。事迹见《明史·李攀龙传》。

送子相归广陵〔1〕

其六

广陵秋色雨中开,系马青枫江上台〔2〕。落日千帆低不度〔3〕,惊涛一片雪山来〔4〕。

【注释】

〔1〕选自《沧溟集》卷一二。子相:宗臣的字,与李攀龙同属提倡复古的“后七子”。宗臣(1525—1560),江苏兴化人,宋代抗金名将宗泽的后人。

〔2〕系马:拴马。青枫江:长满枫树的江边。暗用宋玉《招魂》“湛湛江水兮上有枫,目极千里兮伤春心”句。

〔3〕低不度:指降下船帆,不再渡江。

〔4〕惊涛一片雪山来:谓江面上高涨的浪涛有如雪山一般袭来。

【评析】

这是李攀龙送别友人宗臣归乡广陵,所作七言绝句组诗中的一首。李、宗二人同属复古诗派“后七子”之列,是同声相求的诗友。这首送别诗,无一字说“别”、说“愁”,四句二十八字均是写景,诗人将依依惜别之情、对友人归乡路途的关心,委婉道出,更见真挚。前两句想象宗臣即将归去的广陵,清秋细雨,妍丽妩媚;友人一路南下,间或歇脚在长满枫树的江边,这句暗用宋玉"湛湛江水兮上有枫,目极千里兮伤春心"句,写景疏朗淡雅,较少离别悲愁。后两句悬拟友人归途中可能遇到的阻碍:傍晚时分,帆船停渡,只能暂宿在清冷的江边;白日渡江,风大潮急,一波波浪头打来,好似雪山袭来。殷殷叮嘱暗寓其中。

全诗将留友、思友的离情别绪,融汇在短短的二十八字中,这种"不写之写",正是李攀龙学习盛唐诗歌蕴藉浑融的结果。

徐 渭

徐渭(1521—1593),字文长,号天池山人,绍兴府山阴(今浙江绍兴)人。曾参加乡试八次,都未能考中举人,长期在胡宗宪帐下做幕僚,为抗击倭寇出谋划策,屡建奇功。胡宗宪失势后,徐渭受其影响遭到迫害,自杀九次未果,终因误杀继妻被捕入狱七年。晚年穷困潦倒,以卖画鬻字为生。徐渭多才多艺,自称书一、诗二、文三、画四,亦是明杂剧的代表作家。其人个性狂狷,离经叛道,张扬着强烈的自由个性。有《徐文长集》等。事迹见《明史·徐渭传》。

恭谒孝陵正韵〔1〕

汉高仿佛皇祖,而以少文终其身,故五云然。是日陵监略陈先事。

二百年来一老生〔2〕,白头落魄到西京〔3〕。疲驴狭路愁官长,破帽青衫拜孝陵。亭长一杯终马上〔4〕,桥山万岁始龙迎〔5〕。当时事业难身遇,冯仗中官说与听〔6〕。

【注释】

〔1〕选自《青藤书屋文集》卷七。孝陵:明太祖朱元璋的陵墓,在南京中华门外钟山脚下。正韵:《洪武正韵》的简称,此诗用的是《洪武正韵》的平声庚。

〔2〕二百年:从孝陵建成到徐渭吊谒时,约有二百年。

〔3〕西京:指长安。东汉迁都洛阳,以故都长安为陪都,称西京。此处代指明朝故都南京,明太祖曾建都南京,成祖迁都北京,而以南京为陪都。

〔4〕亭长:指汉高祖刘邦,刘邦曾为泗水亭长。这里代指明太祖朱元璋。

〔5〕桥山:传说中葬黄帝处,在今陕西黄陵西北,山呈桥形,故名。龙迎:相传黄帝死后,有龙迎之上天。这句是以黄帝故事代指朱元璋之死。

〔6〕中官：太监。这里是说守孝陵的太监。

【评析】

这是徐渭出狱未久，游览南京，拜谒孝陵所作的一首七言律诗。与通常的凭吊感怀之作不同，诗人将自己的身世况味同明太祖的开国事业牵连起来，私人情感化的程度更深。诗的前四句自况，叙述自己恭谒孝陵经过的同时，托出怀才不遇、落魄潦倒的人生境况。徐渭一生屡试不第，以幕僚参与抗倭，后杀妻入狱，生活经历异常丰富。“白头”“疲驴”“破帽”“青衫”等词有关外貌的描写，刻画出一个功业无成、风尘仆仆的失意文人形象。后四句写明太祖故事，原注云“汉高仿佛皇祖”，汉高祖和明太祖均是平民出身，尔后开国创业，二人在打江山的过程中，未尝没有雄才难展、事业受阻的时刻。诗人听着陵监叙说的太祖故事，感慨万端，意绪纷繁。徐渭说太祖事业的辗转多舛，其实是投射进了自己的人生经历，给寻常的怀古悼今注入了哀伤己身的个人情感，显得感情沉郁。而把帝王事业与自己的不遇并提，又有自傲的意味。

全诗语言明快，意蕴丰富，感慨深沉，夹杂着自哀又自负的复杂心绪，不尽之意耐人寻味。

王世贞

王世贞(1526—1590),字元美,号凤洲,又号弇州山人,南直隶苏州府太仓(今属江苏)人。嘉靖二十六年(1547)进士,弱冠登朝,除刑部主事,万历年间累官至南京刑部尚书,卒赠太子少保。王世贞名列“后七子”,实则为一时之雄,他才学富赡,规模终大,是后七子理论之集大成者。有《弇州山人四部稿》。事迹见《明史·王世贞传》。

戚将军赠宝剑歌[1]

其一

暂脱将军铁裲裆[2],辘轳垂首匣无光[3]。十年侠血沾犹暖,不试燕然顶上霜[4]。

其四

毋嫌身价抵千金,一寸纯钩一寸心[5]。欲识命轻恩重处[6],灞陵风雨夜来深[7]。

其五

曾向沧流剸怒鲸[8],酒阑分手赠书生[9]。芙蓉涩尽鱼鳞老[10],总为人间事渐平。

【注释】

〔1〕选自《弇州山人四部稿》卷五〇。戚将军:戚继光(1528—1588),著名抗

倭将领。嘉靖三十一年(1552),王世贞的父亲王忬提督浙江军务时抵御倭寇,戚继光是王忬的参将。时王世贞任浙江参政。

〔2〕铁裲(liǎng)裆(dāng):铁制的马甲。前幅当胸,后幅当背,是打仗时的戎装。

〔3〕辘轳:剑名。因剑首以玉作辘轳形为饰,故名。

〔4〕燕然:本是山名,这里泛指边塞。

〔5〕纯钩:亦名纯钧,相传为春秋时人欧冶子所铸的宝剑。这里用来指戚将军赠送的宝剑。

〔6〕命轻恩重:意谓臣命轻微而皇恩深重。

〔7〕灞陵风雨夜来深:此句用西汉李广的典故。《史记·李将军列传》载,李广被罢职,闲居蓝田。有一次他打猎夜归,过灞陵亭,守卫的军官喝止盘问他。李广的随从答是"故李将军"。守卫官说:"今将军尚不得夜行,何乃故也!"遂令李广在灞陵亭过夜,天明才放行。这句是说戚继光军功赫赫却受到不公平的待遇。

〔8〕剸(tuán):割断,截断。

〔9〕酒阑:酒宴将要结束。

〔10〕芙蓉:《越绝书》载,纯钩剑"如芙蓉之始出",后来泛指纯钩剑。鱼鳞:剑上的鱼鳞花纹,这里代指宝剑。

【评析】

这组诗共有十首,是为酬谢戚继光赠剑而作的,诗的小序称:"一以遗余,许为十绝句以谢,挥笔便就,文不加点,酒间歌之,此剑当铿然和我矣。"小序还交代了此剑的来历:戚继光抗倭时,领军作战至闽海,得古铁锚,约重二百斤,纯绿莹澈。他亲自锻炼,制成剑三,以其一赠王世贞。这里选取其一、其四、其五三首。

其一写诗人比对宝剑的今昔状况。现今宝剑已由将军的铠甲上卸下,不再是守卫边塞的利器,它沉寂匣中,黯然无光,但仍依稀可见昔日杀敌的血迹。其四写诗人对赠剑情意的珍视,和对戚继光不受重视的同情。宝剑价值千金,本不应当接受,但想到戚继光的深厚情意,也就不嫌礼物过于贵重而收下了。看着宝剑,想到戚将军有功于朝却受到极不公平的对待,不禁扼腕叹息,暗讽朝廷不能识人善任。此诗以感激起兴,以感慨作结,命意悲壮深沉。其五叙写戚继光赠剑的过程,酒席将要散去之际,戚将军赠宝剑给“我”这个书生。看着花纹模糊的老钝宝剑,想着它是为和平无事而铸,如今战事停歇,它的使命业已完成。

这三首诗从不同的侧面表现了所赠之剑、赠予之人、赠剑过程等片段,主题突出,用典贴切,意蕴深沉。

高攀龙

高攀龙(1562—1626),初字云从,改字存之,号景逸,南直隶常州府无锡(今属江苏)人。万历十七年(1589)进士,遇父丧守孝三年,被任命为行人司行人,后上书参劾首辅,被贬为广东揭阳典史。其后居家讲学二十余年,与顾宪成兄弟修复东林书院,聚徒讲学,反对王学末流空疏之风,提倡笃实有用之学。高攀龙评议朝政,臧否人物,影响士林甚广,被看作"东林党"的领袖。天启元年(1621),重获起用,累官至刑部右侍郎、都察院左都御史等职,终遭魏忠贤构陷,不堪屈辱,投水自尽。有《高忠宪公诗集》。事迹见《明史·高攀龙传》。

枕　石〔1〕

心同流水净,身与白云轻。寂寂深山暮,微闻钟磬声〔2〕。

【注释】

〔1〕选自《高忠宪公诗集》。枕石:枕于石上,比喻隐居山林。

〔2〕钟磬:钟和磬。磬,一种佛教法器,是用以召集众僧,引起他们注意的鸣器,状如云板。

【评析】

这首诗应是诗人于山中静坐悟道时所作的一首五言绝句。诗的前两句写感受,沉寂在深山中,头枕凉石,"我"的心就像潺潺的流水一样干净,"我"的身体仿佛飘浮的白云一般轻快。后两句写情景,静坐半日,不觉已是日暮时分,耳边传来若有若无的钟磬清响。这种以动衬静的写法并不新鲜,王籍《入若耶溪》中的"蝉噪林逾静,鸟鸣山更幽"写得已经题无剩义了。不过高攀龙难得的是,他将己身置于山林变动的环境中,水在流,云在飘,磬在响,他全身心地感受大自然的一呼一吸,任由造化万物拂去尘埃、洗涤烦郁、涤荡心灵,很有禅宗六祖惠能所说的“本来无一物,何处惹尘埃”的禅悦境界。

钱谦益《列朝诗集小传》中说高攀龙雅好静坐,有吟风咏月之思。“习静”正是一项凝神静气、修炼身心的功夫。高攀龙把这项功夫自然吐出,写成诗篇,其高洁人格自在其中。这首五绝很能代表他的诗风。

钟　惺

钟惺(1574—1624),字伯敬,号退谷,又号止公居士、晚知居士,湖广竟陵(今湖北天门)人。万历三十八年(1610)进士,授行人,滞职八年。万历四十六年,改工部主事。泰昌元年(1620),任南京礼部仪制司主事、祠祭司郎中。天启元年(1621),升为福建提学佥事。后丁父忧归,卒于家。竟陵派代表诗人。有《隐秀轩集》。事迹见《明史·钟惺传》。

宿浦口周茂才池馆〔1〕

江边事事作山家,复有山斋著水涯〔2〕。一壑阴晴生草树,六时喧寂在莺花〔3〕。潮寻故步沙频失〔4〕,烟叠新痕岭若加。信宿也知酬对浅〔5〕,暂将心迹借幽遐〔6〕。

【注释】

〔1〕选自《隐秀轩集》卷一〇。

〔2〕山斋:山中居室。这里指周茂才池馆。

〔3〕六时:佛教用语,指一昼夜。佛教把一天分为六时:晨朝、日中、日没、初夜、中夜、后夜。

〔4〕故步:旧踪,原路,写潮水循着自己的旧迹涌来。

〔5〕信宿:连宿两夜。

〔6〕幽遐:幽深遐远的景象。

【评析】

浦口,旧称浦子口,濒临长江,在今南京西北部,是南北津渡的要处。钟惺后半生有颇多时光寓居南京,他喜爱寻幽探胜,对南京各处风景名胜均有题咏,甚至有“五载白门客,归心渐不生”(《感旧诗》)的念头。这首诗是诗人在浦口周茂才家住宿时写的。首联点题,写江畔的周家池馆犹如山野人家,富有隐逸气息。中间两联写清寒静寂的池馆环境,诗人静观山川景物的奇妙变化,见草树莺花,虚实相生,潮水烟痕,仿若有灵,盎然生趣。颔联“生”“在”二字,下笔传神。颈联采用拟人手法,将山水写得富有感情。尾联写诗人惋惜这番“酬对”时间太短,但毕竟可以寄心于如此清幽的山川美景,也是值得庆幸的。诗人观物入微,诗歌笔致清秀,韵味淡远,体现了竟陵派冷隽清幽的美学追求。

钱谦益

钱谦益(1582—1664),字受之,号牧斋,晚号蒙叟、绛云老人,明末清初江南常熟鹿苑(今属江苏张家港)人。万历三十八年(1610)进士,授翰林院编修。天启年间,与东林党休戚与共,二起二落。崇祯元年(1628)七月入阙,任礼部右侍郎;十月会推阁臣,被温体仁排挤出局,革职还乡。明亡,任南明礼部尚书。顺治二年(1645)降清,授秘书院学士兼礼部右侍郎,充《明史》馆副总裁,旋称病辞归。晚筑绛云楼,以著述自娱。钱谦益学问渊博,为"虞山诗派"领袖,与吴伟业、龚鼎孳并称"江左三大家"。有《初学集》《有学集》《投笔集》等,编选《列朝诗集》。事迹见《明史·钱谦益传》。

后秋兴〔1〕

其十三

海角崖山一线斜〔2〕,从今也不属中华。更无鱼腹捐躯地〔3〕,况有龙涎泛海槎〔4〕。望断关河非汉帜〔5〕,吹残日月是胡笳〔6〕。嫦娥老大无栖处,独倚银轮哭桂花。〔7〕

【注释】

〔1〕选自《投笔集》卷下。

〔2〕崖山:也称崖门山,在广东江门新会南。宋祥兴二年(1279),宋军败,陆秀夫背负小皇帝赵昺于此投海自尽。这里用南宋事隐射南明之亡。

〔3〕鱼腹捐躯地:典出《楚辞·渔父》,屈原不愿自己的清白之身蒙受世俗污染,"宁赴湘流,葬于江鱼之腹中"。此反用其意,指清人已统治全国,忠臣志士失去了

最后一块殉国之地。

〔4〕龙涎(xián)：一种名贵香料。汪大渊《岛夷志略·龙涎屿》："每值天清气和，风作浪涌，群龙游戏，出没海滨，时吐涎沫于其屿之上，故以得名。"

〔5〕汉帜：用《史记·淮阴侯列传》韩信"驰入赵壁，皆拔赵旗，立汉赤帜二千"典，代指明军的旗帜。

〔6〕吹残日月是胡笳：指明朝被清朝所灭。日月，两字相合即为"明"。胡笳，清军的象征。

〔7〕"嫦娥"二句：化用罗隐《咏月》"嫦娥老大应惆怅，倚泣苍苍桂一轮"句，表示自己对桂王被害、复兴无望的悲痛。作者自比嫦娥，因年逾八旬，故称"嫦娥老大"。桂花，月中桂树，此暗指桂王，即南明永历帝朱由榔。

【评析】

钱谦益步和杜甫《秋兴八首》韵作《后秋兴》，共十三叠一百零四首，记录南明永历政权斗争乃至覆亡的史实，结构庞大、韵律严密，堪称文学史上的巨制。这首诗位于第十三组，题下自注："自壬寅七月至癸卯五月，讹言繁兴，鼠忧泣血，感恸而作，犹冀其言之或诬也。"也就是说，从顺治十八年(1661)七月桂王被吴三桂杀害起，到康熙二年(1663)五月，诗人在家乡听闻种种传言，不由得忧思泣血，陷入绝望。这首诗主要描写江山易主、故国沦亡的景象，南明王朝最后的反抗力量已经覆灭，望尽天涯，到处是清军的旗帜，年老体衰的诗人走投无路，字里行间弥漫着愤怒悲怆、哀痛欲绝的感伤。诗歌融入经史典故，情感哀婉凄恻，寄托遥深。钱曾说："直可追踪少陵，而伤时滋甚。"(《有学集诗注》)

金陵杂题绝句二十五首〔1〕

其一

淡粉轻烟佳丽名〔2〕，开天营建记都城〔3〕。而今也入烟花录〔4〕，灯火樊楼似汴京〔5〕。

其七

顿老琵琶旧典刑[6]，檀槽生涩响丁零[7]。南巡法曲谁人问[8]，头白周郎掩泪听[9]。

【注释】

〔1〕选自《有学集》卷八。

〔2〕淡粉轻烟：明初皇帝建十六楼，其中有楼名淡粉、轻烟，诸楼皆有官妓。周晖《金陵琐事》："太祖造十六楼，待四方之商贾士大夫，用官伎无禁。"

〔3〕开天：创始。

〔4〕烟花录：《南部烟花录》，又称《大业拾遗记》《隋遗录》，记载隋炀帝游幸扬州时的宫中秘事。

〔5〕樊楼：北宋开封最繁华的酒楼。本是商贾卖白矾的地方，因名白矾楼。一说楼主姓樊，故称樊楼。刘子翚《汴京纪事》："忆得少年多乐事，夜深灯火上樊楼。"

〔6〕顿老：明末南京教坊的乐师顿仁，擅长琵琶。旧典刑：旧有的典范。白居易《听都子歌》："更听唱到嫦娥字，犹有樊家旧典刑。"

〔7〕檀槽：用檀木制成的琵琶等弦乐器上架弦的格子，此处指琵琶。丁零：拟琵琶声，且双关"伶仃"，表示漂泊、孤苦。

〔8〕南巡法曲：指明武宗南巡江南时遗留的宫廷曲调。

〔9〕周郎：用《三国志·吴书·周瑜传》中周瑜善"顾曲"的典故，借指周锡圭。作者自注：绍兴周锡圭，字禹锡，好听南院顿老琵琶，常对人曰："此威武南巡所遗法曲也。"

【评析】

这组诗原题为"金陵杂题绝句二十五首继乙未春留题之作"，陈寅恪指出"乙未"当为"丙申"。金陵，即南京。顺治十四年(1657)冬，钱谦益在南京为复明运动奔走，为接应郑成功做准备。陈寅恪《柳如是别传》认为，钱谦益在南京"流连文酒，咏怀风月，不过一种烟幕耳"。与金陵组诗常见的咏史怀古主题不同，钱谦益追忆前朝的秦淮风月，是为感叹故人飘零，寄寓故国沦丧的惨淡情怀。第一首感慨明朝初年营造金陵十六楼的胜景，今日已成遗事,秦淮河边妓馆酒楼灯火通明、通宵达旦,如同北宋汴京的樊楼。樊楼已是南宋人追忆盛宋的对象,诗人也从秦淮韵事中追怀故国的影像。第二首写明亡后,琵琶乐师顿仁沦落,虽然技艺高超,精通前朝遗留的宫廷曲调,但是无人欣赏,只有头白的周郎掩泪而听。两诗借人事殊异、繁华消歇,婉转倾吐亡国遗民的幽隐心曲,语极平易而韵味深沉。

冯　班

冯班(1602—1671),字定远,号钝吟,或称钝吟居士、钝吟老人,江南常熟(今属江苏)人。与兄长冯舒齐名,号称“海虞二冯”。明季诸生,举业连蹇,师从钱谦益,为“虞山诗派”后期核心人物。有《钝吟集》等,张鸿辑有《常熟二冯先生集》。事迹见《清史稿·冯班传》。

有　赠〔1〕

隔岸吹唇日沸天〔2〕,羽书惟道欲投鞭〔3〕。八公山色还苍翠〔4〕,虚对围棋忆谢玄〔5〕。

【注释】

〔1〕选自《冯定远集·钝吟集》卷上。

〔2〕吹唇:吹口哨。《南齐书·魏虏传》:“吹唇沸地。”

〔3〕羽书:羽檄,征调军队的紧急文书。投鞭:扔掉马鞭,用苻坚事,表示志在必得。《晋书·苻坚载记》:前秦苻坚将攻晋,石越认为晋有长江天险,不可攻战。苻坚称:“以吾之众旅,投鞭于江,足断其流。”

〔4〕八公山:在今安徽寿县北。《晋书·苻坚载记》:“坚与苻融登城而望王师,见部阵齐整,将士精锐,又北望八公山上草木,皆类人形,顾谓融曰:‘此亦勍敌也,何谓少乎!’”秦军败逃时十分仓皇,将八公山上的草木误认为追兵。

〔5〕虚对围棋忆谢玄:《晋书·谢安列传》:“(谢)玄等既破坚,有驿书至,安方对客围棋,看书既竟,便摄放床上,了无喜色,棋如故。客问之,徐答云:‘小儿辈遂已破贼。’”

【评析】

此诗大概作于顺治二年(1645)清军攻破扬州、南京前。诗歌借古喻今,表面写的是淝水之战,实则“马、阮、四镇事尽在其中”(吴乔《围炉诗话》)。前两句以古事写今景。当年淝水之战,苻坚率前秦大军陈兵淮上,哨声震天,气焰猖狂,报急文书中传来苻坚人多势众的消息,形势险峻。这一历史,与清军兵临长江的现况何其相似。接下来由古事转入今情,当日东晋有谢安、谢玄这样的将领克敌制胜,苻坚在八公山惊恐到“草木皆兵”的程度,如今八公山色苍翠如旧,只是南明朝廷马士英、阮大铖当权,大兴党祸,江北四镇跋扈自雄,文恬武嬉,兴复无望,诗人空对棋盘感怀。诗人借淝水之战暗讽南明朝廷,用事比兴,含蓄蕴藉,颇有李商隐的风致,曹弘评价道:“如书家之敛笔藏锋,歌者之潜气内转,最为含蓄有味。”(《画月录》)

张　溥

张溥(1602—1641),初字乾度,后字天如,号西铭,江南太仓(今属江苏)人。自幼嗜学,读书有"七录七焚"的佳话,故名其书斋为"七录斋"。天启初,与同乡张采齐名,并称"娄东二张"。崇祯二年(1629),举行尹山大会,把各地文社统合为复社,主张尊经复古,改良政治。四年春中进士,选庶吉士。在翰林院备受排挤,于五年冬乞假还乡,不复出仕。归乡后,依然积极组织社集,评议时政,影响遍及南北各省,颇受当权者忌恨。十四年五月病逝,或疑中毒死。有《七录斋集》,编有《汉魏六朝百三家集》。事迹见《明史·张溥传》。

惜　行〔1〕

花开莺去日,石烂水清时。不惮山川阻〔2〕,空劳风雨随。车中呼小字〔3〕,桑下问柔荑〔4〕。一别无杨柳〔5〕,临流应赋诗〔6〕。

【注释】

〔1〕选自《七录斋集·诗稿》卷二。

〔2〕不惮:不害怕,不恐惧。

〔3〕小字:小名,乳名。

〔4〕问柔荑:赠送白茅表示爱意。问,赠送。《诗经·郑风·女曰鸡鸣》:"杂佩以问之。"柔荑,细嫩的白茅草根,一说指女子白嫩的手。

〔5〕杨柳:古人有折柳送别的习俗。

〔6〕临流应赋诗:语出陶渊明《归去来兮辞》:"临清流而赋诗。"

【评析】

“惜行”，即临别时难舍难分。张溥效仿汉魏乐府，以女性口吻写出男女恋情的惜别、相思场景，感情唯美。《惜行》原有三首，这是第二首。首两句抓住特定的自然景物，兴起离别气氛。春天本该是莺啼花开的美好季节，可惜黄莺离去，空留春花烂漫。秋日水枯，水面下落，水底的石头显露出来。同时，又隐含“水清石自见”之意。三、四句，写出有情人不怕有高山恶水阻碍，希望能够一路相随的炽热爱意。五、六句，诗人构筑“车中”“桑下”依依惜别的场景：坐在车中，亲昵呼唤情人的小名；站在桑树下，赠送表达爱意的嫩茅，写出恋人欲别又不忍的戏剧情态。最后说，分别的时候没有杨柳可折，只能对着流水赋诗，留下无限怅惘。全诗不甚雕琢，而含蓄蕴藉。笔致质而不俚，腴而不艳，有古诗遗意。

陈子龙

陈子龙（1608—1647），字卧子，号大樽，又号轶符、於陵孟公，松江府华亭县（今上海松江）人。崇祯初参加复社，又与杜麟征、夏允彝、周立勋、徐孚远、彭宾结“几社”，有“几社六子”之称。崇祯十年（1637）进士，选绍兴府推官，升兵科给事中。南明福王时，上防守要策，不纳，辞职还乡。南京沦亡后，在松江起兵抗清，失败后又联络太湖义军抗清。顺治四年（1647）在苏州被捕，投水而死。陈子龙为“云间派”领袖，论诗主张继承“七子”复古传统，宗法汉魏盛唐。有《安雅堂稿》《湘真阁稿》《白云草》等，后人编为《陈忠裕公全集》。事迹见《明史·陈子龙传》。

去岁孟秋十三夜，予从京师归，遇天如于鹿城，谈至四鼓而别，孰知遂成永诀也。今秋是夜泊舟禾郡，月明如昨，不胜怆然〔1〕

其一

日暮维舟枫树林〔2〕，玉峰峰外漏沉沉〔3〕。那堪独对当时月，泪落吴江秋水深〔4〕。

其二

去年相见语情亲，今岁相思隔世尘〔5〕。闻道月轮回地底〔6〕，可能还照去年人。

【注释】

〔1〕选自《陈忠裕公全集》卷一九。

〔2〕维舟：系船停泊。枫树林：典出《楚辞·招魂》："湛湛江水兮上有枫，目极千里兮伤春心，魂兮归来哀江南。"有招魂、怀念故友之意。

〔3〕玉峰：在今江苏昆山。

〔4〕吴江：吴淞江，源出太湖，流经苏州，上海嘉定、青浦等地，会合黄浦江流入东海。"泪落吴江"，化用唐诗"枫落吴江冷"。

〔5〕世尘：指尘世、人世。

〔6〕月轮：指圆月，月圆如车轮，故称。

【评析】

崇祯十三年(1640)七月十三日夜，陈子龙从京城南返，经过鹿城(今江苏昆山)时，遇到张溥。据《陈子龙自撰年谱》记载，在这一夜，他们主要商议解救因弹劾权臣而被捕的黄道周，听到张溥打算倾尽身家救人，陈子龙颇为佩服。两人一直谈到四更天，随后告别，只是没想到，黄道周还没有出狱，张溥已经溘然病逝。崇祯十四年七月十三日夜，陈子龙泊船嘉兴府，见明月如昔，不胜悲怆，赋诗追悼。第一首写夜泊嘉兴，"枫树林""玉峰"等景物却宛然鹿城，诗人不堪忍受独对明月的凄凉，泪落吴江。今朝情与当时月的交叠，强化物是人非之感。第二首写去岁倾心夜谈，今日已是天人永隔，听闻月亮会回到地下，盼望月光能照见那黄泉下的故人魂魄。诗人以今昔对比的景况，写出对亡友的思念，情思悱恻，语言真挚隽永。

金圣叹

金圣叹(1608—1661),原名采,改庠姓张,名人瑞,自号圣叹,别号唱经子,又号大易学人、涅槃学人等,江南长洲(今江苏苏州)人。明季诸生,少有才名,为人狂放不羁,游戏科场。入清后,专心著述。顺治十八年(1661),因"哭庙"案被押送到南京处死。擅长衡文评书,曾拟逐一评点"六才子书"(《庄子》、《离骚》、《史记》、杜诗、《水浒传》、《西厢记》),仅完成《水浒传》《西厢记》两部。金圣叹著述甚丰,多属未竣稿,或只存片段,或全佚,今人辑有《金圣叹全集》。

绝命词[1]

鼠肝虫臂久萧疏[2],只惜胸前几本书[3]。虽喜唐诗略分解[4],《庄》《骚》马杜待何如[5]?

【注释】

〔1〕选自《沉吟楼诗选》。

〔2〕鼠肝虫臂:比喻微末卑贱之物。典出《庄子·大宗师》:"伟哉造化,又将奚以汝为?将奚以汝适?以汝为鼠肝乎?以汝为虫臂乎?"

〔3〕几本书:末句所说的"《庄》《骚》马杜"。

〔4〕唐诗略分解:金圣叹提出四句一解的观念,将唐人律诗分成前后解,并略作评点。

〔5〕《庄》《骚》马杜:金圣叹临终前《杜诗解》尚未竣稿,《庄子》《离骚》《史记》三部书的评点还没有动笔。

【评析】

顺治十八年(1661)二月,顺治帝的哀诏传到苏州,金圣叹与当地秀才借哭丧之机,群聚文庙,为民请命,抗诉吴县知县任维初催征钱粮、用酷刑害民。巡抚朱国治借此兴大狱,金圣叹等人被判斩首。临刑前,金圣叹作绝命诗三首,此为第一首。在生命的最后时刻,金圣叹心心念念未竟的名山事业,向人"托书"。他对评点全情投入,曾经说过:"弟于世间,不惟不贪嗜欲,亦更不贪名誉。胸前一寸之心眷眷,惟是古人几本残书,自来辱在泥途者,却不自揣力弱,必欲与之昭雪。只此一事,是弟全件,其余弟皆不惜。"(《鱼庭闻贯·与任升之炅》)评点著述是其一生心血和性命所系,所以诗人认为肉身如"鼠肝虫臂",无足轻重,只可惜尚未竣稿的几部"才子书",终究不能面世了。诗歌直抒胸臆,流露出诗人对事业未竟的深沉惋惜。

临别又口号遍谢弥天大人谬知我者〔1〕

东西南北海天疏,万里来寻圣叹书〔2〕。圣叹只留书种在〔3〕,累君青眼看何如〔4〕?

【注释】

〔1〕选自《沉吟楼诗选》。

〔2〕圣叹书:指金圣叹评点的著作。

〔3〕书种:读书种子,这里指金圣叹的儿子金雍。

〔4〕青眼:黑色的眼珠在眼眶中间,青眼看人表示对人的喜爱、赏识。与"白眼"相对。传说阮籍能为青白眼。

【评析】

这首诗也是金圣叹罹难前所作。金圣叹才情禀赋极高,所评点的《水浒传》《西厢记》风靡海内。在临刑之前,他最惦记的是自己尚未完成的几部书稿与书种金雍。他感谢那些不远万里来寻书的人,并向普天下赏识他的大德之人(即"弥天大人")托孤。金雍是他所寄望的衣钵传人。在《与儿子雍》诗中有自注:“吾儿雍,不惟世间真正读书种子,亦是世间本色学道人也。”他称儿子金雍为读书种子、学道之人,认可儿子的学问才识,希望儿子能够延续自己未竟的志业。现在,他将儿子向天下“知我者”相托,希望诸君能够照看一二,拳拳父心,心酸凄楚。只是金雍因金圣叹之狱被流放远戍宁古塔(一说是辽东),终未能完成他的遗愿。诗人在生命终结时发自肺腑的殷切嘱托,情真意切,读之令人惋叹怜惜。

吴伟业

吴伟业(1609—1672),字骏公,号梅村,又号鹿樵生,江南太仓(今属江苏)人。复社张溥弟子。崇祯四年(1631)进士,授翰林院编修,充实录纂修官。崇祯十二年,出为南京国子监司业,次年升中允、转谕德,未赴任。南明福王时,任少詹事,不到数月辞去。清顺治十一年(1654),被迫出仕,授秘书院侍讲,转国子监祭酒。十三年,丁忧归乡。临殁,遗言殓以僧装,题墓曰"诗人吴梅村之墓"。吴伟业为娄东诗派领袖,擅长七言歌行,号"梅村体"。有《梅村家藏稿》,编《太仓十子诗选》。事迹见《清史稿·吴伟业传》。

圆圆曲〔1〕

鼎湖当日弃人间〔2〕,破敌收京下玉关〔3〕。恸哭六军俱缟素〔4〕,冲冠一怒为红颜〔5〕。红颜流落非吾恋,逆贼天亡自荒宴。电扫黄巾定黑山〔5〕,哭罢君亲再相见。相见初经田窦家〔7〕,侯门歌舞出如花。许将戚里箜篌伎〔8〕,等取将军油壁车。家本姑苏浣花里〔9〕,圆圆小字娇罗绮。梦向夫差苑里游,宫娥拥入君王起。前身合是采莲人〔10〕,门前一片横塘水。横塘双桨去如飞,何处豪家强载归〔11〕?此际岂知非薄命,此时只有泪沾衣。薰天意气连宫掖,明眸皓齿无人惜。夺归永巷闭良家〔12〕,教就新声倾坐客。坐客飞觞红日暮,一曲哀弦向谁诉?白皙通侯最少年〔13〕,拣取花枝屡回顾。早携娇鸟出樊笼,待得银河几时渡?恨杀军书底死催,苦留后约将人误〔14〕。相约恩深相见难,一朝蚁贼满长安〔15〕。可怜思妇楼头柳〔16〕,认作天边粉絮看。遍索绿珠围内第,强呼绛树出雕栏〔17〕。

若非壮士全师胜，争得蛾眉匹马还。蛾眉马上传呼进，云鬟不整惊魂定。蜡炬迎来在战场[18]，啼妆满面残红印。专征箫鼓向秦川，金牛道上车千乘[19]。斜谷云深起画楼，散关月落开妆镜[20]。传来消息满江乡，乌桕红经十度霜。教曲妓师怜尚在，浣纱女伴忆同行[21]。旧巢共是衔泥燕，飞上枝头变凤凰。长向尊前悲老大，有人夫婿擅侯王。当时只受声名累，贵戚名豪竞延致。一斛明珠万斛愁[22]，关山漂泊腰肢细。错怨狂风飏落花，无边春色来天地[23]。尝闻倾国与倾城，翻使周郎受重名[24]。妻子岂应关大计，英雄无奈是多情。全家白骨成灰土[25]，一代红妆照汗青。君不见馆娃初起鸳鸯宿，越女如花看不足。香径尘生鸟自啼，屟廊人去苔空绿[26]。换羽移宫万里愁[27]，珠歌翠舞古梁州[28]。为君别唱吴宫曲，汉水东南日夜流[29]！

【注释】

〔1〕选自《梅村家藏稿·诗前集》卷三。

〔2〕鼎湖：古代传说黄帝乘龙飞升的地方，常用来比喻帝王之死。这里指明崇祯帝自缢于煤山。

〔3〕玉关：玉门关，在今甘肃敦煌西北，借指山海关。吴三桂引清兵入关，大破李自成，攻陷京城。

〔4〕缟(gǎo)素：白色丧服，指吴三桂率军为崇祯帝服丧。

〔5〕冲冠一怒为红颜：吴三桂降清，只是因为陈圆圆被李自成所俘。以下四句，模拟吴三桂的口吻，为降清辩解。

〔6〕电扫黄巾定黑山：迅速打败了李自成的军队。黄巾、黑山，东汉末年的黄巾军和黑山军，代指李自成部卒。

〔7〕田窦：西汉时的外戚田蚡、窦婴，借指崇祯帝的外戚田弘遇，一说是周奎。以下四句写吴、陈初见。

〔8〕许将戚里箜(kōng)篌(hóu)伎：田弘遇愿将歌伎陈圆圆送给吴三桂。戚里，贵戚住所。

〔9〕浣花里：唐朝名妓薛涛在成都居住的地方。以下追溯陈圆圆的身世。

〔10〕采莲人：指西施。圆圆原籍苏州，曾梦游夫差宫苑，所以说应是西施转生。

〔11〕豪家：外戚豪门。此句写圆圆被外戚以势强夺。

〔12〕永巷：宫中深巷。田贵妃受崇祯帝专宠，势焰熏天，圆圆入宫后不受宠爱，遂出为田家歌妓。

〔13〕通侯：古爵位名，这里指吴三桂。

〔14〕"恨杀"二句：谓吴三桂索得圆圆为妾后，就因军情紧急，奉诏出镇山海关，匆匆离去，空留下后会之约。

〔15〕蚁贼：对李自成部卒的蔑称。

〔16〕可怜思妇楼头柳：语出王昌龄《闺怨》："闺中少妇不知愁，春日凝妆上翠楼。忽见陌头杨柳色，悔教夫婿觅封侯。"暗示圆圆身有所属。

〔17〕"遍索"二句：写李自成部下在京城四处搜寻圆圆的情形。绿珠，西晋石崇爱妾。绛树，魏时著名舞女。

〔18〕蜡炬迎来：据《拾遗记》，魏文帝迎娶薛灵芸，在京师外数十里，高烧红烛，烛光相继不绝。《觚胜》记载，吴三桂追击李自成至山西，不知圆圆下落。其部将在京城搜访得圆圆，飞骑传送。吴三桂盛结五彩楼，列旌旗、箫鼓三十里，亲往迎接。

〔19〕"专征"二句：指吴三桂追剿起义军，从陕西到汉中。当时圆圆随行在旁。金牛道，即褒斜道，从陕西勉县入四川的古栈道。

〔20〕斜谷：在今陕西眉县西南。散关：在今陕西宝鸡西南。二者都是川陕间要道。

〔21〕浣纱女伴忆同行：语出王维《西施咏》："当时浣纱伴，莫得同车归。"西施入吴宫前，曾在若耶溪浣纱。以下转入教曲伎师和浣纱女伴的感慨。

〔22〕一斛明珠：用梅妃事。《梅妃传》记载，唐玄宗思念梅妃，适逢外国进贡珍珠，命封一斛给梅妃。此句借用此典，形容圆圆虽受宠爱，也饱受辗转飘零之苦。

〔23〕无边春色来天地：化用杜甫《登楼》"锦江春色来天地"句。

〔24〕周郎：三国时吴国名将周瑜，娶著名美人小乔为妻。借指吴三桂。

〔25〕全家白骨：吴三桂引清兵入关，李自成怒斩吴三桂父骧并其家三十余口。

〔26〕"香径"二句：香径生尘，屧廊长苔，借吴王夫差宠爱西施的故事，暗示吴三桂和圆圆的恩爱终成泡影。香径，即采香径，西施采摘香草的小径。响屧（xiè）廊，吴王为西施所建。二者都是吴宫遗迹。

〔27〕换羽移宫：指变换音调，比喻改朝换代。

〔28〕古梁州：唐教坊曲名，后作歌舞曲牌名。一说指汉中府（治所在今陕西南郑，古梁州所在地），顺治五年至八年吴三桂镇守汉中。

〔29〕汉水东南日夜流：汉水经汉中后，向东南流入长江。用李白《江上吟》“功名富贵若长在，汉水亦应西北流”句意，暗指吴三桂富贵荣华的虚幻。

【评析】

这首七言歌行以陈圆圆和吴三桂的离合情事为蓝本，是写明清易代的“诗史”。诗人对陈圆圆的悲剧命运寄予同情，又讽刺了吴三桂为一己之私叛明降清的罪行。诗歌的艺术构思极为精巧，打破传统的单线叙事，错综穿插情节，开头先说吴三桂引清兵入关，接着掉转笔锋，写吴、陈二人的初见。然后再次倒叙，从陈圆圆的身世、荣辱遭际，写到二人在战场上的离别与重逢。故事即将结束时，又用侧笔写曲院旧人的感慨以及陈圆圆自我的咏叹。整个叙述结构大开大合，而圆转自如。诗人颇重声情，用韵顺应叙事的节奏加以变化，显得流畅和谐；亦精于用典，以古喻今，注意议论褒贬。语言雅丽苍峭，情感凄怨沉郁，正如潘清所言：“梅村诸体，七古最佳，才力既大，书卷之富，又足供其驱使，如《圆圆》诸曲，真令读者醉心。”（《挹翠楼诗话》）

听女道士卞玉京弹琴歌〔1〕

驾鹅逢天风〔2〕，北向惊飞鸣。飞鸣入夜急，侧听弹琴声。借问弹者谁？云是当年卞玉京〔3〕。玉京与我南中遇，家近大功坊底路〔4〕。小院青楼大道边，对门却是中山住〔5〕。中山有女娇无双，清眸皓齿垂明珰。曾因内宴直歌舞，坐中瞥见涂鸦黄〔6〕。问年十六尚未嫁，知音识曲弹清商。归来女伴洗红妆，枉将绝技矜平康〔7〕。如此才足当侯王。万事仓皇在南渡〔8〕，大家几日能枝梧〔9〕。诏书忽下选蛾眉〔10〕，细马轻车不知数。中山好女光徘徊，一时粉黛无人顾。艳色知为天下传，高门愁被旁人妒。尽道当前黄屋尊〔11〕，谁知转盼红颜误。南内方看起桂宫〔12〕，北兵早报临瓜步〔13〕。闻道君王走玉骢〔14〕，犊车不用聘昭容。幸迟身入陈宫里[15],却早名填代籍中[16]。依稀记得祁与阮[17],同时亦中三宫选。可怜俱未识君王,军府抄名被驱遣[18]。漫咏临春琼树篇[19],玉颜零落委花钿。当时错怨韩擒虎[20],张孔承恩已十年。但教一日见天子,玉儿甘为东昏死[21]。羊车望幸阿谁知[22]?青冢凄凉竟如此[23]!我向花间拂素琴,一弹三叹为伤心。暗将别鹄离鸾引[24],写入悲风怨雨吟。昨夜城头吹筚篥[25],教坊也被传呼急。碧玉班中怕点留,乐营门外卢家泣。私更装束出江边,恰遇丹阳下渚船。翦就黄绝贪入道[26],携来绿绮诉婵娟。此地繇来盛歌舞,子弟三班十番鼓[27]。月明弦索更无声,山塘寂寞遭兵苦。十年同伴两三人,沙董朱颜尽黄土[28]。贵戚深闺陌上尘,吾辈漂零何足数!坐客闻言起叹嗟,江山萧瑟隐悲笳。莫将蔡女边头曲[29],落尽吴王苑里花。

【注释】

〔1〕选自《梅村家藏稿·诗前集》卷三。

〔2〕駕(jiā)鹅:鸿雁。

〔3〕卞玉京:明末秦淮名妓,曾欲嫁吴伟业而未果。余怀《板桥杂记》:“卞赛,一曰赛赛,后为女道士,自称玉京道人。知书,工小楷,善画兰、鼓琴。”

〔4〕大功坊:明初开国功臣徐达府第所在,在今南京。王府东花园后面是秦淮妓女所住的旧院。

〔5〕中山:徐达死后被封中山王。这里指其后裔。

〔6〕鸦黄:即额黄,古代女子涂饰面额的黄颜料。

〔7〕平康:指妓院。下文的“碧玉班”“乐营”也指妓院。

〔8〕南渡:王朝南迁,指南明弘光朝在南京建立。

〔9〕大家:旧时对帝王的称呼,这里指弘光帝。枝梧:一作“支吾”,勉强支撑。

〔10〕诏书忽下选蛾眉:据计六奇《明季南略》记载,弘光帝登位后不久,即派遣太监四出遴选淑女,闹得江南家户骚然。

〔11〕黄屋:古代帝王乘坐之车,以黄缯为车盖,代指帝王。

〔12〕桂宫:南朝陈后主为宠妃张丽华所建的宫殿,故址在今南京。这里借指弘

光帝妃嫔住的宫殿。

〔13〕瓜步：瓜步山，在今南京六合东南。

〔14〕走玉骢（cōng）：此句说清兵南渡，弘光帝抛下选女，仓皇出奔。玉骢，骏马名。

〔15〕陈宫：南朝陈后主的皇宫，借指南明皇宫。

〔16〕代籍：典出《史记·外戚世家》，原指汉吕太后赐代王宫人的名册，这里指弘光帝的选女名册。

〔17〕祁与阮：入选后妃的两个女子。“祁”指浙江山阴（今浙江绍兴）祁彪佳的族女，“阮”指安徽怀宁阮大铖的族女。

〔18〕军府抄名被驱遣：指选女们被清兵按照名册掳掠。

〔19〕临春琼树篇：指陈后主为张贵妃所制曲《玉树后庭花》《临春乐》。

〔20〕韩擒虎：隋朝大将，隋开皇九年（589）率兵攻入建康（今南京），活捉陈后主及宠妃张丽华、孔贵嫔等人。

〔21〕玉儿：南齐东昏侯宠妃潘淑妃的小字。萧衍起兵围建康，东昏侯被杀，潘淑妃自缢而死。以上四句用张贵妃、潘淑妃事，感慨中山女等选女未蒙恩宠就遭清兵掳掠的不幸命运。

〔22〕羊车望幸：晋武帝乘坐羊车巡幸，宫女往往在门前用盐水洒地，以吸引羊车过来。

〔23〕青冢：汉代王昭君墓，传说当地多白草而此冢独长青草。暗示选女们被清兵掳掠北上，客死他乡。

〔24〕别鹄离鸾：语本陶渊明《拟古》：“上弦惊别鹤，下弦操孤鸾。”写离别。

〔25〕筚（bì）篥（lì）：簧管乐器，此指清兵军乐。

〔26〕黄絁（shī）：道士穿的黄裳。以上写卞玉京变装出逃，经丹阳，下五湖，至苏州，后遁入道门做女道士。

〔27〕十番鼓：一种民间器乐合奏，因演奏时只用笛、管、箫、弦、提琴、云锣、汤锣、木鱼、檀板、大鼓十种乐器，故名。据《板桥杂记》，明万历时南京秦淮一带已有游客演奏十番鼓。

〔28〕沙董：指沙才、沙嫩姐妹和董年、董小宛，都是当时的名妓。

〔29〕蔡女边头曲：东汉蔡文姬被南匈奴掳掠，嫁左贤王，相传作有《胡笳十八拍》。

【评析】

顺治八年(1651)春,遭逢乱离后,吴梅村与秦淮名妓卞玉京重逢。玉京为诗人操琴,叙说别后遭遇。据吴梅村《过锦树林玉京道人墓》诗传:“(玉京)泫然曰:‘吾在秦淮,见中山故第有女绝世,名在南内选中。未入宫而乱作,军府以一鞭驱之去。吾侪沦落,分也,又复谁怨乎?’”诗歌据此写成。“弹琴”为贯穿全诗故事情节的线索,勾连众多红颜薄命人的命运。诗中通过贵戚闺秀与教坊妓女的遭遇,揭示弘光帝选妃与清兵掳掠的惨痛史事,反映南明王朝的荒淫、昏聩和清军的残暴罪行。诗人善于用韵,往往随着情节或情感的变化安排韵律,如靳荣藩《吴诗集览》说:“此诗胜处,在‘闻道君王’十六句,如急管繁弦,凄清入耳,又如惊风骤雨,震心荡魄。”诗歌风格绮丽,用典精微,情感凄切悲楚,浸透亡国破家的身世之感,虽不如《圆圆曲》有名,也堪称“梅村体”的代表作。

李　渔

李渔(1611—1680),字笠鸿,号笠翁,又号湖上笠翁、随庵主人,金华兰溪(今属浙江)人,自幼生长在雉皋(今江苏南通如皋)。十八岁补博士弟子员,后屡试不第。清兵南下,避居深山,返兰溪建伊山别业,归农学圃。顺治八年(1651)后,移居杭州,靠卖文为生,创作传奇《怜香伴》等,声名鹊起。康熙元年(1662),移家南京,命居所名为"芥子园",经营书铺,编刻图籍,又率家庭戏班游历四方,广交达官贵人、文坛名士。康熙十六年,返杭州以终老。李渔为清初戏曲名家、戏剧理论家,对于饮食、营造、园艺亦有研究。著有剧本《笠翁十种曲》,短篇小说集《无声戏》《十二楼》及杂著《笠翁一家言》等。事迹略见于钱谦益《李笠翁传奇序》、李桓《国朝耆献类征》卷四二六、王庭诏《李渔传》等。

断肠诗二十首哭亡姬乔氏〔1〕

其五

金屋何曾贮阿娇〔2〕,安心蓬户伴渔樵〔3〕。赠予宛转情千缕,偿汝零星泪一瓢。偕老愿终来世约〔4〕,独栖甘度可怜宵。休言再觅同心侣,岂复人间有二乔〔5〕。

【注释】

〔1〕选自《笠翁一家言·笠翁诗集》卷二。

〔2〕金屋何曾贮阿娇:一作"各事纷纷一笔销"。《汉武故事》记载,汉武帝幼时曾对姑母馆陶长公主说:"若得阿娇作妇,当作金屋贮之。"

〔3〕伴渔樵:与渔夫、樵夫相伴,或指打鱼、砍柴。此句是说,自己家室简陋,乔

女仍安心陪伴自己。

〔4〕偕老愿终来世约：据《乔复生王再来二姬合传》，乔复生临终前，曾焚香祝天，道："死无可憾，但惜未能偕老，愿以来生续之。"

〔5〕二乔：三国时东吴桥公有二女，大乔嫁孙策，小乔嫁周瑜，是为二乔。这里借用"二乔"之姓，关合亡姬的姓氏。

【评析】

乔氏，名复生，山西人，十三岁时跟随李渔，因富有艺术天分，成为李渔戏班的当家花旦。可惜天妒红颜，她十九岁时，便因产后失调而病故。李渔悲痛不已，作《断肠诗》悼亡。他在诗序中说道："天夭斯人，甚于亡我，肠非铁石，能无恙乎？人谓悼亡诗至二十律，无乃过繁？予犹苦其韵短情长，不足舒悲痛牢骚之万一也。"此诗是该组诗的第五首，诗歌大意是说乔氏体贴温柔，与诗人情好甚笃，在乔氏离世后，诗人万念俱灰，感慨世间再无如此才情过人的乔氏女。结句一语双关，汪山图评："二乔确妙，世或有其色，未必如其才与情也。"全诗写得痛切深挚，故宋荔裳称："读笠翁断肠诗，缠绵凄恻，使人泣下。乔姬固难再得，而花晨月夕，令二八女郎按拍而歌此辞，常闻环佩珊珊，招魂复起也。"

钱澄之

钱澄之(1612—1693),原名秉镫,后改名澄之,字饮光,号田间老人,明末清初江南桐城(今安徽铜陵枞阳)人。崇祯初年,与方以智、方文、孙临等结泽社、永社,研习经史。明亡,与钱棅起兵抗清,兵败后逃入闽中。永历三年(1649),授翰林院庶吉士,次年授编修。永历政权失势后,为避祸一度为僧。顺治八年(1651)冬,回归故里,隐居田间,著书讲《易》。康熙二十六年(1687),受徐乾学聘请修《明史》,在京一年,仍返故里。钱澄之博学多才,诗文尤负盛名,与顾炎武、吴嘉纪并称"江南三大遗民诗人"。有《田间诗集》等。事迹见《清史稿·钱澄之传》。

扬州访汪辰初〔1〕

其一

关桥乍泊旋相访〔2〕,问遍扬州识者疏。市井草深寻巷入〔3〕,江城花满闭门居〔4〕。僮惊客到饶蛮语〔5〕,箧付儿收只汉书〔6〕。我过七旬君逾八〔7〕,笑啼同是再生余。

其二

犹忆城隅访旧年〔8〕,孤踪早上汉阳船〔9〕。一家局促三间室,廿载崎岖万里天〔10〕。笔墨资生何处卖〔11〕,艰危纪事异时传〔12〕。白头相见留深坐,又损瓶中粜米钱〔13〕。

【注释】

〔1〕选自《田间诗集》卷二四。

〔2〕关桥：扬州水城门桥。

〔3〕市井草深寻巷入：写汪蛟居处偏僻，暗用《三辅决录》："张仲蔚，平陵人也，与同郡魏景卿俱隐身不仕，所居蓬蒿没人。"

〔4〕江城花满闭门居：化用王建《寄蜀中薛涛校书》"枇杷花下闭门居"句。

〔5〕蛮语：旧指南方方言。诗人曾长期生活在福建、两广，说话夹杂有南音。

〔6〕汉书：这里指汪蛟记载南明历史的《滇南日记》，兼借"汉"字隐喻南明汉族政权，赞美友人的气节。

〔7〕我过七旬君逾八：钱澄之《汪辰初文集序》云："今年三月，访君扬州，是时君年八十四，予亦七十三矣。凡别三十五年而再见，涕泗久之。"

〔8〕旧年：诗人上一次到扬州访汪蛟约在康熙十一年，恰逢汪蛟西游荆楚，两人没能见面。

〔9〕汉阳：明清府名，治所在汉阳县(今属湖北)。

〔10〕廿载崎岖万里天：汪蛟自顺治二年冬入闽，其后随着南明国君在桂、黔、滇等地奔走，经过二十余年才归来。"廿载""万里"是约数。

〔11〕笔墨资生：汪蛟侨居扬州后，凭借卖文维持生计。

〔12〕艰危纪事异时传：应上一首"汉书"句，指《滇南日记》所记南明史事将传于后世。《汪辰初文集序》："君为人忠厚，虚公所言足信，其著述皆必可传。"

〔13〕籴(dí)米：买粮食。

【评析】

汪蛟，字辰初，歙县人，明亡后在南明唐王、桂王朝做官，与钱澄之结识，后因兵乱失去联系。汪蛟乱定生还，侨寓扬州。大概在康熙二十三年(1684)，钱澄之前往扬州拜访汪蛟。这两首诗写诗人拜访的情景。第一首诗扣住"访"字，写访客情景，秩序井然。诗人刚下船就急着访友，却不知地址。原来汪蛟作为遗民，有意遁世。然后写抵门入室，仆人惊诧。两位经历沧桑巨变的老翁，劫后再逢，如同梦寐。第二首追忆上一次拜访汪蛟，未能见面，慨叹汪蛟二十多年为南明国事奔波辗转，归来以后，租赁的房屋逼仄，以卖文为生，依然坚持南明史事的著述。结句回到"访"字，老友尽管生活困顿，依然殷勤留客，情深义重。汪启东《山泾草堂诗话》评价道："第一首迤逦写来，收到相见，访字意已足。次首颇难着笔，若再铺叙见后情形，究属平衍。却从昔年说入，一结方到本题，空灵活泼。化堆垛为烟云，此法得自杜陵。"

顾炎武

顾炎武(1613—1682),谱名绛,字忠清;明亡后,更名炎武,字宁人,世称亭林先生,明末清初江南昆山(今属江苏)人。明季时,曾参加复社、惊隐诗社。清兵南下,在昆山参加抗清义军,失败后漫游南北,考察山川形势,访求风俗民情,一生不忘兴复。清廷举博学鸿儒、荐修《明史》,以死力辞。其学以“博学于文”“行己有耻”为旨,开清代朴学风气,与黄宗羲、王夫之并称“清初三大儒”。有《亭林文集》《天下郡国利病书》《日知录》等。事迹见《清史稿·顾炎武传》。

又酬傅处士次韵[1]

其二

愁听关塞遍吹笳[2],不见中原有战车。三户已亡熊绎国[3],一成犹启少康家[5]。苍龙日暮还行雨[6],老树春深更著花[7]。待得汉廷明诏近[8],五湖同觅钓鱼槎[9]。

【注释】

〔1〕选自《亭林文集·诗集》卷四。

〔2〕关塞:此处指太原。

〔3〕三户:语出《史记·项羽本纪》:“楚南公曰:‘楚虽三户,亡秦必楚也。’”此处指楚国屈、景、昭三大贵族。熊绎(yì)国:楚国。熊绎,周代楚国始封之祖。

〔5〕一成犹启少康家:原注:“楚辞《离骚》:及少康之未家兮。”一成,古谓方十里之地。启,开拓。少康,夏代中兴之主。夏后相失国,其子少康“有田一成,有众一旅”,恢复夏国。此句是说福王朱由崧入继大统,当如夏少康兴复故国。

〔6〕苍龙日暮还行雨：老龙虽已到日暮之境，犹有行雨之功。行雨，犹施雨、布雨，古代传说龙会兴云作雨。

〔7〕老树春深更著花：化用梅尧臣《东溪》“老树著花无丑枝”句，指老树到春日将尽时，犹能再生出花朵。著花，在花轴之上再生花。

〔8〕汉廷明诏：用严光与光武帝故事。严光，东汉隐士，少年时与光武帝同学。光武中兴，几次下诏延聘严光，但他并不受官，退隐于富春江。

〔9〕五湖：春秋时范蠡辅助越王勾践复兴后，功成身退，泛舟五湖。

【评析】

傅处士，即傅山，太原人，明亡后隐居不仕。康熙二年(1663)，年过半百的顾炎武游太原，与遗民傅山志同道合，相见恨晚。傅山赠诗《晤言宁人先生还村途中叹息有诗》，顾炎武和其韵酬答两诗，此为第二首。诗歌慨叹明朝败亡，然遗民抗清的志意依然未衰，仍有复国的期待和决心。诗中大量征引典故，如“楚虽三户，亡秦必楚”、少康复国的典故，表示明室倾覆，而恢复的希望尚未断绝；严光隐于渔钓、范蠡归隐五湖的典故，表明为复明事业履险蹈危，并非出自私心的心迹，都贴合情事。其中“苍龙日暮”“老树春深”一联，借物明志，表达了自己老而弥坚、有如金石的抗清决心，允为名句。全诗寓意深沉，古雅凝练，用典贴切，可谓“事必精当，词必古雅”(朱彝尊《静志居诗话》)。

京　口〔1〕

其一

异时京口国东门〔2〕，地接留都左辅尊〔3〕。囊括苏松储陆海，襟提闽浙壮屏藩〔4〕。漕穿水道秦隋迹〔5〕，垒压江干晋宋屯〔6〕。一上金山览形胜，南方亦是小中原〔7〕。

【注释】

〔1〕选自《亭林诗文集》卷一。

〔2〕异时京口国东门：明初国都在南京，京口在南京之东，犹如东门，故诗歌这样说。

〔3〕地接留都左辅尊：明成祖迁都北京后，原都南京仍设留守，故称留都。左辅即左冯翊，如果把南京比作长安京兆，京口在其左（东），就是南京的左冯翊。

〔4〕“囊括”二句：言京口、南京一带之富庶及地理之险要。苏松，指苏州府和松江府。明洪武中，南京就近取粮，每岁所征，苏、松二府占天下十分之一多。陆海，《汉书·东方朔传》颜师古注曰：“关中山川物产饶富，是以谓之陆海。”原意形容关中之富，这里是把南京比作关中。襟提闽浙，谓京口与闽、浙如襟带相连，是拱卫南京的地理屏障。

〔5〕漕穿水道：运河供漕运，故称漕河。春秋时，吴开邗沟，自扬州通江淮；隋炀帝又开江南河，自京口至余杭，于是长江水道南北贯通。

〔6〕垒压江干晋宋屯：此言京口临江，晋宋时为屯军之堡垒。

〔7〕南方亦是小中原：这是说京口乃形胜之地，自古赖之以辅翼南京，虽不比中原，亦得以建立基业。

【评析】

此诗作于南明永历二年（1648），即清顺治五年。全诗以京口为引，咏史怀古，借古寓今。通过对其地理、历史的描绘，寓含着诗人对国家沦亡的沉痛心情和对历史的深刻反思。诗人并未直接抒发沉痛的亡国之情，但透过字里行间，却仿佛可以感受到诗人发自灵魂的叩问：如此大好河山，何以沦入异族之手？正因如此，诗人在诗作中不止一次将明朝故都南京比作汉唐时期的关中、长安，其中蕴含着诗人对历史兴衰更替、天下今非昔比的无限感慨。通观此诗，看似无一字言情，实际上却是字字含情、句句饮恨，在其冷峻的外表下，是“叹息肠内热”。

龚鼎孳

龚鼎孳(1616—1673),字孝升,号芝麓,晚号定山,江南合肥(今属安徽)人。明崇祯七年(1634)进士,授蕲水县知县、兵科给事中。甲申年(1644),李自成入京师,仕为直指使。后又投降清廷,授吏科给事中,迁太常寺少卿。顺治十一年(1654),任户部左侍郎,迁左都御史。因屡疏为江南请命,接连降级。康熙二年(1663),起补左都御史,后历任刑、兵、礼三部尚书,仕途通达。虽身事三主,大节有亏,但赈恤孤寒,奖掖后进,为遗民傅山、陶汝鼐、阎尔梅开脱,仍受士林礼敬。龚鼎孳腹笥广博,诗文并工,为清初京师文坛的一代领袖。诗以婉丽为宗,为"江左三大家"之一。有《定山堂诗集》等,后人辑为《定山堂遗书》。事迹见《清史稿·龚鼎孳传》。

上巳将过金陵[1]

其二

倚槛春愁《玉树》飘[2],空江铁锁野烟销[3]。兴怀何限兰亭感[4],流水青山送六朝[5]。

【注释】

〔1〕选自《定山堂诗集》卷三九。

〔2〕倚槛:依靠着栏杆。《玉树》:南朝陈后主沉湎于声色,制《玉树后庭花》曲,词甚哀怨,中有"玉树后庭花,花开不复久"之句,后人视为亡国之音。

〔3〕空江铁锁:《晋书·王濬传》记载,晋朝大将王濬伐吴,率水师沿长江东下,吴国以铁链锁江。王濬用火炬烧断铁链,攻入石头城,吴亡。刘禹锡《西塞山怀古》:"王濬楼船下益州,金陵王气黯然收。千寻铁锁沉江底,一片降幡出石头。"

〔4〕兰亭：东晋永和九年(353)上巳日，王羲之和友人在兰亭集会，作《兰亭集序》。序云："向之所欣，俯仰之间，已为陈迹，犹不能不以之兴怀……后之视今，亦犹今之视昔，悲夫！"

〔5〕六朝：指建都在南京的孙吴、东晋、宋、齐、梁、陈。

【评析】

上巳日，农历三月三，是古人在水边祓禊、宴饮的节日。南京，是六朝旧都，亦是明初京城。顺治十四年(1657)，龚鼎孳从广东北返途中将过南京时，无限感怀，因作此诗。原题四首，此为其二。诗歌感慨六朝兴亡，亦暗含亡国之恨。前两句写金陵暮春的景象，连用两典，首句用陈后主《玉树后庭花》典，暗讽南明帝王荒淫误国；次句用晋代王濬伐吴的典故，借指清兵渡江，南明王朝覆灭。两则典故均牵涉亡国，诗人是颇有用意的。后两句便婉曲吐露诗人的情怀。他虽失节事清，然内心对故朝仍难以忘怀。此次过金陵，诗人怀有无限的复杂之意，仅吐露为"兰亭感"三字。结句更为含蓄，以青山绿水的永恒反衬历史的消逝，寓意深长。此诗情辞婉丽，含蓄典雅，尾句尤有神韵，王士禛赞赏云"才子语"(《池北偶谈》)。

吴嘉纪

吴嘉纪(1618—1684),字宾贤,号野人,泰州安丰场(今江苏东台安丰)人。祖父吴凤仪为泰州学派著名学者。吴嘉纪少时受业于祖父的弟子刘国柱,曾参加科举考试,获得州试第一。明清鼎革,他目睹了江淮生灵涂炭的惨况,遂绝意仕进,隐居泰州海滨,以苦吟为乐,布衣终身。生活贫困,书屋难蔽风雨,自题为"陋轩"。顺治十八年(1661),为周亮工、王士禛推崇而名声大噪,后长期奔波往来泰、扬两地,与江南诗友交游唱和。有《陋轩诗集》。事迹见《清史稿·吴嘉纪传》。

新　仆〔1〕

语少身初贱,魂伤家骤离。饥寒今已免,力役竟忘疲〔2〕。前辈亲难惬〔3〕,新名答尚疑。犹然是人子〔4〕,过小莫愁笞〔5〕!

【注释】

〔1〕选自《陋轩诗集》卷四。

〔2〕力役:卖力地干活。

〔3〕难惬(qiè):难以亲近、融洽。

〔4〕犹然是人子:萧统《陶渊明传》记载,陶渊明曾送给儿子一个仆人,并写信告诉他说:"汝旦夕之费,自给为难,今遣此力,助汝薪水之劳。此亦人子也,可善遇之。"诗人用此意。

〔5〕笞(chī):用鞭子、竹板抽打。

【评析】

古代一些衣食无着的人,无力养育儿女,只能让孩子卖身为仆。这首诗用白描手法刻画出一个新仆战战兢兢的情状。前六句说，小仆人骤然离家，来到新地方，心中不免有些恓惶，沉默寡言。虽然来到主人家，足以温饱，小仆又担心主人不满意，于是不知疲倦地干活。主人似乎可亲，小仆对主人家尚未熟悉，听到唤他的新名字时，应答有些迟疑。这六句每句都点到"新"字，把一个新仆紧张、拘谨的心态，表现得惟妙惟肖。最后一联讲，这个孩子是奴仆，也是父母疼爱的孩子，若是犯的错不太过分的话，希望不要轻易地鞭打责怪他。这一番话，用自陶渊明的"此亦人子也，可善遇之"，体现了诗人一腔宽厚仁爱之心。所以，沈德潜《国朝诗别裁集》评价这首诗："语语从新字起意，一结仁人之言，蔼然动听。"

柳如是

柳如是(1618—1664),本姓杨,名爱,后改姓柳,名隐,明末清初苏州吴江人,一说浙江嘉兴人。因读辛弃疾《贺新郎·甚矣吾衰矣》"我见青山多妩媚,料青山见我应如是"句,改号如是。吴江名妓,能诗文,善书画,多与名士交游唱酬。崇祯十四年(1641),与钱谦益结褵。入清后,曾奔走江湖,联络江南义士,暗中助力复明运动。钱谦益死后,因族人争产,自缢身亡。柳如是其人、其诗大有奇崛之气,梁乙真《清代妇女文学史》赞其"工诗能书,丰姿奕奕,格调高绝,尝漫游吴越间,词翰倾一时","虽无经文纬武之能,而襟怀傀俄,放诞风流,抑又巾帼之才俊也"。著有《戊寅草》《湖上草》等。今人辑有《河东君集》。事迹略见沈虬《河东君传》等。

春日我闻室作呈外〔1〕

裁红晕碧泪漫漫〔2〕,南国春来正薄寒。此去柳花如梦里,向来烟月是愁端〔3〕。画堂消息何人晓〔4〕,翠帐容颜独自看。珍重君家兰桂室〔5〕,东风取次一凭阑〔6〕。

【注释】

〔1〕选自《清诗汇》卷一八四。外:指钱谦益。

〔2〕裁红晕碧:形容春盘里蔬菜、果品等各色配料,常用作节令点缀。梁简文帝《春盘赋》:"晕碧裁红,巧助春情。"

〔3〕"此去"二句:以柳花、烟月暗喻自己的身世与心境。陈寅恪认为,今典出自陈子龙《满庭芳》"无过是,怨花伤柳,一样怕黄昏",宋让木《秋塘曲》"十二银屏坐玉人,常将烟月号平津"。柳如是与陈子龙有旧情,且曾为周道登妾,此句由我闻

室的新境，忆及昔日风月场旧事。

〔4〕画堂消息何人晓：用王昌典故。李商隐《代应》："本来银汉是红墙，隔得卢家白玉堂。谁与王昌报消息，尽知三十六鸳鸯。"柳如是初访半野堂，钱谦益有"但似王昌消息好，履箱擎了便相从"之句。此句柳如是回忆与钱谦益的初遇，怀疑钱谦益是否知悉自身苦情。

〔5〕兰桂室：华美的居室，即"我闻室"。

〔6〕取次：造次，随意。这句话是说，春日时可随意凭栏，但这是"君家"的，"我"是否可以成为这里的主人？

【评析】

崇祯十三年（1640）十一月，柳如是乘舟至常熟半野堂访钱谦益，十二月初，迁入钱谦益为其所筑的"我闻室"。二人尚未成婚，在诗酒唱和时，柳如是心中不免有犹疑之意。她作此诗，表达自己的惶恐不安，并委婉试探钱谦益的诚意。"裁红晕碧"点出春日节令，接以"泪漫漫"，转入身世飘零的感慨。"此去柳花如梦里，向来烟月是愁端"二句，尤感身世。往事如烟，情思恍惚，柳如是瞻前顾后，思虑重重，而眼下感念钱谦益相待的厚意，然不抱久居之意。钱谦益和诗题为《河东君春日诗有"梦里""愁端"之句，怜其作憔悴之语，聊广其意》，对柳氏的幽怨表示宽慰。这首诗写得委婉细腻、蕴藉绰约。陈寅恪《柳如是别传》称赞道："其辞藻之佳，结构之密，读者所尽见，不待赘论。至情感之丰富，思想之微婉，则不独为《东山酬和集》中之上乘，即明末文士之诗，亦罕有其比。"

施闰章

施闰章(1619—1683),字尚白,一字屺云,号愚山,晚年又号蠖斋、矩斋,江南宣城(今属安徽)人。顺治六年(1649)进士,先任刑部主事,后擢为山东学政,调任江西参议,分守湖西道。康熙初,以裁缺归里。康熙十八年(1679)举博学鸿词科,授翰林院侍讲,纂修《明史》。二十二年升为翰林院侍读,不久病逝于京城。施闰章家世业儒,通经学古,文章醇雅。诗与山东宋琬齐名,被誉为"南施北宋"。又与同乡高咏等创立"宣城体",风格清微淡远。有《学余集》等。事迹见《清史稿·施闰章传》。

燕子矶[1]

绝壁寒云外[2],孤亭落照间[3]。六朝流水急,终古白鸥闲。树暗江城雨[4],天青吴楚山[5]。矶头谁把钓,向夕未知还[6]。

【注释】

〔1〕选自《学余集·诗集》卷二四。

〔2〕绝壁:指燕子矶,位于南京市栖霞区直渎山上。因突出的石峰屹立江边,三面悬绝,宛如飞燕而得名。

〔3〕孤亭:指俯江亭,在燕子矶峰顶。

〔4〕江城:指南京。

〔5〕吴楚:泛指春秋吴楚的故地,今长江中下游一带。

〔6〕向夕:傍晚。

【评析】

施闰章的山水诗往往在疏朗朴秀的语言中蕴藏深邃的意蕴,这首五律也写得自然工隽、情韵俱到。开篇点题，坐落在江边的燕子矶凌空而起，峰顶之上，一座孤亭兀立在夕阳中，景象奇绝。接下来，诗人面对长江抒发感慨，金陵自古是帝王州，不知道有多少王朝如同江水一样匆匆逝去，而江上的白鸥始终悠闲自在。恒常与变迁，悲痛与悠闲，形成强烈的反差，寄寓了对明朝覆灭的哀悼。随后一联，再往远处眺望，城中树木在暮霭中变得有些幽暗，而吴楚一带群山的天空更加深净、幽蓝。结尾两句是全篇的“诗眼”，诗人将目光投注在一个独钓者身上——暮色已浓，那个枯坐在江边、迟迟不归的钓者，是什么样的人呢？作者留下悬念，从而给诗歌增添了涵泳不尽的韵味。

屈大均

屈大均(1630—1696),原名绍隆,字介子,一字翁山,号非池,广州番禺(今属广东)人。十八岁随业师陈邦彦从军抗清,失败后走肇庆,上书南明桂王陈中兴策。后遁入空门。顺治十八年(1661),复改儒服。曾北走关中、山西各地,结交顾炎武、朱彝尊、李因笃等遗民志士,以图兴复。康熙十二年(1673),三藩事起,参加吴三桂反清行动。不久,失望而归,遂潜心著作。屈大均著述宏富,多毁于雍正、乾隆朝,后人辑有《翁山诗外》《翁山文外》等。事迹见《清史稿·屈大均传》。

秣　陵〔1〕

牛首开天阙〔2〕,龙冈抱帝宫〔3〕。六朝春草里,万井落花中〔4〕。访旧乌衣少〔5〕,听歌《玉树》空〔6〕。如何亡国恨,尽在大江东〔7〕。

【注释】

〔1〕选自《翁山诗外》卷五。

〔2〕牛首:牛头山,位于南京市江宁区,山有两峰,东西并峙,如同牛首,故名。晋元帝渡江之初,想在建康(今南京)宣阳门外建立双阙。宰相王导不愿大兴土木,陪晋元帝出宣阳门时,南眺牛首山两峰,劝导说:“此天阙也,岂烦改作!”于是晋元帝取消建双阙的想法,后又称牛首山为“天阙山”。

〔3〕龙冈:指钟山。相传诸葛亮曾说:“钟山龙盘,石头虎踞,帝王之宅也。”明朝南京的故宫在钟山西南。

〔4〕万井:千家万户,形容都市人口稠密。

〔5〕乌衣:南京乌衣巷,东晋时王、谢等高门士族聚居于此。这里借指明末遗民。

〔6〕《玉树》：陈后主所作《玉树后庭花》，此指南明福王荒淫误国。

〔7〕大江东：长江之东，这里指南京。

【评析】

秣陵为南京古名，屈大均写作这首怀古诗，用以悼念南明王朝的灭亡。首联运用“地名对”，极写南京的形势，可谓“龙盘虎踞帝王州”。中间两联，诗境骤然跌落。诗人运用今昔对比，写尽亡国景象：六朝的繁华掩埋在萋萋春草之中，喧闹的市井景象随着暮春落花消逝。想要去乌衣巷拜访名门贵族，听一曲《玉树后庭花》，都不可得。这两联将历史意象与现实意境交融，看似在写六朝南京城的繁华和覆灭，实则暗指眼前的亡国遗恨。南明小朝廷也在南京建都，经过清兵的洗劫，已是一派凋残破败的景象。前朝的显贵现在也已不多，舞台歌榭更是人去楼空，透露出人事凋零的沉痛。在结尾时，诗人追溯历史，感慨为何在此地建都的王朝覆灭得如此之多，亡国之恨也绵绵不绝呢？这个慨叹，将全诗从亡国遗恨升华为理性的历史思索。

夏完淳

夏完淳(1631—1647),原名复,字存古,号小隐,又号灵首(一作灵胥),又号玉樊,松江府华亭县(今上海松江)人。早慧,九岁善辞赋、古文,有神童之名。十四岁追随父夏允彝、师陈子龙起兵抗清。事败以后,进入太湖吴昜军中做参谋。吴军溃败,流亡江汉,继续抗清。顺治四年(1647)夏,因上表谢鲁王遥授中书舍人,被捕下狱。解送南京后,不屈被杀,年仅十七。后人辑有《夏节愍集》。事迹散见于王鸿绪《明史稿·夏允彝传》等书。

宝带桥二首〔1〕

其一

宝带桥边泊〔2〕,狂歌问酒家。吴江天入水,震泽晚生霞〔3〕。细缆迎风急,轻帆带雨斜。苍茫不可接,何处拂灵槎〔4〕?

其二

连天芳草青,极浦独扬舲〔5〕。归雁舟前落〔6〕,愁人梦里听。花光明晓雾,波影乱春星。欲访灵威穴〔7〕,孤帆入洞庭〔8〕。

【注释】

〔1〕选自《夏节愍集》卷五。

〔2〕宝带桥:在苏州东南葑门外六里,是跨运河和澹台湖口的联拱石桥。相传唐刺史王仲舒捐宝带助资创建,因此得名。

〔3〕震泽:太湖的古称。

〔4〕灵槎：传说中能乘往天河的木筏。张华《博物志》："近世有人居海渚者，年年八月有浮槎去来，不失期。人有奇志，立飞阁于查(槎)上，多赍粮，乘槎而去。"

〔5〕扬舲(líng)：犹扬帆、开船。舲，有窗的小船。屈原《九歌·湘君》："望涔阳兮极浦，横大江兮扬灵。"

〔6〕归雁舟前落：化用薛道衡《人日思归》"人归落雁后，思发在花前"句。

〔7〕灵威穴：相传大禹治水，藏五符于包山(即今西洞庭山)林屋洞。春秋时吴王阖闾使灵威丈人入洞得素书。灵威穴即林屋洞，道教第九洞天。

〔8〕洞庭：太湖中的洞庭山。

【评析】

宝带桥为苏州名胜，也是航路通往运河和吴淞江的关口之一。这首诗大概创作于顺治三年(1646)。此前清兵一路南下，夏完淳怀抱舍身报国之志，追随父亲、师长，毅然参与抗清活动。可惜军事屡败，松江陷落，父亲也沉水殉国。少年志士为实现"缟素酬家国，戈船决死生"(《即事》)的志愿，继续投身太湖义军。他在经过宝带桥时，赋诗言志，将一腔忧思融入太湖的烟波浩渺中。第一首写停泊桥下，远眺天水相接、霞光映照的阔大景象，急风细雨催促着航行，然而前途茫茫，哪里有可驻留的地方呢？第二首刻画少年驾一叶孤舟进入洞庭湖的情景。其中"花光明晓雾，波影乱春星"二句，写出晨光照花、星光映水的光影变化，纤细灵动。尾联写他穿过宝带桥，去探访洞庭西山的神仙洞府，或许还隐射投往太湖义军的意涵。二诗思致清隽，写景清丽工细，颇有韵味。

王士禛

王士禛(1634—1711),字子真,一字贻上,号阮亭,又号渔洋山人,殁后避雍正讳改书"士祯",山东新城(今山东桓台)人。出身名门望族,与兄士禄、士祜并称"三王"。顺治十四年(1657)秋,在大明湖集会赋《秋柳》诗,轰动一时,和者数百。次年登进士第。顺治十七年授扬州府推官。康熙三年(1664)入为礼部主事,累官至刑部尚书。康熙时主盟诗坛,与朱彝尊并称"南朱北王"。早年诗作清丽淡远,中年转为苍劲。论诗倡导"神韵"说,宗王孟韦柳,以"清远"为尚。有《带经堂集》等。事迹见《清史稿·王士禛传》。

秦淮杂诗十四首〔1〕

其一

年来肠断秣陵舟〔2〕,梦绕秦淮水上楼〔3〕。十日雨丝风片里〔4〕,浓春烟景似残秋。

其十

傅寿清歌沙嫩箫〔5〕,红牙紫玉夜相邀〔6〕。而今明月空如水,不见青溪长板桥〔7〕。

【注释】

〔1〕选自《渔洋精华录》卷五。

〔2〕秣陵:古县名,秦朝改金陵为秣陵,晋朝又以建业为秣陵,即今南京市。

〔3〕秦淮水上楼:晚明的秦淮河房。

〔4〕雨丝风片：细风微雨。语本汤显祖《牡丹亭·惊梦》："雨丝风片，烟波画船。"

〔5〕傅寿清歌沙嫩箫：傅寿、沙嫩都是明末秦淮名妓。傅寿，字灵修，能清歌，喜登台演剧。沙嫩，名宛在，字嫩儿，自称桃叶女郎，善弈棋、吹箫、度曲。

〔6〕红牙：红色拍板，用来调节乐曲节拍。紫玉：指箫，多用紫竹制成。

〔7〕青溪：青溪发源于钟山西南，连绵十余里，曲折注入秦淮河，今已湮没。长板桥：在青溪上。清代余怀《板桥杂记》记载："长板桥在院墙外数十步，旷远芊绵，水烟凝碧。回光、鹫峰两寺夹之，中山东花园亘其前，秦淮朱雀桁绕其后。洵可娱目赏心，漱涤尘俗。"

【评析】

顺治十八年（1661）春，王士禛因公务赴南京，住在靠近秦淮邀笛步（东晋王徽之邀请桓伊吹笛处）的遗老丁胤家，听丁翁讲述秦淮妓院旧事，作绝句二十首（今存十四首），这是其中两首。第一首奠定组诗感慨兴亡的惆怅基调。诗人泛舟秦淮，神往昔年河畔歌楼舞榭的繁盛景象，而对眼前的萧条冷落备感幻灭。所以，在他眼中，江南春日烟水迷离的风景，竟是如残秋般萧条衰败。第二首诗从秦淮名妓傅寿、沙嫩着笔，描写南京秦淮河的笙歌醉舞。第三句陡然一转，感叹繁华消歇，一轮明月明净如水，还照着青溪，却不见青溪上的长板桥。诗歌感伤前朝旧事，却不涉及具体的政治，诗语欲说还休，意象含蓄模糊，渲染一种低回凄婉的情愫。诗境迷离恍惚，如幻如梦，神韵悠然，可谓"不著一字，尽得风流"。

高邮雨泊〔1〕

寒雨秦邮夜泊船〔2〕，南湖新涨水连天〔3〕。风流不见秦淮海〔4〕，寂寞人间五百年〔5〕。

【注释】

〔1〕选自《渔洋精华录》卷五。

〔2〕秦邮：高邮。秦朝曾在此置邮传，故名。

〔3〕南湖：应指高邮湖。

〔4〕秦淮海：北宋词人秦观，字少游，号淮海居士，扬州高邮人。词风婉约，著有《淮海集》。

〔5〕五百年：指秦观逝世至写此诗时的年数，“五百”举其成数。

【评析】

顺治十七年(1660)，王士禛在扬州推官任上，经常需要到扬州府下各县巡察。高邮，明清时属扬州府。诗人在行役途中遇雨，泊船高邮岸边，触景生情，想起高邮著名词人秦观，遂作此诗，缅怀其人文采。诗歌前两句写眼前情景，夜雨潇潇，新涨水连天，烟波浩渺，一片苍茫，营造出一种迷蒙凄冷的意境。后两句因其地发思古之幽情，诗人慨叹秦观这样的风流人物逝去，人文难再。“寂寞人间五百年”当然是夸饰之言。秦观词清丽婉约，含蓄蕴藉，正契合王士禛的诗学追求。他推崇秦观，不只有对前贤的敬仰，亦暗含着步武秦观，从而振起文坛之衰的自负和豪情。这首怀古七绝，有兴会，有情寄，极富神韵。

孔尚任

孔尚任(1648—1718),字聘之,一字季重,号东塘,别号岸堂,山东曲阜人。孔子六十四代孙。早年隐居石门山读书。康熙二十三年(1684),康熙帝南巡回京途经曲阜时,他被召御前讲经,破格授任国子监博士。二十五年,随工部侍郎孙在丰赴淮扬治水。三十九年,升为户部广东司员外郎,不久被罢官。两年后返乡隐居。为清初著名戏曲家,著有传奇剧本《桃花扇》,与《长生殿》作者洪昇并称"南洪北孔"。有《湖海集》《岸堂稿》《长留集》等,近人汇为《孔尚任诗文集》。事迹散见于地方志等书。

北固山看大江〔1〕

孤城铁瓮四山围〔2〕,绝顶高秋坐落晖〔3〕。眼见长江趋大海,青天却似向西飞〔4〕。

【注释】

〔1〕选自《湖海集》卷一。

〔2〕铁瓮(wèng):镇江城的别称。《至顺镇江志》记载:"子城,吴大帝(孙权)所筑,周回六百三十步,内外固以砖,号铁瓮城。"

〔3〕落晖:落日的余晖。

〔4〕青天却似向西飞:长江之水往东流,水面倒映的天空却好像在朝西边飞去。这是一种由相对物体运动而产生的视觉错觉。

【评析】

北固山位于镇江市北江畔,久负盛名。自古以来写北固山的诗篇,多是从它的险固地形与三国故事出发,抒发历史沧桑的感慨。孔尚任别出心裁,写出了新的意趣。诗歌首句描绘四面环山的古城,看似平淡,实则用笔老道。“铁瓮”一词,点明此城为镇江,且赋予镇江城坚固的形象感。次句写在秋高气爽之时,诗人迎着落日余晖登上北固山峰顶,为下文作铺垫。三、四句是全诗警策之处,诗人在山顶极目远眺,看到长江浩浩荡荡东去,奔赴大海,竟然产生了青天向着西方飞去的视觉误感。依据物理学上的相对运动原理,以江水为参照物,则诗人头顶的天空自然是运动的,比如日常生活中,人坐在车上,常常感觉车外的树在飞速倒走。这一构思,比起单纯的“不尽长江滚滚流”(辛弃疾《南乡子·登京口北固亭有怀》),更觉新颖。全诗篇章虽短,却气势雄伟、境界壮阔,洵为名篇。

纳兰性德

纳兰性德(1655—1685),叶赫那拉氏,原名纳兰成德,避太子"保成"讳更名性德,字容若,号楞伽山人,清代满洲正黄旗人。出身豪门,父纳兰明珠为康熙朝宰相,权重一时。幼习骑射,稍长工文翰。康熙十五年(1676)殿试二甲七名,赐进士出身。十七年,授乾清门三等侍卫,后晋升为一等侍卫。多次随驾出巡,深得隆遇。二十四年,患急病去世,年仅三十一岁。生性淡泊名利,曾拜徐乾学为师,好与汉族士大夫交游。工于填词,才情富艳,与顾贞观、曹贞吉并称"京华三绝"。有《通志堂集》《饮水词》等。事迹见《清史稿·纳兰性德传》。

秣陵怀古[1]

山色江声共寂寥[2],十三陵树晚萧萧[3]。中原事业如江左[4],芳草何须怨六朝[5]。

【注释】

〔1〕选自《通志堂集》卷五。

〔2〕山色:指南京钟山的景色。

〔3〕十三陵:明代从明成祖到崇祯帝十三个皇帝陵墓的总称,位于今北京市昌平区天寿山麓。

〔4〕中原:泛指黄河流域,狭义上指河南一带。这里指成祖迁都之后的明王朝。

〔5〕芳草何须怨六朝:王安石《桂枝香》:"六朝旧事随流水,但寒烟、芳草凝绿。"

【评析】

康熙二十三年(1684)九月,纳兰性德扈从康熙帝南巡。十月到达秣陵(今南京),康熙帝祭祀明孝陵,诗人触景生情,作此诗。诗歌前两句所写的景象跨越南北,当前南京的钟山山色与长江水声都已寂寥、冷落,思绪所及,千里之外的北京"十三陵",应该也是晚风吹拂陵树的萧索境况。第三句直接点明主旨,已迁都到北京的明朝政权,昏庸腐朽,不也和偏安江东的六朝一样,最终都走向了覆灭吗?随后得出结论:何必总是以芳草来慨叹六朝的灭亡呢?朝代更替本来就和建都之地无关,明朝的灭亡完全是其咎由自取。明遗民的金陵怀古诗,总不离"黍离麦秀"之悲,纳兰性德以更阔大的历史视野看待兴替变化,持论新颖,所以杨钟羲《雪桥诗话》称:"较龚孝升(龚鼎孳)'兴怀何限兰亭感,流水青山送六朝',有过之无不及也。"

赵执信

赵执信(1662—1744),字伸符,号秋谷,晚号饴山老人,山东益都(今山东淄博)人。少年得志,性情狂傲。康熙十八年(1679)进士,授翰林院编修。曾主持山西乡试,后升为右春坊右赞善兼翰林院检讨。康熙二十八年,因在佟皇后丧期观《长生殿》剧,被弹劾罢官。后半生漫游四方,纵情诗酒,不复出仕。晚年回归故里,居于因园。赵执信为王士禛甥婿,然持论与王氏"神韵说"异趣,并著《谈龙录》以攻之。有《饴山集》。事迹见《清史稿·赵执信传》。

金陵杂感六绝句〔1〕

其五

深宫《燕子》弄歌喉〔2〕,粉墨尚书作部头〔3〕。瞥眼君臣成院本〔4〕,输他叔宝最风流〔5〕。

【注释】

〔1〕选自《饴山集·诗集》卷一五。

〔2〕《燕子》:指阮大铖创作的传奇剧本《燕子笺》。阮大铖将《燕子笺》进献给南明弘光帝,并在宫中排演。

〔3〕尚书:指阮大铖,明亡后依附宰相马士英,官至兵部尚书。部头:班头,古代对戏班领头的一种称呼。

〔4〕院本:金元时演剧所用的脚本,后来泛指杂剧、传奇等。这里指成为后代戏曲演出的素材。

〔5〕叔宝:陈叔宝,南朝陈后主,被后世作为荒淫亡国的典型。

【评析】

雍正二年(1724)春,赵执信因儿子的婚事来到南京,凭吊古迹,抚今追昔,创作组诗《金陵杂感》。原诗六首,此为第五首,咏南明史事。前两句描绘出南明君臣极其荒唐而富有讽刺意味的一幕:清兵压境,南明政权朝不保夕,弘光帝不思恢复,反而在宫中看戏取乐;时任兵部尚书的阮大铖,不在战场,却进献《燕子笺》传奇,并亲自担任戏曲班头,粉墨登场。第三句一转,眨眼之间,这对看剧、演剧的昏君佞臣,也被后人写入传奇剧本里,成为被揶揄、嘲笑的丑角。最后说,如此荒淫,连自制《玉树后庭花》的亡国之君陈叔宝也自愧不如。这首绝句撷取南明历史上的典型事迹,语言辛辣幽默,讽刺了南明君臣视江山社稷为儿戏的行为。

沈德潜

沈德潜(1673—1769),字确士,号归愚,江苏长洲(今江苏苏州)人。早年科场淹蹇,活跃于诗界。康熙四十六年(1707),结“城南诗社”,十年后,又建“北郭诗社”。乾隆元年(1736),以廪生荐举博学鸿词科,不遇。乾隆四年方中进士,时年已六十七岁。此后深受乾隆帝厚遇,称为“江南老名士”,数年间累官至礼部侍郎。乾隆十四年,告老还乡。返乡后主讲于紫阳书院。卒谥文悫,赠太子太师。身后因徐述夔案牵连,被夺官削谥。论诗主格调,提倡“温柔敦厚”的诗教观。有《沈归愚诗文全集》等,编选《古诗源》《唐诗别裁集》《明诗别裁集》《国朝诗别裁集》等。事迹见《清史稿·沈德潜传》。

梅　花〔1〕

残雪初消欲暝天〔2〕,几枝冷艳破春妍〔3〕。山边村落涧边路,篱外幽香竹外烟。自我相思经一载〔4〕,与君偕隐已多年〔5〕。惜花兼怕催人老,扶杖更深看不眠。

【注释】

〔1〕选自《归愚诗钞》卷一五。

〔2〕欲暝(míng):天色将要昏暗,黄昏。

〔3〕春妍:春光妍丽。

〔4〕一载:一年。

〔5〕偕隐:相携隐居。

【评析】

沈德潜提倡“格调说”，认为咏物诗应该有所寄托。这首《梅花》诗，应当是沈德潜晚年所作。前四句描绘梅花，先写梅花的形态与标格，在残雪初消、天色欲昏的幽暗环境中，几枝冷艳的梅花独自绽放，尽压群芳。随后转入梅花生长的地方，山野村落、溪桥道旁、竹林篱外，处处都有梅花如烟雾般散发着幽香。至此，梅花的形象便刻画出来了。接下来四句，借梅言志。大意是说，距离“我”思念梅花才过一年，但“我”与梅花相携隐居已有多年了。我爱惜梅花，又惧怕花落，因花落暗示着岁月催人老去。所以，“我”深夜不眠，特地扶杖前来观赏梅花。这与苏轼的《海棠》诗“只恐夜深花睡去，故烧高烛照红妆”的思路一致，在惜花、爱花背后，又流露出时光流逝、人生际遇的无奈。此诗咏梅言志，显得温柔敦厚，意味深长。

郑 燮

郑燮(1693—1765),字克柔,号理庵,又号板桥,晚年自署板桥老人,兴化(今属江苏)人。乾隆元年(1736)进士。乾隆七年出任山东范县知县,十一年调任潍县,有惠政。乾隆十八年,因请赈饥民忤上司而遭罢官。寄居扬州,以卖画为生,为“扬州八怪”之一。善诗词,工书画,人称“三绝”。有《板桥诗钞》《板桥词钞》等,后人辑为《郑板桥集》。事迹见《清史稿·郑燮传》。

竹 石〔1〕

咬定青山不放松〔2〕,立根原在破岩中〔3〕。千磨万击还坚劲,任尔东西南北风〔4〕。

【注释】

〔1〕选自《郑板桥集》。

〔2〕咬定:紧紧咬住,指在山石中扎根。

〔3〕破岩:裂开的岩石。

〔4〕任尔:任凭你。

【评析】

文人自来爱竹,将竹与梅、兰、菊称为“四君子”,还在生活中种竹、题竹、画竹。郑板桥喜爱画竹,他在《画兰竹石》中说:“盖竹之体,瘦劲孤高,枝枝傲雪,节节干霄,有似乎士君子豪气凌云,不为俗屈。故板桥画竹,不特为竹写神,亦为竹写生。”这是一首为《竹石图》所作的题画诗。在诗中,诗人用拟人手法刻画出竹子坚韧不拔的形象:竹子生长在山间岩缝里,还遭受风雨不断的袭击，然而它在如此恶劣的环境中，仍然保持傲然挺拔的风貌。坚韧的竹子，也可视为诗人自我的写真。郑板桥性格狂放、不拘小节，与主流社会不相容，难免受到议论、排斥。他通过赞美竹子的刚劲风骨，寄托自己孤傲高洁的志趣。此诗在谐趣中寄寓哲理，成功塑造了一个坚持自我、不从流俗的精神强者形象。

袁　枚

袁枚(1716—1798),字子才,号简斋,晚号随园老人,浙江钱塘(今浙江杭州)人。乾隆四年(1739)进士,授翰林院庶吉士。因不娴满文,乾隆七年被外放做官,历知溧水、江浦、沭阳、江宁四县,有政绩。乾隆十四年即告归,寓居江宁(今南京),在小仓山修筑随园,吟诗著述,交接名流。论诗主张抒写性情,创"性灵说",与赵翼、蒋士铨并称"江右三大家"。有《小仓山房集》。事迹见《清史稿·袁枚传》。

陇上作〔1〕

忆昔童孙小〔2〕,曾蒙大母怜〔3〕。胜衣先取抱〔4〕,弱冠尚同眠。髫影红灯下,书声白发前。倚娇频索果〔5〕,逃学免施鞭。敬奉先生馔〔6〕,亲装稚子绵。掌珠真护惜〔7〕,轩鹤望腾骞〔8〕。行药常扶背〔9〕,看花屡抚肩。亲邻惊宠极,姊妹妒恩偏。玉陛胪传夕〔10〕,秋风榜发天〔11〕。望儿终有日,道我见无年。渺渺言犹在,悠悠岁几迁。果然宫锦服〔12〕,来拜墓门烟。反哺心虽急〔13〕,含饴梦已捐〔14〕。恩难酬白骨,泪可到黄泉〔15〕。宿草翻残照〔16〕,秋山泣杜鹃。今宵华表月,莫向陇头圆〔17〕!

【注释】

〔1〕选自《小仓山房集·诗集》卷二。

〔2〕童孙:年幼的孙子,袁枚自称。

〔3〕大母:袁枚的祖母柴氏,享寿八十八岁,死后葬在杭州半山陆家牌楼。

〔4〕胜(shēng)衣:指儿童稍长,能穿戴成人衣冠。

〔5〕倚娇:任意撒娇。

〔6〕先生馔(zhuàn):语出《论语·为政》:“有酒食,先生馔。”先生,指袁枚的长辈。馔,饮食。

〔7〕掌珠:袁枚自喻为祖母的“掌上明珠”。

〔8〕轩鹤:典出《左传·闵公二年》:“卫懿公好鹤,鹤有乘轩者。”此句指祖母盼望孙儿如轩车上的鹤,来日能够腾飞。

〔9〕行药:魏晋南北朝士大夫服用五石散后,漫步散发药性,称为“行药”。此指祖母服药后散步。

〔10〕胪(lú)传:胪唱。殿试后,皇帝传旨召见新科进士,依次唱名传呼。

〔11〕秋风榜发天:秋天举人考试发榜的日子。

〔12〕宫锦服:宫锦袍,指官服。袁枚中进士后,选庶吉士,入翰林院。

〔13〕反哺:雏鸟长大后衔食喂其母,这里指自己要报答祖母的养育之恩。

〔14〕含饴(yí):即含饴弄孙,含着饴糖逗小孙子玩,形容晚年生活的乐趣。饴,麦芽糖。

〔15〕黄泉:指阴间。《左传·隐公元年》:“不及黄泉,无相见也。”

〔16〕宿草:隔年的野草。《礼记·檀弓上》:“朋友之墓,有宿草而不哭焉。”

〔17〕华表:墓上的石柱称为华表,又称望柱。陇头:陇,同“垄”,指坟墓。

【评析】

乾隆四年(1739),袁枚二十四岁,在京城考中进士。是年冬,他衣锦还乡,来到祖母墓前祭奠,作此诗,抒写心曲。袁枚儿时,被祖母视为掌上明珠,深受宠爱。祖母对他也充满期待,相信孙子有朝一日能金榜题名。今日,祖母的预想成真,但是身穿官服的孙子只能前来拜“墓门烟”。无法报答祖母的养恩,诗人心头遗恨难以言表。诗歌采用自叙的口吻,前半篇写昔日祖孙生活的小景,如灯下课读、倚娇索果、行药扶背、看花抚肩等,都是信手拈来,描写生动传神。后半篇写对祖母的悼念之情,感人肺腑。最后两句,尤为催人泪下。天上月圆,而人间不能团圆,诗人深情地请求今宵的月亮,不要向陇头圆。诗歌语言清浅如话,一字一泪,从心口流出,是一首至情至性的性灵诗。

瞻园十咏为托师健方伯作〔1〕

北楼

北斗挂高楼，江山一望收。白云檐外宿，清露槛前流。远树深藏寺，风窗易得秋。飞花杂松子，终日打帘钩。

【注释】

〔1〕选自《小仓山房集·诗集》卷一六。

【评析】

此诗开篇以北斗高悬于高楼之上起笔，为全诗奠定了清旷高远的基调；继以登楼远眺，将江山尽收眼底，又显示出平远开阔的气势。白云停留在屋檐之外，仿佛是在这里栖息；楼外栏杆上清露欲滴，在静谧之中又有一抹清新的感觉。远处树林中掩映着一座古寺，显得幽深而肃穆；一阵清风拂过窗棂，隐隐带来了秋声。落花和松子不断飞舞，敲打在帘钩上，正是秋的气息。诗人善于发挥艺术上的相反相成之法，如第一联"高远"与"平远"的互补，第二联白云之"静"与清露之"动"的相互映衬，第三、四联"视觉"与"听觉"的转化与留白等。全诗以清新自然的笔触，勾勒出一幅高远、宁静的山居画面，营造出一种超脱尘世的意境，充满了空灵的禅意。但诗歌在清静之中又蕴含着活泼的生机，正如最后两句所示："飞花杂松子，终日打帘钩。"似又为诗歌增添了一点儿"喧闹"。袁枚诗中山水多具有性灵，是具有生命力的人化之自然。吴应和评袁枚"诗处处虚灵活泼"(《浙西六家诗钞》)，这最后一点儿"喧闹"，或正是袁枚性灵的自然化之体现。

蒋士铨

蒋士铨(1725—1785),字心余,一字苕生,号清容居士,晚号定甫,江西铅山人,祖籍湖州长兴(今属浙江)。乾隆二十二年(1757)中进士,改庶吉士,授翰林院编修。二十七年任顺天乡试同考官,二十九年辞官,侨寓金陵。先后主讲绍兴蕺山、杭州崇文、扬州安定三书院。蒋士铨为清代著名戏曲家、文学家,著有杂剧、传奇十六种。乾隆中与袁枚、赵翼齐名,并称“江右三大家”。有《忠雅堂集》。事迹见《清史稿·蒋士铨传》。

梅花岭吊史阁部〔1〕

号令难安四镇强〔2〕,甘同马革自沉湘〔3〕。生无君相兴南国〔4〕,死有衣冠葬北邙〔5〕。碧血自封心更赤〔6〕,梅花人拜土俱香。九原若遇左忠毅〔7〕,相向留都哭战场〔8〕。

【注释】

〔1〕选自《忠雅堂集·诗集》卷二。

〔2〕四镇:南明弘光朝将江北分为四镇,分别由黄得功、刘良佐、高杰、刘泽清四人统领。四镇名义上受史可法节制,实际上跋扈自雄,不听调度。

〔3〕马革:马革裹尸,语出《后汉书·马援传》:“男儿要当死于边野,以马革裹尸还葬耳。”指史可法甘愿捐躯沙场。沉湘:相传史可法兵败后投水自尽,故用屈原投汨罗江比史可法沉水。

〔4〕南国:指南明弘光王朝。

〔5〕北邙(máng):北邙山,在今河南省洛阳市北,为东汉王侯公卿的葬地,这里借指梅花岭。

〔7〕碧血自封心更赤:典出《庄子·外物》:“伍员(即伍子胥)流于江,苌(cháng)

弘死于蜀，藏其血，三年而化为碧。”后指忠臣志士杀身成仁。手稿本此句作“白日魂归风尚烈”。

〔8〕左忠毅：左光斗，字遗直，明末任左佥都御史，因弹劾魏忠贤遭到迫害，死于狱中，后追谥“忠毅”。史可法是他的门生。

〔9〕留都：指南京。明成祖朱棣迁都北京，以南京为留都。

【评析】

梅花岭在今扬州市广储门外，史阁部即史可法，崇祯进士，南明弘光朝建立，以兵部尚书兼东阁大学士督师扬州。顺治二年(1645)，清兵围困扬州，史可法孤军奋战，城破殉国，尸骨无存。其义子史德威依史可法遗愿，将其衣冠葬于梅花岭。乾隆十三年(1748)，二十四岁的蒋士铨路过扬州，来到梅花岭凭吊这位前朝英雄。全诗扣住诗题，称颂史可法的忠贞气节。首联以四镇跋扈反衬史可法以身殉国的忠烈。颔联进一步指出战争失利的原因，在于南明王朝的昏君佞臣。颈联通过苌弘化碧的典故，歌颂史可法杀身成仁的忠贞，又以梅花岭泥土的幽香喻示其忠魂不灭。尾联则说若是他在黄泉遇到师长左光斗，两人该是如何伤心，留都南京沦为战场。诗歌工稳精练，沉郁悲壮，王文濡评曰：“五六句传神言外，一结忽然想到忠毅，便有生发。”(《历代诗文名篇评注读本·清诗卷》)

赵　翼

赵翼(1727—1814),字云崧,一字耘崧,号瓯北,别号三半老人,阳湖(今江苏常州)人。乾隆十九年(1754)考取内阁中书,入直军机处。乾隆二十六年进士,授翰林院编修。后出任广西镇安府、广东广州府知府,官至贵州贵西兵备道。旋即辞官归里,主讲于扬州安定书院,晚年潜心著述。他长于史学,与钱大昕、王鸣盛被誉为"乾嘉考史三大家"。诗名卓著,与袁枚、蒋士铨并称"江右三大家"。有《瓯北集》。事迹见《清史稿·赵翼传》。

题明太祖陵[1]

定鼎金陵控制遥[2],宅中方轨集轮镳[3]。千秋形胜从三国[4],一样江山陋六朝[5]。燕啄皇孙传岂误[6],狗烹诸将乱终消[7]。运移恰称怀宗烈,多事孱王此续貂[8]。

【注释】

〔1〕选自《瓯北集》卷一。

〔2〕定鼎金陵:明太祖定都南京。定鼎,建都。

〔3〕宅中方轨集轮镳(biāo):大意是金陵(今江苏南京)城作为国家的中枢,车马云集。方轨,两车并行。轮镳,指兵马。

〔4〕三国:魏蜀吴三国。孙吴建都建业(今江苏南京),诸葛亮称"钟山龙盘,石头虎踞,帝王之宅也"。

〔5〕陋六朝:孙吴、东晋、宋、齐、梁、陈,享国皆短,不如明朝传祚长久。

〔6〕燕啄皇孙:自注:"谓靖难师。"语本《汉书》成帝时童谣"燕飞来,啄皇孙",指汉成帝皇后赵飞燕杀害皇子,这里借指燕王朱棣推翻皇孙朱允炆而自立。

〔7〕狗烹:《史记·淮阴侯列传》:“狡兔死,走狗烹。”明太祖性猜忌,定天下后,诛戮功臣。

〔8〕孱王:孱弱的皇帝。

【评析】

赵翼具有深厚的史学根底,其歌咏帝王将相的诗篇,经常能突破传统观念的藩篱,作出崭新的评价。《题明太祖陵》为一组探讨明太祖功过是非的怀古诗,原有四首,这是第三首。此诗称赞明太祖定鼎金陵、一统天下的功绩。其中“燕啄皇孙传岂误,狗烹诸将乱终消”一联,发表诗人对明太祖两个重要决策的看法。第一,他对朱元璋传位给朱允炆而未立燕王朱棣一事发表异议,认为这是“留弱干制强枝”的失策之举,后来酿成了靖难之祸。第二,他对颇为人非议的明太祖诛戮功臣一事表示肯定,认为此举有利于防患于未然,避免诸将叛乱。赵翼见解与众不同,在于他评帝王功过时,从社稷安危的大局立论,旨在“以史为鉴”。诗歌见解奇警,议论锋芒毕露,气势丰沛盛大。

姚鼐

姚鼐(1732—1815),字姬传,一字梦谷,室名惜抱轩,人称惜抱先生,清代江南桐城(今安徽铜陵枞阳)人。乾隆二十八年(1763)进士,授庶吉士,改礼部主事。典试山东、湖南。三十六年擢刑部郎中。三十八年入四库全书馆充纂修官。书成乞归。主讲于扬州梅花、安庆敬敷、歙县紫阳、江宁钟山等书院四十余年。工古文辞,为文高简深古,继方苞、刘大櫆后为桐城派三祖之一。论文主张义理、考据、辞章合一,并倡阳刚阴柔之说。亦善诗,影响到嘉道间的宋诗派。有《惜抱轩集》,编有《古文辞类纂》《五七言今体诗钞》等。事迹见《清史稿·姚鼐传》。

金陵晓发[1]

湖海茫茫晓未分,风烟漠漠棹还闻[2]。连宵雪压横江水[3],半壁山腾建业云。春气卧龙将跋浪[4],寒天断雁不成群。乘潮鼓楫离淮口[5],击剑悲歌下海濆[6]。

【注释】

〔1〕选自《惜抱轩集·诗集》卷六。

〔2〕棹(zhào):船桨,这里指行船的击水声。

〔3〕横江:横江浦,在今安徽和县东南,与采石矶隔江相对,风波险恶。这里指代南京长江的恶浪。

〔4〕跋浪:拨开波浪,踏浪。杜甫《短歌行·赠王郎司直》有“鲸鱼跋浪沧溟开”句。

〔5〕鼓楫:暗用《晋书·祖逖传》“中流击楫”典。离淮口:船离开秦淮河口。

〔6〕海濆(fén):海边高地。

【评析】

这首诗写姚鼐清晨自金陵乘船出发时的情景。首联破题,写江上拂晓时分的景色,举目所见,江面水天茫茫,晨光尚未分明,只能听到行船的击水声。颔联点明“金陵”,写一夜大雪仿佛将长江恶浪压住,两岸高耸的山峰上浓云翻腾,气象宏伟壮观。颈联运用比兴手法,上句写初春水涨,就像江底的卧龙苏醒,将要踏浪前行,体现诗人的飞腾壮志;下句插入寒空中失群孤雁的意象,寓意自己羁旅行役的感伤,让豪情顿时低沉下来。尾联转入抒情,诗人乘流鼓楫、“击剑悲歌”而离开淮口,义无反顾地向着波涛万顷的东海出发,一股悲慨之情油然而生。诗歌的形式仿杜甫《登高》,每一联都是对句,且注重笔法的跌宕。全诗意境开阔,沉着悲慨,颇具杜诗的精神。

汪　中

汪中(1744—1794),字容甫,江苏江都(今江苏扬州)人。幼孤家贫,依书商为佣,遂得博览群书。乾隆四十二年(1777)拔贡生,以母老不赴朝考,嗣后绝意仕进,以游幕为生。晚岁盐政全德闻其名,聘请他校勘文汇、文宗两阁所藏《四库全书》。后赴杭州文澜阁校书,卒于西湖葛岭园僧舍。汪中性情耿直,恃才傲物,私淑顾炎武,博通经术,精研诸子,为扬州学派代表人物之一。所作骈文,师法汉魏六朝,在清代被誉为格调最高。有《容甫先生遗诗》等。事迹见《清史稿·汪中传》。

白门感旧〔1〕

秋来无处不销魂〔2〕,箧里春衫半有痕〔3〕。到眼云山随处好,伤心耆旧几人存〔4〕?扁舟夜雨时闻笛〔5〕,落叶西风独掩门。十载江湖生白发〔6〕,华年如水不堪论。

【注释】

〔1〕选自《容甫先生遗诗》卷五。

〔2〕秋来无处不销魂:化用陆游《剑门道中遇微雨》“衣上征尘杂酒痕,远游无处不消魂”句。

〔3〕箧(qiè)里:箱笼里面。

〔4〕耆(qí)旧:德高望重的老人。

〔5〕扁舟夜雨时闻笛:语出皇甫松《梦江南》“夜船吹笛雨潇潇”。闻笛,嵇康被司马昭所杀,向秀过其故居,听到邻人笛声,追怀旧友,作《思旧赋》。后来用以表达感旧、伤怀之情。

〔6〕十载江湖生白发:化用李商隐“永忆江湖归白发”句。

【评析】

白门是南京古代的别称。此诗作于乾隆四十八年(1783)秋,汪中路过南京,重游故地,不禁感慨万千。开头两句说,诗人也曾伤春,却只在半件春衫上留下泪痕,不像秋来之时,无处不令人黯然销魂。其中,“春衫半有痕”形象地表现伤心的程度有限,反衬出诗人在秋日的无限感怀。颔联说明“销魂”的原因,并不是南京的云光山色变得萧瑟,而是故交旧友相继零落。颈联融情于景,以舟中夜雨闻笛、秋风掩门独卧的两幅画面,将读者带入悲秋的意境中。“闻笛”典故,寓以对旧友的思念。尾联由怀友转入自伤,诗人自绝意仕进后,游幕生涯已有十年,可惜岁月蹉跎,徒生白发,如今逝去的年华如同东流之水,不堪细想。全诗风格凄丽,情调哀婉,充满感伤的气氛,令人不忍卒读。

洪亮吉

洪亮吉(1746—1809),初名洪莲,字稚存,号北江,别号藕庄、梦殊,晚号更生居士,阳湖(今江苏常州)人。乾隆五十五年(1790)进士,授翰林院编修,督贵州学政。嘉庆四年(1799)上书指斥时政,遭遣戍新疆伊犁。次年赦归,著书立说。主讲于旌德洋川毓文、扬州梅花书院。为乾嘉学派著名学者,精通经学和史地、声韵、训诂之学。少时诗与黄景仁齐名,号"洪黄",又与黄景仁、孙星衍、赵怀玉、杨伦、吕星垣、徐书受号称"毗陵七子"。亦是骈文高手,与胡天游、袁枚并称"三大家"。有《更生斋集》等。事迹见《清史稿·洪亮吉传》。

天山歌〔1〕

地脉至此断〔2〕,天山已包天〔3〕。日月何处栖,总挂青松巅。穷冬棱棱朔风裂,雪复包山没山骨。峰形积古谁得窥,上有鸿蒙万年雪〔4〕。天山之石绿如玉,雪与石光皆染绿。半空石堕冰忽开,对面居然落飞瀑。青松冈头鼠陆梁〔5〕,一一竞欲餐天光〔6〕。沿林弱雉飞不起,经月饱啖松花香〔7〕。人行山口雪没踪,山腹久已藏春风。始知灵境迥然异,气候顿与三霄通〔8〕。我谓长城不须筑,此险天教限沙漠〔9〕。山南山北尔许长,瀚海黄河兹起伏〔10〕。他时逐客倘得还〔11〕,置家亦象祁连山〔12〕。控弦纵逊票骑霍〔13〕,投笔或似扶风班〔14〕。别家近已忘年载,日出沧溟倘家在。连峰偶一望东南,云气蒙蒙生腹背。九州我昔历险夷,五岳顶上都标题〔15〕。南条北条等闲耳〔16〕,太乙太室输此奇〔17〕。君不见,奇钟塞外天奚取,风力吹人猛飞举。一峰缺处补一云,人欲出山云不许〔18〕。

【注释】

〔1〕选自《更生斋集·诗集》卷一。

〔2〕地脉至此断：地脉到此已到天尽头，形容天山之大。

〔3〕天山：又名雪山，呈东西走向，横贯在新疆中部。

〔4〕鸿蒙：天地未形成前的混沌状态，写积雪时间久远。

〔5〕陆梁：跳跃的样子。

〔6〕餐天光：吃天上的日月星辰。形容山顶极高，松鼠离天空很近。

〔7〕饱啖（dàn）：饱餐。

〔8〕与三霄通：与天上的仙境相通。三霄，道教的仙境。

〔9〕此险天教限沙漠：这个险地是上天用来限制沙漠漫延的。

〔10〕瀚海黄河兹起伏：黄河与沙漠由此连绵起伏。瀚海，这里指新疆境内的塔克拉玛干沙漠和古尔班通古特沙漠。

〔11〕逐客：被贬谪的人，这里是诗人自称。当时他被谪戍伊犁。

〔12〕置家亦象祁连山：据《汉书·霍去病传》，霍去病逝世，汉武帝令“为冢象祁连山”。置家，亦作“置冢”。祁连山，即天山。

〔13〕票骑霍：西汉名将霍去病，征匈奴，官拜骠骑将军。票骑，又作“骠骑”。

〔14〕扶风班：班超，东汉扶风平陵（今陕西咸阳）人。投笔从戎，出使西域，来往五十余国，封定远侯。

〔15〕标题：指在山上题写诗文。此句表示自己游历过诸多名山。

〔16〕南条北条：依照当时的地理观念，指我国自西向东绵延的两大山系：以巴山山脉为主的“南条山脉”和以太行山山脉为主的“北条山脉”。

〔17〕太乙：终南山，又名太白山。太室：嵩山。“南条”二句形容天山冠绝群山的雄姿。

〔18〕人欲出山云不许：用拟人化手法，写多情的云恋恋不舍地留住诗人，不让他出山。

【评析】

嘉庆四年，洪亮吉上书直陈朝廷内外弊政，触怒嘉庆皇帝，遭贬戍伊犁。次年二月，抵达伊犁首府惠远城（今新疆霍城）。此诗即诗人赴伊犁时所作。全诗想象奇诡，跳跃跌宕，用绚丽的妙笔描述天山“灵境”，颇具浪漫色彩。

开篇四句以石破天惊之语写出天山包笼天地的雄姿。随后诗人从峰顶寒雪，到如玉山石、横空飞瀑，再到松鼠陆梁、弱雉啖香，将塞外风光写得光怪陆离、逸趣横生。接下来由天山的奇景转入抒怀言志，诗人仰慕霍去病、班超等在边疆创下功绩的先贤，并被雄山大漠激起豪情。末章写云气阻隔思乡之情，而诗人满怀着对边陲雄山的热爱和留恋。诗歌奇气纵横，境界雄浑开阔，堪称洪亮吉边塞山水诗的冠冕。严迪昌先生在《清诗史》中评价道：“他的天山景物诗为清代山水诗史添上丰富一页，较之纪昀之作更精彩。”

黄景仁

黄景仁(1749—1783),字仲则,一字汉镛,自号鹿菲子,武进(今江苏常州)人。少孤家贫,十六岁考取秀才,嗣后累试不第,遂游幕四方以谋生计。乾隆三十六年(1771),入安徽学政朱筠幕。乾隆四十一年应乾隆帝东巡召试,取二等,入四库馆为缮录。四十七年,得陕西巡抚毕沅资助捐为县丞,在京候铨。次年为债家所迫,抱病出京,病逝于解州(今山西运城)。挚友洪亮吉为其治理丧事。黄仲则以诗著称于世,与洪亮吉并称常州"二俊",为毗陵七子之一。有《两当轩集》。事迹见《清史稿·黄景仁传》。

后观潮行〔1〕

海风卷尽江头叶,沙岸千人万人立〔2〕。怪底山川忽变容〔3〕,又报天边海潮入。鸥飞艇乱行云停〔4〕,江亦作势如相迎。鹅毛一白尚天际〔5〕,倾耳已是风霆声。江流不合几回折,欲折涛头如折铁。一折平添百丈飞,浩浩长空舞晴雪〔6〕。星驰电激望已遥〔7〕,江塘十里随低高。此时万户同屏息,想见窗棂齐动摇。潮头障天天亦暮,苍茫却望潮来处。前阵才平罗刹矶〔8〕,后来又没西兴树〔9〕。独客吊影行自愁,大地与身同一浮。乘槎未许到星阙〔10〕,采药何年傍祖洲〔11〕。赋罢观潮长太息,我尚输潮归即得。回首重城鼓角哀,半空纯作鱼龙色〔12〕。

【注释】

〔1〕选自《两当轩集》卷一。

〔2〕沙岸千人万人立:海潮来临前,千人万人站在江岸翘首以待。

〔3〕怪底：惊疑，惊怪。

〔4〕行云停：用陶渊明《停云》“停云霭霭，时雨蒙蒙。八表同昏，平陆成江”诗意，写江潮来时天空的景象。

〔5〕鹅毛一白尚天际：用比喻手法，形容潮水刚起时，只能看见天边一线白痕。

〔6〕舞晴雪：写江潮拍岸，潮水飞溅，犹如晴空中漫天飞雪。

〔7〕星驰电激：如流星疾驰、闪电激射，形容江潮的奔涌。

〔8〕罗刹矶（jī）：又名罗刹石，指钱塘江边的大石。据《嘉庆一统志》引《咸淳志》：“（秦望山）近东南有罗刹石，横截江涛。”

〔9〕西兴：西兴古镇，地处钱塘江南岸，为水陆要津。

〔10〕星阙（què）：天上的宫殿。此句谓对于仕途的愿望如乘槎上仙宫一样难以实现。

〔11〕祖洲：据《海内十洲记》，祖洲在东海之中，上有不死之草，服之令人长生。

〔12〕鱼龙色：秋色。杜甫《秦州杂诗》：“水落鱼龙夜，山空鸟鼠秋。”

【评析】

这首诗是黄景仁二十岁左右时的作品，诗人先有一首《观潮行》，所以这首诗题为《后观潮行》。黄景仁工于发端，起首两句便点出万人观潮的场面，后六句渲染江潮初起的情状，先声夺人。中间十二句，采用比喻、夸张、拟人等修辞手法，形象生动地描摹出江潮由远及近、由小而大、由缓到急的动态过程。比如，诗人将惊涛拍岸、浪花飞溅，比作晴天的飞雪；又插入万家屏息、窗格摇动这一侧笔，具体表现江潮雷霆万钧的气势，让读者仿佛身临其境。最后，诗人面对大自然雄奇的景色，却黯然神伤，自叹科举失利，不如江潮的自在洒脱，表现了一种落寞失意的情怀。全诗写得奔放恣肆，才气横溢，颇似李白的风格，袁枚誉其为“中有黄滔今李白，看潮七古冠钱塘”（《仿元遗山论诗》）。

曾国藩

曾国藩(1811—1872),原名居武,又名子城,字伯涵,号涤生,湘乡(今属湖南)人。道光十八年(1838)进士,授翰林院检讨,累擢为礼部侍郎。咸丰二年(1852)奉旨组建湘军,镇压太平天国运动。曾与李鸿章创办江南制造总局。官至两江、直隶总督,武英殿大学士。卒谥"文正"。论文师法桐城派而有变化,主张义理、经济、考证、辞章相统一,选《经史百家杂钞》以为典范,世称"湘乡派"。有《曾文正集》。事迹见《清史稿·曾国藩传》。

送梅伯言归金陵三首[1]

其一

金门混迹发苍苍[2],从此菰蒲岁月长[3]。人世正酣争夺梦,老翁已泊水云乡[4]。自翻素业衡轻重[5],久觉红尘可悯伤。只恐诗名天下满,九州无处匿韩康[6]。

【注释】

〔1〕选自《曾文正集·诗集》卷三。

〔2〕金门:金马门,汉代学士待诏之处,后来也指翰林院。

〔3〕菰(gū)蒲:菰与蒲,生长在水边,这里借指田园。

〔4〕老翁:梅曾亮(1786—1856),字伯言,江苏上元(今江苏南京)人。道光二年进士,十四年授户部郎中,为桐城派古文家。

〔5〕素业:先世所遗的事业,多指儒业。

〔6〕韩康:东汉人,字伯休。史载其曾在长安市中卖药,三十余年来口不二价,

后被人认出，遁入霸陵深山。这里借指隐逸高士。

【评析】

梅曾亮是姚鼐的弟子，他自道光十二年(1832)入京，至辞官归里，居京近二十年。姚莹说他："伯言为户部郎官二十余年，植品甚高，诗、古文功力无与抗衡者，以其所得，为好古文者倡导，和者益众，于是先生(姚鼐)之说盖大明。"道光二十九年八月，梅曾亮离京，诸友人送别，曾国藩作《送梅伯言归金陵三首》，此为其一。开头两句说，曾任户部郎官的梅曾亮，如今头发苍白，决心回到故乡南京。接下来，设想对方不关心世间争夺正酣的功业，停泊在故乡的水泽中。颈联说他看破红尘，因梅曾亮自称："居京师二十年，静观人事，于消息之理，稍有所悟，久无复进取之志，虽强名官，直一逆旅客耳。"然而，曾国藩并不认同。尾联一转，反用"韩康"典故，说恐怕你已名满天下，在九州无处匿藏。此诗是赠人之作，笔法似姚鼐的《赠戴东原》，写得颇为得体。

王闿运

王闿运(1833—1916),字壬秋,一字壬甫,号湘绮,湖南湘潭人。咸丰时举人。咸丰九年(1859)会试入都,结识肃顺。太平天国运动爆发,入曾国藩幕府,所议多不合,退归林下。光绪六年(1880)主讲于尊经书院,后又主讲于船山、两湖书院。光绪三十四年赐翰林院检讨,加侍读衔。民国初年,受聘为清史馆馆长,不久辞归。学术渊博,治"《春秋》公羊学"。诗为湖湘派魁首,论诗大倡复古理论,所作诗歌宗法汉魏六朝。编有《八代诗选》。有《湘绮楼集》《湘绮楼日记》等,门人辑为《湘绮楼全书》。事迹见《清史稿·王闿运传》。

独游妙相庵,观道、咸诸卿相刻石〔1〕

成败劳公等〔2〕,繁华悟此间。依然一片石〔3〕,长对六朝山。花竹禅心定〔4〕,蓬蒿战血殷。谁能更游赏,斜日暮鸦还。

【注释】

〔1〕选自《湘绮楼集·诗集》卷六。

〔2〕公等:道光、咸丰两朝的达官显宦。

〔3〕一片石:碑碣,这里指道光、咸丰朝卿相所刻的石碑。

〔4〕禅心:佛家语,即寂然安定的心境。

【评析】

妙相庵位于南京鸡鸣山西南,风景幽美,为晚清名刹。道光、咸丰朝多位达官显宦曾在此题诗,并刻石嵌壁。太平天国时,洪秀全将妙相庵划为天王府御花园,所以清军收复南京后,妙相庵仍存旧貌。大儒莫友芝在同治四年(1865)的日记中写道："庵中池上梅数十株，才有数朵开者。自金陵陷十二年，游观之所皆废坏无存，唯此庵花木差完耳。"(《莫友芝日记》)王闿运独游妙相庵，目睹刻石，无限感慨。全诗大意是说国家的兴衰成败，责在道、咸诸公。如今荣华富贵已无踪影，只有一片片碑石，长久地面对六朝当年的山川。游客在佛寺中可静心思虑，而蓬蒿中尚存鲜红的战血。世道沧桑，谁能来此游赏呢，唯有夕阳暮鸦伴着游客归还。此诗忧国伤时，写得沉痛苍凉，体现诗人对世道、政局的深切洞察。

沈曾植

沈曾植(1850—1922),字子培,号乙盦,晚号寐叟,别号巽斋老人、东轩居士,嘉兴(今属浙江)人。光绪六年(1880)进士,授刑部主事,迁郎中,兼总理各国事务衙门章京。二十四年,应张之洞聘,主讲两湖书院史席。二十八年回京,次年外放,历任江西广信府知府、安徽提学使、安徽布政使等职。宣统二年(1910)辞官。入民国,寓居上海,以遗老自称。沈曾植学识渊博,贯通中西,精研西北历史舆地,通儒学、佛典、道藏。工诗文,为同光体浙派代表诗人。论诗主"三关说(元祐、元和、元嘉)",其诗为学人之诗、诗人之诗合一的典型。有《海日楼诗》等。事迹见《清史稿·沈曾植传》。

舟发广陵[1]

归程指烟水,心与楚云驰[2]。客久谙船理[3],江清见鬓丝。老慳筋力用[4],壮惜太平时。鼓角中宵动,江湖岁晚悲[5]。

【注释】

〔1〕选自《海日楼诗》卷二。

〔2〕楚云:指扬州,古楚国之地。

〔3〕谙(ān):熟悉。

〔4〕老慳(qiān)筋力用:吝惜。此句是说自己年纪大了,体力跟不上,所以格外珍惜剩余的精力。慳:吝惜。

〔5〕江湖岁晚悲:化用杜甫《秋兴八首》"一卧沧江惊岁晚"句。

【评析】

光绪二十四年(1898),沈曾植接受湖广总督张之洞的聘任,前往武昌两湖书院任教。据钱仲联先生的《海日楼诗注》,可知光绪二十五年秋,沈曾植将前来武昌拜访的五弟送去扬州(即广陵)长兄沈曾棨处,再从扬州返回武昌。此诗即作于此时。首联点明诗人在从扬州往武昌的船上。颔联说诗人长期在异地作客,所以谙熟行船的道理;江水足够清澈,照见他鬓边的白发。颈联便从“发丝”联想到自己年将老迈,吝惜精力,叹息年轻时正逢太平盛世,却没有珍惜时光。两联颇具身世之感,淡而有味。尾联含有杜甫“中原鼓角悲”之意,鼓角声动,漂泊江湖的诗人心中怀有无限哀伤。他不只是为个人的遭遇而感伤,更是为国家的命运而忧虑,感慨深沉。

陈三立

陈三立(1853—1937),字伯严,号散原,义宁(今江西修水)人。光绪十五年(1889)进士,授吏部主事。光绪二十一年弃职,协助其父湖南巡抚陈宝箴推行新政,创办新学。戊戌政变,父子均被革职,移居于江西南昌西山,筑崝庐。二十六年,陈三立移居江宁(今南京)。入民国,以遗老自居,寄寓杭州、上海等地,1934年寓居北平。卢沟桥事变后,日军欲招致,乃绝食五日,忧愤而死。工诗文,为近代同光体赣派的领袖。有《散原精舍诗集》《散原精舍文集》等。

城北道上〔1〕

晶砾新驰道〔2〕,晴霆叠马蹄〔3〕。屋阴衔柳浪〔4〕,裾色润瓜畦〔5〕。诣客能相避〔6〕,偷闲亦自迷。归栖枝上鹊,为我尽情啼〔7〕。

【注释】

〔1〕选自《散原精舍诗集》卷下。

〔2〕晶砾:在日光下,细沙闪烁晶光。

〔3〕晴霆:形容马蹄声如晴日的雷霆。

〔4〕柳浪:柳枝如同波浪随风摆动。

〔5〕裾(jū)色:衣衫的颜色,这里指青色。庾信《哀江南赋》:“青袍如草,白马如练。”

〔6〕诣客:前来拜访的客人。

〔7〕为我尽情啼:暗用韩愈《赠同游》“无心花里鸟,更与尽情啼”句意。

【评析】

光绪三十二年(1906),陈三立寓居江宁时作。这首诗体现了陈三立好用生词拗句、避俗避熟的特点。首联破题,城北新道上,细沙晶光闪烁;车马疾驰,马蹄声像晴天打雷,叠声响起。“晴霆”一词颇新,古人常形容马蹄声如雷,诗人用“霆”替代“雷”,并用“晴”字修饰,造成新奇的效果。颔联状景绝妙,城北道旁的屋后柳树成荫,枝条低垂,随风摆动;菜地上瓜叶深碧,仿佛是行人青色的衣裾润泽瓜田。“衔”“润”为诗中句眼,“衔”字描绘出屋子与柳树的相连,“润”字体现衣裾和瓜叶的青碧相映,生动妥帖。颈联回到诗人出游的心境,避开俗子访客,独自偷闲,然而心中有些迷茫。尾联写归途之景,日暮黄昏,枝上的归鹊好像了解人意,为“我”尽情啼叫。诗歌语言锤炼,绘景精微,狄葆贤称为“真气磅礴,不假雕饰,自然语妙天下”(《平等阁诗话》)。

郑孝胥

郑孝胥(1860—1938),字苏堪(一作苏戡),号海藏,取东坡“万人如海一身藏”之意,世称郑海藏,福建闽县(今福建闽侯)人。光绪八年(1882)举人。十七年任清驻日使馆书记官。因甲午战争归国,为张之洞幕僚。在戊戌变法中参与新政,曾出任广西边防事务大臣。后寓居上海,担任预备立宪公会会长。民国十二年(1923)往溥仪处,任总理内务府大臣。二十一年,伪满洲国成立,任伪国务总理,丧失气节,后病死于长春。为近代同光体诗闽派领袖,与赣派陈三立、浙派沈曾植鼎立。有《海藏楼诗集》。

吴氏草堂〔1〕

其一

雨后秋堂足断鸿〔2〕,水边吟思入寒空。风情谁似枫林好〔3〕,一夜吴霜照影红。

其二

水痕渐落露渔汀〔4〕,秃柳枝疏也自青。唤起吴兴张子野〔5〕,共看山影压浮萍〔6〕。

【注释】

〔1〕选自《海藏楼诗集》卷一。

〔2〕秋堂:吴氏草堂,郑孝胥妻兄吴学廉(字鉴泉,福建船政督办吴赞诚的长子)的鉴园,在南京。陈诒绂《金陵园墅志》卷上:“鉴园,在棉鞋营,庐江吴鉴泉观察学

廉宦金陵时别墅。有半青草堂,面临淮水,红栏绿柳,相映有情。对岸隙地为桃园,花时灿烂缤纷。张文襄(张之洞)赠以‘赏寂’匾额。”

〔3〕枫林好:枫叶到秋天颜色变红,古人常用枫林形容秋色。杜牧《山行》:“停车坐爱枫林晚,霜叶红于二月花。”

〔4〕汀:水岸边的平地及小洲。此句说秋意渐浓,水落石出。

〔5〕吴兴张子野:吴兴,今浙江湖州市。张子野,北宋词人张先,字子野,乌程(今浙江湖州)人,因擅写“影”,有佳句,被称为“张三影”。

〔6〕共看山影压浮萍:化用张先《题西溪无相院》“浮萍破处见山影”句。

【评析】

吴学廉在南京城南的鉴园风景优美,郑孝胥、陈三立、顾云等好友常来此相聚。光绪十五年(1889)十月底,郑孝胥过园中草堂,作第一首绝句。据《郑孝胥日记》载:“午后,往草堂,隔溪红树一株,临水婆娑,即口占一绝。”诗中先说秋雨过后,草堂萧瑟,寒空中失群孤雁,与诗人的吟思相通,写出秋日的凄寂。随后诗意一转,映水的枫叶经霜变得火红,风情独好,蕴含诗人的寄托而情感内敛。第二首写溪边柳树,虽经秋而枝叶稀疏,仍存有青色,暗承上一首的诗意。接着,诗人从水中树影联想到擅写“影”的词人张先,想唤起他来看水中山影压住浮萍。山影没有实体,却可以压住浮萍,诗人化虚为实,设想新警。两首七绝意境风神皆佳。陈衍最喜诵第二首绝句,曾说:“韦苏州之‘独怜幽草’,苏东坡之‘竹外桃花’,不是过也。”(《石遗室诗话》)

王国维

王国维(1877—1927),初名国桢,字静安,一字伯隅,号观堂,浙江海宁人。清末秀才,与同郡陈守谦、叶宜春、褚嘉猷被誉为“海宁四才子”。光绪二十四年(1898)北游上海,担任《时务报》书记。二十七年在日本留学,不久因病归国。三十二年随罗振玉入京,得在学部总务司行走,任学部图书编译局编译。民国十二年(1923),应召任清废帝溥仪“南书房行走”。十四年,受聘为清华研究院国学教授。十六年自沉于颐和园昆明湖。为近代学术大师,早年研究美学、戏曲史及词学,后又治上古史、古文字学等,成就卓越。著有《静庵集》《观堂集林》《宋元戏曲考》《人间词话》《殷周制度论》等,后辑为《海宁王静安先生遗书》。

九日游留园〔1〕

朝朝吴市踏红尘〔2〕,日日萧斋兀欠伸〔3〕。到眼名园初属我〔4〕,出城山色便迎人。奇峰颇欲作人立〔5〕,乔木居然阅世新。忍放良辰等闲过,不辞归路雨沾巾。

【注释】

〔1〕选自《静庵集·诗稿》。

〔2〕吴市:吴都的街市。这里指苏州,又称“吴门”。

〔3〕欠伸:疲倦时打呵欠、伸懒腰。

〔4〕名园:留园,苏州四大古名园之一。清嘉庆年间,刘恕在晚明徐时泰东园故址上筑“寒碧山庄”,俗称“刘园”,后名为“留园”。俞樾作有《留园记》。

〔5〕奇峰:留园中的太湖石,其中最著名的是冠云峰,相传为北宋花石纲遗物。

【评析】

光绪三十年(1904),王国维应罗振玉之邀到苏州,筹办江苏师范学堂(1928年改为苏州中学)。是年重阳节,诗人初次游留园,创作此诗。首两句点明名园在侧,诗人无暇出游的缘故:自从自己来到苏州,朝朝奔走红尘,接触人情世故,在萧索的书斋中兀坐读书,还是欠伸欲睡。接下来一联,应该颠倒语句理解,诗人才出城外,山色迎面而来,随后来到留园,初次领略它的风采。“初属我”,写出园林的亲切感。颈联进入园中,诗人选取树、石意象,写太湖石像人一样兀然而立,与奇石相伴的乔木,饱览世变,依然年年焕发新姿。“乔木居然阅世新”一句,隐约透露出十年树木、百年树人的教育心态。最后一联说,“我”怎忍心让这良辰随便过却,所以流连胜景,即使归途上被秋雨沾湿衣巾,也不顾及了。此诗对仗工整,景句蕴含哲理,流露出诗人对古典园林的喜爱之情。